Philippe Djian

Impuretés

Gallimard

Philippe Djian est né en 1949 à Paris. Il a exercé de nombreux métiers : pigiste, il a vendu ses photos de Colombie à l'*Humanité Dimanche* et ses interviews de Montherlant et Lucette Destouches, la veuve de Céline, au *Magazine littéraire*; il a aussi travaillé dans un péage, été magasinier, vendeur...

Son premier livre, *50 contre 1*, paraît en 1981. *Bleu comme l'enfer* a été adapté au cinéma par Yves Boisset et *37°2 le matin* par Jean-Jacques Beineix. Depuis, il a publié *Lent dehors* (Folio n° 2437), *Sotos* (Folio n° 2708), une trilogie composée de *Assassins* (Folio n° 2845), *Criminels* (Folio n° 3135) et *Sainte-Bob* (Folio n° 3324) parue en 1998, *Ça, c'est un baiser* (Folio n° 4027), *Frictions* (Folio n° 4178), *Impuretés* (Folio n° 4400) et le premier volume d'une nouvelle triologie, *Doggy bag, saison 1.*

Huit mois après la mort de sa sœur, Evy se réveillait toujours brusquement et toujours avant l'aube. Il n'avait plus besoin que l'on vienne frapper à sa porte, que l'on parle fort, que l'on vienne tirer les rideaux pour l'obliger à se lever.

De bon matin, il n'y avait plus guère d'activité chez les Trendel. La maison restait à présent silencieuse tandis qu'il s'habillait dans la pénombre.

Au moins, c'était une chose qu'il appréciait. Cette tranquillité, cette solitude matinale qui frisait la perfection lorsqu'il pénétrait dans la cuisine déserte et buvait un grand bol de café noir sans rien avaler d'autre – plus personne n'était sur son dos.

Pas mal de choses avaient changé depuis la mort de Lisa.

Sa mère ne faisait plus l'effort de descendre pour le petit déjeuner. Il y avait maintenant peu de chances de la croiser avant midi. De temps en temps, Evy rencontrait encore son père dans la cuisine, mais l'atmosphère devenait très vite pesante.

L'idée était de sortir de la maison le plus rapidement possible.

★

Il y avait de nombreux lacs dans la région et l'on avait retrouvé Lisa au fond de l'un d'eux, par une belle journée ensoleillée et glacée de février qui avait resplendi sur la combinaison des hommes-grenouilles et miroité autour de leur canot pneumatique comme une fournaise d'or blanc et liquide dont rien de bon ne devait sortir.

La police avait tenté d'épargner ce spectacle à la famille, mais Richard Trendel et son fils étaient restés plantés sur la berge, les pieds presque dans l'eau, les cheveux soulevés par des bourrasques. Laure n'avait pas eu la force de descendre de la voiture.

Depuis ce jour, Evy prenait son petit déjeuner tout seul. Comme la cuisine était orientée à l'est, il n'était pas rare de voir les premiers rayons du soleil danser à travers les aiguilles des épicéas qui bordaient la route, ou scintiller dans la piscine des voisins, et Evy pensait que c'était mieux ainsi, que c'était la meilleure solution.

★

Dans sa classe, les filles le trouvaient à leur goût et le fixaient parfois dans le blanc des yeux avec des lèvres gourmandes, mais le doute qui planait sur la mort de Lisa les avait rendues un peu moins entreprenantes, un peu moins hardies que d'habitude. J'observais tout cela avec beaucoup d'intérêt.

Personne ne prétendait qu'Evy avait tué sa sœur. Le corps de Lisa ne portait aucune trace de violence et on ne l'avait pas retrouvée nue, comme le glissaient certaines âmes délicates, mais personne n'avait été témoin des faits, personne n'était là pour accréditer son histoire – pas plus que je ne l'étais moi-même à ce moment-là. Tout le monde lui en voulait un peu d'être obligé de le croire sur parole, mais que faire d'autre?

C'était un *accident*. Une chute *accidentelle* dans les eaux glacées. Il n'en avait jamais dit davantage et n'en avait jamais démordu. Il demandait *quel genre de détails* on voulait, il évoquait un faux mouvement, un déséquilibre, un fichu plongeon par-dessus bord, et c'était là tout ce qu'il racontait, il ne voyait pas ce qu'il aurait pu ajouter. Au risque de passer pour un attardé mental.

Un soir, sa mère s'était enflammée comme un tonneau de poudre noire, arrosé de whisky pur, à cause de son mutisme. Elle l'avait empoigné, elle l'avait secoué, elle lui avait férocement postillonné au visage, elle l'avait assourdi de ses cris, trempé de ses larmes dans l'espoir de lui arracher trois mots de plus, mais elle n'avait obtenu aucune information supplémentaire, Evy n'avait pas tenté d'esquiver les coups qu'elle faisait pleuvoir sur lui mais elle n'en avait rien tiré.

Richard s'était interposé. Il avait retenu sa femme et fouillé un instant le regard de son fils. Voulant essayer une autre méthode, il l'avait conduit au bord du lac, par un paisible après-midi. « Tu sais que ça nous ferait du bien, à ta mère et à moi », lui avait-il dit.

Richard avait gardé ses mains sur le volant et Evy coincé les siennes sous ses aisselles et ils avaient observé une buse qui tournait au ralenti au-dessus des bois pendant au moins dix bonnes minutes, après quoi Richard avait exécuté un brutal demi-tour.

Pour en revenir aux filles, toutes n'avaient pas jugé que la mort de Lisa constituait une perte irréparable.

★

Vers le milieu des années quatre-vingt, lorsque Richard et Laure s'étaient installés dans la région, ils n'avaient pas encore d'enfants et le monde était pratiquement à leurs pieds. Coup

12

sur coup, Laure s'était distinguée dans deux rôles retentissants qui la plaçaient d'emblée parmi les deux ou trois meilleures actrices de sa génération – son époustouflante interprétation du personnage de la sœur tyrannique dans le dernier film de Raul Ruiz lui avait valu un coup de fil de Martin Scorsese. De son côté, Richard publiait régulièrement. Pour le livre qu'il avait en cours à cette époque, il avait reçu l'équivalent de sept cent cinquante mille euros.

Mais ce temps-là était loin. Richard avait eu des ennuis avec l'héroïne – avec certains mélanges, accessoirement –, et quant à Laure, persuadée que son succès allait suivre une courbe exponentielle, elle avait manqué de vigilance et de discernement.

Le salon proposait un large choix de souvenirs de la période rose. Lorsqu'il examinait les photos de sa mère – qui couvrait de son sourire ravageur un mur entier à elle seule – ou les différentes distinctions qu'avait obtenues Richard, tel ce prix archicouru qu'il avait décroché au Japon, Evy se demandait pourquoi ils se torturaient comme ça.

La maison était située en dehors de la ville, sur les hauteurs, et la nature bruissait autour d'elle dans la chaleur étonnamment persistante et languide d'un mois d'octobre au parfum musqué. Le ciel restait d'un bleu lumineux du matin au soir. La nuit, dans le grésillement des insectes, Laure sortait sur son balcon pour respirer – et non pour admirer le paysage qu'elle avait fini par détester avec délectation depuis la mort de sa fille. Evy l'entendait gémir ou raconter sa vie à Judith Beverini qu'elle venait de quitter un peu plus tôt.

Judith Beverini était à peu près tout ce qui restait, une des seules personnes qui n'avaient pas lâché Laure durant sa lente et irrésistible dégringolade – ces douze derniers mois, elle avait tourné dans une série télévisée et le reste ne valait même pas la peine qu'on en parle. Judith faisait partie de ceux et celles qui croyaient Evy coupable. Sans savoir très bien de quoi on pouvait l'accuser, mais coupable, d'une manière ou d'une autre – elle n'aurait pu expliquer pourquoi.

C'était d'ailleurs le ton général au sujet d'Evy, que l'on considérait avec un mélange de pitié et de reproche contre lequel il ne pouvait rien. Le matin, quand il passait devant chez Judith, il crachait sur le seuil de sa porte et Andreas crachait aussi.

Nombreux étaient les cadres supérieurs et autres qui auraient éventré père et mère pour habiter ainsi sur la colline – dans cet écrin de verdure aux mille dégradés, aux mille essences, aux élégantes voies privées, aux très prisées réceptions nocturnes, aux fêtes improvisées où l'on frayait tranquillement parmi des actrices, des producteurs, des écrivains, des cinéastes, des danseurs, des musiciens, des propriétaires de théâtre, des créateurs de mode et tutti quanti –, mais ils n'y parvenaient jamais, bien entendu.

C'était le grand-père d'Andreas qui était à l'origine de cette concentration d'artistes dont l'éclosion s'était produite au début des années cinquante. Après avoir fait fortune en Allemagne, il avait acheté toute la colline alors que les faubourgs commençaient à s'étendre et lorgnaient sur les hauteurs ensoleillées, malheureusement inconstructibles – mais l'aïeul avait d'importants moyens, énormément d'argent placé en Suisse durant la guerre, et les problèmes avaient été hardiment surmontés. Puis son épouse, malgré tout, avait souffert de solitude, de l'atroce pauvreté de l'esprit provincial pour une femme qui avait habité Paris pendant des années, avait vu défiler tant de célébrités à sa table, si bien qu'il avait quadrillé la colline, l'avait revendue par lots, mais pas à n'importe qui, et encore à présent, le cas des nouveaux venus était inspecté à la loupe par les copropriétaires – une pratique parfaitement scandaleuse mais qui permettait de préserver l'essentiel et les rapports de bon voisinage.

Richard et Laure avaient eu au moins la présence d'esprit d'investir leur argent dans l'achat d'une maison avant que ne commence la lente, l'inexorable et pitoyable dérégulation trajectorielle qui allait suivre la naissance de leurs enfants. Parfois, ils appréciaient de ne pas avoir de loyer à payer ou alors Richard devait se mettre à un article et il n'en avait aucune envie – durant certaines périodes il se piquait plusieurs fois par jour et l'argent s'envolait par valises entières – et encore moins à un scénario ou à un roman, tâche qu'il aurait été bien incapable de mener à terme. Aujourd'hui encore, ils répugnaient à gâcher leur talent, à se galvauder pour de l'argent, mais ils n'en faisaient plus toute une histoire, ils n'en parlaient plus entre eux et acceptaient ces humiliations comme un mal nécessaire - en tournant dans un spot à la gloire des sacs Vuitton, par exemple, Laure finançait son train de vie durant plusieurs mois.

Leurs deux enfants comprenaient tout à fait bien qu'il fallait aller chercher l'argent là où il était, ils en convenaient régulièrement, mais Laure croyait détecter leur permanente et silencieuse réprobation. « Vas-y. Dis-moi ce que tu penses. Montre-moi que tu as des couilles », avait-elle lancé à la figure d'Evy après qu'il avait ri un peu trop vite en la voyant feindre l'orgasme pour une marque de parfum.

Lisa et son frère ne trouvaient pas que leurs parents étaient différents des autres et c'était sans doute un élément que Richard et Laure n'avaient pas parfaitement intégré, une donnée qui était à la base de multiples incompréhensions de part et d'autre.

À la fin des cours, Evy et Andreas firent une halte chez Michèle Aramentis dont la jeune sœur fêtait ses dix ans. Histoire de manger une part de gâteau et de passer un moment dans la chambre de Michèle.

Le père était producteur. On ne le voyait pas souvent car il assistait à de nombreux et lointains tournages au dire de sa femme.

Marlène Aramentis préparait d'excellents gâteaux. Son roulé à la framboise était grandiose, une merveille dont la confection l'accaparait des heures entières et lui occupait totalement l'esprit. C'était une femme qui s'investissait également beaucoup dans la vie de l'école, qui présidait l'association des parents d'élèves et collectait des fonds pour les séjours à l'étranger ou la construction d'une seconde salle polyvalente entièrement automatisée.

Il y avait des ballons, des chapeaux, des serpentins, des boules de papier, des sodas, des confiseries, et une musique un peu tarte sortait des haut-parleurs dissimulés dans les arbres du jardin qui flambait littéralement et fabriquait de l'ombre au compte-gouttes. La réception se tenait au bord de la piscine, dans une ambiance hystérique. La mère de Michèle avait déjà un regard préoccupé, et presque une grimace aux lèvres.

Elle avait engagé deux étudiantes pour l'assister, mais elle déclara qu'elle n'en était pas satisfaite. « Elles n'ont pas la moindre autorité sur ces gosses. Elles sont nulles, ces pauvres filles. » On les voyait courir dans tous les sens, au bord de l'apoplexie.

Certaines mères avaient été bouleversées par l'épreuve que les Trendel avaient subie et Evy en particulier, même s'il s'y entendait pour le dissimuler. Elles le considéraient d'un œil tendre, avec compassion, elles avaient toujours un mot gentil quand il passait et elles le suivaient des yeux en secouant la tête, en insinuant que Laure ne faisait pas le maximum pour son garçon.

À ce sujet, les conversations allaient encore bon train huit mois après le drame. Tout le monde, sans exception, avait assisté à l'enterrement de Lisa – par un matin de février glacé, au ciel gris perle, à l'horizon cendré –, et beaucoup avaient senti le retournement compréhensible des sentiments de Laure envers son fils. Pour une bonne âme telle que Marlène Aramentis, c'était à un injuste accablement qu'était soumis Evy, à une injuste punition.

« Comment pouvait-on imaginer que ce garçon ait pu tuer sa sœur ? » Chaque fois qu'elle regardait Evy, son allure décidée, ses quatorze ans, son visage angélique, ses yeux sombres, elle ne comprenait pas comment certaines per-

sonnes pouvaient à ce point manquer de jugement et avoir si peu de flair.

Andreas, qui était pressé de s'enfermer avec
Michèle, demanda s'il y avait encore du gâteau.

★

Michèle suçait depuis les vacances de Pâques,
mais ses progrès en la matière étaient quasiment
nuls. On aurait dit une espèce de robot.

Parfois, Andreas s'emportait et l'envoyait promener au milieu de l'exercice avec un grognement méprisant – après quoi, soit il y avait un
lit, soit il se laissait choir sur le sol, en proie à ses
terribles douleurs abdominales, et tout ce que
l'on pouvait faire était de lui apporter un coca le
plus rapidement possible.

L'espoir de voir Michèle s'améliorer allait
s'amenuisant pour les deux garçons. Ils n'y
croyaient plus beaucoup. On avait l'impression
que Michèle ne s'intéressait à rien – elle prétendait le contraire, mais les faits parlaient d'eux-
mêmes. « Je veux dire, genre, en dehors de toi »,
lui précisait Andreas.

Lisa les avait prévenus. Elle avait observé
Michèle une minute et leur avait souhaité bien du
plaisir. C'était à l'occasion d'une fête que les Aramentis donnaient chez eux, aux frais du studio,
pour être agréables à Bruce Willis et à sa bande
qui repartaient le lendemain pour les États-Unis.

Michèle avait lancé des invitations tous azimuts et elle s'était maquillée. Elle avait à peine l'âge des deux garçons, mais elle ressemblait à une femme sous les projecteurs du jardin. Une femme qui, d'après Lisa, allait les décevoir. Une femme qui visiblement aurait la tête ailleurs.

Même si on la tannait durant des jours, Lisa refusait de révéler ce sur quoi elle fondait son opinion, mais elle donnait l'impression de détenir des preuves formelles, elle semblait vraiment avoir le don de décrypter l'invisible. Evy aurait pu multiplier les exemples où elle avait vu juste. Il ne pariait plus avec elle. Aussi, partant du principe qu'elle ne se trompait pour ainsi dire jamais, n'avaient-ils pas trouvé très réjouissant d'apprendre que Michèle n'allait pas répondre à leur attente.

Ensuite, vers trois heures du matin, Michèle avait demandé des explications, au cours d'une séance assez pénible. La bouche tremblante de colère, au bord des larmes, dans l'ombre d'un massif de yuccas auxquels étaient accrochés des rubans, elle tenait à savoir pourquoi Lisa colportait de telles horreurs sur son compte – Andreas était allé lui dire qu'elle ne vaudrait rien plus tard, chose que l'on pouvait voir au premier coup d'œil.

La mauvaise réputation de Lisa, la méfiance et la haine que lui vouaient certaines filles du collège n'étaient pas vraiment méritées. Il n'y avait de sa part aucune volonté de blesser, aucun réel plaisir à médire. Il n'y avait aucune méchanceté dans ses jugements, sinon l'obligation d'être honnête et de dire les choses comme elles étaient.

Evy repensait à cet épisode tout en observant d'en haut Marlène Aramentis qui errait en maillot de bain autour de la piscine dont la surface paraissait battue par une tempête – une avalanche de cris, de mains et de pieds, parfaitement détestable. Debout, le pantalon aux chevilles, il était à son tour l'objet des attentions de Michèle et il revoyait Lisa, conscient du vide qu'il ne parvenait pas à combler, il voyait son visage flotter pardessus l'épaule de l'apprentie suceuse qui le besognait au pas de charge, d'un air absent. Lisa aurait-elle souri en le voyant ? Lui aurait-elle demandé s'il prenait son pied ?

Lorsque Richard et Laure se lançaient la vaisselle à la tête, lorsqu'ils se poursuivaient d'une pièce à l'autre en hurlant, lorsqu'on finissait par souhaiter qu'ils s'étranglent mutuellement, c'était une chance d'avoir Lisa.

Evy entrait sans frapper et il allait s'installer sur le lit avec un magazine. Lisa continuait de pianoter sur son ordinateur. Quelquefois, elle avait des bières ou quelque chose à fumer. S'il se produisait un fracas inhabituel, ils dressaient l'oreille une seconde puis reprenaient leur occupation. Mais c'était pénible malgré tout.

Richard et Laure. On devinait une telle douleur chez de semblables couples, une telle frustration, une telle incroyable colère, une telle frayeur aussi, qu'il n'était pas toujours facile pour Evy et sa sœur de se tenir hors de portée. Parfois, il valait encore mieux filer par la fenêtre et marcher à travers bois ou longer la route ou faire n'importe quoi plutôt que de supporter ça une minute de plus.

Pendant ce temps-là, Marlène Aramentis regardait sa montre puis elle levait les yeux vers le ciel qui rougeoyait tandis qu'un troupeau de préadolescents déchaînés cavalait furieusement sur son domaine ou tentait de pénétrer dans la maison malgré ses consignes.

« Tu nous rends malades, déclara Andreas. Ma vieille, je plains le pauvre type que tu épouseras. »

Ils quittèrent la chambre de Michèle un instant plus tard. En descendant, Andreas lui conseilla de baiser franchement, comme tout le monde, car ça devenait trop comique, mais Michèle refusa d'en discuter, elle refusa *obstinément* d'aborder le sujet une fois de plus.

Dans le salon, ils tombèrent nez à nez avec Anaïs Delacosta et Evy lui sauta à la gorge.

★

À dix-huit ans, Anaïs était une énorme fille d'environ cent kilos, mais étonnamment souple et sans états d'âme. Elle frappa Evy en pleine figure, de son énorme poing rose et boudiné, et l'envoya valser contre la bibliothèque.

« Pas la peine de t'exciter, lui dit-elle. J'ai remis les choses à leur place. »

Elle n'était pas le moins du monde troublée par la vue du sang, contrairement à Marlène qui poussa un cri et sortit un mouchoir de sa manche en découvrant le spectacle. D'une manière générale, Anaïs Delacosta était insensible à la souffrance physique des autres, étant elle-même la source, le foyer de mille tourments perpétuels.

Elle était prête à l'affronter de nouveau si c'était ce qu'il voulait. « Ce petit merdeux », se disait-elle en dépliant son poing qui était aussi raide que si elle l'avait plongé dans la glace. Elle avait toujours trouvé qu'Evy était un peu trop là, un peu trop dans les parages au temps de Lisa, de son point de vue, alors voilà, elle venait de lui faire un prix pour l'ensemble. Marlène Aramentis engageait Evy à garder la tête en arrière. Anaïs n'avait pas de regrets.

Quelques heures plus tôt, de bon matin, elle avait grimpé en haut de cet arbre au risque de se rompre le cou. De simples morceaux de bois, cloués à même le tronc et censés vous conduire au cœur des branches, dans l'étincellement du feuillage. Autrefois, on y accédait au moyen d'une échelle de corde que Richard avait fini par installer pour rendre visite à ses enfants quand il était en état de le faire – et rien n'était plus beau dans son souvenir, rien n'était plus fort que les nuits passées là-haut, à la belle étoile, en leur compagnie, avec une simple couverture et une pommade antimoustiques et absolument hors d'atteinte, absolument intouchable, complètement à l'abri du chaos et des créatures rampantes qui étaient nombreuses à cette époque.

Anaïs avait levé les yeux sur la plate-forme et un filet de sueur lui en avait coulé entre les fesses. Elle était seule. Elle était consciente que si elle tombait, si l'une de ces espèces de marches à moitié vermoulues cédait sous son poids et qu'elle se faisait mal, les chances qu'on la découvre et qu'on lui porte secours étaient minces.

Richard avait payé un vieux hippie humanophobe, Dany Clarence, qui vivait sur l'autre versant de la colline, dans une sorte de jungle, au milieu des épineux et des chiens errants, pour l'aider à mener son projet à bien. Il avait choisi un grand chêne rouge relativement à l'écart et protégé par un taillis de charmes afin que ses enfants aient l'impression qu'on leur fichait la paix – lui-même poursuivant la quête acharnée d'un refuge où plus rien de sérieux ne parvenait jusqu'à ses oreilles – et ensuite, après deux semaines de labeur, ils avaient contemplé, satisfaits – lessivé, pour ce qui concernait Richard –, le fruit de leur travail. On y avait accès par une trappe. Et Laure l'avait traité de fou.

Anaïs y avait mis les pieds, une fois, quand elle avait connu Lisa, mais c'était vraiment pour lui faire plaisir et fumer de l'herbe car sinon elle avait mieux à faire que de grimper aux arbres – surtout quand tout grinçait et craquait sous son poids. Elle trouvait d'ailleurs que Lisa avait passé l'âge, que les histoires de cabanes dans les arbres étaient juste assez bonnes pour son frère. Elle n'était pas impressionnée par la vue, elle n'était pas impressionnée par le ciel – qui arrachait des larmes de joie à Richard –, mais elle était impressionnée par l'intérêt qu'une sœur aînée pouvait porter à son plus jeune frère, qui selon elle, en l'occurrence, ne valait pas mieux qu'un autre.

Pour des générations entières de sœurs aînées, le frère cadet avait toujours et tout naturellement endossé le rôle de tête de Turc, Anaïs en avait de nombreux exemples autour d'elle, mais celui-là semblait avoir plus de chance que les autres.

Pas jusqu'au point, cependant, d'éviter une petite correction de temps en temps. Evy avait besoin qu'on le remette à sa place. Le monde n'avait pas encore basculé.

Marlène Aramentis l'entraîna vers une salle de bains, répétant qu'elle ne comprenait pas ce qui se passait, mais comment l'aurait-elle pu ?

Après la mort de Lisa, très vite, Laure avait pensé se débarrasser des affaires de sa fille en les donnant à la Croix-Rouge. Elle était sur le point de les appeler quand Richard avait soudain craqué et s'était senti mal. Plus tard ils avaient fini par trouver un compromis avant de regagner leurs chambres respectives. Dès le lendemain matin, aux premières heures, Richard était descendu en ville et en avait rapporté cinq malles de tôle de couleur bleu marine qu'il avait transportées sur son dos de la voiture à la chambre, puis, cette fois pleines, cadenassées, pesant au moins cinquante kilos chacune, de la chambre au sous-sol où, empilées, elles se trouvaient encore aujourd'hui – un sarcophage, un monolithe enduit de peinture brillante que les Trendel s'efforçaient d'oublier.

Il s'était démoli les reins au cours de l'exercice. Le nerf sciatique partant du haut de sa fesse et descendant à l'arrière de sa cuisse droite lui occasionnait des douleurs à couper le souffle aussitôt qu'il tentait de glisser un pied par terre ou de redresser les coussins de son fauteuil – il semblait que les analgésiques et les anti-inflammatoires n'avaient plus aucun effet sur lui et de nombreux ex-junkies prétendent la même chose. Mais il ne regrettait pas d'avoir payé ce prix pour s'être opposé à l'abandon et à l'éparpillement des affaires de sa fille. Il poussait des hurlements terribles quand son nerf se coinçait, évoquait des poignards, des coups de lance, un puissant courant électrique qui le tétanisait dès qu'il remuait un cil, mais à travers les larmes de souffrance qui lui brouillaient la vue, son âme souriait, son âme se remettait à vivre durant un instant.

Evy avait trouvé ce combat minable. En général, les réactions de son père après la mort de Lisa, les états dans lesquels il s'était mis jusque dans des lieux publics, éclaboussant tout le monde de ses larmes, envahissant les oreilles de ses gémissements incontrôlables, ce genre de manifestations, Evy les détestait royalement. Elles le dégoûtaient.

Il tenait encore son nez en l'air tandis qu'il poursuivait son chemin d'un pas rapide en compagnie d'Andreas, mais l'hémorragie était stoppée. Ils coupèrent à travers bois et la lumière les couvrit de pétales d'or, moucheta le sol qui dégageait une forte odeur de terre. À mesure qu'il approchait, il marchait plus vite et énumérait à voix haute les sombres punitions qu'Anaïs allait subir si elle avait menti, à quoi Andreas sur ses talons ajoutait qu'il fallait se lever tôt pour savoir ce que Lisa lui avait trouvé de spécial.

« Merde, elle est complètement givrée », conclut-il lorsqu'ils arrivèrent, légèrement essoufflés, au pied du fameux chêne rouge – aux branches duquel Richard Trendel était resté suspendu durant deux semaines avec un marteau et des clous à une époque où ses enfants étaient encore des enfants.

Sans lui répondre, Evy se débarrassa de son sac et s'éleva vers la plate-forme en utilisant les échelons que Richard avait taillés dans des planches de teck en provenance de la véranda que ses parents lui avaient offerte – « Cette foutue véranda, disait-il, ces deux vieux cinglés ! », mais il était incapable de lever un doigt pour les empêcher de déverser leur folie, leur entêtement sénile, leur abject et cauchemardesque optimisme sur ses propres pieds, dans sa propre vie, car il était sous méthadone, absolument sans défense.

Pour avoir vu son père transpirer à grosses gouttes en plantant un simple clou, pâlir d'épuisement en sciant quelques planches, frissonner au-dessus du vide – mais refusant d'admettre qu'il avait présumé de ses forces et poursuivant sa besogne avec l'énergie du désespoir –, Evy entretenait une relation particulière, intime, obscure avec l'ouvrage en question. Il connaissait la place de chaque barreau, leur ajustement approximatif, leur inégalité. Il les utilisait même de préférence à l'échelle de corde qui s'était imposée autrefois – à la suite d'une ou deux chutes sans gravité, certains parents hyper-angoissés avaient instamment prié Richard d'améliorer son système alors que l'on venait d'obtenir le rehaussement des ralentisseurs et le doublement des patrouilles de nuit –, et il s'y accrochait toujours avec une parfaite assurance, il les empoignait avec un plaisir secret. Lorsque Richard s'était attaqué à la mise en place de ces fameux barreaux, il y avait bien longtemps qu'il n'était plus capable de fabriquer grand-chose de ses deux mains. Evy se souvenait que son père restait parfois plusieurs jours d'affilée sans sortir de son bureau, totalement inactif, recroquevillé sur son canapé, inerte, les yeux à peine ouverts, si bien que la construction de cette plate-forme et de son acrobatique moyen d'accès ressemblait à un vrai miracle dans l'existence des Trendel, à la preuve que tout n'était pas irrémédiablement fichu.

Imaginer Anaïs grimpant là-haut, pesant de tout son poids sur deux clous de charpentier livrés depuis cinq ans aux intempéries, atteignait les limites du concevable.

Il se hissa sur la plate-forme en songeant qu'il allait devoir munir la trappe d'un solide cadenas.

★

Il s'agissait d'une boîte tupperware grand modèle dont le couvercle de plastique avait jauni. Elle contenait une série de photos de Lisa et quelques-unes de ses affaires personnelles qu'Evy avait soustraites aux ténèbres des malles qui avaient pris racine au sous-sol : une brosse à cheveux, un rouge à lèvres, un caraco de coton blanc, ses dents de lait, un gant de cuir – l'autre avait été cisaillé par le fer d'un patin à glace -, son passeport, des panties et un tee-shirt qui lui servait de pyjama.

Rien ne manquait, mais il vérifia cependant les photos tandis qu'Andreas qui l'avait rejoint sur le plancher tiédi, en appui sur les coudes, clignait des yeux dans la lumière déclinante, orangée.

« C'est pour te faire chier. Uniquement pour te faire chier. Elle est complètement ravagée, je l'ai toujours dit. »

Evy était perplexe, mais il n'avait pas d'autre explication à proposer. Comme beaucoup, il avait toujours pensé qu'Anaïs n'était pas tout à fait normale, qu'une fille aussi grosse n'appartenait pas au même monde que les autres et qu'il fallait s'en méfier.

Il y avait longtemps qu'il n'était pas venu, peut-être un mois. En tout cas, ses visites s'espaçaient. Puis Anaïs l'avait tiré brutalement de sa torpeur. « J'ai pas besoin d'avoir ta permission, lui avait-elle déclaré d'un air mauvais. T'es le gardien de rien du tout, tu sais ça ? » À dix-huit ans, Anaïs Delacosta avait déjà des cicatrices sur le visage. Incroyable mais vrai. Et de bon matin, Evy ne se sentait pas prêt à recevoir une correction en public.

Sans doute ne pesait-il que la moitié du poids d'Anaïs. Il n'avait aucune illusion. Mais la rage qui l'avait envahi pouvait attendre une occasion plus favorable s'il désirait au moins s'épargner cette humiliation. « On va en reparler », lui avait-il répliqué avant de regagner sa classe et d'aller disséquer un crapaud.

Il toucha son nez légèrement enflé. Comme prévu, l'affrontement n'avait pas tourné à son avantage, mais il estimait que le message était passé.

« Tu crois ça, soupira Andreas. Tu crois vraiment ça. T'as vu la couche à traverser ? »

Ils s'étendirent un instant au soleil, les mains croisées derrière la tête, sous un ciel uniformément bleu. C'était un peu moins confortable que par le passé car le plancher s'était disjoint, mais l'impression d'être allongé dans un nid dont les bords étaient constitués d'un feuillage rougeoyant restait exactement la même, et ils avaient beau ne plus courir après, ils avaient beau avoir trouvé d'autres sources d'intérêt depuis qu'un autre monde s'était révélé à eux, il leur arrivait encore d'apprécier – surtout avec de l'herbe et de la bière – le grand œuvre de Richard Trendel, plus connu sous le nom du Menuisier Volant.

Sans parler d'un côté magique, Michèle elle-même suçait avec une once d'imagination supplémentaire quand ils s'y retrouvaient, les étoiles devaient l'inspirer ou l'air saturé de chlorophylle, allez savoir, ou encore l'obscurité naturelle traversée par un air pur, très légèrement parfumé à la résine. « N'empêche que quand j'y pense, reprit Andreas, je me demande si elle le fait pas exprès. Elle est quand même pas bornée à ce point, j'imagine. C'est quand même pas sorcier d'être un peu plus cool. »

Mû par une impulsion soudaine, il empoigna son téléphone et il lui demanda si elle ne voulait pas venir les rejoindre mais elle lui répondit que c'était impossible car sa mère n'était plus en état de supporter seule les cris et les débordements d'une quinzaine d'enfants déchaînés – les deux étudiantes avaient été précipitées dans la piscine et s'étaient réfugiées dans les douches.

« Tu perds une occasion de te rattraper », lui déclara-t-il.

Il coupa la communication avec une grimace et tira sur son col à cause de la chaleur qui irradiait du plancher. Ils dominaient les bois. Les villas, pourtant opulentes et d'appréciables dimensions, étaient invisibles, noyées dans un océan de feuillage aux couleurs encore vives, rouge vermillon, vert sapin et jaune d'or, seul le tracé de la route formait une dépression dont la raideur n'était pas naturelle. En hiver, on pouvait voir les eaux du lac, leur scintillement immobile dans l'air vif, à travers la futaie.

Evy jeta un dernier coup d'œil sur les affaires de sa sœur, puis il referma la boîte sous le regard plissé d'Andreas qui n'aimait pas trop le côté morbide de ces reliques – la petite amie de sa mère transportait les cendres de ses parents dans des urnes *et je te jure que c'est à gerber,* assurait-il, *je pense à leurs têtes cuites, à leurs boyaux cramés et réduits en cendres. Beurk!*

Evy replaça la boîte, dont la fermeture était garantie hermétique par la marque aux millions de convertis de par le monde depuis le début des années cinquante – depuis le jour où Brownie Wise avait fait sa première démonstration à domicile et empoché sa première commande –, il l'enfonça dans la cavité noircie et spongieuse d'une grosse branche qu'il avait patiemment agrandie à cette fin et la recouvrit d'une poignée de feuilles mortes. Quand ils y venaient régulièrement, quelques années plus tôt, ils utilisaient déjà cette cachette pour les bouteilles de bière et l'herbe qu'Anaïs consentait à leur vendre avec l'accord de Lisa – ils se retrouvaient raides défoncés à sept ou huit mètres du sol, en train de chahuter sur une plate-forme dont les garde-fous ne dépassaient pas cinquante centimètres, si bien que l'inquiétude de certains parents dégénérés n'était pas entièrement infondée, objectivement.

En profanant, de ses affreux battoirs, la niche qui accueillait les affaires de Lisa, Anaïs avait démontré qu'elle ne valait rien du tout. Que ceux qui avaient cru voir en elle une profondeur et une personne capable de vrais sentiments, une personne de confiance pour le moins, s'étaient bien fourvoyés sur son compte.

« Et si on flanquait des lames de rasoir ? » proposa Andreas.

Le soir commençait à tomber et une odeur de feu de bois rampait dans le lointain – sans doute en provenance de chez Dany Clarence qui luttait contre l'humidité envahissant l'autre versant de la colline dès les premiers jours de l'automne, été indien ou pas.

Brigitte, la femme qui vivait avec la mère d'Andreas depuis que celui-ci avait quatre ans, arrosait la pelouse en fumant une cigarette. En face, les Fortville prenaient un verre avec des amis et leurs enfants couraient d'un buisson à l'autre comme si leur propre peau les démangeait. « Comment ça va, les garçons ? » leur lança Brigitte.

★

À quarante-cinq ans, Laure Trendel faisait encore tourner la tête de jeunes types – qui fantasmaient sur les actrices et imaginaient qu'elles pouvaient leur donner un coup de pouce –, mais la vérité était qu'elle s'étiolait et qu'elle buvait beaucoup trop. Judith Beverini et elle se préparaient des cocktails dès le milieu de l'après-midi.

Elle était encore mince. Soit. Elle avait encore une certaine allure, mais les traits de son visage s'étaient terriblement durcis. Lorsqu'elle relevait ses cheveux, l'effet était encore plus saisissant. C'était à présent une beauté blême, tragique, pleine de ressentiment et de douleur si elle restait trop longtemps à jeun.

La mort de sa fille l'avait sacrément secouée. Parfois elle ne s'habillait pas de la journée, se maquillait à peine, portait des lunettes noires. Il fallait toute l'énergie de Judith pour la traîner en ville. Quand Richard daignait sortir de son bureau, victime lui aussi d'une humeur dépressive depuis le drame, et qu'ils se croisaient, ils n'avaient pas toujours quelque chose à se dire, ou alors il fallait chercher, ou s'abandonner aux pires banalités. Elle lui achetait encore ses slips et ses chaussettes, mais elle ne pouvait plus compter sur lui.

Son fils, c'était autre chose : elle lui en voulait. Elle se trouvait sur la véranda, les reins calés contre la balustrade, et elle avait son agent au téléphone.

Ils échangèrent un regard et il traversa le vaste salon, construit sur deux niveaux autour d'une cheminée centrale, sobrement agencé en dehors d'un excès de photos sur les murs, salon d'esprit japonisant sur les bords, décoré de fleurs qu'on livrait une fois par semaine, seul véritable luxe dont les Trendel ne s'étaient jamais privés, même aux heures les plus sombres de leurs soucis financiers.

C'était la semaine des tulipes Pink Beauty.

« Qu'est-ce que c'est que cette histoire avec Anaïs ? » demanda-t-elle.

Evy se tourna vers le frigo en haussant les épaules. La piscine des voisins était illuminée mais personne ne s'y baignait depuis l'été – Patricia et Georges Croze, respectivement premier violon et directeur de l'orchestre philharmonique, étaient rentrés d'un séjour aux Seychelles avec une maladie de peau, une sorte de gale assez repoussante, qui les inhibait, les empêchait de se montrer. La lune se levait au-dessus des liquidambars, argentait les haies séparant les voies des larges et chatoyantes allées qui sillonnaient la colline, scintillait au loin dans les épicéas qui dévalaient vers la ville réduite à une simple lueur d'un rose poudreux. Dans un coin du jardin se dressait un petit bungalow que l'ancien propriétaire – l'homme avait fait fortune dans le rock et avait acheté plus grand – utilisait pour entretenir sa forme et soigner sa musculature. Richard avait tout bazardé et avait transformé l'endroit en bureau. Aucune lumière ne brillait aux fenêtres.

Se retrouver seul avec sa mère n'était pas ce

qu'Evy préférait, mais il n'avait rien senti en la croisant, aucune électricité dans l'air, et rien d'alarmant dans le ton sur lequel elle venait de l'interroger, si bien que ça pouvait être acceptable si on restait dans ces eaux-là – en revanche, il arrivait parfois que la tension entre eux fût si forte, si terrible, même s'ils n'avaient pas encore échangé un mot, qu'il devait monter dans sa chambre et claquer la porte pour éviter l'embrasement et la fermer à clé.

Il s'installa au bar, se jucha sur un tabouret avec une assiette de poulet froid. La lumière provenait de petits halogènes qui respectaient la douce ambiance du soir dans la pièce et se concentraient sur le comptoir sans toucher directement les visages – un parfait no man's land. Laure prétendait que le poulet était sans doute le moins risqué, enfin s'il provenait d'une ferme, et surtout pas de l'autre bout du monde par où les maladies explosaient et continueraient à exploser, les gens étant ce qu'ils étaient.

« Veux-tu que je prépare une mayonnaise ? » demanda-t-elle.

Elle était donc bien de bonne humeur. Il déclina son offre. Elle se sentait toujours mieux quand Richard n'était pas là. Et réellement tout à fait bien quand à l'absence de celui-ci s'ajoutaient une ou deux bonnes nouvelles de la part de son agent. On lui découvrait alors un pli un peu vulgaire aux lèvres, un pli de jouissance, comme chaque fois que l'on donnait des gages à son talent, que l'on flattait la croupe de son orgueil – même si l'affaire se terminait dans un vague téléfilm pour le câble ou dans une boîte à la mode pour la promotion d'une nouvelle montre extraplate.

Elle laissa un tabouret vide entre eux. Elle alluma une cigarette en examinant le profil de son fils avec lequel les choses étaient si difficiles, si contraires à tout ce qu'elle avait toujours souhaité et si certainement dénuées d'espoir. Elle n'avait pas pris un seul petit déjeuner avec lui depuis huit mois, mais en avait-elle eu la force ? Avait-elle eu d'autre solution que les somnifères ? La vie ne continuait pas, la vie revenait sans cesse au point de départ en ce qui la concernait. Chaque jour était le jour de la mort de Lisa.

Evy demanda où était son père.

Elle n'en savait rien. Sans doute s'occupait-il de la diffusion de son dernier ouvrage et donnait-il une lecture dans une campagne ou dans une station balnéaire au mois d'octobre.

« J'aimerais quand même te dire une chose : j'apprécierais que tu ne te bagarres pas avec une *fille*. Surtout devant Marlène Aramentis qui va encore prétendre que si quelque chose ne va pas chez toi, c'est moi qui en suis responsable. »

Evy hocha la tête. Il n'avait pas très envie de discuter, et encore moins d'aborder ce sujet avec elle. Il se demandait comment il allait pouvoir empêcher Anaïs, ou qui que ce soit d'autre, d'aller à nouveau fouiller dans ses affaires. Devait-il les changer d'endroit ou trouver un moyen pour interdire l'accès à la plate-forme? Un cadenas suffirait-il? Sinon quoi? Il avait besoin d'y réfléchir.

« Si Lisa était là, elle n'approuverait sûrement pas la manière dont vous vous comportez l'un envers l'autre. Je doute qu'elle aurait apprécié. »

Elle souffla un long jet de fumée vers le plafond dont la hauteur se perdait dans la pénombre. Elle le regarda manger un yaourt.

« Qu'est-ce qui lui prend, à cette pauvre Anaïs? Tu peux me dire ce qui se passe? »

Il fit une grimace évasive.

« Mais comment veux-tu que je sache? Comment savoir ce qu'elle a dans le crâne? »

Richard et Laure l'avaient toujours prise pour une cinglée, comme à peu près tout le monde. Qui se souciait d'Anaïs? Ce qui leur importait, en fin de compte, c'était de montrer qu'ils avaient l'esprit ouvert et qu'une grosse fille mal fagotée ne les rebutait en aucune façon. Il se laissa glisser du tabouret et rangea ses couverts dans le lave-vaisselle.

« Tu ne sors pas? » fit-il en guise de diversion.

Elle ne put s'empêcher de lui annoncer qu'elle venait d'avoir une conversation assez formidable avec son agent, *et tu connais Éric, il n'est pas du genre à s'enthousiasmer facilement,* poursuivit-elle sans parvenir à cacher la petite flamme qui brûlait en elle.

Aussi Laure descendait-elle en ville pour un *premier contact.* Mais elle se sentait confiante, elle se sentait à nouveau sur le point de reprendre sa carrière là où elle l'avait laissée, *et tu sais, ces choses-là se sentent,* lui déclara-t-elle en essayant de deviner ses pensées, *ces choses-là se sentent, tu sais. Difficile de s'y tromper.*

Le rôle était pour elle. Souriant tristement, elle affirma qu'elle saisissait comme jamais la dérision et la vacuité de tout ce qui touchait à sa carrière, mais que continuer comme ça n'était plus possible.

« Tu ne le croirais pas, mais j'ai un vrai talent », fit-elle sur un ton plus léger.

Autrefois, le petit déjeuner était le seul moment où toute la famille était réunie – Richard et Laure y avaient veillé tant bien que mal, s'y étaient plus ou moins cramponnés en ruminant un rougissant et vif sentiment de culpabilité. À présent, il ne restait plus rien et, bien que vivant sous le même toit, ils pouvaient passer plusieurs jours sans se croiser une seule fois, sans que rien ne vienne leur démontrer qu'ils ne vivaient pas seuls, que chacun n'était pas l'unique habitant de cette maison.

Evy trouvait que ces tentatives de rapprochement étaient plutôt pénibles. Quand son père ou sa mère tâchaient d'établir avec lui un climat de complicité – qui en général s'évaporait dans l'heure –, il se sentait gêné pour eux. Il trouvait que c'était un fichu quart d'heure à passer, dont personne ne sortait grandi, mais il était conscient que sa position était plus vulnérable depuis la mort de Lisa.

« C'est bien, non? Alors tu es contente? »

Elle acquiesça tandis qu'il s'installait sur un canapé et que, penché sur la table basse, il commençait à feuilleter un numéro de *Vogue* qui faisait le point sur les injections de toxine botulique.

★

Pendant que sa mère se préparait, il descendit au sous-sol. Il ne trouva ni cadenas ni rien qui lui aurait permis de boucler la trappe.

Il examina de nouveau la possibilité de changer le tupperware de place, ou de l'enterrer quelque part, mais il ne parvenait pas à s'y résoudre. Sa colère contre Anaïs ne faisait qu'augmenter.

La vue d'une scie lui donna l'idée de saboter les échelons. Une image fugitive lui traversa l'esprit : Anaïs dégringolant dans le vide, les bras tournoyant dans les airs. Puis il entendit que sa mère l'appelait.

Il vécut alors une scène complètement surréaliste.

Laure l'attendait dans le hall. Ce soir-là, il y avait en elle quelque chose d'éclatant et il en fut impressionné une seconde. Elle lui fit signe d'approcher.

« J'ai besoin que tu m'embrasses », lui déclarat-elle en vrillant ses yeux dans les siens.

Il se demanda s'il avait bien entendu. Ou si elle avait pris quelque chose. Ils ne s'étaient pas touchés depuis des mois.

« Tout va bien se passer, lui dit-il. Pas de panique. »

Elle l'attrapa par la manche.

« J'ai besoin que tu m'embrasses. Un point c'est tout. »

Il l'embrassa, mais en fait elle l'étreignit. Elle perdit les pédales durant un instant et l'étreignit vigoureusement.

« Nous allons nous en sortir, lui souffla-t-elle. Nous allons prendre un nouveau départ, je te le promets. »

Evy en resta stupéfait. Fixant les diodes luminescentes de l'alarme qui clignotaient au mur, il était sans réaction.

Elle le relâcha. Puis elle lui adressa un tendre clin d'œil en franchissant la porte.

Trente secondes de folie complète. Immobile dans le hall, Evy sentait encore les bras de sa mère enroulés autour de lui, sa poitrine serrée contre la sienne. Il entendit le ronflement du moteur de la Cherokee. Mais il y avait au moins un point positif dans l'histoire, le pire étant quand elle tournait en rond dans la maison, quand elle n'avait pas le moindre boulot et qu'elle passait son temps en compagnie de Judith Beverini, à jaser du matin au soir. Evy croisa les doigts pour qu'elle décroche ce rôle qui semblait lui avoir fait perdre la raison.

Il alla s'asseoir. Il aimait quand il n'y avait personne, que la maison était vide. Il n'avait pas besoin de se réfugier dans sa chambre. Il aimait la noirceur de la nuit, derrière les baies, le silence profond qui l'engloutissait, quelques minutes après que ses parents avaient filé l'un derrière l'autre – ou ensemble à des réceptions officielles. Il en profitait pour penser à Lisa, l'imaginant évoluer dans la pièce, partageant une bière avec elle comme lorsqu'elle était bien disposée, et c'était là qu'elle lui manquait le plus et qu'en même temps elle était si proche, dans cette maison où ils avaient grandi sans pressentir le danger qui les guettait.

Il pensa que la scie n'était pas la plus mauvaise des solutions, d'autant qu'un cadenas pouvait être facilement arraché si l'on revenait outillé. Il alluma la télé et balaya les chaînes sans rien y trouver de captivant – la plupart donnaient la nausée.

Les vitres du salon étaient traitées de façon que l'on ne puisse pas voir grand-chose de l'extérieur et elles étaient à l'épreuve des balles – à l'épreuve des groupies, leur avait confié la rock star. Par contre, on voyait les gens arriver depuis l'allée, dès qu'ils débouchaient de l'ombre des liquidambars – ce qui laissait le temps de se débiner si l'on n'était pas d'humeur ou en état. Les gens sonnaient et ensuite ils venaient se coller à la vitre, la main en visière sur le front, et ils cherchaient en grimaçant à percer le mystère de l'intérieur.

Quoi qu'il en soit, il avait déjà pensé à la scie avant d'apercevoir Anaïs.

Cette fois, elle avait abandonné ce short atroce, en jean effrangé, qui faisait fureur trente ans plus tôt mais qu'elle s'entêtait à mettre par pure provocation, par pure envie d'accroître le malaise que son physique provoquait chez les autres. Elle portait un pantalon et un tee-shirt noirs qui rendait son teint plus laiteux et sa taille presque visible.

Elle sonna. Puis elle finit par lancer : « Ouvre-moi, Trouduc ! »

Il s'exécuta, puis il tourna les talons, lui laissant le soin de refermer la porte.

Ils s'installèrent sur les canapés, de part et d'autre de la table basse. Sans dire un mot, mais sans quitter Evy du regard, Anaïs fit jaillir de ses mains un stick d'herbe pure, de ceux qu'elle roulait à l'avance et vendait à la pièce dans l'enceinte de l'école – dont son père était le directeur. Elle l'alluma et inspira en faisant siffler l'air entre ses dents.

«Pourquoi ne m'avais-tu jamais parlé de ces photos? demanda-t-elle en plissant les yeux. De quel droit tu te les es appropriées?»

Elle lui tendit le stick en soufflant un jet de fumée sur le côté.

«J'aurais très bien pu les garder, fit-elle en hochant la tête. C'était tout ce que tu méritais. C'est ce que j'aurais dû faire. J'aime autant te dire que j'étais folle de rage après toi. Et je le suis encore.»

Evy avait tiré une bouffée et la gardait bloquée dans ses poumons. Il sentit que l'herbe lui montait directement au cerveau. Il en avala une deuxième et tendit la suite à Anaïs.

«Et en quel honneur? interrogea-t-il.

— Quoi, en quel honneur?

— En quel honneur tu les aurais gardées?»

Ce qui n'allait pas, chez Anaïs, était sa propension à croire que son indéfectible attachement pour Lisa lui donnait tous les droits. Droit de regard, droit d'investigation, droit de se poser comme la grande prêtresse du temple, droit d'à peu près tout ce qui lui passait par la tête. Evy considérait que tout ça prenait racine dans la part de terreau malade qui habitait cette fille.

Certes, la mort de Lisa l'avait frappée en plein cœur, l'avait probablement anéantie, mais quelle prétention elle avait, quelle méconnaissance des liens du sang quand elle estimait qu'Evy n'avait aucune priorité sur elle.

Son herbe était bonne. Il ne disait pas qu'Anaïs était sans qualités, qu'il n'y avait pas une fille qui valait largement les autres sous l'épaisse et molle écorce de saindoux qui l'enveloppait, mais elle avait à maintes reprises, aujourd'hui en constituait le meilleur exemple, sacrément à maintes reprises dépassé les bornes.

Combien de fois avaient-ils failli en venir aux mains ? Combien de fois l'avait-elle attrapé, combien de fois s'était-il dégagé d'une secousse ? Combien de fois, se dévisageant, avaient-ils eu des goûts de meurtre à la bouche ?

« Je peux savoir pourquoi tu m'en as jamais parlé ? Je peux savoir pourquoi j'étais pas au courant que tu gardais tout ça ? »

Evy haussa les épaules. Il voyait le torse d'Anaïs qui se bombait à mesure qu'elle tirait une bouffée, ses joues qui se creusaient, ses yeux qui rapetissaient, il sentait la nostalgie qu'elle éprouvait en étant assise là, en respirant l'air de cette maison.

D'ailleurs, elle soupira. « Mec, tu m'as drôlement déçue. J'ai vraiment été déçue par ton attitude. »

Il tendit la main pour lui rappeler qu'elle n'était pas seule, sinon elle était partie pour tout fumer.

« Une fois de plus », poursuivit-elle en lui passant le relais.

Des volutes de fumée jaunâtre se tordaient

comme des spectres dans l'obscurité silencieuse qui remplissait les blancs.

« J'ai dit *une fois de plus*. Okay ? Sans commentaires. »

Elle avait tout essayé, avec lui. Car elle ne croyait pas à la thèse communément admise de l'accident stupide, elle ne voulait y croire à aucun prix de peur de finir prostrée dans un coin de sa chambre, à jamais perdue pour elle-même. Aussi, cette vérité qui lui échappait s'entêtait-elle à la poursuivre, à la pister, à la traquer et avait-elle soumis Evy plus que quiconque au feu de ses questions, à la charge incessante de son incrédulité, à la pression qu'elle-même ressentait contre sa propre gorge, avec un acharnement inépuisable.

Tant et si bien qu'elle avait perdu le peu de sympathie qu'il avait pour elle – en eût-il subsisté encore un brin, ce brin aurait définitivement disparu aujourd'hui.

« Qu'est-ce que tu dirais, si je fouillais dans tes affaires ? Tu serais la première à t'étrangler. Toi la première. »

Quand elle renonçait à la violence, quand elle ne flambait pas de l'intérieur, quand elle avait suffisamment fumé, quand elle admettait implicitement qu'elle n'était pas sans taches, Anaïs finissait par secouer la tête et elle regardait ailleurs.

Sa part de responsabilité, elle la connaissait.

Elle s'était arraché des poignées de cheveux, littéralement, en se repassant le film de cette soirée maudite. Elle avait tant manqué à son rôle,
tant négligé son rôle en laissant Lisa partir dans
l'état où elle était. Evy avait prétendu que sa
sœur avait coulé à pic. Beuglant comme un animal blessé, Anaïs en avait arraché des poignées
pour se punir d'avoir failli à la seule mission qui
importait dans sa triste et lamentable existence.
Il n'y avait d'ailleurs pas si longtemps qu'ils
avaient repoussé. De tête, Anaïs n'était pas si
mal.

« Si tu crois que j'ai recommencé à dormir, tu
te trompes », soupira-t-elle.

★

Il semblait que la mort de Lisa avait perturbé
le sommeil de plus d'un. À les entendre, ils ne
s'en remettaient pas – même s'ils s'en tiraient
mieux qu'ils ne le pensaient, à les voir –, mais ils
évitaient à présent d'évoquer à voix haute le
doute qui les rongeait, si vague soit-il, ayant
enfin compris – et plus ou moins accepté
– qu'Evy ne dirait jamais vraiment ce qui s'était
passé ce matin-là, aux premières heures du jour,
sur le lac.

Anaïs était d'avis qu'ils devaient tirer un trait
sur les incidents de la journée et garder le
contact. Elle regrettait de s'être énervée. Du

menton, elle indiqua une vilaine Subaru garée sous les arbres et laissa planer la possibilité d'une virée quand l'occasion se présenterait. Car telle était l'obsession de cette fille qu'elle aurait fait n'importe quoi pour ne pas couper tous les ponts avec celui qui *savait.*

Il aéra, après son départ. Une légère nappe de fumée qui stagnait à mi-hauteur de la pièce reflua un court instant avant de disparaître tandis que les phares de la Subaru transperçaient le feuillage en descendant la colline.

Evy retourna au sous-sol, agréablement étourdi, cette fois pour se munir aussi d'une lampe torche. Il souriait. Pensait-elle avoir obtenu le droit de continuer ses conneries ? Pensait-elle que les reproches qu'elle lui avait adressés tenaient la route, qu'il croyait une seconde que la douleur de s'être sentie exclue, de n'avoir pas été informée de l'existence du tupperware en question, constituait l'unique et suffisante justification de la bassesse dont elle s'était rendue coupable ? Non, non, tout ce qu'elle voulait, son seul but, c'était d'entretenir l'étincelle d'une manière ou d'une autre, d'empêcher les ténèbres de se refermer coûte que coûte, cette paumée. Evy était presque sûr de la détester, à présent, mais quelle importance ? Quelle espèce d'importance cela pouvait-il bien avoir ?

L'odeur de la nuit entrait par les soupiraux. La lame de la scie avait l'air d'aller, ainsi que les piles de la torche, par le plus grand des miracles. Quant aux malles, elles offraient toujours un désagréable spectacle, elles irradiaient encore, comme les tombes d'un cimetière.

Il fallait faire en sorte de les ignorer. Il fallait éviter de passer une éternité au sous-sol et tout le monde l'avait bien compris, personne n'avait envie d'être frappé par la submersion que pouvait provoquer leur vue, personne n'avait envie de déclencher cette lame de fond, ni de baigner dans une flaque de larmes – un type venu changer des néons avait carrément *sauté dessus* en voulant se rattraper à l'échelle, avec un chapelet de jurons, et Laure avait tourné vers son fils un regard stupéfié de douleur tandis que les cadenas cliquetaient et grinçaient contre la tôle bringuebalante.

La seule chose qui le tracassait était que, en cas de coup dur, Anaïs pouvait se charger de trafiquer une note ou deux dans le dossier d'un élève. Et par les temps qui couraient, comment se dispenser d'un joker de cette nature ? Trouver de l'herbe n'était pas si ennuyeux, alors qu'obtenir un B quelque part devenait un vrai challenge.

Il quitta la maison en évitant les Croze qui s'étaient glissés dehors et subrepticement installés dans l'ombre avec leurs pommades, leurs poudres et leurs soupirs de rage impuissante. Il s'engagea dans les sous-bois sans utiliser sa lampe car le clair de lune parvenait à filtrer et luisait avec douceur au travers des frondaisons tenaces. Au loin, on entendait des rires et une musique des années quatre-vingt dont la plupart des parents étaient friands.

Il scia un échelon presque entièrement, à six ou sept mètres du sol. Puis il grimpa sur la plate-forme et respira un peu de l'air frais qui courait au-dessus des cimes. Il semblait que les échos de la fête provenaient de chez Alexandra Storer, qui avait fichu son fils en pension après la mort de Lisa.

Tout au bas de la colline, à trois kilomètres de là, des profondeurs d'une dernière frange de bois noirs, on apercevait quelques tours qui avaient récemment surgi des quartiers neufs et qui émergeaient de l'obscurité comme des chandelles translucides sur un nuage de tulle rosâtre.

★

À son retour, il trouva son père assis au bar. Toute la pièce était plongée dans l'ombre tandis que Richard semblait flotter dans un cocon de lumière étincelante. Il portait un costume de lin clair, tellement froissé que c'était sans doute une coquetterie de sa part, son côté écrivain, et il examinait son verre, le manipulait pensivement.

Suite aux excès des années passées, à ses deux séjours en clinique et à son overdose dans une chambre du Bristol de Berlin au cours d'une tournée de lectures, il avait vieilli prématurément et il n'avait jamais pu reprendre cette allure athlétique pour laquelle, en partie, Laure avait succombé et prolongé leur voyage de noces d'un mois entier, que l'on avait dit torride. Pour un homme de quarante-sept ans, il était passablement ridé. Il avait des faux airs de Peter O'Toole, mais d'un Peter O'Toole aux yeux sombres, d'un Peter O'Toole fatigué, et ces derniers mois l'avaient marqué encore davantage.

Il finit par sentir la présence d'Evy et tourna la tête. Mais il lui fallut un instant pour trouver quelque chose à dire.

« Tu étais dehors ? » Il se leva pour échapper au cône de lumière qui le mettait dans une position inconfortable et alla ouvrir une baie qui chuinta discrètement sur ses rails. Il écouta le grésillement des insectes, le claquement d'ailes d'un oiseau nocturne qui s'élança du cèdre et disparut derrière le toit.

Il fumait aussi comme un damné, des anglaises sans filtre dont l'odeur avait à jamais empuanti son bureau. Il en alluma une.

« J'étais chez Alexandra, dit-il. Je pense que Patrick est en train de livrer un vrai bras de fer avec sa mère. D'après ce que j'ai cru comprendre. Je crois qu'il a essayé de mettre le feu à l'établissement. »

Durant quelques secondes, il donna l'impression de scruter les ténèbres du jardin avec la dernière attention, puis il pivota vers son fils et haussa les épaules.

« C'était une décision parfaitement injuste, soupira-t-il. J'aime bien Alexandra, mais c'était une décision vraiment stupide de sa part. »

Evy demanda ce qu'elle allait faire, mais Richard n'en savait rien et il ne voulait surtout pas s'en mêler.

« Est-ce qu'il est viré ?

— Je ne vois pas pourquoi ils le garderaient. À moins qu'Alexandra ne leur signe un sacré chèque, et encore. »

Il se gratta la tête.

« On dirait que ta mère est sur le point de décrocher le gros truc », déclara-t-il en se dirigeant vers le frigo. Il plaça son verre sous le distributeur de glaçons et l'engin imita vaguement le bruit d'une caisse enregistreuse. Puis il retourna au bar et se servit un gin après avoir fourré son nez dans une tulipe Pink Beauty dont les pétales rose vif, striés de blanc, étaient largement ouverts. « Ça devrait nous donner un peu d'oxygène », fit-il en s'adressant à lui-même.

Le bureau du père d'Anaïs ne ressemblait pas à celui d'un directeur d'école. Il était clair et spacieux, pourvu d'un sofa gentiment rebondi, de profonds fauteuils de cuir, d'une imposante bibliothèque, d'un bar escamotable, de stores vénitiens, et il se situait dans un petit pavillon à l'écart, dans l'enceinte de l'école, un havre de tranquillité au sein duquel Vincent Delacosta s'était taillé un solide refuge, une forteresse à l'abri du troupeau d'adolescents hagards dont il avait la charge.

Il y coulait des jours heureux, ayant délégué une bonne partie de ses pouvoirs afin de réduire au maximum ses contacts avec les élèves. En quelques années, il avait perdu tout espoir d'être utile à quelque chose dans ce domaine et, pour parler franchement, ça ne l'intéressait plus. Ses propres enfants eux-mêmes ne l'intéressaient plus : ni Anaïs, qui s'apparentait davantage à un bloc de pierre volcanique insondable, ni son jeune frère âgé d'une dizaine d'années, un hyperactif qui en était à ses 80 mg de Ritalin quotidiens et continuait malgré tout à cligner férocement d'un œil.

Lorsqu'il posait, comme aujourd'hui par exemple, un regard ému sur la symphonie embrasée qui couvrait la colline ou sur les cuisses magnifiques d'Alexandra Storer, il se demandait comment ce monde, un tel monde, était capable de tant de grâce et de tant d'infinie beauté.

Vincent Delacosta était un homme au physique insignifiant, sans aucun charme, sans rien qui puisse donner la moindre idée à une femme un peu vivante, mais il possédait un certain pouvoir en compensation, et il ne manquait pas de l'utiliser chaque fois qu'il en avait l'occasion en sa qualité de directeur de l'école Brillantmont – établissement privé sous contrat d'association avec l'État.

Tous ces pauvres parents, ils avaient tellement de problèmes avec leurs enfants, ils se rongeaient tellement les sangs. Mais comment auraient-ils pu ne pas être aussi largués qu'il l'était lui-même face aux adolescents d'aujourd'hui, toutes ces petites crapules vicieuses qui ne respectaient rien, pas même leur propre personne ?

Cher monsieur Delacosta. Très cher ami. Vincent. Cher Vincent. C'était en ces termes que s'adressaient à lui des femmes inaccessibles, des femmes qui habitaient sur la colline, des femmes parfumées et ordinairement distantes. Tôt ou tard, elles venaient lui manger dans la main, elles le suppliaient d'épargner leur progéniture, de surseoir à une mise à la porte, à un redoublement, d'étouffer la plainte d'un professeur, d'enterrer une histoire de drogue ou à caractère sexuel dont Pierre ou Paul s'était rendu coupable – il y en avait vraiment pour tous les goûts. *À n'importe quel prix* était le message subliminal que lui transmettaient la plupart de ces mères – l'une d'elles l'avait tout simplement sucé sous son bureau pour qu'il renvoie un professeur de sciences qu'un blondinet avait en sainte horreur.

Réintégrer Patrick Storer était dans son pouvoir, bien entendu, mais il se leva et se planta devant la fenêtre pour que cette chère madame Storer comprenne que l'affaire n'était pas si simple. Le jour était superbement lumineux. Malheureusement, Vincent Delacosta n'habitait pas sur la colline, mais, comme beaucoup, il imaginait facilement comment c'était, comment était cette vie de pacha au milieu des lauriers-roses et des mimosas, cette vie à traîner jusqu'à midi en chaussons, à bayer aux corneilles, à ne plus s'occuper de rien pendant son bain de soleil quotidien avec le journal du matin, le pépiement des oiseaux et le subtil parfum de la forêt.

« Hmm, hmm, fit-il en se caressant le menton. Bien, bien. »

En échange d'une relation sexuelle, ou encore d'une pipe ou deux, elle aurait pu lui demander n'importe quoi, il l'aurait accepté d'avance. Alexandra Storer était une vraie beauté, une dominatrice comme il les aimait, mais il ne nourrissait guère d'illusions. Le temps lui avait donné une certaine expérience en la matière, et il voyait plutôt en elle une femme qui réglait les problèmes avec son carnet de chèques et pas avec autre chose.

Son intuition se confirma lorsqu'il se posta devant elle, une fesse posée sur le coin de son bureau et les pouces accrochés aux revers de son gilet : visiblement, Alexandra Storer ne mouillait pas.

« N'exagérons rien, lui dit-elle. Patrick n'a pas mis le feu à son dortoir, bien entendu. Il n'avait pas l'intention de brûler autre chose que son matelas. »

Il l'enveloppa de son plus amical et tendre sourire. « J'ai bien peur que si, Alexandra. J'ai bien peur que Patrick n'ait tenté de ficher le feu à tout l'établissement, comme il en a convenu lui-même. Ne nous voilons pas la face. »

Cependant, il sentait parfaitement bien que cette femme pouvait lui mener la vie dure s'il franchissait certaines limites. Elle n'irait même pas, il pouvait en jurer, jusqu'à lui montrer ses seins – ce à quoi beaucoup consentaient, ravies de s'en tirer à si bon compte, de se plier à ce genre de plaisanterie si elle devait sauver la tête de leur enfant, d'abandonner une culotte si besoin était pour se garantir une certaine tranquillité d'esprit.

Permettre à Vincent de se rincer l'œil, puisqu'elle ne se décidait pas à tirer sur sa jupe, était donc ce qu'elle proposait – en plus d'accorder un don pour la rénovation complète du gymnase, enfin peu importait pour quoi. Ce n'était pas une offre mirifique mais il décida de s'en contenter car il ne voulait pas d'histoires avec Anaïs.

Or, celle-ci était souvent fourrée du côté de la colline. Bizarrement, elle y était plutôt bien acceptée. Et lui faire perdre ce privilège – la rendre indésirable auprès de ces gens-là, à cause de la maladresse, à cause de la goujaterie, à cause de la concupiscence de son père – aurait été une très mauvaise idée, il en était pleinement conscient. Sa fille était un buffle.

La mort de Lisa Trendel était encore dans tous les esprits.

★

Patrick Storer rentra chez lui quelques jours plus tard. Entre quatre planches.

Il traversa la ville dans un long corbillard soigneusement astiqué, puis il disparut vers les hauteurs, dans un dernier reflet.

La nouvelle avait éclaté comme une bombe. Du haut en bas de la colline, suivant une onde de choc transmise par les télécoms, chaque demeure avait vu ses occupants pétrifiés durant quelques secondes ou davantage et un silence terrible s'était abattu sur les bois, les avait vitrifiés.

Patrick Storer avait sauté d'un pont. Il n'était pas le premier, ce pont était connu pour ça. Les croque-morts adoraient ce pont, même s'ils ne voulaient pas le reconnaître.

Richard et Laure restèrent des heures sans pouvoir parler. Judith Beverini massa longuement les épaules de Laure tandis que Richard gémissait *quelle horreur mais quelle horreur mais quelle horreur!* en marchant de long en large. De temps en temps, ils considéraient Evy d'un œil incrédule.

Ils se rendirent chez Alexandra. De nombreuses voitures étaient déjà garées devant chez elle. En cette fin d'après-midi, l'air était presque brûlant et Alexandra Storer complètement anéantie.

Evy retrouva Andreas et Michèle. *Pourquoi ce con a-t-il fait ça?* La question d'Andreas était sur toutes les lèvres, dans tous les esprits : pourquoi Patrick Storer s'était-il donc suicidé?

Ce simple mot rendait quelques femmes un peu hystériques dans l'assistance car, s'agissant de leurs enfants, le suicide était ex aequo avec la drogue sur la liste de leurs cauchemars.

On épongea les larmes d'Alexandra jusqu'à la nuit tombante. À mesure que la lumière baissait, la scène était jouée par des figures grimaçantes, aux pommettes noircies. Le tout rendu plus sinistre encore par le mystérieux ululement des chouettes qui vibrait dans l'obscurité.

Evy et les deux autres en étaient presque à s'endormir. Alors Andreas proposa de s'arracher à cette léthargie, à cette flambée de mouchoirs, à ces murmures cafardeux qui sourdement envahissaient les six cents mètres cubes du salon – parfumés Chine Impériale, avec ses fameuses notes de Tarry Souchong.

Du matin au soir, Andreas ne pensait qu'à ça, il ne pensait qu'au sexe. C'était devenu une obsession, ni plus ni moins. Quelquefois, Michèle s'en plaignait à Evy – déjà qu'elle trouvait son sperme trop abondant, propre à s'en flanquer partout –, elle trouvait ça tellement rasoir à la fin, tellement pénible pour les genoux qu'elle se demandait comment elle tiendrait toute une vie à la merci de telles pratiques. Mais bon, il y avait pire, il y avait bien plus effrayant et le suicide de Patrick faisait partie de ces choses bien plus terribles, comme certains matins au ciel très bas, furieusement rétrécis, remplis d'un poison douceâtre et traversés de miasmes.

Elle jeta un coup d'œil alentour puis se leva, optant pour le moindre mal.

Comme des ombres, ils montèrent à l'étage

après un détour par la cuisine déserte à laquelle ils arrachèrent quelques bières et quelques tranches de saumon sauvage, consommées sur place.

Ils connaissaient vaguement les lieux car les parents se fréquentaient. Ils avaient tous plus ou moins mis les pieds les uns chez les autres, avec le temps. Ils avaient tous dû se supporter un minimum, en général quand les parents faisaient connaissance dans le salon, exposaient sobrement leurs carrières, dévoilaient en ricanant leur taux d'imposition et s'enthousiasmaient à propos du voisinage, à propos de l'amitié que *ne pourraient pas ne pas nouer* leurs enfants, parti comme c'était chez les adultes.

Cela ne marchait pas aussi bien, dans la pratique. Les exemples étaient rares. Pour Patrick Storer, ils n'étaient que des petits connards parmi d'autres, guère davantage – lui, il finissait le lycée et il n'accordait aucun intérêt aux troisième, son regard passait au-dessus de leurs têtes comme au-dessus d'un champ de luzerne –, sauf quand lui ou les siens avaient besoin d'un esclave, d'une machine à exécuter les corvées, ou d'un espion chez la grande sœur. Et à cela, rien d'étonnant. Mais voilà pourquoi ni Evy, ni Andreas, ni Michèle, qui se faufilaient discrètement à l'étage, n'étaient touchés par la disparition de leur camarade : il *n'était pas* leur camarade. Pas le moins du monde.

Alexandra Storer les avait serrés dans ses bras,

à tour de rôle, s'était déclarée émue par leur présence, mais tout ça n'était que du flan, prétendait Andreas, tout ça n'était que pure comédie *et pour la peine cette salope aurait mérité d'être violée sur place.* Evy imagina la mère de Patrick attachée à un pilier.

Michèle, consternée par les propos d'Andreas, leva les yeux au ciel comme ils débouchaient sur le palier, mais elle pensait en gros la même chose. Elle déclara qu'elle voudrait bien voir ça si un jour ça lui arrivait, se tenir dans un coin pour observer le comportement de ses parents, écouter leurs réponses aux condoléances, par simple curiosité, les voir se pencher et prier et bavasser au-dessus de son cercueil.

La chambre de Patrick Storer donnait d'un côté sur les bois, de l'autre sur le patio où l'on parlait à voix basse, où l'on gardait le front baissé, où l'on partageait un peu d'alcool fort pour digérer la sombre nouvelle qui, en frappant Alexandra, frappait la communauté tout entière. Evy manipula le store de telle sorte que les lames se joignirent tandis qu'Andreas basculait sur le lit extralarge en entraînant Michèle qu'il avait saisie au poignet.

Aussitôt, Andreas glissa une main pressée dans le minislip de Michèle qui s'interrogea vaguement sur l'opportunité de la chose, sur son goût de sacrilège si l'on songeait que Patrick n'était même pas encore dans sa tombe.

« Mais qu'est-ce que tu vas chercher, soupira Andreas. Qu'est-ce que tu vas chercher. Tu as décidé de me rendre fou ? »

Pendant ce temps-là, Evy s'était figé sur place.

Il venait de découvrir une malle, de l'autre côté du lit. Et il avait une certaine expérience des malles. Il n'avait pas besoin de s'interroger sur leur contenu.

Retenant son souffle, il s'agenouilla et actionna les serrures. Elles n'étaient pas verrouillées.

Michèle se dressa sur un coude lorsqu'il souleva l'abattant. Elle le fixa pendant qu'Andreas baissait son caleçon.

« Alors ça, c'est vraiment un sacrilège, fit-elle à l'intention d'Evy qui commençait à fouiller dans les affaires de Patrick Storer. Alors ça, je te le garantis.

— Mais de quoi tu parles ? s'interposa Andreas. Hein, tu parles de quoi, au juste ? Ce type a baisé sa sœur pendant des mois et il aurait pas le droit de toucher à ses affaires ? Il devrait se gêner, peut-être. Tu sais, je me demande si tu vas bien par moments. Je me demande vraiment si ça va bien chez toi. »

*

L'enterrement eut lieu au cours de la semaine suivante. Il faisait encore si chaud que beaucoup se baignaient dans les eaux fraîches d'une rivière ou d'un lac des environs et séchaient en trois secondes. Alexandra Storer était soutenue par son ex-mari – en son temps, le couple avait défrayé la chronique car ils se battaient, m'a-t-on dit, comme de véritables chiffonniers, en privé comme en public, et même lorsqu'elle était enceinte de Patrick et qu'elle avait un ventre énorme le fait était notoire, semblait-il.

Silhouette élégante et funèbre, vaillamment dressée devant le cercueil de son fils, elle disparaissait derrière des lunettes, des ombres de tulle et de voilette qui frissonnaient dans l'air tiède. Elle avait les bras nus et portait également des bas noirs sur lesquels de nombreux élèves de Brillantmont, venus accompagner Patrick vers sa dernière demeure, gardaient les yeux fixés.

Le moment le plus dur fut celui où elle tomba dans les bras de Laure et qu'elles se mirent à sangloter l'une contre l'autre, cramponnées l'une à l'autre comme des siamoises au milieu d'une tempête. Huit mois plus tôt, l'enterrement de Lisa avait donné lieu à une scène relativement identique. Le fait que leurs enfants couchaient ensemble semblait avoir tissé des liens particuliers entre les deux femmes.

Richard évitait de s'en mêler, bien que ses relations avec Alexandra fussent également empreintes d'une coloration spéciale, et pour la même raison. S'il avait été un peu moins pusillanime, il aurait sans doute pu coucher avec elle car on aurait dit qu'Alexandra était incapable de le repousser. À son tour, il la serra brièvement dans ses bras tandis que l'on chantait un cantique.

Durant l'oraison, qui traitait d'une vie éternellement douce et lumineuse auprès du Seigneur, de longs cumulus d'un blanc éclatant voguaient dans l'azur – dont l'éclat miroitait sur le cercueil d'acier inoxydable, capitonné d'ultrasuède – et les croque-morts transpiraient dans leur costume trois pièces en serrant les dents car ils étaient en plein soleil et non sous les tentes de toile écrue qu'ils avaient dressées pour le confort de l'assistance. À l'entrée, le long d'une allée bordée de troènes, des chauffeurs bavardaient, adossés aux limousines, et parmi les élèves de Brillantmont se trouvaient aussi quelques filles en kilt qui versaient une larme, qui reniflaient sans trop savoir pourquoi, qui condensaient un peu de la folie ambiante.

Ce fut un enterrement incroyablement long.

Mais depuis qu'il avait fouillé dans les affaires du mort, Evy éprouvait pour ce dernier davantage de sympathie qu'il ne l'aurait voulu. Il ne pouvait s'empêcher d'avoir une pensée amicale pour ce fils de pute qui l'avait si souvent traité de haut, ne lui avait jamais parlé d'égal à égal, l'avait tout juste supporté par égard pour Lisa et considéré comme une demi-portion. N'y tenant plus, Andreas avait plusieurs fois soufflé *fichons le camp d'ici!* au creux de son oreille, mais Evy était resté planté farouchement dans le sol, regrettant presque de ne pas l'avoir mieux connu maintenant qu'il avait eu accès à la face cachée de Patrick Storer, *requiescat in pace.*

Ce n'était pas faute d'avoir oublié que Patrick était à l'origine de la soirée qui allait connaître, comme les journaux l'avaient écrit, une si fatale issue. Pendant une semaine, ceux de la région étaient opiniâtrement revenus sur la *soirée tragique* – la formule drogue + sexe + mort enlevait encore tous les suffrages –, mais ils n'avaient qu'une pâle idée de la réalité, ils écrivaient des choses comme *sous l'emprise du cannabis..., dans les vapeurs de la marijuana..., le gouffre des paradis artificiels..., les dommages d'une sexualité débridée...,* ils vivaient dans un monde si lointain, ils regardaient les choses mais ne les voyaient pas, parlaient de ce dont ils ne connaissaient rien.

Au moment où l'on actionna un système hydraulique qui fit lentement descendre le cercueil dans la tombe, se leva subitement un vent chaud qui miaula et gonfla les tentes et mit quelques chapeaux en péril.

Evy n'allait pas verser une larme, mais il ne serait pas dit qu'à l'enterrement de Patrick, dont l'âme flottait peut-être encore dans les parages, il n'avait pas eu la charité d'attendre jusqu'au bout.

Par-dessus son épaule, il jeta un coup d'œil à

Anaïs qui avait pris un air sombre, tout à fait pertinent. La famille Delacosta était au complet, entourée des professeurs de Brillantmont qui pensaient avoir payé chacun une vraie fortune pour la couronne de l'école dont la ridicule petitesse, comparée aux géantes qui venaient de la colline, leur apparaissait brutalement et les contrariait, par cette chaude matinée.

Richard, qui n'était plus le jeune écrivain adulé de sa jeunesse, le type aux à-valoir mirobolants, aux notes de frais considérables, ne saisissait plus ce qui se passait avec la même acuité qu'autrefois. Le décalage commençait à se faire sentir. Ainsi tendit-il la main et la posa-t-il avec une gravité discrète, mais franchement ridicule, sur l'épaule de son fils. Evy se demanda s'ils ne s'étaient pas donné le mot avec Laure ou s'ils s'étaient trouvé un nouveau gourou.

Quoi qu'il en soit, Richard avait l'œil humide. Evy pensa qu'il faudrait trois jours à son père pour s'en remettre, mais guère davantage. Quant à elle, Laure ne pouvait se permettre de saboter ses chances pour ce rôle – sinon elle allait en crever, elle espérait qu'on le voyait bien – en se concentrant sur autre chose que ces essais dont on était convenu avant de passer à la signature du contrat – et la mélancolie, la souffrance et le stress étaient absolument contre-indiqués, en l'occurrence.

Mais ils étaient défaits, à la fin de la cérémonie. La plupart des adultes étaient défaits et relativement secoués.

En dépit de la version officielle, chacun savait de quoi il retournait et les parents se creusaient la tête pour se remémorer leur adolescence afin d'y voir plus clair, pour savoir s'ils avaient eu des pulsions suicidaires à cet âge et la réponse était négative dans l'ensemble et la vie était même bien plus difficile qu'aujourd'hui, selon eux, bien plus âpre et plus dure qu'aujourd'hui, et ce constat laissait perplexe.

On en voulait un peu à Alexandra, comme on en avait voulu aux Trendel, d'avoir entrouvert la porte à la tragédie, d'avoir laissé la voix au désordre, à ses gaz délétères et à ses hordes blêmes que sont la culpabilité et le sentiment de l'échec, même si cela ne durait que la matinée – dans un dernier sursaut, après la mort de sa fille, Laure avait accroché des squelettes dans les arbres qui entouraient la maison, des poupées mexicaines qu'elle avait rapportées d'un tournage et tout cela était censé être sa réponse, l'affirmation et l'acceptation de sa douleur, mais Richard avait fini un beau soir par bondir dehors et toutes les arracher alors qu'il tenait à peine debout et puait l'alcool à vingt mètres.

Une fille de terminale défaillit à la première poignée de terre jetée sur le cercueil et deux autres la saisirent sous les bras et la moitié de Brillantmont pensa que c'était du bluff, que la fille faisait son numéro. Un sixième, qui s'était approché trop près, se rattrapa de justesse à la manche d'un petit rouquin grimaçant. En tout cas, un bon nombre d'entre eux avaient enfilé leur maillot et l'impatience commençait à grandir dans les rangs. Puis cette fille qui était tombée dans les pommes chemina maladroitement vers un banc qu'ombraient de touffus tamaris.

Evy finit par remarquer qu'elle le fixait. Il la connaissait bien. Elle s'appelait Gaby Gurlitch. C'était un sacré morceau, Gaby Gurlitch.

« Cette fille te regarde avec insistance. Quel est son nom, déjà ? » fit Richard avec un léger sourire.

Voilà exactement ce qu'Evy voulait dire quand il disait que l'effondrement de son père n'allait pas durer plus de trois jours. Voilà ce qu'il fallait entendre pendant que la terre se refermait sur un type qui n'avait même pas atteint ses vingt ans. Sans compter qu'Evy détestait par-dessus tout que son père veuille l'attirer sur ce terrain. Richard pensait qu'il y avait des choses que l'on se disait entre hommes, que les femmes n'avaient pas à connaître, et Evy détestait ça – comme il avait détesté, quelques années plus tôt, quand Richard avait tenté de l'interroger sur ses connaissances en matière de sexualité, des conversations assez grotesques.

Il attendait que son père se penche davantage sur lui et en remette une couche. Il cligna des

yeux et observa Alexandra et son ex qui se mettaient en place pour recevoir des poignées de
main ou des baisers humides. Un homme des
pompes funèbres les abritait d'un parasol dont
les franges se soulevaient et ondulaient dans l'air
chaud. Au loin, on apercevait un terrain de golf.

« Regarde, si tu ne me crois pas », reprit
Richard.

*

Pour rien au monde Evy ne se serait rebaigné
dans le lac où sa sœur avait trouvé la mort – et
personne, sans doute, ne lui aurait demandé de
le faire.

Mais il n'avait aucun problème pour se baigner ailleurs et celui dans lequel il plongeait le
plus volontiers, celui autour duquel on n'avait
pas encore aménagé un parcours de santé ou un
coin à barbecue, celui-là avait une eau d'un vert
presque bleu et c'était celui où l'on trouvait
Gaby Gurlitch, celui où elle avait ses habitudes.

Sa grand-mère avait été une star au temps du
muet, une tragédienne, et l'on ne pouvait
s'empêcher de penser que Gaby avait été à
bonne école. Son évanouissement au cimetière
avait été impeccable, sa pâleur une perfection.

C'était le genre de fille qu'un type de troisième n'avait pas la moindre chance d'intéresser. Il pouvait se l'accrocher. Il pouvait brûler

un cierge chaque matin avant de partir pour l'école, il pouvait même en brûler dix ou vingt et faire le trajet sur les genoux, ça n'aurait rien changé. Gaby Gurlitch était à des millions d'années-lumière et la masturbation était la seule issue.

Patrick était le genre de garçon à sauter les deux plus belles filles de l'école, Lisa et Gaby Gurlitch en l'occurrence, et pas l'une après l'autre, mais en même temps. Et pas l'une un jour et l'autre le lendemain, *mais toutes les deux ensemble*, et un terrible sentiment d'injustice saisissait le cœur de ceux qui étaient encore trop jeunes pour pouvoir prétendre à quoi que ce soit. Evy avait très bien senti le soulagement qui avait flotté parmi eux quand on avait appris que Patrick Storer n'allait plus continuer à les narguer, à les rendre fous de jalousie, à les traîner sur des charbons ardents, à nier leur existence comme il l'avait fait jusqu'à ce que la mort de Lisa ne mette un terme à son insolent succès auprès des femmes.

Ce genre de filles, on aurait préféré qu'elles demeurent inaccessibles pour tout le monde, des fruits que nul n'aurait pu cueillir. La peine aurait été plus supportable. Quand il y avait une histoire avec une mère de famille, tout le monde s'en fichait – affirmait s'en ficher –, évoquant avec une grimace les seins lourds, le vagin fatigué et le cul ramolli de la mère de Pierre ou Paul qui s'envoyait dans les décors sous le coup d'une inspiration subite ou d'une angoisse, mais s'il s'agissait d'une fille de terminale, d'une fille de leur monde, d'une jeune, d'une créature capable d'envahir leurs pensées et leurs rêves et de leur broyer le cœur, alors là, plus personne ne rigolait. Plus personne ne prenait ça à la légère.

Andreas et lui s'installèrent en retrait, sous les taillis, afin d'observer Gaby tranquillement, afin de jouir du spectacle qu'elle donnait – ils songeaient l'un et l'autre à une sirène mais ils n'osaient pas le dire, clignant des yeux car des éclats de lumière fauve rebondissaient sur le lac.

« Est-ce que ça t'intéresse de savoir que Patrick a été *empoisonné* par sa mère ? » vint-elle demander à Evy.

Il hocha vaguement la tête. Il ne pouvait détacher son regard d'une goutte d'eau qui roulait sur l'avant-bras de Gaby. Il pensait que s'il se concentrait sur un point particulier il avait une chance de surmonter l'épreuve.

« Tu veux savoir, reprit-elle, ne serait-ce que combien de trucs il prenait pour dormir, je veux dire, *à son âge* ? »

On entendait un cri ou un rire çà et là, ou un plouf en provenance du plongeoir naturel que constituait un escarpement rocheux couvert de lichen.

Elle le regardait droit dans les yeux, sans cacher qu'elle espérait y découvrir quelque chose. Ce n'était pas facile de tenir sa garde, de sentir qu'une fille comme Gaby tentait de pénétrer votre cerveau avec une telle violence. Andreas s'était jeté à l'eau à la suite d'une érection causée par une blonde qui s'enduisait le bout des seins d'écran total, et quant aux autres, l'un pissait au loin contre un arbre, un autre calait un pack de bières sous l'eau, au moyen de quelques pierres, une fille descendait vers l'eau en roulant des hanches, une autre fit *merde!* en découvrant qu'elle commençait à avoir ses règles et elle remonta vers les voitures, si bien qu'ils se retrouvaient seuls tous les deux. Il avait un *tête-à-tête* avec cette fille, avec cette déesse intouchable. C'était pour lui une situation vraiment intéressante, à la fois dangereuse et sacrément captivante.

« Et toi, fit-il en levant les yeux, est-ce que ça t'intéresse de savoir ce que j'ai trouvé dans les affaires de Patrick? »

Ça l'intéressait beaucoup. Elle n'avait pas besoin de le dire. Ses yeux brillaient comme des agates. Evy n'avait jamais été certain de leur couleur, il hésitait entre bleu pâle et gris perle, mais cet après-midi-là, jour de l'enterrement de Patrick, jour de cet improbable tête-à-tête et jour à la parfaite lumière, il découvrit qu'ils avaient un peu des deux et il pensa *Dieu est grand*. Puis il essaya de la regarder en pensant *cette fille a partagé le même type et le même lit que ma sœur pendant des mois,* mais cela ne fit aucune différence et cela n'en avait jamais fait. Aussi bizarre que ce fût.

« Et il s'agit de quoi, au juste ? »

Elle avait allumé une cigarette et lui soufflait doucement la fumée au nez. Il était difficile d'imaginer que c'était cette même fille qui avait failli se trouver mal au moment de jeter une fleur sur le cercueil. Au fond, c'était ce qu'il y avait de plus fascinant chez les filles : l'infinité des rôles qu'elles pouvaient jouer et cette aisance à passer de l'un à l'autre quasi instantanément.

Ils convinrent d'un rendez-vous à onze heures.

En attendant, elle décida de faire une sieste. Elle déclara que cette journée l'avait épuisée et elle roula sur le ventre. Evy était demeuré si longtemps immobile, en appui sur les bras, que ses poignets restèrent ankylosés pendant un temps. Des aiguilles de pin et des graviers avaient gravé de profondes empreintes dans ses paumes.

Lorsqu'il releva la tête, il aperçut Anaïs, là où l'on garait les voitures, dans cette espèce de clairière ensoleillée. Elle était assise de tout son poids sur une Mini Cooper, tel un bouddha taillé dans du granit. Malgré la distance, malgré les feuilles et les branches basses, elle tenait Evy sous un regard que l'on sentait perçant et sombre. On la voyait pourtant rarement rôder près d'un plan d'eau, pas plus que de tout autre endroit où l'on se promenait en maillot de bain. *Mais qu'est-ce qu'elle foutait là ?* Elle fouillait, tout simplement. Rien d'autre. Il savait à quel point elle adorait fourrer son nez à droite et à gauche, les ruses, le talent qu'elle déployait au cours de ses exercices d'espionnage. C'était une seconde nature chez elle. Rien ne se passait à Brillant-mont ou sur la colline dont elle ne fût au courant d'une manière ou d'une autre.

« Ne t'occupe pas d'elle, fit Gaby sans même ouvrir les yeux. Tu n'as aucun compte à lui rendre. »

Il braqua de nouveau son regard en direction de la clairière, mais Anaïs avait disparu.

« Je n'ai jamais compris ce que Lisa lui trouvait, soupira Gaby. Ni moi, ni Patrick, ni personne que je connais. Un vrai mystère. »

*

Laure était effrayée par la tête qu'elle avait. Elle s'en voulait affreusement d'avoir cédé aux larmes. Elle en voulait aussi à Richard qui avait traîné à la sortie du cimetière et l'avait laissée dans les bras d'Alexandra – laquelle, dans un moment de délire total, sanglotait sur ses échecs, sur sa désormais infinie solitude, sur le chemin désert et sans vie que le destin cruel lui réservait.

Avait-elle le temps de réparer les dégâts? Le soir tombait, des lueurs d'incendie parvenaient encore du fond des bois tandis que le ciel s'empourprait, ce qui signifiait qu'elle n'avait pas la vie devant elle, mais à peine une petite heure. C'était perdu d'avance.

« Tu n'as qu'à leur dire qu'un gosse de dix-huit ans s'est jeté d'un pont, fit Richard avec une légère exaspération dans la voix. Ça devrait détourner l'attention. »

Quelques années plus tôt, une telle remarque aurait déclenché l'un de ces affrontements dont ils avaient le secret et dont Evy et Lisa, retirés dans leur chambre, percevaient les pénibles échos. À cette occasion, comme d'autres parents, ils cassaient un peu de vaisselle, claquaient furieusement les portes, hurlaient à pleins poumons, tant cette vie les faisait souffrir, les frustrait, les anéantissait jour après jour. Ils s'accusaient mutuellement de leurs faillites sur le plan professionnel, du pourrissement de leurs carrières réciproques et ils finissaient par aller se coucher à bout de forces, terrifiés par eux-mêmes, effrayés par cette noirceur qu'ils découvraient au plus profond de leur être et qui leur glaçait les sangs.

En vieillissant, ils s'étaient un peu calmés. S'ils en rêvaient encore, du moins n'affichaient-ils plus leur ambition d'occuper les toutes premières places – de plus jeunes avaient pris le relais –, et leur relation s'en était trouvée plus ou moins apaisée, plus ou moins assourdie, n'offrant plus le champ idéal, le parfait terreau au perpétuel embrasement qui était sa spécialité.

Laure se contenta de considérer Richard d'un œil incrédule. C'était pourtant bien l'homme qu'elle avait épousé, le seul homme pour qui son cœur avait jamais battu, mais il valait mieux en rire.

Richard la suivit des yeux alors qu'elle s'élançait dans l'escalier avec une énergie étonnante.

« Que dis-tu de ça ? » fit-il à l'intention d'Evy qui avait d'autres soucis en tête et ne manifesta guère d'intérêt pour la question, *qu'il dise quoi à propos de quoi, au juste ?*

Avec un petit ricanement désabusé, Richard se tourna vers le bar et se confectionna brutalement un martini-gin qu'il agrémenta d'une olive. Connaissait-on un gâchis semblable à celui qu'il avait fait de sa vie ? Ça semblait difficile d'atteindre un tel degré d'erreur en tout genre, d'avoir été un mauvais père, un mauvais mari, un mauvais écrivain, c'était beaucoup pour un seul homme.

Sur quoi travaillait-il, en ce moment, sur quoi exerçait-il son talent, sachant que c'était la dernière chose qui pouvait le sauver ? Quelle grande œuvre avait-il en chantier, lui permettant de tenir le coup ? Un scénario. Pas un livre, un *scénario*. Une merde infâme pour la télé, atrocement, mais atrocement bien payée. Richard pensait qu'un type normal serait déjà mort, à sa place. Peu d'hommes étaient capables de supporter un tel néant, selon lui.

Laure apparut à l'étage, en sous-vêtements, plaquant les mains sur son visage, elle voulait des glaçons.

Il proposa un concombre, mais elle prétendit qu'elle n'avait plus le temps.

Il lui dit : « Mais je ne comprends pas pourquoi ce rendez-vous te rend tellement hystérique. Ça frise le ridicule. »

Là-haut, elle s'arrêta tout net, comme si les paroles de Richard avaient eu le pouvoir de la congeler sur place.

« Hystérique ? Ce rendez-vous me rend *hystérique* ? C'est bien ce que tu as dit ? »

Evy leva un œil pour voir comment les choses allaient tourner, s'apprêtant à ficher le camp au-delà de quatre-vingt-dix décibels. Il trouvait drôle que son père ait encore des accès de jalousie, des réflexes de cette nature après toutes les histoires par lesquelles ils étaient passés — défoncé du matin au soir, Richard avait perdu le droit d'exprimer la moindre opinion sur la conduite de Laure, à moins qu'il n'eût envie de se faire arracher les yeux.

Richard avait arrêté l'héroïne depuis une dizaine d'années, mais il n'avait pas récupéré tous ses droits matrimoniaux. C'était une chose qu'il avait eu du mal à expliquer à ses enfants sans leur donner à croire que leur mère était une garce et lui un lâche, car la marge était étroite, le chemin escarpé entre la réalité et ce qu'elle semblait être. Richard avait passé des jours à tâcher d'interpréter ce qu'il voyait dans le regard de son fils, si c'était bon ou mauvais pour un père, mais pour parler franchement, pour dire la vérité, Richard ne savait pas quelle opinion son fils avait de lui.

Parfois, il se demandait s'il devait s'en soucier. Si même il était en son pouvoir d'y changer quoi que ce soit. Trop jeune pour ceci, trop vieux pour cela, se jugeait-il avec le sourire fataliste qu'il adoptait en de telles occasions.

Il remarqua qu'Evy attendait sa réaction. Ce brave petit merdeux attendait sans doute de savoir si son père était une brute ou un dégonflé. C'était son droit. Rien ne pouvait l'obliger à faire œuvre de finesse – et rien dans son attitude presque méprisante, Richard le voyait bien, ne laissait supposer qu'il le ferait. Mais aussi, rien ne pouvait obliger un gamin à pardonner quoi que ce soit à son père. Richard se promettait de ne jamais l'oublier. C'était triste, mais c'était ainsi.

« Les enterrements ne me valent rien, fit-il en baissant la tête. Ne tiens pas compte de ce que je t'ai dit. Je retire ce que j'ai dit. »

Il actionna le distributeur et récupéra les glaçons dans un bol, si froids qu'ils collaient aux mains et craquaient comme du bois sec. Laure, de son côté, ne jugeait pas opportun de mener une lutte qui aurait aggravé son état nerveux – et la bouffissure de ses traits qu'elle avait livrés si amplement aux larmes –, aussi s'estima-t-elle satisfaite des excuses de son mari et rengaina-t-elle obligeamment son arme.

Pitoyable. C'était pitoyable, se disait Evy. À quel triste jeu jouaient-ils ?

Ses parents se rencontrèrent au milieu de l'escalier et procédèrent à la transmission des glaçons sans le moindre échange vindicatif. On entendait le concert immense des grillons et des criquets au lieu d'entendre des cris.

En sous-vêtements, Laure flanquait encore la trique à Richard, pour parler crûment, mais l'ancien junkie devait admettre que leurs séances n'étaient plus ce qu'elles étaient, ni en qualité ni en quantité, et il reconnaissait sa part de torts, il acceptait d'assumer la moitié des responsabilités, la moitié des erreurs qui plombaient mortellement leur couple, mais Laure avançait des chiffres astronomiques, elle estimait que leur faillite incombait avant tout à Richard, qu'il en était l'auteur à quatre-vingt-dix-neuf pour cent.

C'était beaucoup plus que ce qui lui restait de la paternité de ses scénarios une fois qu'ils avaient été triturés par une bande d'apprentis coiffeurs. C'était beaucoup plus qu'il ne pouvait accepter, un chiffre qui ne prenait pas en compte les souffrances de celui qui écrivait, de celui qui se plongeait tout seul dans les ténèbres d'une histoire, de celui qui en suait pendant que d'autres sirotaient un verre sur le pont d'un transatlantique.

Quatre-vingt-dix-neuf pour cent. C'était tellement grotesque. À combien estimait-elle une soirée passée à flirter – et davantage, si affinités –, profitant d'une prise qui le fracassait dans un coin et bien souvent, disons-le, sur le siège des toilettes où elle l'aurait laissé claquer sans remords ? À un malheureux petit *centième* ?

Enfin, ils ne parlaient plus de tout ça. Le sujet semblait épuisé. Parfois, ils étaient attirés l'un vers l'autre, mais leurs désirs ne coïncidaient plus beaucoup.

Laure se pencha sur le miroir de sa salle de bains et décida qu'elle devait au moins s'accorder un quart d'heure de relaxation totale.

Richard ne pouvait pas comprendre. Richard ne comprenait rien. C'était comme se réveiller d'un sommeil comateux. Et tout à coup, la perspective d'y replonger devenait terrifiante. Elle avait découvert que Richard n'attendait plus rien et qu'il glissait lentement, qu'il envisageait peut-être de se laisser couler une seconde fois, et cette découverte l'avait stupéfiée avant de la démoraliser au maximum.

Elle devait obtenir ce rôle coûte que coûte si elle voulait échapper à l'engloutissement total. Elle devait saisir cette opportunité. Aucune force au monde ne pourra m'en priver, se jura-t-elle.

Elle venait de se parfumer le pubis et les aisselles et se demandait si elle allait enfiler une petite robe d'Azzedine Alaïa ou débarquer en jean et en tee-shirt blanc immaculé quand Éric Duncalah, son agent, sonna à la porte.

Il était plus jeune que Richard, mais Richard avait l'avantage de ressembler à Peter O'Toole tandis qu'Éric Duncalah ne ressemblait à rien d'autre qu'à un agent, fût-il accoutré en croque-mort et blond oxygéné comme les blés.

Richard descendit de son tabouret pour aller lui ouvrir tandis que son fils faisait cuire des œufs.

« Elle est sur des charbons ardents », avertit Richard en retraversant le salon livré aux Pink Beauty qui se refermaient avec la nuit, s'endormaient dans des vases auxquels les parents de Richard ajoutaient chaque fois un nouvel exemplaire – parce que ces deux vieux cinglés étaient encore dans l'un de leurs trips de déments, supposait-il.

« Sers-toi un verre », lui dit Richard.

Evy en avait cassé une demi-douzaine dans la poêle et il attendait que le jaune tiédisse.

« J'ai encore la mort de ce gosse dans la tête », déclara Éric en se penchant sur le bar.

Néanmoins, il leur confia qu'il n'était pas

d'humeur morbide – et de fait, il avait plutôt l'air enjoué –, non, il avoua qu'il n'avait pas le courage de broyer du noir au moment où Laure effectuait son come-back, non, se réjouir était plus fort que lui et il n'en avait pas honte un seul instant. Car il savait par quoi Laure était passée durant toutes ces années et davantage encore ces derniers temps et il était heureux pour elle. Il tenait à le dire. Il était tout simplement *heureux* pour elle. Il pensait que cette femme qui se préparait à l'étage, qui était une actrice *merveilleuse, exceptionnelle,* que cette femme allait bientôt étonner tout le monde.

« On ne demande pas mieux », rétorqua Richard.

L'autre ricana en se servant un porto.

*

Ils se retrouvèrent à l'heure qu'ils s'étaient fixée. Éric et Laure avaient disparu depuis longtemps et Richard avait rejoint son cabanon et grimaçait derrière son ordinateur. La nuit était silencieuse.

Evy avait regardé un documentaire sur les maladies qui se transmettaient de l'animal à l'homme, puis il s'était demandé comment il allait gérer l'attirance qu'il ressentait aujourd'hui, plus fortement que jamais, pour Gaby Gurlitch.

En soi, ce rendez-vous était déjà gonflé. Evy le savait très bien. Mais quelque chose faisait toujours passer les instincts au premier plan et l'on s'enhardissait et le futur devenait dangereux et il n'y avait rien qu'on puisse y faire à première vue.

De la fenêtre de sa chambre, Evy admirait le clair de lune qui argentait les sapins et il s'était déjà procuré les morceaux de verre dont il avait besoin – en provenance d'une canette de Corona qu'il avait explosée dans le journal du matin, celui-là même qui annonçait l'enterrement de Patrick Storer. La lune était particulièrement brillante ce soir-là, si bien qu'il n'avait pas jugé utile d'allumer dans sa chambre. Il y verrait suffisamment comme ça.

Résister au sexe pouvait s'avérer une entreprise difficile.

Beaucoup d'histoires couraient également sur sa mère et sur quelques autres.

Lorsqu'il aperçut Gaby, il lui fit signe de monter, puis il s'écarta de la fenêtre et disposa avec précaution les morceaux de verre dans son slip, ce qui eut pour effet de lui rétracter complètement la bite.

Aux yeux d'Evy, Gaby atteignait à une sorte de perfection depuis que Patrick était mort. Car même lorsqu'il était cloîtré à des centaines de kilomètres, même quand les mois passaient, elle avait prétendu que la succession n'était pas ouverte et elle était restée comme un diamant dans sa gangue.

Mais maintenant? Richard lui-même avait été impressionné. L'avis de son père sur la question n'avait bien sûr aucun intérêt, mais il n'empêche que Richard ne l'avait pas reconnue tant elle était métamorphosée et il avait eu un petit sifflement d'amateur.

Quand elle entra dans la chambre, il sentit le tranchant des morceaux de verre contre sa bite. Gaby Gurlitch était plus grande que lui et les quelques années qui les séparaient lui avaient donné une assurance qu'il était loin de posséder, surtout en de telles circonstances.

Elle le considéra durant quelques secondes, plutôt aimablement, puis elle s'assit sur le bord du lit en gardant les mains enfoncées dans les poches de son sweat-shirt jaune pâle à capuche, mais sinon elle avait les jambes nues. Elle examina la pièce, qui se trouvait être dans un bordel acceptable – la femme de ménage s'occupait de l'aspirateur, des slips et des chaussettes sales. Elle secoua la tête et déclara qu'elle ne parvenait pas à y croire. Qu'elle ne parvenait pas à croire que Lisa et Patrick aient disparu tous les deux.

Evy lui proposa une bière. Elle acquiesça, mais elle préférait fumer un peu d'herbe s'il en avait, s'il n'y voyait pas d'inconvénient.

Evy était conscient qu'il devait se dispenser de faire le con avec le piège qu'il avait tendu entre ses jambes, mais il souhaitait tellement évacuer le sexe d'une relation avec Gaby, ne pas la désirer physiquement, qu'il acceptait de courir ce risque.

En tout cas, la menace semblait fonctionner : il n'était pas comme un malade à reluquer ses jambes et sa poitrine – menue, mais assez ronde – ou à fixer ses lèvres jusqu'à en être hypnotisé. Sa seule inquiétude était l'odeur. Il ne pouvait rien contre l'odeur. S'il n'avait senti un éclat de verre qui s'enfonçait à l'arrière de son gland, il aurait bandé rien qu'à son odeur, ça ne faisait pas un pli.

Avec flegme, il sortit un joint de sa poche de chemise, le modèle communément employé pour se promener en ville, renflé, tire-bouchonné à son extrémité, prêt à l'emploi – Anaïs, qui les confectionnait elle-même, n'en récoltait que des compliments.

Il lui donna du feu. En fait, s'il n'avait pas d'érection et s'il ne se penchait pas trop, tout allait bien.

Elle aspira une profonde bouffée, la bloqua dans ses poumons en fermant les yeux. Puis elle dit qu'elle avait vu Richard derrière son ordinateur et que les écrivains la fascinaient depuis qu'elle était toute petite, depuis le jour où elle avait tenu un livre dans ses mains.

Elle prétendit que l'herbe était exactement ce dont elle avait besoin après une aussi funeste journée.

À la fin, elle se renversa sur le lit et fixa le plafond.

« Patrick pensait que c'était de sa faute, déclara-t-elle. Il s'est rendu malade avec ça. Il me faisait peur, au téléphone. »

On entendait un air de violon, en provenance de chez les Croze – Evy imaginait les mains de Patricia, couvertes de plaques rouges comme elle et son mari l'étaient de la tête aux pieds. On entendait la rumeur des bois, l'air tiède qui glissait entre les branches, des cris d'oiseaux nocturnes, et tout commençait à prendre des proportions dans leur tête, car Anaïs avait beau avoir tous les défauts du monde, elle ne rigolait pas avec la marchandise, rien de ce qui venait de ses mains n'avait un jour été de mauvaise qualité – elle savait qu'elle était chère mais elle ne fournissait que du top, que des produits irréprochables.

« C'était une vraie prison, là-bas. Et la moitié des types étaient dérangés. Il avait droit à un coup de fil par semaine et il y avait quelqu'un qui restait là pour écouter. Et la pension complète était de cinq mille euros par mois. Et sa mère est le démon en personne. »

Il hocha la tête – car dans ce domaine rien ne l'étonnait. Il l'observa du coin de l'œil et il sentit que son cœur battait plus fort. C'était une sensation assez incroyable, aiguisée par le fait qu'il était défoncé. Il se tenait face à elle, les fesses appuyées à son bureau, les mains agrippées au rebord, la bite réduite à un fétu de paille humide, et à ses yeux s'offrait un ange, ni plus ni moins, une blonde aux cheveux courts, au sourire énigmatique, apparemment tombée du ciel jusque dans sa chambre, et ce tableau le rendait muet.

« Est-ce que ça te gêne de savoir que ta sœur et moi on couchait ensemble ? »

Elle était en train d'examiner les photos qu'il avait trouvées dans les affaires de Patrick – ainsi qu'un portrait de Lisa glissé dans son portefeuille, cette chose émouvante.

Il répondit : « Non. Pas du tout. Non, non. » Sur les photos, il n'y avait que deux filles nues, endormies sur un lit – Andreas lui-même, qui s'excitait facilement, en avait presque gémi d'ennui. « J'ai pas d'idée là-dessus », ajouta-t-il pour que tout soit clair.

Il voulait dire qu'il n'avait pas d'idée *rétrograde* sur le sujet. Elle sembla satisfaite. Elle raconta ses débuts houleux avec Lisa et l'équilibre inattendu qu'ils avaient fini par établir à trois, ce qui lui arracha un soupir.

Elle s'étira dans la pénombre. C'était un sujet qu'elle n'aurait abordé avec personne d'autre et elle était heureuse de cette relation particulière qu'ils tissaient. Se redressant sur un coude, elle le dévisagea un instant et déclara qu'elle voyait Lisa, qu'au clair de lune la ressemblance était frappante et qu'elle voyait Lisa.

Il lui proposa de garder les photos, mais elle n'y tenait pas, elle préférait qu'il se charge lui-même de les mettre à l'abri ou de les détruire, en tout cas elle appréciait son geste.

« Et laisse-moi te dire une chose, poursuivit-elle en le cherchant du regard. Je n'ai pas l'intention de t'emmerder avec mes questions. »

Evy aperçut son père qui sortait de son bureau et traversait le jardin avec un club de golf à l'épaule – signe que l'inspiration n'était pas fameuse. Son visage était blanc et tendu.

« En fait, je suis complètement effondrée », ricana-t-elle.

Ils entendirent une baie du salon coulisser, produisant une sorte de feulement lointain. Evy posa un doigt sur ses lèvres. Malgré tout, elle était quand même sacrément désirable et bien qu'il n'en conçût aucune pensée obscène, son slip sembla rétrécir – les tessons prêts à lui cisailler la bite. Il rejeta son bassin vers l'arrière.

Ils étaient bien barrés, tous les deux. C'était une herbe particulièrement forte, particulièrement défonçante, et ils écoutaient les bruits en provenance de la cuisine, l'ouverture du frigo, le roulement des tiroirs, le choc des ustensiles. En général, Richard ne traînait pas. Il prenait juste un truc à manger ou quelque chose à boire et il retournait dans son cabanon comme un pompier vers son incendie.

Mais cette journée était spéciale, riche en événements inhabituels. Donc Evy n'en revenait pas, il était stupéfait d'entendre son père qui montait à l'étage – *witch, witch,* ses semelles de caoutchouc witchaient sur le marbre. Il fixa Gaby en se pinçant les lèvres tandis que Richard s'avançait dans le couloir. Il aurait souhaité aller jusqu'à sa porte et la maintenir entrebâillée pour voir ce qu'il voulait et préserver son intimité, mais techniquement c'était impossible, il ne pouvait plus se permettre le moindre geste.

Trois secondes plus tard, Richard s'encadra dans l'ouverture, désirant savoir où étaient passées les bières qui se trouvaient encore là avant qu'il n'ait le dos tourné, puis il remarqua la présence de Gaby.

« Oh. Bonsoir. Enchanté. » Il regarda son fils qui regardait ailleurs et il ajouta : « Est-ce que je dérange ? » Sur quoi, il prit un air amusé que Gaby détesta aussitôt, après ce qu'elle avait fumé – Jock Horror ? White Widow ?

Elle consulta sa montre. Dans le meilleur des cas, l'intrusion de Richard était comme le jour qui aurait pointé à la fenêtre. Elle se leva. « Vous nous dérangez pas du tout », lâcha-t-elle simplement, sans même lui accorder un coup d'œil.

Evy leva les yeux sur elle au moment où elle rezippait son sweat et ils échangèrent un bref regard. « Ce n'est pas moi, j'espère ? » fit Richard.

Gaby répondit que c'était l'heure. Prenant

Richard au dépourvu, elle évita facilement la main hésitante qui songeait à la retenir, marmonna un vague salut à la cantonade, puis elle fila sans demander son reste.

« Une fille aimable et pas sauvage... » déclarat-il après que la porte d'entrée se fut refermée sur elle.

Il se tourna vers son fils – qui ne bougeait pas, qui ne disait rien, qui restait à cogiter en fixant le sol, soudé à son bureau –, et il lui dit, sur un ton désolé : « Écoute, je ne pouvais pas deviner qu'elle était là. Écoute, cette fille a toujours eu mauvais caractère, de toute façon, reconnaisle. »

Evy sentait une chaleur inhabituelle dans son pantalon mais son esprit ne parvenait pas à savoir quoi faire de cette information. Et son père était là, à dire n'importe quoi, à proclamer sa piètre opinion de Gaby, alors qu'on ne lui demandait vraiment rien.

« Mais comment tu peux parler de quelqu'un que tu ne connais pas ? fit-il avec une grimace incrédule. Combien de fois tu lui as adressé la parole ?

— Un certain nombre de fois. Suffisamment. Mais nous n'allons pas nous disputer pour si peu, n'est-ce pas ? »

Richard ne voulait plus se disputer, ni avec son fils, ni avec sa femme, ni avec le pape, dans la mesure du possible. Arrivé à quarante-sept ans, il comprenait qu'il devait préserver son énergie en vue de la longue descente qui s'amorçait – et pas sous les meilleurs auspices, pensait-il – et il acceptait d'en payer le prix car il préférait avoir son lot de vexations, il préférait passer pour une baudruche plutôt que d'avoir à soigner un ulcère à l'estomac ou écoper d'un épuisement du cerveau.

Pour la seconde fois, à une douzaine d'heures d'intervalle, Richard posa la main sur l'épaule de son fils qui frissonna en silence.

« Maintenant, si je suis arrivé au mauvais moment, reprit-il, je tiens à m'en excuser. Si c'est le cas, j'en suis sincèrement désolé. »

Il rechercha un peu de compréhension dans l'expression d'Evy mais il faisait assez sombre.

« Elle reviendra. Si elle est venue une fois, elle reviendra. Tu n'as aucune raison de t'en faire.

— *Je ne suis pas* en train de m'en faire, répondit Evy entre ses dents. C'est pas du tout ce que tu crois. »

Un instant, Richard demeura surpris par la réaction de son fils – en tout cas davantage que par l'odeur qui régnait dans sa chambre ou par la taille de ses yeux qui étaient réduits à deux fentes. Il trouva inhabituel l'empressement d'Evy à faire la différence – et de manière si naïve, si charmante, si enfantine – entre Gaby et les autres. Entre ce que l'on faisait avec les unes et ce que l'on ne faisait pas avec les autres. Ce

pauvre garçon était-il tombé raide amoureux?
Non, plaisanterie à part?

Richard alors éprouva un tendre sentiment
pour son fils. Tomber amoureux devenait rare
avec l'âge, et il fallait entendre de telles histoires
pour tirer de l'oubli cet état de frénésie inté-
rieure, de ronde cosmique, de pureté hystérique,
pour rappeler aux anciens qu'une telle vie existait, sauf qu'ils ne la méritaient plus.

« De mon temps, draguer une fille de dix-huit
ans quand j'avais ton âge était considéré comme
un exploit impossible à réaliser. Il ne fallait
même pas y penser. Incroyable, comme les
mœurs évoluent vite. »

★

Quand il s'aperçut que son fils était en train
de tourner de l'œil, il repensa au malaise de
Gaby Gurlitch au cimetière et il se demanda si
c'était la nouvelle mode ou si c'était d'origine
chimique ou simplement une coïncidence. Enfin
bref, il n'eut que le temps de l'attraper au vol
alors qu'il était quant à lui en train d'évoquer
quelques souvenirs de jeunesse en dépit de
l'intérêt zéro qu'Evy manifestait pour ces histoires – il piquait littéralement du nez.

Depuis de longs mois, Richard envoyait des
sondes. Il ne percevait plus que des échos lointains, que des signes de vie lointains, très aléa-

toires, et aucune amélioration. Peut-être l'avaient-ils eu trop tard, Laure et lui. Peut-être avait-il trop sacrifié à ses vices et n'en payait-il le vrai prix qu'aujourd'hui, entre la mort de Lisa et l'indifférence de son fils.

En tout cas, la bouche sèche, blanc comme un cadavre, les jambes en guimauve, celui-ci s'abandonna sans vergogne aux bras de son père.

« Holà ! Oups !... » fit Richard en tâchant de le redresser.

« Hhhiiii !!!... » hurla Evy.

Un cri qui fit froid dans le dos.

« Qu'est-ce qui pouvait pousser un garçon de quatorze ans, apparemment sain d'esprit, à remplir son slip de morceaux de verre ? » se demandait Richard – mais certains se faisaient sauter au milieu de la foule et d'autres se démenaient pour attraper le sida, alors bon, il n'existait peut-être aucune réponse satisfaisante, il n'existait peut-être aucune lumière capable d'éclairer ces ténèbres.

Il était une heure du matin et un infirmier de garde, qui était acteur dans la journée, l'avait reconnu et lui avait offert du whisky dans un gobelet contre un autographe sur une petite carte à en-tête de la clinique. Il avait encore du sang sur les mains, sur le devant de sa chemise et, bizarrement, sur ses mocassins blancs qu'il portait sans chaussettes. Mais le plus drôle était qu'il avait le pantalon d'Evy à la main et il ne savait même pas pourquoi.

Il se rappelait vaguement le lui avoir ôté. Il n'y avait pas eu moyen d'obtenir une parole sensée de la bouche de cet insensé – de cet insondable crétin – et il avait fallu que Richard s'en aille voir par lui-même de quoi il retournait, d'où provenait tout ce sang qui s'étalait sur le devant du pantalon de son fils comme par magie.

Il se sentait fatigué par tout ça. Il n'avait qu'une envie, alors qu'il était là à attendre que l'on finisse de panser son fils, il n'avait qu'une seule et formidable envie : retourner dans son bureau et s'y enfermer pour le restant de la nuit et même davantage. Oublier ce monde où des gosses farcissaient leur pantalon de tessons de bouteille – ce monde avec ses promenades au clair de lune, le pied au plancher, avec ses baquets de sang et ses lueurs grand-guignolesques, ses cavalcades dans les couloirs, vers les urgences.

Il avait envie de demander un Valium ou de retrouver le gars qui lui avait offert un whisky – quitte à lui en signer beaucoup d'autres et même à l'embrasser sur la bouche s'il le fallait – mais il se contentait d'observer les deux jeunes infirmières qui discutaient à la réception ou passaient des coups de fil personnels pour tuer le temps.

Puis un médecin nommé String – Richard

relut le badge : *Docteur* STRING –, un rondouil-
lard aux petits yeux vifs et sombres, vint fumer
une cigarette à ses côtés et il expliqua qu'il avait
été un peu long car les soins, concernant cette
partie du corps, étaient assez chiants à faire tenir
en place. Mais il était content du résultat et
assura qu'on n'en parlerait plus d'ici quelques
jours.

Richard hocha la tête pour le remercier. Le
docteur String hocha la tête à son tour et se
désola de tous ces mômes qu'on lui amenait,
tous défoncés d'une manière ou d'une autre.

« Mais je ne dis pas que je connais un remède
à cet état de choses, ajouta-t-il. Peut-être qu'ils
ont leurs raisons. »

Il était de plus en plus tard. Tout était de plus
en plus pénible.

« Écoutez, mon vieux, vous pensez à quoi, au
juste ? s'informa Richard. Vous voulez dire quoi,
exactement ? Vous avez des enfants ? Est-ce
qu'au moins vous avez des enfants ? »

Il n'en avait pas, comme on le pensait bien.
Ce n'était qu'un vague célibataire au discours
archi-usé, au discours qui donnait mal au ventre
tant il était lessivé, archirebattu. Le docteur
String n'avait pas perdu une fille de dix-huit ans
au fond d'un lac et il n'avait pas un fils qui
s'essayait à l'automutilation, au découpage en
tranches de ses parties intimes, alors il pouvait
parler. Il pouvait insinuer que les parents étaient

responsables. Le docteur String pouvait insinuer que les parents n'avaient pas fait ce qu'il fallait et c'est ainsi qu'il était drôle. C'est ainsi qu'il atteignait l'acmé de sa désopilance, le docteur String.

Mais Richard n'insista pas car déjà une porte à deux battants s'ouvrait brusquement dans le fond du couloir, livrant passage au fauteuil à roulettes qui transportait Evy sous la conduite d'un sikh enturbanné.

Evy n'était plus blanc, il était gris. Son visage était si gris qu'on aurait dit qu'il s'était roulé dans la cendre. Plutôt que de voir ça, Richard se tourna et marcha vers la réception en secouant la tête. Les deux jeunes infirmières l'attendaient sous un gai halo, la simplicité et la joie de vivre aux lèvres, prêtes à plaisanter avec un type qui écrivait des livres ou quelque chose du genre et avait épousé cette brune qu'on voyait à la télé. L'une s'appelait Magali et l'autre Rita. La plus âgée ne devait pas avoir vingt-cinq ans. Tout en leur signant un chèque, Richard prit un air malicieux et leur demanda si elles avaient jeté leurs parents dans un asile de vieillards ou simplement les avaient rendus fous, et elles rigolèrent de bon cœur.

Le sikh souleva Evy dans ses bras et l'installa sur le siège du passager en lui bouclant sa ceinture. Richard serra la main du docteur String qui observait pensivement la scène et boudait un peu. La lune brillait au-dessus de la colline, déroulait un fil d'argent bleu sur la crête puis filait vers la vallée, vers l'est où étaient plantés des champs d'éoliennes et vers l'ouest où l'on trouvait les forêts et les lacs – et c'était une belle balade à effectuer sur l'autoroute, de nuit, au volant d'une décapotable, et les Trendel se l'offraient chaque fois, à chaque nouvelle voiture, et longtemps, pendant très longtemps, tout avait été très agréable, tout ne s'était pas encore cassé la gueule et vautré dans la poussière.

En général, Richard évitait au maximum de s'attarder sur cette période, de secouer de vieux fantômes qui ne se réveilleraient plus, de rêvasser sur un passé rose, presque obscène, presque limite, mais ce n'était pas toujours facile de s'imposer une ferme attitude.

Du coin de l'œil, il observait son fils qui avait le teint verdâtre et semblait sortir d'un bain glacé ou d'une branlée administrée à la sortie d'une boîte, et il roulait doucement pour laisser du temps à son grand garçon, à son glorieux coupeur de bite qui avait sans doute quelques explications à lui donner.

Après sa descente effrénée, la Porsche de Richard – une 356 qu'il considérait comme une *véritable* amie – remontait tranquillement la colline. Elle glissait sans le moindre effort au fond du défilé que taillait la route au milieu des lugubres et fiers épicéas, virait en douceur, épousait docilement les courbes, presque au ralenti, murmurait à peine dans les épingles à cheveux, à présent qu'il n'y avait plus d'urgence – non plus que besoin de céder à l'un de ces subits et incontrôlables accès de sombre fureur qui s'emparaient parfois de Richard et le laissaient tremblant sur un parking désert, trempé de sueur et longtemps incapable de retirer ses mains du volant, à des kilomètres de chez lui après ces virées sauvages.

C'était à Evy de parler. C'était à lui d'empêcher qu'un mur continuât à grimper entre son père et lui. Là-dessus, Richard ne nourrissait aucun doute. Sur ce point, il était formel. Et cette certitude était bien agréable, en tout cas bien reposante. Il n'en était pas à sourire dans la nuit, à ouvrir la main pour la laisser saisir le vent, mais cette conduite langoureuse dont nous avons parlé, les coups d'œil pacifiés qu'il posait sur son fils témoignaient de sa résolution à ne pas ouvrir la bouche le premier. Si Evy pensait que Richard allait lui tendre la moindre perche, il se trompait. L'interroger? *L'interroger?* Non, plus jamais. Laure et lui avaient fini par se fracasser contre le silence de leur fils après la mort de Lisa, contre sa mauvaise volonté à éclaircir les choses, à dire *comment* les événements s'étaient *exactement* déroulés. Ni les larmes, ni la colère, ni rien au monde ne lui avait arraché un mot de plus. Alors, plus jamais. Plus jamais Richard ne mènerait ce triste et douloureux combat. Plus jamais il ne mendierait quoi que ce soit auprès de son fils. Au moins, cette certitude le rassurait. Tandis qu'Evy persistait dans un silence merdeux, lui, Richard, étant désormais parvenu à un certain niveau de détachement, attendait sans attendre. Il avait envie de demander à son fils s'il était conscient de la tristesse de cette situation, mais une force supérieure lui permettait de tenir sa langue.

D'après le docteur String, il s'en était fallu d'un cheveu que l'affaire ne tournât au drame : la coupure était assez profonde, mais nette, et une bonne étoile avait évité la casse, leur épargnant une hémorragie dont String avait évoqué l'issue d'un ton macabre.

Quelle bonne étoile ?

Richard sortit de la route et monta vers les lumières qui brillaient au loin sous les porches et aux fenêtres de tous ces insomniaques qu'ils avaient pour voisins. La plupart d'entre eux se plaignaient des soucis et des déceptions que leur causaient leurs enfants, mais Richard se demandait si Laure et lui ne remportaient pas la palme haut la main, si un couple était capable de leur faire de l'ombre dans cette course à l'incompréhension et à la souffrance.

Et pourtant, tout semblait si paisible. Il rentra la voiture dans le garage, éteignit les phares, coupa le contact et attendit une bonne minute en regardant ailleurs.

Ensuite il descendit et passa de l'autre côté pour ouvrir la portière du passager qui n'était plus qu'un pâle vieillard à la mine déconfite.

Richard le considéra objectivement. La tentation de tourner les talons, de laisser Evy se débrouiller, était forte, presque irrésistible.

Il leva les yeux sur un écureuil qui traversait le jardin. Puis il finit par se pencher sur son fils et le souleva dans ses bras.

« La prochaine fois, fourre-toi ces morceaux de verre dans la bouche, lui conseilla-t-il en le transportant vers la maison. Au moins, ta langue ne te sert pas à grand-chose. »

*

À trois heures du matin, Éric Duncalah, légèrement ivre, déposa Laure devant chez elle et, obéissant à une pulsion secrète, il lui baisa tendrement la main. Certes, il avait trop bu et il éprouvait en général une réelle aversion pour tout contact physique avec une femme, mais le sentiment d'euphorie qu'il ressentait et qui lui faisait commettre une telle folie ne provenait pas d'un excès d'alcool ou d'une totale perversion mais de la victoire qu'ils avaient remportée au terme de cette soirée géniale. Une victoire définitive.

En lui baisant la main, il voulait l'assurer de sa profonde affection. Il voulait l'assurer de sa joie intense à l'idée qu'elle allait retrouver sa place et les rôles importants auxquels elle était destinée. Contrairement à certains, il avait toujours cru en elle et l'heure de la revanche avait sonné.

Laure était un peu ivre, elle aussi, mais elle ne semblait pas partager en totalité l'enthousiasme de son agent. Bien qu'Éric fût également son confident et son ami, elle gardait un air vague et elle mit bientôt fin aux effusions de celui-ci.

« Je n'ai pas encore dit oui, lâcha-t-elle. Je regrette, mais je n'ai pas encore dit oui. »

Un éclair de contrariété passa dans l'expression d'Éric. Mais il se reprit aussitôt et gratifia Laure d'un sourire affectueux. Selon lui, s'il suffisait de coucher pour obtenir un rôle, il n'y aurait plus aucune actrice au chômage.

« Tu ne le dois qu'à ton seul talent, poursuivit-il. Ne sois pas bête. Il a simplement envie de coucher avec toi, et alors ? Est-ce un crime ? Et je ne le trouve pas si déplaisant que ça, tu sais...

— La question n'est pas là. La question n'est pas de savoir s'il me déplaît ou non. »

Les femmes étaient ainsi : autant elles couchaient facilement pour rien, autant elles rechignaient à coucher pour quelque chose. Bien souvent, elles sidéraient Éric.

Ce nuage, ce léger voile, n'entama pas sa confiance, néanmoins. Autour d'eux, la nuit était tiède et rassurante, pleine des bruissements de la forêt, de stridulations. Il était naturel que Laure éprouvât quelque embarras à l'idée d'accorder un rapport sexuel à un homme de MediaMax, si important fût-il, mais l'enjeu était d'importance. L'enjeu était énorme, rien de moins que le nouveau départ auquel elle aspirait et qui seul pouvait encore stopper son irrésistible disparition ou engloutissement, au choix.

« Voyons, tu n'es plus vierge et tu fréquentes ce milieu depuis vingt ans, déclara-t-il avec douceur. On ne te demande pas de sauter à l'élastique... »

Certes. Possible. Mais cela suffisait pourtant à lui gâcher une partie de cette soirée magnifique – magnifique jusqu'au moment où Axel Mender, un homme vieillissant et qui en était à son cinquième mariage, où Axel Mender, de MediaMax, s'était penché à son oreille au terme d'un excellent et agréable repas pour l'éclairer sur une clause du contrat qui n'était pas écrite.

Sans doute n'y avait-il pas là de quoi s'évanouir, Dieu merci, et Laure en convenait parfaitement, elle n'arrivait pas du fin fond des steppes. Mais c'était dur quand même, se disait-elle, c'était une pièce qui manquait au puzzle du bonheur parfait qui frémissait à l'horizon, une ombre au ciel radieux que lui offrait MediaMax, quoi qu'en pensât Éric.

Mais elle n'avait pas le choix, n'est-ce pas ? Elle ouvrit sa portière, sortit une jambe et prit une profonde inspiration afin de respirer un peu d'air pur. Puis elle descendit.

« Pourrais-tu me quitter sur un sourire ? demanda Éric avec une mine que le bonheur auréolait en dépit du bémol que Laure avait évoqué. C'est si difficile que ça ? »

Elle hésita un instant, puis son visage s'éclaira et elle lui décocha un sourire qui alla s'élargissant. Voilà comment il fallait le prendre.

« Tu as été super, lui dit-elle. Tu as raison. Il n'y a que la victoire qui compte. »

Elle lui cligna de l'œil.

C'était un agent qui méritait ses vingt pour cent, quelqu'un qui savait combien sa route avait été difficile et qui pouvait comprendre, quelqu'un qui la voyait toute nue et qui *savait*. Heureusement, il était homosexuel. Elle lui fit un petit signe et tourna les talons en pensant que les homos avaient un caractère spécial, qu'ils baisaient n'importe qui à tout bout de champ, et même n'importe quoi, si bien qu'Éric ne pouvait pas comprendre les atermoiements d'une femme, son manque d'enthousiasme à l'idée de se faire sauter par un Axel Mender, fût-il bien fait ou non de sa personne. Elle glissa sa clé dans la serrure en se jurant qu'elle l'obligerait à porter une capote et refuserait de l'embrasser sur la bouche. De nouveau, elle s'immobilisa et respira profondément. Elle sentit que le moment était venu de reprendre ses cours de yoga en compagnie de Judith – qui d'autre part ne manquait jamais d'envisager la question de l'adultère avec la plus grande complaisance et la plus grande légèreté, distance, sérénité possible.

Le salon était plongé dans une pénombre relative. L'un des nombreux avantages qu'offrait la vie sur la colline était l'absence de vis-à-vis, si bien qu'aucun mur, aucune tour, aucun voisin ne vous privait du clair de lune et une lueur bleutée entrait par le jardin et flottait à l'intérieur, se posait à la surface des objets comme de la poudre.

Elle aperçut donc aussitôt Richard, du moins sa silhouette se découpant sur le canapé signé John Hutton, pour Cassina, qui tournait le dos à la baie.

« Il est tard », déclara-t-il sur un ton neutre, levant son verre dans sa direction.

« Oui. Il est même très tard », répondit-elle.

Par habitude, elle se dirigea vers le bar, mais elle bifurqua au dernier moment et sortit un Perrier du réfrigérateur. Entre parenthèses, allait-elle tenir ? Une seconde, elle songea au régime sec qu'elle entendait s'imposer à partir de maintenant et cette perspective la glaça d'effroi : allait-elle tenir ? Allait-elle de nouveau affronter le désespoir qui l'avait anéantie à la mort de Lisa *sans boire une seule goutte d'alcool*? Allait-elle être assez forte ? Elle goûtait pleinement la douce ivresse qui l'enveloppait à ce moment précis, qui la protégeait de l'océan de douleur qui palpitait à la périphérie, des ombres dont elle entendait claquer les ailes au-dessus de sa tête. Allait-elle pouvoir y renoncer?

Elle se jura de jeter toutes ses forces dans la bataille, d'y employer toute son âme et elle referma le frigo d'un geste résolu.

Ensuite, elle s'avisa de l'incongruité de la scène. Mais qu'est-ce que Richard fabriquait là? En ce lieu. À cette heure.

Avant tout, cependant, elle devait s'asseoir car l'alcool l'avait étourdie. Une halte était la bienvenue avant d'attaquer l'ascension qui menait à l'étage. Et elle avait l'intention d'en profiter pour lui apprendre que la chance lui souriait à nouveau.

Mais quelle douche froide il lui administra lorsqu'il lui raconta la dernière de leur fils. Quelle douche froide, mes aïeux. Sur certains points, Richard fut obligé de se répéter et même de jurer qu'il ne mentait pas, car Laure pensait que c'était une blague.

« *Mais pourquoi a-t-il fait une chose pareille?* se lamenta-t-elle au bout du compte, en grimaçant d'horreur. *Est-ce qu'il est devenu fou?* »

Elle ouvrit la baie en grand. Comme Richard, elle se prenait tout en pleine figure et elle observa le ciel, les mains sur les hanches, immobile, et ses yeux devinrent humides et ses lèvres tremblèrent une seconde. Une fois encore, Evy ne donnait pas dans la demi-mesure. Il allait certainement la tuer un jour ou l'autre, il allait avoir raison d'un cœur déjà bien fatigué, déjà bien sollicité, déjà bien mis à l'épreuve.

C'était une histoire à la faire vomir. Richard tirait pensivement sur une cigarette et il considérait cette femme qui rentrait chez elle à trois heures du matin, plus ou moins ivre, et qui apprenait que son fils, pendant ce temps-là, s'était presque émasculé et avait saigné comme un goret.

« Est-ce que ça t'étonne ? demanda-t-il. Est-ce qu'on ne doit pas s'attendre à ce genre de choses ? »

Il l'empêcha de s'élancer vers l'escalier. Il posa ses deux mains sur ses épaules et il lui démontra qu'elle n'avait aucune raison de monter là-haut car il dormait, Evy se reposait à présent, il avait davantage besoin de repos que d'une visite de sa mère, et en même temps, Richard s'interrogeait sur le degré de liberté que Laure avait pris vis-à-vis de lui et le constat était amer. Au moins, elle rentrait, et il devait s'en estimer heureux. C'était sans doute le message : au moins, elle rentrait. Ainsi, quelques apparences étaient encore sauves. De temps en temps, Richard se demandait pourquoi il avait arrêté l'héroïne : les plus belles années de son existence dataient de l'époque où il était dans la poudre jusqu'au nez. Blague à part, c'était passer du paradis à l'enfer, c'était aller au-devant de profondes déceptions d'une manière ou d'une autre. Reprendre pied dans cette vie semblait parfois vraiment la chose la plus stupide à faire.

Ils avaient assisté à un enterrement le matin même. Ils y pensaient l'un et l'autre. Ils se sentaient encore fragiles.

«Écoute, Richard, j'ai fini par obtenir ce rôle.» Elle paraissait tellement s'en réjouir qu'elle ressemblait à un morceau de charbon neurasthénique. «On peut toujours dire que ça aurait pu tomber mieux, mais dire ça est parfaitement stupide, Richard, dire ça ne nous mènera à rien.

— Je pense que ce gosse, soupira-t-il, nous ne lui donnons pas un bon exemple.

— Je suis d'accord avec toi sur ce point. Nous lui donnons le pire exemple qui soit, si tu veux mon avis.

— Par exemple, de voir sa mère dans cet état, enchaîna-t-il avec un sourire factice. Voir sa mère débouler au petit jour, tenant à peine sur ses jambes. Hein, qu'en penses-tu? Ça ne peut pas vraiment lui faire du bien, j'imagine.»

Ils avaient si souvent abordé ce problème qu'ils ne parvenaient plus à se blesser avec ce vieux matériel, à peine à s'irriter. Aux reproches de Richard, elle pouvait facilement opposer le cauchemar d'avoir vécu avec un junkie, et ils en restaient là le plus souvent, surtout depuis le K.-O. debout que la mort de Lisa leur avait infligé.

« Écoute, dit-elle. Peut-être que ça dépasse nos compétences. Vraiment. Nous sommes peut-être arrivés à un point où nous ne pouvons plus faire face. J'en ai bien peur. Parce que moi, en tout cas, je ne sais vraiment pas quoi faire. Je ne vais pas avoir l'énergie nécessaire, tu comprends. Je ne peux plus supporter de chocs aussi violents, tu comprends. »

Richard renversa la nuque sur le dossier. Au-dessus de sa tête se balançait un engin confectionné par une tribu d'Amérique du Nord, destiné à écarter les mauvais rêves, mais Richard n'en était pas vraiment satisfait. Il trouvait que ce truc ne tenait pas ses promesses. Qu'il fallait s'appeler Laure Trendel pour croire que les mauvais rêves pouvaient être chassés quand on ne vivait ni au Mexique ni dans une réserve mais au cœur de l'Occident, dans le monde des Blancs, dans le monde des téléphones, des buildings et du Prozac.

Malgré la pénombre, ils échangèrent un regard embarrassé.

« Est-ce que nous devenons de pire en pire ? s'interrogea Richard à voix haute. Ou est-ce à cause des hormones qu'ils foutent dans la viande, je veux dire ce qu'on leur donne à manger ? »

Il avait envie de sauter dans sa Porsche, mais il se retenait. Laure trouvait ça tellement infantile qu'il préférait le faire en cachette – comme la masturbation, besogne à laquelle il était abonné depuis que Laure s'était désintéressée de la chose, à tout le moins avec lui –, qu'il préférait ne pas prêter le flanc aux sarcasmes – plus jeune, il démarrait en trombe, le pied au plancher, dans un nuage de poussière écumante et elle mettait le doigt là-dessus, sur ses colères de petit frimeur, mais c'était le bon temps –, qu'il préférait se consumer sur place à présent plutôt que de céder à son vice devant elle.

La dernière fois qu'il avait baisé Laure remontait à six mois. Une occasion tout à fait exceptionnelle : deux ecstas qui avaient atterri dans leurs verres, à une soirée chez les Beverini, et dont les effets s'étaient encore fait sentir des heures plus tard, alors que Laure se démaquillait en petite culotte et s'était révélée chaude comme un tison. Mais autant dire qu'il y avait des lustres. Autant dire qu'ils ne tenaient pas le bon bout et cette situation perdurait sans qu'eux-mêmes ou quiconque de leur entourage ne songeassent à y mettre un terme.

Observant Laure, qui lui avait sans doute échappé à tout jamais, sauf erreur, Richard se demanda si cette histoire de film n'allait pas lui monter à la tête, si ça n'allait pas devenir littéralement invivable quand elle aurait basculé dans un état de tension permanente et flanqué le feu autour d'elle. Très mauvais pour Evy, se disait-il. À un moment où ce garçon devait bénéficier d'une attention redoublée, à un moment où savoir que l'on avait un père et une mère pouvait se révéler efficace, bref, à un moment où Evy allait avoir besoin de calme et de repos, Laure allait commencer à tourner un film. On savait ce que ça signifiait.

« Parles-en à ton père. Demande-lui conseil », déclara-t-elle.

Absurde. Comment pouvait-elle imaginer que ce vieux connard fût encore bon à quelque chose ? Leur avait-il été d'un quelconque secours à la mort de Lisa ? Avait-il fait autre chose que de fumer ses cigarillos sous la véranda en attendant que ça passe ? Qui avait besoin d'un psy ? Qui donc aurait souhaité confier le moindre problème à un tel schnock ? Si elle avait d'autres propositions de ce genre à lui soumettre, elle pouvait se les garder.

« Très bien. Fais ce que tu veux », soupira-t-elle.

On entendait un violon lancé dans un chant plaintif. Ils se fixaient par-dessus un bouquet de Pink Beauty, partageant un même sentiment d'hébétude face à cette situation et face à la vacuité de leurs rapports. Se parler était difficile. Ne pas se parler était difficile.

Ils décidèrent d'aller se coucher.

Le docteur String examina la blessure d'Evy et se déclara satisfait.

De bon matin, Richard avait sorti du congélateur un large steak, des crêpes et du jus d'orange et il avait préparé le petit déjeuner de son fils. Il avait été bientôt rejoint par Laure qui s'était chargée des œufs à la coque et des muffins. Ivres de sommeil, les yeux gonflés, la bouche sèche et marchant au radar, ils avaient œuvré en silence tandis que le soleil traversait le feuillage et s'avançait en tourbillonnant dans le salon.

Puis Evy était apparu en haut de l'escalier, pas au sommet de sa forme, certes, mais pas aussi spectral qu'on aurait pu le craindre, et il avait bien vite clopiné vers la salle de bains, et le voyant ainsi, debout, encore en vie, encore capable de se déplacer par ses propres moyens, si beau même, Laure s'était sentie submergée, elle s'était sentie renversée par une vague de sentimentalisme pur jus, comme lorsque Lisa et lui étaient des enfants en bas âge et qu'il lui arrivait de les adorer plus qu'elle-même à certains moments donnés. Elle s'était discrètement mordu la lèvre.

Toute cette nourriture, ces milliers de calories qu'Evy avait dû ingurgiter sous peine de s'attirer des réflexions, lui avait redonné des couleurs. Richard et Laure étaient restés suspendus à chacune de ses bouchées, s'étaient réjouis de le voir mastiquer, déglutir, et la seule question qu'ils avaient osé lui poser, *est-ce qu'il se sentait mieux, est-ce que ça allait,* ne l'avait pas trop embarrassé. Il s'était contenté de secouer la tête, les joues gonflées d'aliments censés reconstituer son quota de globules et le front baissé afin d'offrir le moins de prise possible tandis qu'on le couvait des yeux comme s'il était une créature féerique.

Le docteur String se pencha vers lui et lui dit : « Mon gars, tu as l'air d'avoir des parents qui se soucient de ta santé, alors à quoi tu joues ? »

Ayant remonté son pantalon, Evy considéra le docteur De-quoi-je-me-mêle en se grattant la tête. C'était drôle qu'on pense qu'il jouait à quelque chose. Ça prouvait que la grande majorité des adultes avaient l'esprit passablement tordu.

N'obtenant pas de réponse, le flegmatique docteur se leva en soupirant et il raccompagna Evy vers ses parents qui, hagards, s'étaient assis sur la première banquette venue et restaient muets.

« Gardez-le deux ou trois jours à la maison, leur conseilla-t-il. Qu'il reste tranquille et tout ira bien. »

Laure le regarda fixement.

À leur retour, on était en train de remplacer les Pink Beauty par des iris de Sibérie d'un bleu étonnamment lumineux. La cuisine était impeccablement rangée et à l'étage ronronnait un aspirateur. Toutes les baies étaient ouvertes. La lumière était partout, le sol brillait comme un miroir.

Richard voulut remettre ça avec le jus d'orange pendant que Laure se laissait choir dans un fauteuil pour écouter ses messages.

« Il n'est même pas question d'en discuter », déclara-t-il à son fils en lui tendant un verre empli à ras bord, et cela se passa ainsi pendant trois jours. Pendant trois jours, Richard et Laure se levèrent à l'aube pour préparer le petit déjeuner d'Evy. Pendant trois jours d'affilée.

Celui-ci croyait qu'il allait devenir fou. Après des mois de tranquillité, de matins silencieux, de cohabitation avec des ombres filantes, ils lui tombaient brutalement sur le dos. De vrais fous furieux. Désormais, il devait se cacher pour souffler cinq minutes. On aurait dit qu'ils le poursuivaient à chaque instant avec un steak ou des œufs brouillés. Richard surgissait de son bureau en plein après-midi, et il fonçait vers la cuisine, ou bien Laure branchait son téléphone sur le haut-parleur pour garder les mains libres et lui confectionner des cocktails de fruits – qu'épluchait Gina que Laure arrachait à son ménage, dans cette maison dérangée, retournée, bouleversée, sens dessus dessous.

Andreas avait connu ce problème quand sa mère avait installé Brigitte à la maison et que ces deux pouffiasses avaient tenté de le gaver, de l'ensevelir sous les sucreries et les saloperies en tout genre. Il pensait qu'on avait envie de leur faire *ravaler leur truc* la plupart du temps.

Il demanda à voir la blessure de son ami et il fit la grimace. Evy lui confirma que ça avait pissé le sang à trois kilomètres alors qu'il était raide défoncé.

Andreas dodelina. Il n'était pas sûr que Gaby Gurlitch méritât tant d'égards, mais il reconnaissait que le coup valait d'être tenté. Il l'aurait fait, à la place d'Evy. La moitié de Brillantmont bavait au cul de cette fille, la moitié en était dingo. Surtout avec sa réputation d'intouchable.

«En tout cas, la grosse est dans tous ses états», enchaîna-t-il en examinant le jus épais et foncé que Gina avait été chargée de leur porter après que Laure avait décoré les verres d'une rondelle d'ananas nain. «La grosse a pété un câble, enchérit-il. À midi, elle m'a coincé dans les toilettes et elle m'a demandé ce que je savais. Elle m'a demandé ce que ça voulait dire que tu prennes des bains avec cette pétasse. J'emploie le mot qu'elle a employé, mec. Elle dit que tu pourrais le regretter. »

Evy se souvenait très bien du regard noir qu'elle lui avait lancé au bord du lac. Mais qu'Anaïs Delacosta fût cinglée, il le savait, il n'en concevait pas le moindre doute. Elle avait été suffisamment collée aux basques de Lisa pour qu'Evy ait pu l'observer à loisir. Pas complètement antipathique dans ses bons jours, mais cinglée d'un bout de l'année à l'autre.

Le genre de fille qui s'était réveillée avec des instincts de garde du corps, le genre de fille prête à déclencher une vraie bagarre, Anaïs se serait laissé découper en petits morceaux pour Lisa.

Ceux qui pensaient qu'elle était gouine se faisaient éclater la lèvre ou pocher l'œil ou prenaient un coup de tête en pleine figure car ils racontaient des conneries. La quasi-vénération qu'elle éprouvait pour Lisa ne prenait pas sa source dans les eaux troubles de l'inversion mais directement dans son cerveau reptilien.

Un peu plus tard, elle vint elle-même aux nouvelles. Il lui raconta qu'on l'avait opéré de l'appendicite mais manque de bol, lui annonça-t-elle, le docteur String siégeait au conseil d'administration de Brillantmont et il avait parlé avec son père.

« Tu as tort de vouloir jouer au plus fin avec moi, lui assura-t-elle. Tu as vraiment tout à y perdre, est-ce que tu t'en rends compte ? Est-ce que tu as assez d'intelligence pour ça ? »

Elle le fixa en plissant les yeux car un rayon de soleil cliquetait entre les branches du cèdre et lui chatouillait le visage et elle glissa une demi-douzaine de sticks dans la poche de chemise d'Evy pour donner plus de poids à ses paroles.

« Gaby Gurlitch est séropo, mon vieux. Est-ce que tu savais ça ? »

Anaïs Delacosta n'avait jamais craint de raconter les pires choses sur quelqu'un qui n'avait pas l'heur de lui plaire ou qui lui obscurcissait la route. Evy savait parfaitement bien qu'elle avait une langue de chienne et une salive empoisonnée, mais elle réussit une seconde à le déstabiliser, à lui en mettre un bon coup sur la tête.

Elle avait forcé sa chambre après avoir léché le cul de Laure cinq minutes, après avoir minaudé et joué les innocentes – rôle qu'elle avait toujours tenu en présence des parents –, et elle lui balançait cette horreur à la figure. Elle sortait des cours. Elle avait emprunté le car de ramassage, puis elle était montée à pied et l'exercice qui consistait à mouvoir cent kilos sur deux jambes l'avait mise en sueur et cette sueur qui refroidissait, cette forte odeur qui envahissait l'espace, qui rôdait, retombait, imaginait-il, en gouttelettes microscopiques et imprégnait ses draps. Parfaitement dégoûtant.

Elle avait également un voile humide sur la lèvre supérieure. La ceinture de son short à franges lui rentrait dans le ventre, ses bras et ses jambes étaient roses. Et elle était venue le chercher jusque dans sa propre chambre. Elle avait gravi cette colline pour le débusquer jusque sur son lit. Anaïs Delacosta. Le genre de fille à idées fixes.

« Je te laisse en tirer les conclusions que tu voudras », reprit-elle.

Avant qu'elle n'ait complètement pollué la pièce, il se leva sans un mot et descendit dans le jardin – d'un pas encore mal assuré, claudicant, les cuisses écartées. Laure était sous le parasol avec deux ou trois personnes qui prenaient des rafraîchissements et bavardaient dans des chaises longues. Alors il s'engagea à gauche, vers la forêt.

Et il aurait sans doute commis une bêtise si Richard n'était pas sorti de son cabanon pour leur couper la route. Il aurait fait comprendre à Anaïs, d'une manière ou d'une autre, que, péchant par orgueil et se croyant invulnérable, libre de raconter toutes les conneries qui lui passaient par la tête, elle avait fait un pas de trop et avait dépassé la ligne qu'il lui avait fixée.

Elle dut donc d'être encore intacte à Richard. Elle l'échappa belle, ce jour-là. Richard trouva que son fils avait une tête à faire peur, si bien qu'Evy revint sur terre et s'en composa une autre qu'il intitula *Le type saigné à blanc, en pleine convalescence,* et Richard le serra maladroitement contre son épaule.

«Une balade est-elle bien indiquée?» s'enquit-il.

D'une certaine manière, il était pire que Laure. Evy se demandait s'il ne venait pas l'espionner quand il dormait, s'il ne restait pas debout au pied du lit, les yeux fixés sur lui pendant de longues minutes, le truc malsain au possible. Durant trois jours, Richard pista son fils à travers la maison et ne lui laissa pas franchir les limites du jardin. Le pot de colle intégral, culpabilisé à mort, incapable de fermer l'œil à l'idée qu'un vent mauvais pouvait de nouveau souffler dans les parages, provoquant une rechute.

C'était une belle et chaude journée. Toute la colline sentait bon, un mélange d'été et d'automne. L'énorme cèdre qui trônait au centre du jardin resplendissait littéralement, comme couvert d'écailles de nacre. Des oiseaux planaient, d'autres tourbillonnaient dans un ciel d'azur. Cependant, non loin de là, le tableau s'était assombri.

Le trio considéra un instant Axel Mender, l'homme de MediaMax, reconnaissable à sa crinière argentée et à ses manières assez désuètes telles que baiser ardemment la main d'une femme, Laure, en l'occurrence, du bout des doigts jusqu'au tendre pli du coude.

Finalement, Richard grimaça une espèce de sourire et il ravala son commentaire. Il croisa le regard de son fils, puis celui d'Anaïs et il entendit ensuite la voix de Laure qui avait quitté son fauteuil et se dirigeait vers eux avec un empressement peu coutumier. Richard planta tout le monde au moment où elle les rejoignait et il regagna prestement son bureau dont la porte, qu'il avait laissée ouverte, grinçait sur ses gonds quand un peu d'air se soulevait.

Une seconde plus tard, la Porsche démarrait en trombe. Les pneus couinèrent à la sortie. Richard la remit dans le droit chemin et s'envola devant chez les Croze comme s'il pilotait une fusée.

« Il se passe quoi, au juste ? » fit Laure, jouant les ingénues.

★

Ils ne lâchèrent la jambe d'Evy que trois jours plus tard. Ouf ! Une éternité pour celui-ci qui retrouva avec bonheur ses petits déjeuners en solitaire, leur tranquillité absolue. Non pas que Richard et Laure eussent épuisé toutes leurs forces. Ils n'étaient plus habitués à se lever tôt le matin, voilà tout. Depuis la mort de Lisa, ils étaient décalés pour de bon.

Pour commencer, ils avaient perdu le sommeil. Puis c'était revenu petit à petit, mais ils se

couchaient tard et ils se levaient tard, difficilement avant midi.

Evy pouvait de nouveau fumer une cigarette
en prenant son café. Il ne regrettait pas de se
réveiller brusquement – il faisait un bond dans
son lit, ouvrait grands les yeux dans l'obscurité
depuis que sa sœur avait coulé à pic au fond du
lac –, juste avant l'aube. Parfois, au milieu du
silence, devant son petit déjeuner, il lui semblait
entendre la voix de sa sœur et c'était une bonne
chose. Il restait vissé sur son tabouret, le sourire
aux lèvres, absolument ravi par ce petit miracle.
En fait, il n'avait personne à qui dire combien
elle lui manquait.

Gaby, peut-être ? Il y avait songé. Il essayait
de se la représenter en confidente. En attendant,
elle ne l'avait pas rappelé. Or, à l'heure qu'il
était, tout Brillantmont devait être au courant
de son histoire.

Le père d'Anaïs le convoqua dans son bureau
quand il reprit les cours. Vincent Delacosta
convoquait rarement les élèves dans son bureau,
mais le cas d'Evy était un peu particulier et
aucun directeur d'école ne voulait de cinglé
dans son établissement.

« Ne prenons pas exemple sur la violence qui
nous entoure, déclara-t-il. Ne nous hâtons pas
vers la terreur car elle viendra bien assez tôt. » Il
fit jurer à Evy qu'il ne nourrissait aucune mauvaise intention à l'encontre de ses professeurs ou

de ses camarades, exprimant ainsi le peu de foi qu'il accordait à la version du garçon qui prétendait avoir été mordu par un chien – *Pourquoi me racontes-tu des choses pareilles, mon jeune ami? Pourquoi me prends-tu pour un imbécile?*

Le plus pénible n'était pas d'écouter Delacosta, mais de rester debout. La blessure cicatrisait bien mais il n'était pas encore prêt à exécuter des exercices d'endurance, ses couilles étaient tellement lourdes qu'elles semblaient avoir été coulées dans du plomb. Elles pendaient au fond de leur sac. Il avait envie de s'asseoir. Il avait également beaucoup de mal à se débarrasser de certaines images archisanglantes – celle, en particulier, où le docteur String, avec une grimace évasive, lui soulevait la bite et où le sang en dégoulinait comme d'une fontaine rutilante.

« Enfin, soupira le directeur en manipulant un coupe-papier, Anaïs m'assure que nous pouvons te faire confiance. Je crois que vous vous connaissez assez bien. Elle était très attachée à ta sœur. Vraiment très attachée. En tout cas, Anaïs répond de toi. Alors ne la fais pas mentir, tu veux bien? On ne vous demande rien d'autre que de rester un peu tranquilles, tous autant que vous êtes. Est-ce que c'est si difficile? »

Remis en liberté, Evy traversa la cour ensoleillée, déserte, de Brillantmont – une bâtisse de style néogothique dont le mur d'enceinte disparaissait sous la vigne vierge – et il trouva un banc pour souffler un peu : toute confrontation avec le monde des adultes finissait par vous tomber sur les jambes, que vous fussiez en forme ou pas.

Il essuya son front dans son tee-shirt. Il était censé rejoindre sa classe mais il s'accorda un instant de repos et fuma une cigarette à l'ombre de la haie taillée à la française.

Il pensa à Lisa, à Patrick Storer que sa mère avait liquidé au Déroxat, et à cette histoire de séropo – car bien qu'Anaïs fût la pire menteuse qui soit, elle avait permis au doute de s'installer.

À la mi-journée, et bien qu'il craignît pour ses parties intimes, il provoqua une bagarre dans le couloir qui conduisait au gymnase afin de mettre un point final à la rumeur et aux réflexions ironiques concernant sa mésaventure.

Un mauvais moment à passer, mais qui porta ses fruits.

Anaïs vint lui glisser à l'oreille, alors qu'il avait encore les poings serrés, qu'elle appréciait énormément la manière dont il réglait ce problème et, pour une fois, son sourire élogieux respira la sincérité.

Ensuite, elle l'accompagna jusqu'au bureau de son père et elle déclara à celui-ci qu'avant qu'il ne convoque Evy Trendel pour une bagarre dont on allait bientôt lui rendre compte, elle préférait lui dire tout de suite qu'elle avait tout vu et que son protégé n'était pas coupable.

Vincent Delacosta soupira. Sa fille était tellement mal fichue et elle avait un si mauvais caractère que, même s'il doutait de parvenir à la marier, il souhaitait au moins qu'elle entretînt quelques relations amicales avec les individus de sa génération – qu'elle ne reste pas à la maison à tourner en rond avec la rage au cœur, violente comme elle était, de même que butée, imprévisible, caparaçonnée, sourde et blessante.

Il se demandait souvent comment il avait pu engendrer cette fille qui ne lui apportait que déconvenues, désagréments, humiliations. Mais l'affaire était entendue et il concentrait désormais ses efforts sur le désamorçage, l'esquive ou même le paiement de rançon ou la retraite en rase campagne. Il estimait qu'il n'avait qu'une vingtaine d'années devant lui, ce qui n'était pas énorme, et donc il n'était pas enclin à les gâcher, à laisser sa fille piétiner le temps qu'il lui restait à vivre, ni elle ni personne d'autre, et tout ce qu'il désirait, c'était que ces deux-là fichent le camp de son bureau, qu'ils aillent semer le trouble et leur habituel chaos ailleurs.

Quoi qu'il en soit, Anaïs semblait décidée à mettre le grappin sur Evy et, sous prétexte qu'elle venait de lui sauver la mise, elle désirait se faire offrir une boisson à la cafétéria – aucun doute, cette fille avait un grain.

« On a des tas de trucs à se dire, lança-t-elle sur le ton de la plaisanterie. Admets que si je n'avais pas été là, tu étais mal. »

Evy tendait le cou. Il essayait de repérer Gaby dans la cour qui vibrait comme une ruche, mais autant chercher une vache dans un troupeau, pestait-il.

« Mais de quoi veux-tu qu'on parle ? » fit-il sèchement, occupé à balayer l'espace en plissant les yeux et certainement pas disposé à la suivre, pas le moins du monde.

Il croisa le regard d'Andreas qui traînait avec deux ou trois autres sous les arcades.

« Je ne demande qu'une chose, répondit-elle. C'est qu'on ait de bons rapports, toi et moi. C'est tout ce que je demande. »

Il la considéra d'un œil méfiant.

« Écoute, fit-il. J'ai pas l'intention de te les montrer, d'accord ? Ça ne sert à rien d'insister, okay ? Ça te regarde ? Non, ça te regarde pas. Désolé. »

Entre la colère et la consternation, Anaïs opta pour un sourire tiède :

« N'empêche que je fais des tas d'efforts avec toi. Au cas où tu ne t'en rendrais pas compte. Hein, tu ne dois pas avoir les yeux en face des trous, sans ça.

— Et ça t'avancerait à quoi ?

— Je veux les voir, c'est tout. J'ai pas dit que ça m'avancerait à quelque chose. »

Evy savait très bien que les refus qu'il lui opposait depuis quarante-huit heures – depuis qu'elle avait coincé et rudoyé Andreas dans les

toilettes – n'avaient aucunement entamé l'entêtement d'Anaïs, qu'elle n'aurait de cesse qu'il
n'accède à sa requête et ne se décide à lui montrer ces putains de photos. Il savait quelle
aubaine elles représentaient pour Anaïs, quelle
occasion c'était de remuer tout ça, de remonter
toutes ces choses à la surface. Il savait qu'elle
allait s'accrocher. Ce qui s'appelle s'accrocher.

Puis il aperçut enfin Gaby Gurlitch qui sortait
de la bibliothèque et il put vérifier qu'elle
déclenchait en lui une sensation mystérieuse,
étonnante. À des kilomètres d'un banal attrait
de caractère sexuel – tout le contraire, même.

Anaïs suivit son regard et un pli dédaigneux se
forma sur ses lèvres. « Moi, je ne baisais pas avec
ta sœur, fit-elle entre ses dents. Je me contentais
de son amitié. »

Manque de chance, Evy ne se sentait plus
d'humeur agressive. Il lui retourna un air placide, presque bienveillant, et il la quitta sur un
haussement d'épaules.

Les cours se terminèrent sur une leçon d'histoire particulièrement soporifique tandis qu'une
merveilleuse journée s'écoulait au-dehors, toute
de parfum et de lumière, avec une température
proche de vingt-cinq et un indice de pollution
atmosphérique relativement acceptable pour nos
contrées. Le soleil était encore assez haut, rond et
patient, et les éclaboussures de la fontaine qui
agrémentait la cour séchaient bien vite sur la

margelle de pierre polie. Au-delà des murs, en chemisette, nombreux étaient ceux qui partaient au même instant en week-end, pare-chocs contre pare-chocs – épaule contre épaule, telle une armée sans fin alanguie sous les effluves de milliers de pots d'échappement qui palpitaient en sourdine –, branchés sur des stations FM résolument criardes et musicalement proches du zéro, le bras à la portière et plutôt heureux dans l'ensemble, plutôt dans de bonnes dispositions tant que les épouses et les enfants restaient tranquilles sur leurs sièges, dans l'air climatisé, et tant que ce monde n'avait pas encore explosé en mille miettes.

String avait déconseillé les douches et carrément interdit les bains qui ramollissaient les tissus, jusqu'à la cicatrisation complète. Or, les beaux jours n'allaient pas durer et personne ne songeait à s'enfermer sous des cieux si cléments. La moitié de Brillantmont ne songeait qu'à filer au lac.

Il n'y avait rien de mieux pour échauffer les esprits, soyons honnête. Ce n'était pas la perspective de quelques brasses dans une eau assez fraîche qui poussait tous ces jeunes gens dans la forêt, leur faisant emprunter une route caillouteuse, puis un chemin creusé d'ornières sur plus d'un kilomètre, pas plus qu'une balade grandiose au milieu des hauts sapins qui dansaient dans la lumière. Non, ce n'était ni le sport ni le paysage qui les attiraient. C'était autre chose.

Les berges n'étaient pas chiches de fourrés et de taillis.

Andreas rechignait à abandonner Evy, mais il ne voyait pas comment faire autrement dans la mesure où renoncer à l'expédition ne lui effleurait pas l'esprit.

Une rumeur circulait selon laquelle les dernières chaleurs montaient tout droit au cerveau des filles et Andreas ne niait pas l'intérêt qu'il portait au phénomène.

Il demanda à Evy s'il se croyait en mesure de s'appuyer le kilomètre qui les attendait à l'arrêt du bus, et idem pour le retour, sans compter le frottement du slip. Michèle Aramentis, qui les avait rejoints près de la fontaine, déclara qu'à moins de trouver une voiture – mais les places étaient chères pour les troisième – l'idée lui semblait mauvaise.

« Imaginons que ça s'ouvre et que ça se mette à saigner, pourquoi pas ? On aura l'air de quoi ? Faudra faire un garrot ? »

Pour étouffer son impuissance et sa rage, Evy se passa la tête sous la fontaine. Une heure plus tôt, entre deux cours, Gaby Gurlitch, pressée, lui avait lancé qu'ils se verraient sans doute au lac. S'ébrouant, il se sentit capable de monter là-haut en rampant, de se traîner sur la caillasse pour être à son rendez-vous, car une fois de plus Gaby Gurlitch lui avait jeté un sortilège.

Mais une hémorragie en pleine cambrousse – des corbeaux et des buses tournoyant dans le ciel, miaulant et croassant – n'était pas rien non plus. C'était un vrai dilemme.

Pendant qu'ils poursuivaient leurs palabres, les étages de Brillantmont se vidaient et sa chair, ses forces vives s'écoulaient promptement vers la sortie.

« Tu ne peux pas demander ça à tes meilleurs amis, grimaçait Andreas. Mec, il s'agit des derniers beaux jours. On ne reverra pas le printemps avant cinq mois... »

Ils franchirent le portail d'entrée en poursuivant une discussion serrée, plutôt acide, sur les limites de l'amitié et l'égoïsme intégral.

Evy entendait déjà le chuintement gazeux des portières du bus qui s'ouvriraient devant lui et l'évacueraient dans l'espace cloaqueux, direction la pénombre de sa chambre dont il pourrait contempler le plafond sous tous ses angles pendant que les autres étaient au lac, se baignaient et exposaient leurs anatomies en dehors des toilettes des bars, pour changer. Non qu'il désirât se rincer l'œil sur le compte de Gaby Gurlitch. Croiser deux ou trois fois son regard était amplement suffisant.

En tout cas, la situation ne pouvait pas être pire. Croyait-il.

Jusqu'à l'instant où il découvrit son père, garé un peu plus haut, baignant dans la lumière cuivrée et aussitôt repérables, lui et sa Porsche, dans ce décor d'or fondu. Descendu de son véhicule, relax, vêtu de lin blanc, il levait un bras en direction d'Evy.

Lequel réprima un mouvement de recul bien compréhensible, communément partagé par une grande majorité des adolescents à la sortie des cours. Mais le pire de tout, le presque inimaginable, c'était de découvrir Richard en compagnie de Gaby, c'était de les voir côte à côte, c'était de voir à quel point Richard était capable de ramener sa fraise quand personne ne l'avait sonné.

« Sauvés ! » déclara Andreas.

Evy pensa qu'il rêvait. D'ordinaire, Richard se montrait déjà assez chiant. Mais depuis qu'il s'était mis en tête de garder un œil sur la convalescence de son fils, il s'y employait avec un zèle carrément compulsif. Evy baissa la tête et ricana nerveusement.

Richard déclara qu'il n'y avait aucun problème, qu'il était d'accord pour les conduire où ils voulaient. Il n'avait rien à faire. Ils tombaient bien.

Evy le fusilla du regard mais, visiblement, Richard ne remarqua rien. À l'entendre, il était même ravi de leur être utile.

Ils s'entassèrent à l'arrière. Gaby monta devant. Richard lui demanda d'attacher sa ceinture.

Il adopta cependant une conduite tranquille – ils durent insister pour qu'il doublât l'un de ces cars de touristes qui erraient sans fin à travers le pays – et il veilla à entretenir la conversation, à l'agrémenter de remarques amusantes, de considérations insolites tandis qu'ils faisaient route à travers la forêt domaniale.

Evy avait horreur du numéro de son père, il le trouvait pathétique. La route s'élevait en lacet, bordée de fougères que le soleil criblait et il plaisantait, il conduisait d'une main, il leur montrait qu'il était fréquentable. Pathétique.

Comment Richard pouvait-il s'abaisser à ça ? Enfin, songeait Evy, si ça pouvait le consoler, Michèle le trouvait craquant. Elle le trouvait même craquant depuis la sixième, époque où elle était encore novice, et elle jurait aujourd'hui que Richard pouvait lui faire subir les derniers outrages si ça le tentait – mais beaucoup de filles se révélaient totalement irrécupérables, totalement perverses en vieillissant, fussent-elles encore vierges et incapables de sucer correctement. Enfin, Michèle le trouvait beau. N'était-ce pas grotesque ? Ce type dans sa Porsche avec son dentier – les dents de Richard s'étaient déchaussées avant l'âge, déconvenue prévisible au regard d'une consommation élevée de produits débilitants. *Ce type dans sa Porsche 356 avec son dentier, bordel!* Evy priait pour qu'on ne le fasse pas rire, étant donné la fraîcheur de ses cicatrices. C'était son père, peut-être, mais il le haïssait quand il faisait ça. Michèle était tout simplement un peu plus cinglée qu'elle n'en avait l'air, un peu plus détraquée qu'on ne l'imaginait.

Puis ils s'engagèrent sur ce mauvais chemin forestier, vaguement empierré, qui descendait vers le lac, et la caisse de la Porsche se mit à heurter les bosses sans que Richard ne s'en émeuve – au train où allaient les choses, il n'aurait sans doute même pas stoppé pour aller récupérer un enjoliveur – *boum, badaboum boum.*

En général, les propriétaires de voitures haut de gamme choisissaient l'autre lac – celui où Lisa s'était noyée, justement – car on y accédait par un chemin goudronné qui conduisait tout droit à un parking, avec un cabanon où l'on vendait des sodas, des sucreries, et une remise où l'on pouvait louer des barques. C'était le préféré des pères de famille. La foule s'y pressait par beau temps – l'air sentait l'huile de bronzage au monoï et les mères de famille arpentaient les rives, la poitrine en avant.

Bref, l'endroit n'était pas tranquille. En revanche, celui où Richard les accompagnait de si bon cœur n'était guère fréquenté par les adultes.

« On se débrouillera pour le retour », déclara Evy.

Richard se contenta de lui sourire dans le rétroviseur, le temps d'un simple coup d'œil car il devait maintenir le cap et slalomer entre les profondes ornières et les affreux nids-de-poule qui se jetaient sous ses roues.

Puis les eaux du lac surgirent dans une trouée, étincelantes, et les frondaisons s'écartèrent. Richard se gara sur le bas-côté, à la suite d'une demi-douzaine de véhicules de guingois, après quoi il se tourna vers ses passagers et il leur déclara, sur un ton modeste : « J'ai même pensé à emporter quelques serviettes, figurez-vous. »

*

Richard s'était installé à une vingtaine de mètres et pointait son regard résolument ailleurs. Malgré cela, Evy ne se sentait pas aussi détendu qu'il l'aurait souhaité.

Gaby le rendait nerveux, de toute façon.

Elle semblait en être consciente et le considérait avec un intérêt amusé cependant qu'il s'évertuait, la gorge sèche, à démentir les conneries qui couraient sur son intégrité physique et ses motivations, alors qu'il ne s'agissait que d'un banal accident – d'une expérience sur laquelle il ne comptait pas s'étendre.

Il avait gardé son pantalon. Il n'avait pas un seul poil sur la poitrine. Gaby, comme la plupart des autres, avait les seins à l'air. Elle n'avait pas

suivi Andreas et Michèle qui avaient aussitôt
bondi vers le lac, ni rejoint ceux de son âge, ni
branché son baladeur, ni rien, et elle l'écoutait.
Il avait l'impression qu'elle étudiait chaque
détail de son visage.

« Une expérience? Quelle expérience? »

Il préférait ne pas en parler.

Elle était déçue.

Au bout d'un moment, il lui raconta que, de
temps en temps, ils jeûnaient, Lisa et lui. Il
ajouta qu'elle était la première personne à qui il
en parlait. Il leur arrivait de ne rien avaler pendant une semaine entière.

Tandis qu'elle enregistrait la nouvelle, il vérifia que Richard ne les espionnait pas et continuait à sonder les profondeurs de la rive
opposée en fumant ses anglaises écœurantes –
quelquefois, des types transportaient une fille
qui hurlait et ils la jetaient à l'eau et Richard ne
voulait pas voir ça.

Gaby avait levé un sourcil. Coucher avec Lisa
ne lui avait pas ouvert toutes les portes, songea
Evy. Visiblement, elle découvrait chez son
ancienne amie une facette qu'elle n'avait pas
soupçonnée. Mais c'était parfaitement normal,
parfaitement compréhensible. Personne ne pouvait connaître sa sœur aussi bien que lui.

« C'est dans le même esprit, lui expliqua-t-il.
Si tu vois ce que je veux dire. »

C'était une chose horriblement difficile à

expliquer. Le rapport entre charger son slip de tessons de bouteille et jeûner.

« Au contraire. Je vois très bien, lui affirmat-elle en le dévisageant. Est-ce que tu en doutes ? »

Il lui raconta que, à la fin, ils avaient des hallucinations. Ils avaient les pieds qui décollaient du sol. Par exemple, ils profitaient d'être seuls, ils attendaient que Richard parte dans un sens et Laure dans un autre, et ils commençaient leur diète. Au bout du troisième jour, ils n'allaient même plus à l'école. Ils traînaient à poil dans la maison et s'administraient des lavements. « Je dois dire qu'on délirait pas mal, déclara-t-il en hochant la tête. C'est vraiment une période que je regrette. »

Gaby, quant à elle, regrettait la suite. Son visage s'assombrit un instant au souvenir des quelques mois qu'ils avaient passés ensemble, au souvenir du singulier trio qu'ils avaient formé, elle, et Patrick, et Lisa.

« J'ai l'impression que toi et moi, nous sommes les seuls survivants, murmura-t-elle en lui offrant son meilleur profil. Subitement, ça change les rapports entre nous. Ça devient carrément étrange. »

Elle secoua gravement la tête puis, affichant un air perplexe, annonça qu'elle allait prendre un bain.

Plus ça allait, et plus elle devenait une créature de rêve, se disait-il. Andreas trouvait qu'elle n'avait pas assez de fesses mais était-il seulement capable de penser à autre chose? Michèle la trouvait un peu distante, mais s'était-elle regardée? Il tendit la main et vérifia qu'elle tremblait. Assurément un bon signe. Ça ne lui était pas arrivé depuis des siècles.

Il s'allongea sur le dos, les mains croisées derrière la tête. Il entendait des bruits d'eau, des plongeons, des clapotis, et une lueur, encore lointaine, grandissait en lui, et jamais il n'aurait pu l'imaginer, jamais il n'aurait pu nourrir un tel espoir. D'une certaine manière, c'était presque effrayant.

Malheureusement, comme il fallait s'y attendre, Richard profita du départ de Gaby pour s'approcher. Il s'accroupit, grimaçant vers les cimes, traçant de vagues lignes sur le sol au moyen d'une brindille.

« Si mon père m'avait collé le train comme ça, commença-t-il, je reconnais que je n'aurais pas apprécié. Mais je pense qu'il aurait eu raison de le faire dans de pareilles circonstances. Tu dois encore éviter certains efforts, mon vieux. Tu dois te montrer prudent. En tout cas, sache que je préfère affronter tes reproches que la trouille que tu nous as fichue à ta mère et à moi.

— *Quels* reproches?

— *Quels reproches?* » ricana-t-il.

Sans ajouter un mot, il retourna s'asseoir dans son coin. Puis il leva deux ou trois fois les yeux en direction d'Evy avant de lui lancer :

136

« Tu crois que j'ai l'intention d'aller en enfer à cause de toi ? Tu crois ça, peut-être. Tu crois que je ne suis pas décidé à sauver ce qui peut encore l'être ? Alors tu as une très mauvaise opinion de moi. Alors tu me connais très mal. »

« Merde », songea Évy en rentrant la tête dans les épaules.

Comme Gaby habitait en ville – un atelier d'artiste situé près de la gare centrale dans lequel sa grand-mère avait en secret filé le parfait amour avec Erich von Stroheim et quelques autres, si bien qu'elle y était sentimentalement attachée, quoique incapable à présent d'en gravir les étages –, Richard déposa son fils et les deux autres qui grelottaient dans l'air du soir, puis il poursuivit sa route en compagnie de sa jeune passagère.

*

Moins il traînait chez lui et mieux il se portait. Andreas n'avait jamais cherché à cacher le peu de goût qu'il avait à vivre sous le même toit que sa mère et sa bonne femme. L'affaire durait maintenant depuis bientôt dix ans et il était la seule personne, semblait-il, qui s'offusquât encore, par les temps qui couraient, d'une telle union.

Caroline Bethel-Burnis, sa mère, en souffrait toujours un peu malgré les vifs encouragements de Brigitte, sa complice, à ignorer le sale caractère et l'insondable égoïsme d'un gamin de quatorze ans introverti – comme d'ailleurs l'était, introvertie, la majorité des petites brutes de son âge.

Par le passé, Caroline avait maintes fois tenté d'expliquer la situation à Andreas mais, chaque fois, il l'avait rudement envoyée promener – il avait même piqué des crises de nerfs qui se terminaient sous la douche, lui hurlant et les deux femmes reprenant leur souffle après l'avoir attrapé à bras-le-corps. Il refusait hystériquement d'aborder le sujet. Il se bouchait les oreilles et il les insultait. Il regardait sa mère dont les larmes recommençaient à couler et il la traitait de vieille salope et de pauvre gouine. Alors Brigitte s'avançait et elle lui balançait une claque formidable qu'il ne parvenait jamais entièrement à éviter. D'autres fois, il se roulait par terre, saisi de terribles crampes, et sa mère lui apportait un oreiller, ce qui n'arrangeait rien.

Un vague cessez-le-feu, cependant fort fragile, s'était instauré entre les deux parties depuis, disons, son entrée en sixième, mais Andreas n'en aimait pas pour autant traîner dans le coin. Les deux femmes le gonflaient très vite, prétendait-il, et à un point qu'elles ne soupçonnaient pas.

Le soir, une cigarette aux lèvres, Brigitte débranchait l'arrosage automatique et passait en manuel car elle était persuadée que les plantes avaient *des sentiments* et appréciaient un arrosage à la main et étaient reconnaissantes et flattées de cette marque d'attention, somme toute légitime. Difficile de savoir si elle était sérieuse quand elle abordait le sujet. Lorsqu'il faisait très chaud, elle s'arrosait aussi les pieds.

Elle les invita à rincer les leurs tandis qu'elle leur tenait le tuyau. « Alors, et cette baignade, demandait-elle. Parlez-moi de cette baignade. »

Sans attendre, peu enclin à entamer le dialogue, grommelant, Andreas embarqua Michèle à l'intérieur, ne laissant guère à Evy le temps de réagir.

« Dis donc, reprit Brigitte tandis que les deux autres franchissaient la porte en courbant l'échine, dis donc, Evy, dis-moi, j'ai entendu parler de tes mésaventures. Est-ce que ça va mieux ? Je t'assure, bon sang, que tu m'as donné des sueurs froides. Vraiment, dis donc, quelle drôle d'idée. J'ai passé une nuit entière à me demander ce qui pouvait pousser un garçon de ton âge, et même de n'importe quel âge, à faire ça et je n'ai pas trouvé. »

De l'autre côté, dans la paresse du soir, les Fortville prenaient un verre dans leur jardin en s'occupant de leurs bonsaïs qui tardaient à perdre leurs petites feuilles – pas l'ombre d'une n'ayant encore virevolté puis atterri sur les petites pelouses, aux dernières nouvelles. Une heure plus tôt, Laure se faisait tringler à mort dans le bureau d'Axel Mender, au siège de MediaMax, et elle rentrait à la maison au volant de sa Cherokee, remontait l'allée à vingt à l'heure, profondément blessée et seule. Quelque part, un oiseau roucoulait. À l'autre bout du jardin, face au couchant, Caroline pratiquait son yoga avec un tee-shirt ELVIS HURTS et un casque sur les oreilles. Sans lâcher son tuyau, Brigitte assurait qu'il n'y avait rien au monde qui méritât un tel sacrifice, tandis que de son côté, Evy s'interrogeait sur l'utilité d'user sa salive. Au loin, au fond de la vallée, dans la brume, on apercevait une lueur au-dessus de l'autoroute. Les bouchons s'étendaient sur plusieurs kilomètres, dans un sens comme dans l'autre. Richard déclara à Gaby qu'il valait mieux prendre son mal en patience.

Après qu'un vol d'oies sauvages se fut enfoncé dans l'obscurité, Brigitte dirigea son tuyau vers un massif de bougainvillées qui refleurissait et elle demanda à Evy s'il se rendait compte à quel point ils étaient privilégiés, à quel point on attendait d'eux, non pas des remerciements, mais une attitude plus intelligente.

Quoi qu'il en soit, Brigitte n'avait pas la mâchoire carrée et elle n'était pas bâtie comme une armoire à glace – beaucoup d'hommes s'y laissaient prendre et tombaient des nues. Aussi, lorsqu'elle tendit la main et caressa gentiment la joue d'Evy, ne bondit-il pas en arrière.

Rien à voir avec certains gestes de Marlène Aramentis, la mère de Michèle, qui étaient quelquefois ambigus. Non, c'était une caresse amicale, désintéressée, qui se voulait réconfortante, compréhensive, absolutoire.

Une flaque d'eau menaçait de se former au pied des bougainvillées. Sur ce, étonnamment, Andreas et Michèle réapparurent. Légèrement tendus. Andreas, les cheveux encore humides, lissés, le regard sombre, se dirigea vers la sortie en rabattant sèchement la capuche de son sweat sur sa tête. Le problème d'Andreas était qu'il était assez petit pour son âge et cela expliquait beaucoup de choses. Un assez beau visage, mais une taille un peu courte. Et donc assez teigneux quand il n'obtenait pas ce qu'il voulait. Un tempérament soupe au lait pour tout dire.

« Tu trouveras ton repas dans le réfrigérateur », l'informa Brigitte sur un ton tranquille tandis qu'Andreas s'éloignait de cette maison qu'il savait maudite – cette maison qui lui apportait toujours le contraire de ce qu'il voulait, qui ne lui amenait jamais rien de bon.

« Je me fiche que ça ne lui plaise pas, confia Michèle. C'est comme ça, et pas autrement. Et ça vaut la même chose pour toi, bien sûr.

— Si ça te fait rien, répondit Evy, essaie de ne pas t'en prendre à moi. Règle ce problème avec lui. Mettez-vous d'accord une bonne fois pour toutes. »

Ils s'engagèrent sur la chaussée à la suite d'Andreas qui conservait une longueur d'avance. Les bornes lumineuses qui éclairaient le terre-plein central grimpaient à travers la colline comme une guirlande.

« Quoi? C'est donc pas une plaisanterie? l'interrogea-t-elle. C'est vraiment elle que tu vises? Wow! Et c'est hypermalsain, en plus. »

Quand on pensait qu'ils avaient grandi sur cette route, que des nurses les y avaient trimbalés en poussette, qu'ils avaient pesé quelques kilos seulement, incapables de prononcer une seule parole et d'avoir la moindre mauvaise pensée, on restait interdit. Durant un instant, on se sentait nostalgique.

★

Andreas n'était plus sûr de rien. La colère et la tristesse le submergeaient tandis qu'il regardait Michèle s'éloigner d'un pas léger – elle semblait flotter au-dessus du revêtement rouge brique de l'allée conduisant à la porte des Aramentis, au milieu des mimosas –, car l'aboutissement d'une relation entretenue assidûment depuis l'école primaire – l'acmé des attouchements dont ils avaient à présent épuisé toute la gamme – menaçait de tourner court, chaque jour davantage.

« Qu'est-ce qu'on pourrait bien lui donner?

s'interrogea-t-il à voix haute, la gorge serrée par cet océan de pures ténèbres que constituait le cerveau d'une fille. C'est quoi ce cirque pour baiser, tu veux me le dire? »

Il fallait se lever tôt pour établir une frontière sensée entre les trucs qu'une fille acceptait de faire et ceux qu'elle n'acceptait pas. Il fallait aimer ça, couper les cheveux en quatre, faire tourner les gens en bourrique, les rendre malades.

Il ramassa une pomme de pin qu'il s'apprêtait à balayer d'un coup de pied et la balança par-dessus le toit de la maison – Mallet-Stevens, période londonienne – au moment où Michèle y pénétrait.

Andreas connaissait un type qui pouvait lui fournir de quoi s'envoyer une bonne sœur sans problème, mais Evy ne se montrait guère enthousiaste. Non pas qu'il fût soudain envahi de scrupules ou rebuté par le sexe. Il ne fallait pas tout mélanger. Ce qui occupait son esprit depuis quelques jours, ce qui s'insinuait et progressait dans ses pensées sans qu'il pût s'y opposer, cette sorte d'illumination, de clarté qu'il croyait enfouie à tout jamais, ça n'avait rien à voir avec le sexe.

Quoi qu'il en soit, il n'avait pas envie d'en parler avec Andreas. Il n'était pas certain que celui-ci apprécierait, dans l'état d'excitation perpétuelle où il se trouvait depuis la rentrée – une boîte entière de kleenex, modèle familial, lui suffisant à peine pour la journée.

Ils crachèrent en passant devant la maison de Judith Beverini, soucieux et sombres l'un et l'autre, écrasés par le poids de l'univers, conscients de la vacuité du monde, de ses entrailles hérissées de pointes. La merde provenait essentiellement du fait qu'ils n'étaient pas motorisés et dépendaient des autres pour descendre en ville.

Andreas lança quelques coups de fil tandis qu'ils poursuivaient leur chemin dans la morne ambiance de ce début de soirée – certains résidents rentraient, d'autres s'apprêtaient à sortir ou confectionnaient des dry martinis sur la terrasse ou déambulaient d'une pièce à l'autre –, mais il ne perçut l'écho d'aucune réjouissance, il n'entendit parler de rien qui valût la peine – pas même d'un truc pour se bousculer les neurones à défaut d'un peu de compagnie, pas même d'un vieux Xanax des familles chez Untel ou Untel.

« Merde, ne me dis pas qu'on va se retrouver en tête à tête ! » glapit-il avec une grimace écœurée.

Ça en prenait la direction. Parfois, c'était ainsi. La nuit flottait funestement, comme le suaire d'un immense catafalque, et il n'y avait rien à en tirer : le simple fait d'être en vie devenait pénible, proche de l'insupportable, proche de la mauvaise, très mauvaise plaisanterie. S'il n'y avait rien pour aider à pagayer vers l'aube, alors là, c'était la fin de tout, c'était la mort assurée.

Ils grimpèrent dans la chambre d'Evy afin de mettre la main, en désespoir de cause, sur les trucs d'Anaïs, car la nuit s'annonçait redoutable.

En passant, Andreas souleva un ou deux couvercles dans la cuisine. Il avait largement approuvé le changement de cuisinière chez les Trendel et Gina, cette accorte Italienne, lui convenait parfaitement bien. Il emporta un morceau de poulet à la citronnelle – car non contente de baiser régulièrement sa mère, Brigitte cuisinait comme un pied – qu'il dévora en gravissant l'escalier que Laure avait emprunté une demi-heure plus tôt, dans tous ses états.

Non pas qu'elle se fût attendue à autre chose. Axel Mender n'était pas un romantique, ni en paroles ni en actes. Il l'avait couchée sur son bureau, besognée par-derrière, puis continuée sur la moquette frappée du logo MediaMax en bleu marine sur bleu ciel, contre lequel son front et sa joue avaient frotté. Elle avait encore du sperme collé dans les cheveux. S'examinant dans la glace, elle vit à quoi ressemblait une femme qui venait de baiser avec un sexagénaire shooté au Viagra et elle se laissa choir sur son lit en gémissant.

Lorsqu'elle entendit les garçons, elle se décida enfin à enlever ses vêtements. Elle les repoussa du pied. Elle lava sa culotte à la main, la plaça sur le porte-serviette avant d'entrer dans la douche. Elle se rendit compte qu'elle n'éprouvait plus d'estime pour elle depuis une éternité. Elle se demanda si le moment était bien choisi pour s'arrêter de boire.

Andreas fuma la moitié du stick – dont sa partie la plus ventrue – avant de le passer, si bien que les yeux semblaient déjà lui sortir de la tête. Mais il n'était pas défoncé au point de ne pas remarquer qu'Evy gardait le joint à la main sans le porter à ses lèvres. Il considéra son ami un instant, le sourcil en accent circonflexe, avant de lui déclarer :

« J'aimerais savoir ce que ça veut dire. J'aimerais savoir ce que tu me caches.

— Ça me dit rien, en ce moment, répondit Evy.

— Wahou ! » siffla Andreas en se donnant une claque sur le front.

Il reprit le joint des mains d'Evy et secoua la tête et fuma en silence.

« T'es vraiment barje, ricana-t-il entre deux bouffées. Mec, t'es vraiment un cas spécial, j'aime autant te le dire. »

Ce que pensait Andreas n'était pas très important. Evy ne s'en inquiétait pas beaucoup. La seule chose qui comptait était qu'ils s'acceptaient l'un et l'autre. Qu'ils acceptaient d'être différents, de ne pas voir *toutes* les choses de la même manière, d'être tels qu'ils étaient. Là se trouvait la force de leur relation. Là se trouvait le noyau indestructible. Ni l'un ni l'autre ne se vantait d'avoir la solution. Ni l'un ni l'autre ne cherchait à imposer quoi que ce soit. Ils avaient bien assez d'avoir le reste du monde sur le dos, toutes ces hordes d'adultes qui ne connaissaient que les rapports de force et se vautraient dans leur cloaque, pratiquement du matin au soir.

De l'autre côté du couloir, Laure se rinçait à l'eau très chaude après s'être imposé un nettoyage très strict au gant de crin et cinquante fois nettoyé le vagin et le trou du cul avec un savon spécialement étudié, qui ne vous asséchait pas tout le bazar comme le ferait un vague produit à vaisselle. Quoiqu'elle l'eût, ô combien, mérité, se disait-elle. Quoiqu'elle eût mérité bien pire pour le foutu exercice qu'elle avait accompli. Judith avait beau dire que coucher pour conserver son job – elle travaillait pour un cabinet d'avocats –, ou pour monter en grade – les avocats en question l'avaient grimpée à tour de rôle mais elle avait sa place à chaque réunion du conseil –, non seulement n'était pas condamnable mais constituait une priorité, elle avait beau le répéter avec une foi ardente, le marteler, le décliner, le revendiquer bien haut, Laure n'y puisait aucun réconfort. Pas le moindre apaisement.

Elle passa un jean, enfila un tee-shirt XL – le bout de ses seins, que l'autre avait manipulés comme un dingue, était encore sensible – et coiffa ses cheveux humides dans la pénombre de la chambre. La porte de la salle de bains était ouverte, si bien qu'elle se voyait dans le miroir, jusqu'au moment où elle prit conscience qu'elle n'avait pas croisé une seule fois son propre regard et qu'elle avait reculé dans l'ombre.

Avoir quarante-cinq ans et en arriver là. C'était vraiment super. Elle avait parfois l'impression qu'il n'y avait plus rien autour d'elle, qu'il ne s'agissait que d'un décor derrière lequel il n'existait plus rien, hormis, genre, une étendue de rocaille stérile.

Lisa lui manquait tellement, par moments, surtout lorsqu'elle était dans cet état d'esprit, sombre et cafardeuse. Penser à Lisa était encore douloureux, atrocement douloureux. Elle aurait donné cher pour avoir encore une fille à qui raconter dans quoi l'on se fourrait pour décrocher un rôle, quel prix l'on était prêt à payer pour regagner le devant de la scène et monter les marches, s'il ne valait pas mieux prendre un somnifère et se coucher, mais elle se sentait nauséeuse.

Au moins, elle ne buvait plus. Elle n'avait pas avalé un seul verre depuis une dizaine de jours et elle tenait bon. Dieu sait pourtant qu'elle avait une furieuse envie de faire une entorse à la règle pour se nettoyer également l'intérieur

– arroser d'une pluie de feu le sperme d'Axel Mender qui flottait dans son estomac –, mais elle tenait bon.

Elle entendait de la musique en provenance de la chambre d'Evy. Théoriquement, elle aurait dû ressentir une présence. Depuis quand avait-elle cessé d'être une mère? Bien avant la mort de Lisa. Elle ne pouvait pas se mentir à elle-même : bien avant la mort de Lisa, bien, bien avant la mort de Lisa. En fait, cette famille avait cessé d'exister vraiment très tôt. Et elle sortit dans le couloir et elle s'approcha de la porte de son fils et elle enfonça ses mains dans ses poches et elle cessa de bouger et elle écouta en se tenant raide comme une statue.

Loin de se douter que Laure frissonnait derrière la porte – frissonnait d'avoir passé l'après-midi à se faire niquer pendant que son mari et son fils étaient à la plage? –, les deux garçons qui, défoncés ou non, partageaient le même goût pour l'album numéro deux de *The Black Heart Procession* observaient un instant de silence. Puis Andreas, tombé à la renverse sur le lit, se demanda s'il n'avait pas faim.

Il se demanda tout haut qui donc allait manger ce poulet, étant donné que personne ne semblait vouloir y toucher. Pendant ce temps-là, Evy vérifiait l'état de ses téléchargements et son visage, dans la pâleur de l'écran, semblait figé dans un bloc de marbre.

Pour finir, Laure battit en retraite. Elle réprima un hoquet en haut des marches, puis elle les descendit en se tenant à la rampe. Si elle voulait être positive, si elle voulait arrêter une minute, elle ne devait pas négliger le fait qu'Axel Mender l'avait fort heureusement dispensée de se plier à ces irritantes séances d'essais – tellement barbantes pour une actrice dont le talent n'était plus à démontrer. Si elle ne voulait pas sombrer dans la mélancolie, elle devait prendre les choses pour ce qu'elles étaient, et en l'occurrence, ne s'agissant que d'une blafarde histoire sexuelle, rien de plus qu'un mauvais moment à passer.

Quoi qu'il en soit, elle préféra appeler Judith car une boule d'angoisse lui montait dans la gorge. Parler à quelqu'un était souvent préférable. Elle composa le numéro d'une main tremblante – l'alcool y était aussi pour quelque chose.

Au-dessus d'elle, Evy mettait les points sur les *i* à Andreas : mieux valait que celui-ci la boucle à propos de Gaby, mieux valait qu'il évite d'aborder le sujet si c'était pour faire des remarques aussi débiles.

« Est-ce que j'invente quelque chose ? soupira Andreas dont le regard cependant luisait. Est-ce que c'est nouveau ? Mec, j'essaie simplement de te dire qu'elle est pas toute blanche. Rien d'autre. Qu'elle était pas toute blanche.

— Ferme ta gueule. C'est tout ce que j'ai à te dire.

— N'empêche que c'était pas cool. J'en ai pas un bon souvenir. »

Sous ses airs durs, Andreas était un vrai sentimental. Non pas que la manière dont il traitait Michèle en témoignât. Cela dit, sur un autre registre, il avait réellement souffert de ce qu'il avait considéré comme un lâchage de la part d'Evy quand celui-ci n'en avait que pour sa sœur et lui collait au train du matin au soir. Il avait passé quelques soirées à maudire Lisa, à souhaiter qu'elle disparaisse un bon coup et que soit enfin rompu le maudit charme – maudit charme, *mon cul* – qui éloignait les deux amis. Une triste période. Normal qu'Andreas n'eût aucun goût de la revivre. Normal qu'il se méfiât de la tournure que ça prenait une fois encore.

Judith Beverini était dans son bain. Elle n'y était pas seule. Elle s'y trouvait en compagnie de son mari qui revenait d'un séjour de deux semaines en Chine – là où ces salauds connaissaient un véritable âge d'or, selon lui, tandis que l'Occident s'enfonçait, flirtait avec la récession ou au mieux bandait mollement avec à peine un point de croissance et dix pour cent de chômage – et donc, elle ne pouvait venir tout de suite. « Non, ma chérie, pas *tout de suite* », réaffirma-t-elle d'une voix sourde. Elle avait un jour expliqué à Laure qu'en tant que femme, elle avait certains devoirs envers l'homme qui l'avait épousée. Même si l'homme avait depuis long-temps perdu toute aptitude à la faire jouir – même si le bain tiédissait, même si les bulles n'étaient plus ce qu'elles étaient, même si c'était ça, aller au charbon.

Laure sentit que ses jambes ne la portaient plus. Elle s'assit. Elle tâcha de relever les che-veux qui lui tombaient sur la figure. Elle commença par dire *merde, merde, merde,* ce qui mit aussitôt la puce à l'oreille de Judith, laquelle se dressa dans la mousse parfumée au vétiver, le front et le visage rosis pour de multiples raisons :

« Laure, attends. Qu'est-ce qui se passe ?

— *Qu'est-ce qui se passe ?* Je vais te dire ce qui se passe. Je crois que je devrais m'offrir une cure de sommeil. »

Et elle commença à raconter sa mésaventure à Judith.

La tristesse et l'humiliation qu'elle avait éprouvées d'un bout à l'autre de l'exercice. L'odeur et la vilaine texture de peau d'Axel Mender. Les effets du Viagra, les *monstrueux* effets du Viagra. Les trucs vraiment désa-gréables.

Elle déprima sincèrement dans la pénombre du salon. À se remémorer les différentes phases de ce crève-cœur, son dos se voûta, ses épaules se raidirent. À l'autre bout du fil, Judith bre-douillait n'importe quoi. Rien que ne comprît

Laure, en tout cas, qui, levant la tête, regardait au-dehors, étonnée par le vide qui se dégageait du jardin, le vide sur le gazon, le vide entre les bosquets, le vide près des massifs, le vide entre les arbres.

Mais le pire de l'histoire, la violente décharge électrique qui la traversa de part en part et lui coupa le souffle, ce fut Evy.

Elle le découvrit dans un reflet, dans son dos, planté comme un spectre. Le téléphone lui tomba des mains. *Dzing badaboum.*

Elle se baissa pour le ramasser. Dans son esprit, il ne fit aucun doute que, à partir de ce moment-là, elle allait doublement regretter d'avoir payé Axel Mender en nature.

Sans un mot, Evy passa de l'autre côté du bar et s'avança vers les fourneaux.

Un léger vertige s'empara de Laure lorsqu'elle prit conscience de la brutalité de la situation à laquelle elle se trouvait confrontée. Elle toucha ses joues, brûlantes comme des briques. C'était une vraie catastrophe. Aucune mère n'aurait voulu affronter ça.

Elle s'avança cependant vers le bar, grimpa sur un tabouret. Elle se montra courageuse, renonçant à se servir un verre. Elle n'avait pas grand-chose à dire pour sa défense. Elle se sentait vraiment très mal. Par miracle, elle ne semblait pas lui avoir coupé l'appétit.

« Evy, regarde-moi », lui dit-elle.

Il garnit une assiette de poulet en soupirant à part lui, sachant très bien dans quel merdier ils s'étaient fourrés tous les deux et le pénible quart d'heure qu'ils allaient s'imposer dans la foulée. «À quoi bon?» Voilà ce qu'il aurait aimé lui dire : «À quoi bon?» Mais était-ce le meilleur moyen d'abréger leur souffrance? Il aurait également aimé lui dire qu'il s'en foutait. Qu'il était pas mal vacciné à propos de leurs histoires de cul, même si elles se révélaient particulièrement sordides et particulièrement minables.

« Regarde-moi, s'il te plaît. »

En fait, elle partageait avec Richard ce goût du châtiment. Elle ne cherchait jamais vraiment à se protéger – elle paraissait avoir perdu ce réflexe depuis la mort de Lisa. Ce goût pour la mortification. Un instant, il s'imagina en train de la fouetter et ensuite, de la traîner par les cheveux, et ensuite de lui scotcher la bouche.

Il pivota, la regarda dans les yeux.

« Je voudrais que tu m'excuses, fit-elle. Je voudrais que tu m'excuses pour les mots que tu as entendus... »

Elle détourna son regard et ponctua sa phrase d'un geste las, car le mal était fait de toute façon, son fils venait d'ingurgiter le compte rendu détaillé des aventures sexuelles de sa mère et il avait pu apprécier l'âpre et raide vocabulaire de sa maman et sa façon d'appeler un chat un chat. La touffeur du soir n'était pas la bienvenue.

En fait, il ne faisait pas si chaud que Laure le supposait. Simplement, elle en avait inoculé de salées et de choquantes dans l'esprit de son fils, elle s'était littéralement donnée en spectacle devant lui, elle ne lui avait rien épargné durant sa conversation avec Judith, ce qui s'appelait vraiment *rien*. Elle voulait bien croire qu'aujourd'hui un garçon de quatorze ans n'avait plus grand-chose à voir et à entendre sur le sexe qui l'empêchât de trouver le sommeil, mais elle n'en était pas tout à fait persuadée.

Lire dans le cœur d'Evy l'aurait rassurée sur ce point. Des centaines de films pornos, des piles de magazines étaient passés par là, sans compter des nuits entières sur le net, sur des sites de fous furieux, de parfaits déviants, de vrais malades mentaux, et il n'était pas impossible qu'en la matière il dépassât tout ce qu'elle pouvait imaginer. Lire dans le cœur d'Evy lui aurait également révélé que son appréhension n'avait pas lieu d'être : son image n'allait guère se dégrader aux yeux de son fils. Certes, ne sachant pas dans quel degré d'estime il la tenait – mais existe-t-il un père ou une mère qui ne soit pas aveugle ou dans les nues, à des kilomètres de l'étourdissante réalité ? –, pouvait-elle innocemment craindre la perte de quelques plumes dans cette histoire.

« Je suis tellement, *tellement* désolée, murmura-t-elle. Ce n'était pas *censé* nous arriver, figure-toi. Si tu savais comme je suis désolée. Ce n'était pas quelque chose dont nous avions besoin, tous les deux. »

Evy ne voyait pas très bien de quoi ils avaient besoin, sa mère et lui. Elle semblait vraiment secouée mais il n'en comprenait pas davantage la raison dans la mesure où ce n'était pas la première fois qu'elle couchait avec un autre homme que Richard et que ces choses-là étaient connues.

« Est-ce que tu pourrais venir là et t'asseoir une minute ? lui demanda-t-elle.

— Je suis venu chercher à manger pour Andreas. Il m'attend.

— J'imagine qu'il peut bien t'attendre quelques minutes supplémentaires, répliqua-t-elle sur un ton assez ferme. Non ? Alors, te serait-il possible de m'accorder un instant et de bien vouloir t'asseoir à côté de moi, sur ce fichu tabouret ? Hein, est-ce que ça ne te semble pas trop dur ?

— Je vois pas où est l'intérêt de ce genre de discussion. Je vois pas ce que ça peut apporter. Je vois pas. J'y crois pas une minute.

— Je ne pense pas qu'on puisse perdre quelque chose à mieux se connaître, répondit-elle. Je ne crois pas que ça puisse nous faire du mal. »

Voilà qui commençait à sentir mauvais, se disait-il. À prendre une drôle de tournure. Il déclara qu'il préférait rester debout. À la lueur du clair de lune, au milieu de ses fleurs coupées, de ses glaïeuls Himalaya, sa mère allait à présent tenter de noyer le poisson et Evy, d'un côté, était curieux de voir comment elle allait se débrouiller, quelle poudre aveuglante elle allait disperser dans l'air – comme glisser dans la conversation que le type n'avait jamais quitté son préservatif, comme avouer qu'elle n'avait pris aucun plaisir, comme s'interroger sur la teneur en sacrifice et en détresse que recelait son geste, comme finir par jouer les victimes, comme jouer les quasi-innocentes alors qu'elle puait encore le sexe à plein nez, globalement parlant.

De l'autre côté, elle le saoulait déjà. Il n'avait pas envie de l'écouter. Il était juste venu chercher un morceau de poulet et il n'y pouvait rien s'il avait surpris ses délicates et poisseuses confidences. Ça n'avait fait plaisir à personne.

« J'ai besoin de savoir ce qui se passe dans ta tête, lui dit-elle. J'ai besoin de savoir ce que tu penses. Essaie de ne pas m'envoyer promener.

— Je ne t'envoie pas promener.

— Mais si, tu m'envoies promener. Bien sûr que si. Mais *bien sûr* que si. Je préférerais que tu me craches à la figure, si tu veux savoir. Je préférerais que tu me dises les choses en face. »

Cette femme, Laure Trendel, sa mère, est-ce qu'elle se sentait bien ?

À son retour, Richard trouva la maison vide, mais cela n'affecta pas son humeur. Pas plus qu'il ne déplora de dîner seul. Il fallait se faire une raison, ne plus se formaliser devant ces manifestations de désolation familiale que connaissaient la plupart des foyers où les enfants avaient grandi.

Rien ne pouvait redevenir comme avant. Une fois qu'on l'avait compris, une fois qu'on l'avait accepté, la suite avait des chances d'être moins lugubre. Même la pénombre devenait acceptable – et quelquefois complice.

Il se servit un verre de vin et s'installa sur la table basse. Le poulet était succulent. Il se sentait revigoré par ce moment passé en compagnie de Gaby Gurlitch, transformé pour le restant de la soirée. Il y avait longtemps qu'il ne s'était pas senti aussi bien dans sa peau.

Il avait été un écrivain, autrefois. Plutôt un bon écrivain. Il l'avait oublié, avec le temps, cette chose avait fini par s'enfouir – fossoyée par des plâtrées d'héroïne – et voilà qu'elle resurgissait à l'occasion d'une promenade en voiture avec une de ses lectrices.

Lorsque Gaby Gurlitch lui avait annoncé qu'elle avait lu *Indépendance* – le dernier de ses romans, publié quinze ans plus tôt – et l'avait tout simplement trouvé génial, il s'était tourné vers elle, incapable de prononcer un mot. Ils étaient dans les embouteillages, à la périphérie, du côté de Saint-Georges, et le monde alentour lui avait semblé plus lumineux.

«Je ne vous l'avais jamais dit?» avait-elle ajouté.

Combien y avait-il de chances, aujourd'hui, pour tomber sur un adolescent qui lisait? Un qui ne s'abreuvait pas constamment à la télé et qui était capable d'aligner trois mots sur Shakespeare, de se pâmer sur le style de Nabokov ou d'avaler un roman de Donna Tartt en priant pour qu'il ne finisse jamais? Il y avait une chance sur mille.

Richard se demandait si elle n'était pas une apparition. Une vague de chaleur s'élevait de la chaussée tandis que le soleil déclinait au loin, entre les tours du quartier des bureaux, et le paysage semblait flotter, ondulait dans les reflets qui crépitaient sur toute la longueur de l'avenue, sur un bon kilomètre bordé de bâtiments neufs, de conception moderne. Mais Gaby Gurlitch était bien vivante et c'était exactement de ça que Richard avait besoin, sans le savoir et à cet instant précis, exactement de ça, d'être *ravivé*, d'être l'objet d'un peu d'admiration après toutes ces années de morne traversée, d'être *revigoré*, d'être *considéré* une fois de temps en temps, d'être *ailleurs*, d'être une autre personne que celle qu'il incarnait devant sa femme et son fils.

Ils étaient restés garés pendant une demi-heure en bas de chez elle. Il y avait tellement de choses à dire sur l'écriture, sur l'attention constante qu'il fallait porter au rythme, à la sonorité des mots, à toute cette cuisine qui se révélait un vrai travail de forçat mais constituait également la source du seul plaisir total qu'on trouvait à écrire. Il y avait tellement de trucs à raconter sur la difficulté d'élaborer une simple phrase qui tienne debout et qui soit reconnaissable entre toutes et qui rende compte et qui traduise et qui accompagne et qui creuse et qui respire. Richard pouvait être intarissable sur ces vastes sujets pour peu qu'on lui en donnât l'occasion.

Et ce n'était pas comme discuter avec un vieux schnock, un critique ou une siphonnée de littérature, c'était comme se promener par une journée magnifique, les mains dans les poches, en paix avec le monde et avec soi-même.

Richard n'avait pas éprouvé un tel bonheur depuis longtemps. En la quittant, il s'était excusé pour avoir été si ennuyeux ou encore si exalté, mais elle avait rétorqué que c'était fascinant. Et il y avait tant de fraîcheur, tant de spontanéité, tant de luminosité dans cette réponse qu'il en avait loupé un embranchement sur le chemin du retour et s'était rallongé de plusieurs kilomètres.

Il n'en revenait pas d'avoir croisé cent fois cette fille sans lui prêter attention, sans avoir été assez malin pour discerner son potentiel, son ouverture d'esprit, son intérêt pour la littérature. Dans quel brouillard son cerveau avait-il encore baigné?

Certes, elle ne faisait que passer et disparaissait aussitôt dans la chambre de Lisa, mais combien d'autres avaient ce privilège? Était-il possible qu'il eût été aussi indifférent, aussi aveugle, aussi largué dans sa propre maison? Qu'il eût été aussi peu perspicace? N'était-ce pas une injure à la mémoire de Lisa, à son cœur, à son intelligence – pouvait-il douter une seconde qu'elle eût su choisir ses amis?

Tandis qu'il poursuivait contre lui-même d'inflexibles reproches – sans pour autant entamer la douce euphorie dans laquelle Gaby Gurlitch l'avait plongé –, il aperçut à travers la haie Georges Croze qui traversait son jardin ventre à terre et pénétrait chez lui d'un seul bond.

Objectivement, il n'avait plus la force d'écrire un roman. De temps en temps, l'envie resurgissait, un espoir insensé jaillissait dans son esprit comme une étincelle, l'envie explosait littéralement dans sa poitrine, mais il savait qu'il n'en avait plus la force – pas plus que de baiser sa propre femme si la fantaisie lui en prenait – car il était trop abîmé, trop lessivé de l'intérieur – ses derniers cocktails à base de gin, de Subutex et de Tranxène remontaient sans doute à une dizaine d'années, mais la grande forme n'était toujours pas revenue.

Bien. Remuer le couteau dans la plaie ne servait à rien. Se plaindre ne servait à rien. Se repentir ne servait à rien. Un engoulevent s'envola du jardin des Croze, s'éleva dans la nuit pâle par de courtes montées, avec un long *krruitt* coassant. À l'intérieur, au milieu du salon où la lumière était chiche et les miroirs voilés, Georges Croze s'agitait, marchait de long en large avec un téléphone à l'oreille.

À force d'écrire pour le cinéma et pour la télé, Richard se demandait si la drogue était la seule responsable. Qu'est-ce qui avait réellement chassé la grâce, épuisé ses forces, ramolli son cerveau, détruit sa volonté, lui avait arraché son seul et unique talent des mains ? Un homme qui fonctionnait trop longtemps en deçà de ses possibilités régressait-il de manière irréversible ?

Se resservant un verre de vin, il se jura d'effectuer une tentative dès qu'il aurait un moment. Il voulait en avoir le cœur net. Pondre deux ou trois feuillets et voir ce que cela donnait. Ni pour le cinéma ni pour la télé, mais pour la beauté de la chose, de toute la vigueur de son âme, ou de ce qu'il en restait. Et qu'importait si ça flanquait les chocottes, qu'importait s'il devait découvrir qu'il n'était plus qu'un mort, qu'une carcasse désertée, qu'un écrivain fini. Il avait envie de le savoir. Maintenant, il voulait le savoir. Avoir une telle envie et ressentir une telle angoisse en même temps. Mais savoir s'il valait encore quelque chose. Il en avait les dents qui grinçaient l'une contre l'autre. Savoir s'il était encore vivant, en cette étrange nuit d'octobre où l'été restait suspendu dans le ciel, savoir s'il avait survécu.

Il fit un bond en arrière quand la face pustuleuse de Georges Croze grimaça derrière la baie. « Mais quelle horreur, songea Richard tandis que l'autre cognait du plat de la main sur le verre, mais quelle putain d'horreur », songea-t-il à propos des vésicules rougeâtres dont était recouvert son voisin.

« Georges. Entre donc. Que se passe-t-il ? » fit Richard en ouvrant la baie.

Les lunettes de Georges étaient légèrement de guingois, ses cheveux argentés collés à son front, son souffle rauque, ses aisselles auréolées. Il était en short. Ses jambes blanches et poilues tremblaient. Ses genoux jouaient des castagnettes.

Vingt secondes plus tard, les deux hommes sortaient de la maison, traversaient le jardin au pas de course, puis s'enfonçaient dans la forêt.

Andreas était mal tombé. Il avait atterri sur le dos après un vol plané d'une dizaine de mètres et il était si défoncé qu'il ne s'était pas inquiété du fait qu'il était incapable de bouger un petit doigt. Les médecins hésitaient encore à se prononcer définitivement, mais ils se faisaient du souci pour sa colonne vertébrale. Ils examinaient les radios et en discutaient entre eux. Pas grand-chose ne filtrait de ces conversations.

Les vacances de la Toussaint arrivaient à point nommé. Il parvenait à se servir de ses bras, mais ses jambes demeuraient inertes et il avait flippé à l'idée de se retrouver à la merci de sa mère et de Brigitte, faible et sans défense, il avait évoqué la possibilité de devenir fou et de se précipiter, lui et son fauteuil roulant, du haut d'une falaise. Mais, par chance, la Toussaint changeait la donne : Evy et Michèle pouvaient arriver le matin et repartir le soir. Pas de cours, pas de Brillantmont, pas d'excuse. Ils pouvaient lui consacrer tout leur temps libre – et même dormir dans sa chambre si c'était trop dur.

Evy et Michèle avaient secoué la tête. Difficile de dire non à un type qui risquait de rester paralysé à vie, qui vous jaugeait avec sa minerve, qui avait de larges marques jaune safran sous les yeux, à un type qui avait failli mourir en dégringolant de la cabane comme une caisse de fers à repasser et s'était ramassé en beauté par la faute d'un barreau qu'on avait proprement scié. Difficile de l'abandonner.

On sentait que le temps n'allait pas tarder à se dégrader, mais les beaux jours persistaient. Dany Clarence, qui l'avait découvert inanimé et avait donné l'alerte, était venu le voir, était venu prendre de ses nouvelles, et il avait prédit de la pluie d'ici cinq à six jours.

Brigitte avait déclaré que ce chien pouilleux – un matin qu'il tondait le gazon des Fortville, Dany Clarence avait perdu son sens commun et avait grimpé dans un arbre pour les mater, Caroline et elle –, que cet ignoble chien pouilleux n'y connaissait rien et elle lui avait commandé une tonnelle, quelque chose de simple, une structure de teck légère à l'abri de laquelle Andreas pourrait se reposer, recevoir ses amis et respirer le bon air en attendant de retrouver l'usage de ses jambes. Dany Clarence avait promis de s'y mettre au plus vite.

Caroline prenait un peu de Lexomil pour

tenir le coup et elle s'abandonnait à de longs exercices de yoga, matin et soir. Elle faisait également brûler de l'encens et vaporisait sa chambre d'huile essentielle relaxante. Elle parvenait difficilement à supporter la vue de son fils dans un fauteuil roulant, d'autant plus qu'il refusait de se laisser approcher ou hurlait à la moindre caresse.

Deux jours s'étaient écoulés depuis le soir où Dany s'était penché sur lui, au pied du chêne rouge, croyant que c'était encore quelque sombre pratique qu'ils avaient inventée ou le résultat d'une fâcheuse visite à la pharmacie des parents ou du commerce avec un dealer foireux. Deux jours au cours desquels Anaïs avait tourné dans le coin en se grattant la tête.

Des abeilles bourdonnaient encore sous les thuyas et non loin de là, des abeilles bourdonnaient autour des fusains, et Dany vissait un treillis en guise de toit sous l'œil critique de Brigitte qui lui maintenait l'échelle. Pendant ce temps-là, ils avaient replié le fauteuil d'Andreas et tâchaient de le caser dans le coffre de la Subaru. Filer de la baraque à la première occasion restait le mot d'ordre, le seul but à atteindre.

Andreas ne retrouvait son calme qu'à partir d'une certaine distance entre lui et la maison. Il regardait sa mère qui se caressait les bras en remerciant Anaïs pour la troisième fois tandis que celle-ci mettait le contact. « Alors que les gens sont tellement égoïstes, soupira Caroline. Merci encore, Anaïs. »

Il fallait l'entendre pour le croire.

« Quelle merde, cette bagnole », ricana Andreas.

Il disait ça, mais il avait tiré le poignet de Michèle sous la couverture qu'on lui collait sur les jambes comme si elles risquaient de prendre un rhume ou étaient monstrueuses et il se faisait branler sur la route qui zigzaguait dans les bois, au milieu des mimosas qui sentaient si bon et étincelaient, jaillissaient par-dessus les fossés comme des poignées d'or lancées de soupiraux.

Anaïs conduisait avec un discret sourire aux lèvres. De temps en temps, elle jetait un bref regard sur Evy, un coup d'œil par en dessous.

Elle leur annonça que l'autre soir, elle s'était glissée dans la salle des profs, et ça, ils l'appréciaient beaucoup. Ce n'était pas rien. Avec un B de moyenne, tout le monde vous fichait une paix royale. Si elle n'avait pas été aussi chiante, Anaïs aurait été okay.

Elle avait fait ça par pure bonté d'âme.

Elle paya également les consommations – ils étaient au Kosei, le seul endroit un peu fréquentable, musicalement et visuellement parlant, un bar qui servait de l'alcool aux mineurs – et elle traîna avec eux une bonne partie de l'après-midi.

Mais chaque fois qu'elle trouvait un instant, c'était vers Evy qu'elle se tournait.

Elle lui confia qu'elle avait pas mal de temps à tuer, désormais.

Qu'elle se rendait régulièrement sur la tombe de Lisa.

« Et je suis bien la seule. »

Elle ne pouvait pas encadrer Gaby Gurlitch, de toute façon.

J'avais la désagréable impression que tout cela finirait par mal tourner. Comme ils rentraient de leur périple, de longs étendards de flammes traversaient le ciel et inondaient violemment la colline.

« Cette fille est une antiquité, affirma Andreas en la regardant partir. Cette fille serait géniale dans un film des années soixante avec des nattes.

— Y a marqué quoi sur mon front ? marmonna Evy. Y a marqué *Bureau des pleurs* ? Y a marqué *Prends-moi sur tes genoux et serre-moi dans tes bras* ? »

Ils restèrent un instant devant la maison, les yeux plissés dans la lumière, les yeux fixés sur l'éclat de la Subaru qui redescendait la colline. Michèle, qui était fine comme une liane et qui était coiffée à la garçonne, se balançait d'un pied sur l'autre en suivant du regard la trajectoire d'Anaïs, car elle aussi s'interrogeait à son propos.

Il ne servait à rien de se lamenter, mais c'était dur de penser qu'Andreas était dans un fauteuil roulant et qu'Anaïs n'avait rien. Si Dieu avait existé, Il n'aurait jamais permis une chose pareille.

« Evy, nom de Dieu ! Mais tu es fou, ma parole ! avait hurlé Richard. Es-tu conscient de ce que tu fais ? » On lui avait sonné les cloches, bien sûr. On lui avait demandé des explications sur cet acte malfaisant qui consistait à scier des barreaux et, au bout de trois minutes, Laure était montée dans sa chambre, et Richard s'étranglant avait continué : « ... *tu ne vas pas recommencer, hein, tu ne vas pas recommencer tes conneries, hein, putain de bordel !* »

Il avait bien cru que, cette fois, Richard allait le cogner. Un éclair de sauvagerie avait bel et bien lui dans le regard de son père mais il ne s'était rien passé. Richard avait renoncé.

Georges Croze pensait qu'Evy méritait une correction – un châtiment physique – et Judith Beverini qu'il devait voir un psy. Au lieu de quoi, Richard l'avait emmené faire un tour. Ils avaient emprunté la route des crêtes. Le jour se levait. Richard avait sorti la Porsche et avait déclaré à son fils : « Attache ta ceinture. Ou ne l'attache pas, comme tu veux. En tout cas, je vais donner une réponse à ton silence. Je vais me débarrasser de tout ce dépit et de toute cette fureur que tu provoques en moi et qui m'étouffent. Je vais te montrer à quoi ça ressemble. »

Plus tard, à l'issue de la démonstration qui se termina sur l'aire déserte de la Roche Topaze, dans un hurlement de freins qui retentit à des lieues à la ronde et rebondit au-dessus de la forêt, effrayant les oiseaux et tout ce qui courait, rampait, sautait de branche en branche ou dormait encore, Evy lutta un bon moment contre la nausée, contre la raideur de ses genoux et de ses coudes, contre la raideur glacée de sa nuque, et Richard s'épongea le front et il nettoya ses lunettes de soleil en soufflant dessus.

« Ils sont vraiment dangereux, par moments, avait grimacé Andreas après qu'Evy lui avait narré l'épisode. Complètement imprévisibles. »

L'insouciance relative dont Andreas faisait preuve au regard de son état provenait d'un nouvel antidouleur dont il triplait la dose – ou qu'il associait à un comprimé de Ritalin pour obtenir un effet Angel Dust. Parfois, il se sentait un peu confus, ou énervé par l'amphétamine, mais c'était le bout du monde.

Evy l'observait, la gorge un peu nouée, tandis que l'autre retournait fébrilement ses poches sous la tonnelle que Dany avait achevée et qu'on entendait Caroline qui proposait d'apporter de l'orangeade et Brigitte qui arrosait les fleurs et ses pieds nus.

★

Pour les vacances de la Toussaint, la moitié de Brillantmont se retrouvait aux Seychelles ou dans la nature, et l'autre moitié organisait des fêtes ou quoi que ce soit pourvu qu'on s'éclate un maximum. C'était au cours d'une de ces soirées, surtout quand ladite soirée bénéficiait d'un arrivage de produits innovants – je tenais d'Evy qu'une mystérieuse pilule bleu pâle avait circulé ce soir-là, genre golden eagle assaisonné au GHB –, que Lisa avait complètement perdu les pédales.

Non pas que sa relation triangulaire avec Patrick et Gaby au cours des deux derniers mois eût été un modèle d'équilibre, un exemple de conduite raisonnable – non, le ver était déjà dans le fruit.

Mais bon, il n'y avait pas grand-chose d'autre à faire.

Cette fois, au moins, le froid avait reculé et l'on pouvait encore se baigner, se rouler dans le sable et les aiguilles de pin, récupérer des fatigues de la veille à la bonne ombre des grands arbres.

Dans l'ensemble, tout le monde semblait satisfait. Tout le monde semblait conscient de la clémence du ciel, de la sublime arrière-saison qu'il dispensait de ce côté-ci du pays. Le soir, on restait dehors le plus longtemps possible, on se laissait mollement engloutir par le crépuscule en buvant des verres et en jacassant hardiment sur la marche du monde. Et les Américains ceci, et les Chinois cela. Et le cours du brut ceci, et l'effet de serre cela. Et la techno ceci, et le sida cela.

D'un point de vue sexuel, on avait mis le pied sur un territoire assez effervescent et le nombre élevé, accru, des accouplements et des étreintes en tout genre, dans la région, en était la meilleure preuve. Jeunes et vieux, animaux et humains, hommes et femmes, chacun semblait aspirer à davantage de plaisir, à recevoir plus, à bénéficier de cet excédent de lumière qui n'était pas si habituel dans nos régions, bref, chacun semblait vouloir emporter sa part de gâteau.

Parfois, les hivers étaient si longs, si morts, si éprouvants, si merdiques. Difficile de déterminer précisément l'impact d'une moyenne de vingt-huit en octobre, au milieu des couleurs et des parfums de l'automne, sur des esprits normaux.

Prenons Marlène Aramentis, une femme de bonnes mœurs, nullement extravagante. Quel démon la poussait donc à tourner autour d'Evy dès qu'elle en avait l'occasion, à toucher ses mains, à pétrir ses bras, à le frôler innocemment du bout des seins, à lui demander un supplément d'huile solaire?

Prenons Alexandra Storer. Elle se remettait pâlichonneusement du suicide de son fils mais discutait dans le même temps avec Richard sans même se donner la peine de passer une culotte. Était-ce une simple manière de se montrer non conformiste?

Prenons Dany Clarence qui sillonnait les bois, qui s'y promenait la nuit, qui vivait seul dans sa cabane au milieu des bruyères.

Prenons tous ces hommes qui commençaient à desserrer leur cravate en fin d'après-midi, à perdre leur concentration s'ils avaient le malheur d'ouvrir la fenêtre, laissant ainsi pénétrer le poison qui avait macéré dans le sucre de l'air.

Prenons toutes ces femmes qui les attendaient. Ça faisait du monde. Les peaux étaient moites. Parfois, il y avait distribution d'éventails. Un soir, le type d'une major avait déclenché un système made in US qui *refroidissait* l'eau de sa piscine et tout le monde avait adoré. En ville, la rumeur courait que les soirées les plus folles se déroulaient sur la colline, mais les échos qui parvenaient des boîtes échangistes, des boîtes qui réunissaient des plombiers, des caissières, des coiffeuses, des électriciens, des postiers et tutti quanti, ces échos prouvaient qu'il n'existait pas une grande différence entre les parties. L'ébullition était générale. Jusqu'à l'herbe qui était plus verte. Jusqu'aux sons qui étaient plus nets. Jusqu'à la Bourse qui affichait une santé insolente. Jusqu'à la sève qui refusait de refluer dans les branches. Que des choses de cet acabit.

Or, ce matin-là, au bord du lac, Anaïs était vautrée comme un phoque sur la petite plage – trois mètres sur cinquante, aménagée par la ville qui exploitait le débit de boissons et gérait la location des barques – où dardaient les premiers rayons du soleil. Naturellement, elle grelottait. Mais il n'y avait pas d'autre moyen d'échapper à la honte, pas d'autre moyen d'être seule que d'arriver à l'aube.

Et quoi qu'on pût penser, Anaïs n'était pas davantage à l'abri du frémissement ambiant qu'une de ces petites roulures qui fréquentaient l'école dirigée par son père. Sans doute démarrait-elle dans la vie avec un handicap d'une quarantaine de kilos, mais elle éprouvait les mêmes tiraillements que les autres, à l'intérieur de son corps.

Alors elle grelottait, bien qu'elle se fût séchée, elle grelottait sans relâche. Des larmes ruisselaient sur ses joues. Elle gémissait, également. Une note grise, triste et lugubre passait entre ses dents tandis qu'elle fixait férocement la surface du lac qui ne lui renvoyait qu'un éclat sombre tant que le jour n'était pas franchement levé.

Elle n'avait pas besoin de réceptionner un avis pour savoir que son existence était terminée. Elle n'avait pas besoin de consulter une voyante pour savoir qu'elle ne rencontrerait pas deux fois Lisa dans sa vie. Il n'était pas rare qu'elle laissât échapper un ou deux sanglots à la suite de cette terrifiante constatation. Des petits mammifères interrompaient leur besogne, se dressaient sur leurs pattes arrière pour l'écouter.

Elle savait aussi qu'elle était complètement cinglée. Bonne pour la camisole si elle n'arrêtait pas, mais il lui manquait une raison, une seule raison valable pour mettre fin à ces réactions étranges qu'elle avait, à ces comportements insanes. Mais ni elle ni personne n'était capable de lui en fournir une, de raison.

Il lui restait tellement peu de Lisa. Chaque jour, elle la perdait un peu plus – le temps la dépeçait. Elle cligna des yeux dans le soleil qui franchissait les cimes, sécha ses larmes avec ses deux poings. Toute cette tristesse qui se transformait en reniflement et en morve, quelle misère, quelle triste misère, se disait-elle.

D'une certaine manière, elle croyait à l'homéopathie, elle croyait à la mémoire de l'eau. Elle pensait qu'il y avait des milliards de molécules dans ce lac qui avaient été en contact avec le corps de Lisa et on voyait très bien où elle voulait en venir, on pouvait très bien mesurer le degré de folie qui l'habitait. Il y avait presque un parfum sexuel qui flottait là-dessus – comme cette légère brume qu'elle découvrait au petit matin, ce léger voile à la surface de l'eau quand elle arrivait, silencieuse et livide – alors qu'il ne s'agissait que de pur amour.

Cette ordure de Gaby Gurlitch baisait sans

doute le cul de Lisa, yes, difficile de le nier, mais qu'est-ce qu'elle y gagnait vraiment? Qu'en tirait-elle aujourd'hui?

Anaïs claquait des dents. Elle se recroquevillait sur le sable car aucun soleil ne parvenait à la réchauffer. C'était dur de les voir se peloter, se rouler des pelles entre filles, se palper l'entrejambe. Gaby était la pilule amère à avaler, Gaby avait été la grande fouteuse de merde, et s'il y avait une chose qu'Anaïs avait du mal à digérer, vraiment du mal, c'était de la voir à présent tourner autour du frangin.

Gaby avait-elle l'intention de se farcir le frangin? Alors ça, ça dépassait l'entendement. Ça donnait des haut-le-cœur. Se payer Evy? Merde, alors. Se payer Evy, c'était carrément grotesque. C'était même le contraire de laisser les morts en paix, si l'on voulait son avis.

Au retour, elle s'arrêta chez Dany Clarence. Elle gara la Subaru à l'écart, à l'abri de hauts bambous qui se balançaient dans l'air tiède.

Dany trafiquait Dieu sait quoi derrière sa maison, auprès de ce qui semblait être une pompe à eau fabriquée dans les pays de l'Est.

Il avait de l'herbe, de l'X et un peu d'acide, c'était maigre, mais Anaïs n'avait pas le cœur à discuter de ça et elle se contenta de hocher la tête. Il pesa donc l'herbe, compta les pilules et les buvards.

« Et demain? Il va trafiquer les freins de ma

Subaru ? s'emporta Anaïs. Il va me poster un colis piégé ? »

Dany lui répondit que ce n'était pas impossible. Il connaissait les Trendel. À l'époque où Richard se défonçait du matin au soir, Dany passait de temps en temps pour savoir s'ils n'avaient besoin de rien et, quelquefois, il emmenait les deux gosses et il les baladait.

Dany pensait qu'Evy était capable de beaucoup de choses, mais il refusait de donner son sentiment sur la mort de Lisa – ce qui la rendait folle, Anaïs.

Il préférait ne pas se mêler de leurs histoires. Il leur fournissait ce qu'ils demandaient et son rôle s'arrêtait là.

« Mais qu'est-ce que tu veux faire de ces photos ? Tu t'acharnes contre qui, au juste ? » Il n'arrivait pas toujours à se contrôler, parfois c'était plus fort que lui. Il ne voulait pas s'en mêler, il ne le voulait pour rien au monde, mais il fallait qu'il y mette le nez, à son corps défendant, il fallait qu'il la ramène comme une vieille pie lamentable au lieu de la fermer. Un élan irrésistible.

Elle faisait chier tout le monde avec ces photos, lui déclara-t-il.

Il compta les billets qu'elle lui avait tendus, qu'elle avait extirpés de son horrible short à franges qui la boudinait affreusement, mais il avait la tête ailleurs. Il voyait très bien qu'Anaïs n'avait pas l'intention d'abandonner l'idée d'un vrai bazar et il se demandait si l'on pouvait y faire quelque chose.

« Tu vis un peu trop à l'écart, lui rétorqua-t-elle. Ton cerveau commence à s'atrophier, tu le sais ?

— Oui, mais ça, c'est pas la solitude. Ça, c'est l'âge, c'est pas la solitude. »

Ils sortirent. Il l'accompagna jusqu'à la Subaru. Elle planqua les trucs sous le siège. Elle lui dit : « Je me permets d'insister pour ces photos. »

Il grinça des dents et abattit son poing sur le toit de la voiture. *Boum.* Il balaya les alentours d'un œil torve. Durant quelques secondes, il eut un air terrible, menaçant. Le sous-bois était composé d'ombre et de hautes colonnes de lumière vibrante.

« J'y serais bien allée moi-même, soupira-t-elle, mais j'ai la flemme. Et je peux décemment pas me retrouver nez à nez avec lui. De quoi j'aurais l'air ? »

Il ricana silencieusement. Il avait toujours été impressionné par l'opiniâtreté d'Anaïs, par sa détermination sans faille, quand bien même celle-ci s'exerçait contre lui. Il ricana car il éprouvait un profond respect pour ce genre d'attitude, pour la manière dont elle le dévisageait sans ciller.

★

En redescendant, elle croisa le cabriolet d'Éric Duncalah qui montait chez les Trendel. Il avait Laure au bout du fil et il essayait de la calmer. Il lui disait *écoute-moi, je suis à mi-chemin, j'arrive / je suis en train de montrer ma carte au gardien, j'arrive / voyons, ne sois pas ridicule, ressaisis-toi, allô? / ne commets rien d'irréparable, j'arrive.*

Richard se tenait dans le jardin. Il avait lui aussi son portable à l'oreille et il marchait de long en large, plié en deux, contrarié, en pleine conversation avec son père.

« Merde, vous venez quand vous voulez, vous êtes chez vous. Est-ce que j'ai encore besoin de vous le répéter? Papa, nom de Dieu, tout le monde est ravi. On est *absolument* ravis de vous voir. Nom de Dieu, mais sur quel ton je dois te le dire? Amenez-vous quand vous voulez, maman et toi. Bien sûr qu'on vous attendait. Oui, comme chaque année à cette époque. Restez aussi longtemps que vous voulez. Trois mois? Non, je plaisante. Non, nous n'avons besoin de rien. Non, nous n'avons besoin de rien. Bon Dieu, est-ce que tu m'écoutes? »

Lorsqu'il aperçut Éric, Richard finissait de régler le problème concernant la venue de ses parents et il s'épongeait le front d'une main tandis que, de l'autre, il serrait son portable aussi fort que possible, il le fixait avec rage, comme un œuf qu'il aurait voulu exploser.

Il barra le chemin d'Éric Duncalah dont le ventre plat et le torse musclé saillaient sous un débardeur de soie Paul Smith – au moins, il s'épilait les aisselles.

« Maintenant, tu vas me dire ce qui se passe là-haut, lui intima-t-il. Je veux savoir ce qui lui arrive. Je te conseille de parler. »

Là-haut, ce que Richard désignait, l'étage, dans son dos, ce qu'il désignait fermement du pouce, c'était la chambre de Laure, ses fenêtres aux rideaux tirés.

Éric souleva ses lunettes de soleil, les coinça sur son front. Puis il mit ses mains à ses hanches et grimaça en regardant le gazon qui poussait entre ses pieds.

« Bah, tu sais ce que c'est, finit-il par lâcher. Elle est tellement sensible. »

Richard le considéra tout en hochant la tête :

« Oui, c'est le premier mot qui vient à l'esprit. Sensible. Tu sais que toi, tu t'y entends pour trouver le mot juste ? »

Ils s'écartèrent à l'ombre d'un bosquet qui diffusait une forte odeur de miel et d'écorce d'orange confite. Là, il y avait de gros fauteuils en osier, des coussins, le journal du jour, un livre de poésie du dix-neuvième que Richard avait reçu au courrier, la lettre d'un lecteur qui commençait par *Monsieur, j'ai particulièrement détesté votre dernier ouvrage,* des cigarettes anglaises, sans filtre, un verre de pamplemousse rose avec du gin et un reste d'œufs brouillés.

« Je sais ce que tu penses, Éric. Assieds-toi une minute. Je sais très bien ce que tu penses. Bois quelque chose. Mais Laure est encore ma femme, comme tu le sais. Nous sommes encore mariés, jusqu'à preuve du contraire. Et je n'ai pas l'habitude de m'immiscer dans vos affaires, accorde-moi ce crédit. Ce n'est pas mon genre. Je ne suis pas là à vouloir te tirer les vers du nez à la moindre occasion. Vrai ou faux ? Éric, vrai ou faux ? »

Éric portait des boots très pointues qu'il examinait avec plaisir.

« Mais cette fois, ça me semble assez sérieux, poursuivit Richard. Tu sais, cette femme, je suis encore capable de savoir si c'est sérieux. Je la pratique depuis plus longtemps que toi, aux dernières nouvelles. »

Éric enfonça une main dans ses mèches peroxydées qui dansèrent entre ses doigts comme des épis de blé radioactifs. Puis il regarda le ciel en grimaçant.

« Écoute, tu sais comment ça se passe, fit-il sur un ton attristé. Mais on dirait qu'elle sort d'une chambre froide. On dirait qu'elle a hiberné pendant tout ce temps.

— D'accord. Mais sois un peu plus clair. De quoi me parles-tu, au juste ?

— De quoi je te parle? À ton avis. Tu as besoin d'un dessin? »

En tant qu'homosexuel hyperactif, Éric ne comprenait pas qu'on puisse donner autant d'importance à un exercice pratiqué dans un but purement professionnel et largement répandu, communément admis dans ces milieux.

Richard resta silencieux. Il écouta le récit des aventures de sa femme avec Axel Mender de MediaMax, en mâchonnant différentes sortes d'herbes qu'il arrachait à droite et à gauche. Ce n'était pas la première fois que Laure couchait avec un autre homme. Elle avait lourdement fait payer à Richard le fossé où il les avait projetés, elle ne s'était pas gênée, elle avait puni cet homme qui ne parvenait plus à la baiser et laissait traîner ses seringues dans toute la maison comme un dément. Elle n'y était pas allée de main morte. Pendant un moment, elle avait attendu qu'il dise quelque chose, qu'il proteste, mais il n'avait rien à ajouter, il n'avait rien à dire. Il savait qu'il devait payer le prix de son forfait. Il en était bien conscient.

Ce n'était jamais très agréable à apprendre, néanmoins. Il fallait respirer un bon coup. Il fallait lutter contre l'envie de bondir par-dessus le canapé pour l'étrangler ou la gifler à tour de bras – ne sachant plus lequel des deux, de lui ou d'elle, faisait le plus horreur. Richard leva un œil sombre en direction de la chambre où la fautive s'était retranchée pour broyer du noir et il l'imagina nue, rampante, échauffée, sur la moquette du producteur qui l'aspergeait à bout portant.

« Très bien, soupira-t-il en baissant la tête. Mais alors, dans ce cas, qu'est-ce qu'elle a qui ne va pas ?

— Elle a qu'elle se dit qu'elle n'a pas obtenu ce rôle grâce à son talent. Tu vois, ce genre d'absurdités. »

Richard exprima tout l'ennui qu'il éprouvait pour ces questions au moyen d'une grimace éloquente :

« Si elle le prend comme ça, alors entends-moi bien, écoute-moi, ça va devenir insupportable. Si elle s'engage dans cette direction, Éric, attendons-nous au pire. Car nous allons en entendre parler de sa *putain de carrière*, ça tu peux me croire.

— Bon, mais très bien, mais tu ne peux pas parler comme ça de ce qui constitue toute sa vie. Tu ne te rends pas compte. C'est vraiment dégueulasse de ta part. Tu aurais dit ça à Greta Garbo ?

— Ce milieu est nauséabond. Je le sais, j'en fais partie. Mais les pires sont ceux qui vivent sur son dos, qui s'y accrochent comme des tiques, toute cette putain d'intendance. Okay. Nous sommes bien d'accord.

— Richard, *please*, ne deviens pas un type aigri. Vous vous en sortez bien, tous les deux.

Regarde autour de toi. Vous vous en sortez superbien, tous les deux. »

Richard se leva d'un bond. Avec un ricanement nerveux, il écarta les bras :

« Mais certainement. Parfaitement bien. Qu'on en juge, grinça-t-il en prenant à témoin les arbres qui se dressaient autour de lui, du petit tulipier jusqu'au grand cèdre bleu. On s'en tire pas mal, pas mal du tout, paraît-il. Eh bien, les gars, visez-moi un peu le travail. Hein, les gars, que dites-vous de ça ? »

Et à cet instant, il aperçut Laure derrière son rideau, fugitive, et ça lui coupa le souffle.

« Pourquoi profères-tu autant d'âneries ? fit-il en se rasseyant.

— Habiter au fond d'une impasse avec une poignée d'euros par mois, ça arrangerait les choses ?

— Hein, pourquoi dis-tu autant de conneries, non mais sincèrement ? Tu es payé au poids, maintenant ? »

La cuisinière leur apporta du café tout chaud. Cette Italienne, elle faisait un si bon café qu'on voyait parfois Georges Croze, de l'autre côté de la haie, à cent mètres de là, s'agiter au milieu des thuyas et lancer : « Que je sois damné, Richard, si je ne buvais pas le même à Florence, cet arabica merveilleux qu'on vous sert chez Gilli. Il vous en reste un peu ? »

Celle qu'ils avaient eue avant, qui n'était pas

fameuse mais qui avait travaillé pour eux pendant vingt ans, n'avait jamais été fichue de préparer un café convenable. Elle s'occupait bien de la maison mais son café était souvent infect. À la mort de Lisa, son tablier resta trempé de larmes du matin au soir et moins d'un mois plus tard, le chagrin la desséchant comme une figue, elle donna sa démission. Elle ne se laissa pas convaincre par Richard qui promettait d'augmenter ses primes et elle chercha Evy pour l'embrasser sur le front, elle se moucha devant ce qui restait de la famille et s'engouffra dans un taxi qui la descendit en ville en un livide et funeste tourbillon.

La nouvelle était potelée, joviale. Richard se demanda comment les choses allaient se passer entre elle et sa mère, comment la vieille peau allait s'y prendre pour lui mener une vie d'enfer. Il la regarda s'éloigner.

« Il y a vingt ans, elle n'aurait pas pris les choses tellement à cœur, soupira Richard.

— Je lui ai dit *pardon, attends une minute, mais pour perdre le respect de soi-même, il faut en faire un maximum. Heureusement. Il faut quand même faire autre chose que de coucher avec un producteur pour que ça monte jusqu'à ton âme.*

— Hum, tout ça ne me dit rien qui vaille.

— *Le respect de soi-même.* Tu aurais dû entendre ça.

— Oui, eh bien, ça ne risque pas. Si elle

devait choisir entre un zombi et moi pour livrer ses états d'âme... Enfin, que veux-tu. Je ne vais pas enfoncer sa porte. Je ne vais pas m'égosiller ni alerter tout le quartier. C'est vrai qu'elle t'a, toi. Elle a son agent. Elle a un type qui lui prend vingt pour cent, qui est *payé* pour écouter ses lamentations.

— En tout cas, elle a perdu un kilo.

— Elle a perdu plus d'un kilo, crois-moi, répliqua Richard d'une voix sombre. Elle ne mange rien. Dès qu'elle rentre, elle s'enferme dans sa chambre. Elle a perdu plus d'un kilo et elle se tord les mains ou elle se mordille les lèvres. Si ça ne te rappelle rien, moi ça me rappelle quelque chose.

— Non, ne me dis pas ça.

— Désolé. Mais je te croyais assez malin pour veiller sur elle. Je te croyais devenu un personnage honorable, un type doté d'un certain flair. Je ne pensais pas que tu allais la pousser au milieu des flammes. »

Grimaçant, lointain, Éric observa les alentours d'un regard panoramique.

« Si elle n'avait pas eu ce rôle, elle était finie, marmonna-t-il comme s'il s'adressait à lui-même. Tu le sais aussi bien que moi. Elle était finie.

— Plus rien ne fera jamais revenir sa fille. De quoi es-tu en train de parler ? »

Il était aux environs de midi. On entendait un

aspirateur qui ronflait – le Tornado HP 7000 en l'occurrence –, le moteur d'une tondeuse à gazon dans le lointain, d'une tronçonneuse dans les bois, le chant ricanant d'un pivert qui tambourinait dans les feuillus.

« Si ça commence comme ça dès les premiers jours, en tout cas si elle n'est pas sur le plateau dans une heure, si c'est ça, elle prend un très mauvais départ. Elle ne démarre pas du bon pied, laisse-moi te le dire. Elle ne met pas tous les atouts dans sa poche. Et pourtant, Dieu sait si nous en avons parlé. Dieu sait si elle est consciente des enjeux.

— Allons, tout va bien. C'est une professionnelle. Nous n'avons pas affaire à la starlette du coin, mon vieux, alors ne sois pas si émotif. Laure est une vraie professionnelle. Nous l'avons vue tourner, souviens-toi, avec quarante de fièvre dans ce stupide téléfilm en costumes ou avec ce doigt cassé dans *Papa est en voyage d'affaires*. »

Voyant alors, dans l'allée, arriver Judith Beverini, Richard fronça les sourcils.

« Bien sûr qu'elle ne se confie pas à toi, lui déclara celle-ci en s'asseyant pour boire une orangeade. Pourquoi irait-elle se confier à toi? Tu es drôle. Tu penses pouvoir l'aider en quelque chose?

— J'ai appris que Jean était rentré de Chine. Raconte-nous. Il n'est pas en forme?

— Ne sois pas vulgaire. Merci. Et tu es au courant, j'imagine, qu'Evy a tout entendu. »

Sur le coup, Richard se contenta d'ouvrir la bouche. Puis il enchaîna :

« *Je te demande pardon ?*

— Celui-là, maugréa-t-elle, il est toujours là où il ne faut pas. Enfin, toujours est-il qu'il était là et qu'il a tout entendu pendant qu'elle me parlait. »

Richard se tourna vers Éric en secouant la tête :

« Mais elles sont *complètement dingues*, ma parole. »

Puis il félicita Judith, laquelle était vêtue d'un petit ensemble en tissu-éponge rose qui évoquait une atmosphère de croisière autour des îles.

« Bravo, les filles. Beau travail.

— Mais aussi, voilà ce qui arrive quand on écoute aux portes.

— C'est de sa faute ? C'est ce que tu essaies de me dire ? Que c'est de sa faute si vous n'êtes pas capables de vous raconter vos trucs avec un minimum de discrétion, toutes vos confidences à la con, vos histoires de baise ? Je vous signale simplement que ce môme a *juste* quatorze ans. Qu'il n'y a pas une grande différence entre un garçon de quatorze ans et un enfant. Qu'il y a peut-être certaines choses qu'il n'est pas obligé d'entendre pour sa tranquillité d'esprit. »

À cet instant, Laure apparut dans le champ.

Avec cet air d'enterrement qu'elle réservait aux passes difficiles. « Pour une fois, Richard, tu as entièrement raison, soupira-t-elle. Oui, c'est toi qui as raison, je le reconnais. »

Elle se laissa choir dans un fauteuil en évitant le regard de son mari.

« Non, mais s'il vous plaît, attendez une minute, se rembrunit Judith. Qu'est-ce que vous nous chantez là, tous les deux ? Je ne vous suis pas. Ces gosses en savent mille fois plus qu'on ne l'imagine. Peut-être davantage que nous sur le sujet. Ils ont vraiment tout vu. Attendez, ils sont sans arrêt sur Internet et ils ont des cassettes pornos dans leur chambre, les *Jackass*, les *Dirty Sanchez* et toutes ces vidéos malsaines. Ils ont accès à tout. Oh zut, réveillez-vous une seconde. Revenez à la réalité, par pitié.

— Quand tu auras des enfants, tu pourras la ramener », lui rétorqua Richard.

Ils baissèrent tous d'un ton car c'était à présent au tour d'Evy de se manifester.

Ils le regardèrent passer, puis entrer dans la maison.

« Est-ce qu'il sait au moins qu'on existe ? » interrogea Judith, perplexe.

★

En cette chaude et lumineuse matinée de fin octobre, Evy avait autre chose en tête que les exploits sexuels extraconjugaux de sa mère. Il revenait du lac. Se sentait terriblement fébrile. En chemin, il s'était mordu l'intérieur des joues – coupant à travers bois, il avait parcouru les trois kilomètres au petit trot, sans même s'en rendre compte.

Son père et sa mère étaient dans le jardin avec Éric Duncalah et Judith Beverini, et il se serait cru dans un zoo à la manière dont ils le suivirent des yeux – avec cette espèce d'anxiété suspicieuse qu'ils affichaient assez souvent à son égard.

Parfois, Evy se demandait si au bout du compte les parents, en général, faisaient autre chose que de comploter dans le dos de leurs enfants. S'ils ne consacraient pas tout leur temps à espionner, à critiquer, à obliger, à expliquer, à gémir, à expier, à faire chier d'une manière ou d'une autre. Il se demandait si c'était comme une maladie qu'ils attrapaient en vieillissant, si la souffrance était la seule chose qu'ils étaient capables de transmettre.

Aussi, sans plus de cérémonie, regagna-t-il sa chambre en vitesse et referma-t-il doucement à clé derrière lui.

Et il leva les yeux.

Il n'avait jamais rien vu d'aussi beau.

De nouveau, il en était persuadé. Il n'avait pas rêvé. Il se débarrassa de son baladeur, ramena ses cheveux derrière les oreilles et contourna le lit pour reprendre sa place dans le fauteuil à roulettes où il avait passé la nuit.

Pendant son absence, elle avait rejeté le drap qui la couvrait, mais ce n'était pas la raison du ravissement qui le saisissait, même s'il n'était pas complètement aveugle et voyait bien qu'elle était canon. Revêtue d'une combinaison de ski, d'un scaphandre ou d'une robe tricotée à la main, il l'aurait trouvée tout aussi parfaite, tout aussi fantastique.

Il n'en avait pas fermé l'œil de la nuit. Il l'avait regardée s'endormir, basculer sur le côté, épuisée par l'herbe qu'elle avait fumée pour freiner la descente, mais pleine de grâce malgré tout, pleine de légèreté, pleine de fraîcheur malgré tout. Ses cheveux courts brillaient comme de la soie, irradiaient. Puis, voyant qu'elle était profondément endormie, il l'avait déshabillée, avait rabattu le drap sur ses épaules, puis soigneusement plié ses affaires.

Il éprouvait un immense soulagement. Enfin. Enfin il se détendait un peu, après huit mois. Il se rendait compte à quel point sa poitrine avait été comprimée et ses muscles tordus. Et il suffisait de la regarder dormir. Il suffisait d'être près d'elle pour ne rien demander de plus.

Chaque matin, il se réveillait à l'aube, en sursaut, mais peut-être en avait-il fini avec tout ça. Maintes fois au cours de la nuit, il avait traversé un état de grande euphorie, de douce apesanteur, et il avait senti que les choses pourraient aller mieux, qu'elles pourraient s'arranger si elles continuaient dans cette direction.

Profitant d'un rayon de lune, il l'avait prise en photo avec son portable. Un portrait qu'il avait ensuite tiré sur son imprimante puis épinglé devant son bureau. Il fallait le voir pour le croire. Il voulait parler de l'intensité de ce portrait dans la pénombre, de la tache claire qu'il produisait sur le mur et qu'il avait observée pendant un bon moment, les mains croisées sur la tête.

Lui-même, il n'avait rien pris, il n'avait même pas fumé un peu d'herbe. Gaby Gurlitch suffisait amplement. Et ce n'était pas une image. Il reconnaissait volontiers qu'elle l'étourdissait, qu'elle exerçait sur lui un pouvoir décisif, un ascendant comparable à celui que Lisa avait jadis exercé sur lui.

Pour passer la nuit à regarder une fille endormie, il fallait soit en tenir une couche, soit tomber sur quelqu'un de spécial. Sur une personne vraiment différente.

Il ne faisait aucun doute dans l'esprit d'Evy qu'une chose étrange était en train de se produire. Qu'elle avait l'ampleur et la puissance d'une avalanche, qu'elle grossissait à chaque minute et allait bientôt atteindre sa taille idéale. Et il voyait arriver ça avec effroi et calme, il regardait arriver ça avec résolution et fièvre.

192

Se renversant en arrière, il jeta un coup d'œil dans le jardin et assista au départ de sa mère. Éric était sur ses talons et elle s'éloignait dans l'allée d'un pas vif, ondulant énormément des hanches. Un foulard sur la tête et de larges lunettes noires. Elle semblait battre un peu de l'aile depuis qu'il l'avait surprise à étaler sa sexualité au grand jour. Elle semblait relativement sur les nerfs.

Plus tôt, ce matin-là, on n'aurait guère parié sur les chances de la voir quitter sa chambre. Richard était demeuré un instant dans le couloir, derrière la porte, mais il n'avait reçu aucune réponse concernant la santé de sa femme, ni ce qu'elle avait ni rien.

Elle avait souvent reproché à son fils d'être renfermé, de porter un masque, mais elle ne donnait pas l'exemple – elle ne donnait d'ailleurs pas l'exemple pour beaucoup de choses, se disait-il.

En attendant, Gaby baignait dans une lumière dorée – une gerbe lumineuse en provenance d'une opportune trouée dans le feuillage. C'était presque trop, se disait-il, penché silencieusement vers elle pour la considérer d'encore plus près, la sentir, entendre son souffle, en pivotant de droite à gauche sur son fauteuil.

Au cours de la nuit, pendant qu'elle dormait, il s'était longuement interrogé sur les rapports charnels que Lisa et elle avaient entretenus sans vergogne et bien que ceux-ci eussent passablement assombri les derniers mois qu'il avait partagés avec sa sœur, il les voyait à présent sous un autre jour.

Lisa lui avait expliqué que leur ménage à trois, avec Patrick Storer, leur avait ouvert les portes d'un épanouissement sexuel que l'on ne pouvait comprendre de l'extérieur. Du pur chinois pour lui, à ce moment-là. La plupart du temps, Andreas et lui se branlaient sur des sites consacrés aux gouines. Du pur mandarin de l'an mille.

Mais tout ce mauvais esprit s'était envolé pendant la nuit, tout ce mauvais esprit avait été condamné, convaincu de stupidité, d'ignorance crasse, balayé à force de volonté, à force de résolution implacable, et à l'aube, aux premières lueurs, il ne subsistait plus aucune réserve dans son esprit, à l'aube, aux premières lueurs du jour, il n'existait plus aucun doute dans son cœur concernant les sentiments élevés qui avaient conduit les deux filles à forniquer ensemble.

Et c'était mieux ainsi. La situation devenait beaucoup plus claire. Elle était limpide. Au point qu'il pensait que si Lisa avait été là, elle l'aurait approuvé, elle aurait approuvé et applaudi des deux mains cette nouvelle configuration. Lisa, comme il la connaissait, lui aurait accordé tout son appui, il aurait obtenu sa bénédiction sur-le-champ.

Lorsqu'elle ouvrit les yeux, il lui laissa le temps de reprendre ses esprits. Elle se dressa sur un coude.

Elle était étonnée de se trouver là. Elle déclara qu'elle avait dû forcer la dose et ils échangèrent un sourire. Puis elle sembla prendre conscience de sa nudité et du fait qu'elle était dans un lit.

« Est-ce que, hum…, est-ce que nous avons fait quelque chose ? »

Evy baissa les yeux et s'empressa de répondre que non. Il ajouta qu'il avait dormi dans le fauteuil. Elle trouva que c'était idiot.

« C'est à cause de ton… de ton problème ? »

Non. Il déclara que la cicatrisation était complète. Il n'y pensait même plus. Elle resta perplexe. Elle lui confia qu'elle ne connaissait pas beaucoup de types qui n'auraient pas abusé de la situation.

En attendant, elle avait super bien dormi. Elle trouvait génial de pouvoir dormir au milieu des bois.

Il rassembla ses forces et lui dit *reviens quand tu veux* sur le ton de la plaisanterie, mais sans la regarder directement.

Puis enchaînant aussitôt, il sortit de sa poche les sachets de poudre que Dany Clarence lui avait cédés au prix fort et il les lui tendit.

« C'est tout ce que je peux avoir pour le moment », fit-il avec un haussement d'épaules.

« Evy, est-ce que tu prends de l'argent dans mon sac ? »

Ils attendaient André et Rose Trendel que Richard était allé chercher à l'aéroport. Le temps s'était légèrement dégradé et de gros nuages d'un blanc éclatant filaient d'est en ouest comme des fusées, propulsés par un fort vent d'altitude, mais quoi, la température demeurait agréable.

C'était le tour des strelitzias de fleurir la maison. Ils étaient chargés d'apporter une note de gaieté à l'exercice qui consistait à recevoir André et Rose et à vivre avec eux durant plusieurs jours.

Laure, en dehors de son tournage, affichait à présent un air maussade et la question qu'elle venait de poser à son fils ne risquait pas d'engendrer la joie et la bonne humeur que l'on tâchait, tant bien que mal, d'affecter à leur arrivée.

Elle s'était accordé un verre car il n'y avait pas d'autre issue. Il n'y en avait vraiment aucune. Elle était rigoureusement incapable d'accueillir ses beaux-parents, dans les circonstances actuelles, autrement qu'avec un verre. Elle n'aurait pas eu la moitié de la force nécessaire pour se montrer simplement aimable.

Devait-elle s'en servir un autre pour tirer cette histoire au clair avec Evy ? C'était exagéré, bien sûr, à moins qu'elle ne voulût bredouiller son texte ou s'étaler au milieu des câbles ou se mettre à ronfler dans sa loge au milieu de l'après-midi.

Elle considéra son fils – qui était installé sur un canapé de telle sorte que ses épaules se trouvaient au même niveau que les accoudoirs – et elle se rendit compte qu'il ne lui accordait pas la moindre attention. Il regardait droit devant lui d'un air absent. Elle lui lança un coussin à la tête.

Au beau milieu de *True Dreams of Wichita* de Soul Coughing. Est-ce qu'elle était devenue cinglée, par hasard?

Il retira ses écouteurs et s'étira en grimaçant.

Alors voilà, elle trouvait qu'elle n'arrêtait pas de tirer de l'argent. Elle avait l'impression de courir d'un distributeur à un autre. Comme si son sac était percé. Alors voilà, elle voulait savoir ce qu'il en pensait. Se servait-il dans son sac? Avait-il l'intention de l'éclairer sur le sujet?

Il fit celui qui tombait des nues, celui qui pense qu'il est très agréable d'être automatiquement soupçonné dès qu'il se passe un truc bizarre dans la maison. Elle lui dit «Je ne t'accuse pas», et lui «Et qu'est-ce que tu fais d'autre si tu m'accuses pas?». Il était presque midi, des bourrasques de vent agitaient le jardin, gonflaient les parasols qui retombaient mollement dans l'air tiède.

Dany Clarence ne lui faisait pas de cadeaux.

Pas plus qu'il ne lui faisait crédit. « C'est le meilleur moyen de rester bons amis », affirmait-il après avoir compté l'argent en silence. Et il avait sans doute raison d'un certain point de vue, peut-être, mais quoi qu'il en soit, sa fermeté obligeait à des actions conduites dans la précipitation, exécutées presque en plein jour, au mépris des lois du genre – alors qu'elle ne vérifiait jamais ses relevés bancaires et encore moins le nombre de ses retraits par carte. Enfin bon, c'était ainsi. Les facilités qu'Evy aurait pu obtenir en passant par Anaïs n'avaient pas pesé très lourd au regard du sac de nœuds que la grosse aurait imposé en échange.

« Mon pauvre chéri, fit Laure en poussant un soupir à fendre l'âme. Nous avons tellement de choses à nous dire, tellement de choses, mon pauvre chéri, et nous sommes là avec cette histoire d'argent, cette histoire sordide. Comment est-ce possible ? Tu sais, je n'y comprends rien. »

En fait, il préférait quand elle était distante. Il aurait préféré que cette histoire de sac les occupât jusqu'à l'arrivée des autres.

« Je me suis arrangée pour être libre ce week-end. Nous pourrions peut-être faire quelque chose, qu'en dis-tu ? »

Il se gratta la tête.

Elle n'avait rien de particulier à l'esprit. Elle ne voulait rien imposer. Mais pourquoi pas un pique-nique, si le temps le permettait ?

Rose avait ce genre d'idée. Rose avait toujours en tête des sorties de ce genre, des visites touristiques, des concours de pêche, des rallyes. Sauf que Rose était une femme de *soixante-huit ans*, une sorte de zombi vivant dans un autre monde. Sauf que Rose était *sa grand-mère,* qu'il était *normal* qu'elle eût le cerveau démoli.

« Un pique-nique, tu dis ? Tu veux dire prendre la voiture ? Faire des sandwiches ?

— Eh bien oui, en quelque sorte. Nous pourrions mettre bien des choses à plat, toi et moi. Je crois que tu pourrais alléger mon fardeau, si tu le voulais. Tu sais, je ne crois pas mériter tout ça. Tu pourrais me rendre la vie un peu plus facile, si tu le voulais.

— Un *pique-nique* ? Tu n'as rien trouvé de plus mortel ? On pourra jouer au bridge ?

— Leur venue ne m'amuse pas plus que toi, bien sûr. Mais nous devons faire en sorte que subsiste une petite étincelle d'humanité en nous, une petite étincelle d'altruisme. Ne nous conduisons pas comme de simples animaux. »

Il remarqua que, en dépit des contrariétés et des malheurs dont elle tenait le funeste compte, faire de nouveau l'actrice réussissait à sa mère, lui redonnait un certain éclat, une certaine électricité. Faire de nouveau l'actrice – et aussi niquer, d'une manière ou d'une autre, avoir une activité sexuelle, bonne ou mauvaise, car on sait bien que le sexe adoucit les traits et donne de la profondeur au visage des femmes et les illumine de l'intérieur.

Il avait tout à fait conscience que sa mère était une personne vivante, mais ça changeait quoi? Eh bien, pas grand-chose, dirais-je, connaissant Evy. C'était ainsi et personne n'y pouvait rien.

Quoi qu'il en soit, elle avait accordé de bon matin une longue interview à un magazine allemand et elle en irradiait encore un peu, si bien qu'Evy pouvait se faire une idée de ce à quoi elle ressemblait lorsqu'elle était jeune et en pleine ascension.

« Bien entendu, tu pourrais inviter tes amis. Cette fameuse Gaby, par exemple. Au fond, nous la connaissons si peu. Voilà une fille, je m'aperçois que je ne sais pratiquement rien sur son compte. Lisa me l'avait présentée, mais bon, je n'ai jamais vraiment eu l'occasion de discuter avec elle. Je ne sais pas, elle a l'air intéressante. Enfin, ce serait une occasion de la connaître, il me semble. »

Il n'y avait malheureusement rien d'autre à faire que d'attendre la fin de ses élucubrations et autres manœuvres délirantes.

« Hein, qu'en penses-tu? Puisqu'elle passe la nuit sous mon toit, j'aimerais bien la connaître un peu mieux. À moins que tu n'y voies un inconvénient.

— Tu veux dire que c'est le prix à payer?

— Non, je ne veux pas dire que c'est le prix à

payer. Ne me fais pas dire ce que je n'ai pas dit. Ne commence pas, s'il te plaît. Ne le prends pas de cette manière. »

Son téléphone sonna. Elle le laissa sonner. Elle regardait dehors, pensive. Il y avait encore peu, les larmes se mettaient à couler sur ses joues dès que son esprit vagabondait.

« Mon Dieu, soupira-t-elle, comment se fait-il que tout cela soit si lourd ? »

Evy ne comprenait rien du tout à cette femme. Avec la meilleure volonté du monde, il ne parvenait pas à la suivre, à savoir ce qu'elle désirait au juste. Plus que jamais, elle semblait attraper les choses puis les lâchait comme si elle n'était qu'une pauvre passoire anémique. Est-ce qu'elle-même savait ce qu'elle voulait en dehors de poursuivre des fantômes et se renverser des cendres sur la tête ?

« Veux-tu me dire à quoi sert que nous vivions ensemble, si c'est comme ça ? Où est l'intérêt, dis-moi. Comment se fait-il que tout ce qui devrait nous rapprocher nous éloigne ? »

Il la considéra d'un air incrédule :

« Comment veux-tu que je te réponde ? Pourquoi je le saurais mieux que toi ? »

Pour finir, elle secoua la tête et goba quelques comprimés.

« J'ai eu un drôle de mari et de drôles d'enfants, confia-t-elle au plafond avec amertume. J'ai été servie, de ce côté-là. Je n'en demandais pas tant. »

★

André et Rose Trendel n'entrèrent en scène qu'en début d'après-midi. Glapissants, livides, chiffonnés, exténués, tremblants de rage, ils bondirent de la Porsche avant même que Richard n'ait coupé le contact. Leur avion avait été immobilisé trois heures en bout de piste, en plein soleil et avec une ventilation déficiente, et rien à boire, rien à manger, même en business, soi-disant parce qu'un type avait caché une bombe dans sa chaussure.

Rose, au bord de l'évanouissement, se laissa conduire à l'ombre du cèdre et accepta une orangeade tandis qu'André cherchait à joindre un sénateur de ses connaissances pour se plaindre des mauvais traitements qu'on leur avait infligés et peut-être avoir la tête du directeur de la compagnie, ou de n'importe qui d'autre du moment que quelqu'un en prenait pour son grade.

Ils revenaient de New York où il faisait beau et ils avaient de longues heures de voyage dans les jambes. Cette bombe avait été le bouquet.

« Et je ne vous parle pas des toilettes, grinça André. Une puanteur à vous damner. Une infection inimaginable. *En business !* »

Rose le supplia de se taire. D'ordinaire, c'était une grande femme, mais pour l'heure elle était toute ratatinée, sa mâchoire tombait.

Laure était désolée de ne pouvoir s'occuper d'elle comme il convenait. Elle aurait aimé lui faire couler un bain, la conversation pendant qu'elles auraient rangé ses valises, le bilan de ces huit mois écoulés, mais il fallait qu'elle file.

«Vraiment? fit Richard. Tu n'as pas moyen de...

— On tourne un film, Richard. Nous sommes en plein tournage. Tout le monde est tenu à une certaine discipline. Je suis sûre que Rose le comprend très bien. »

Rose remua une main au bout de laquelle pendait un mouchoir de dentelle. Elle portait sur la tête une espèce de turban qui gîtait.

«Nous sommes au courant, tu penses bien. Demande à André. J'étais si heureuse pour toi, mon chou. Mais va, ne t'occupe pas de nous. Va, nous nous verrons plus tard.

— Très grosse équipe, très gros budget, n'est-ce pas?» renchérit André dans son polo Ralph Lauren.

Ils levèrent les yeux et s'accordèrent sur le fait qu'il pourrait y avoir de l'orage dans la nuit. Puis ils portèrent les valises dans la chambre d'amis située au-dessus de la véranda qu'André et Rose connaissaient bien pour l'avoir fait construire une quinzaine d'années plus tôt, quand leur fils Richard, leur fils unique, traversait une période difficile.

Rose déclara qu'elle ne voulait rien manger

pour le moment, mais que si elle ne s'allongeait pas aussitôt, elle allait s'effondrer sur le tapis.

Gina avait préparé un osso-buco.

André fit remarquer à Richard qu'ils n'étaient plus que deux à passer à table – Evy s'étant éclipsé à la suite de sa mère au prétexte de quelque rendez-vous urgent, en tout cas plus important que l'arrivée d'un grand-père, semblait-il.

« Je sais, papa, mais c'est comme ça, expliqua Richard. Ça ne se passe plus comme autrefois. C'est fini, tout ça.

— Remarque, je me mêle peut-être de ce qui ne me regarde pas.

— Non, ça va. Ça reste acceptable.

— Mon vieux, ta nouvelle cuisinière est remarquable. Tu as eu raison d'en changer.

— Après vingt ans. Élise nous a quittés après vingt ans parce que l'atmosphère de la maison la rendait folle. Tu entendais des gémissements et des pleurs au premier étage, et quand tu descendais, tu entendais des gémissements et des pleurs au rez-de-chaussée, tu l'entendais pleurer dans son tablier. Je pensais réellement que tout le monde allait devenir fou dans cette maison.

— Dis-toi bien que ta mère et moi avons pensé à vous. De son côté, après l'enterrement, Rose a dû se mettre au Prozac pendant un moment. Tu sais, ça n'a épargné personne. Mais je me disais s'il ne m'appelle pas, s'il ne décroche pas son téléphone, c'est qu'il fait face.

— Eh bien, je ne suis pas sûr d'avoir fait face, pour te parler franchement. Je ne suis pas sûr d'avoir fait *quoi que ce soit*, pour te dire la vérité. »

André considéra son fils en souriant, mais comme s'il avait affaire à un inconnu :

« Tu dis ça pour m'emmerder ? C'est ça ? Allons, raconte-moi plutôt où tu en es, avec ton nouveau bouquin. Alors c'est pour quand ?

— Mon bouquin ? *Quel* bouquin ? Je suis en train d'écrire une série pour la télé. De quel bouquin tu parles ? Tu te moques de moi ? »

À la fin du repas, André alluma son éternel cigarillo – un Zino rouge, du tabac de Sumatra, un mélange – et il rétorqua :

« Je n'ai jamais prié pour que tu deviennes un écrivain. Mais j'ai prié pour que tu restes en vie. J'ai prié pour que nous puissions avoir une journée telle qu'aujourd'hui, pour que nous ne soyons pas en train de fleurir ta tombe un jour comme aujourd'hui. Ta mère et moi t'avons soutenu du mieux que nous avons pu, figure-toi. »

Richard calcula que, après huit mois d'éloignement et en moins d'une heure, n'importe quelle conversation avec son père virait au désastre. Il se mordilla l'intérieur des joues car il manquait de patience, pour sa part, il le savait fort bien. La seule présence de ce vieil homme le rendait furieux.

À moins que ce ne fût l'adrénaline. La tension

créée par la possibilité d'un combat qui pouvait éclater à chaque instant.

Chaque jour, depuis quinze ans, Richard avait cette maudite véranda sous les yeux. Il ne connaissait personne à qui ce genre de chose était arrivé. Se retrouver flanqué d'une véranda – d'une structure de béton, de verre et d'acier, sur deux niveaux – dépassait tout ce que l'on pouvait raconter à propos de la tyrannie qu'étaient capables d'exercer des parents sur leur descendance et d'autant plus totalement que les choses allaient mal. Personne de sa connaissance n'avait eu à se réveiller un beau matin en se frottant les yeux devant un tel spectacle. C'était comme si André et Rose avaient atterri en fusée dans le jardin.

Son overdose à Berlin avait certes suffi à le remettre dans le droit chemin. La peur de mourir avait été assez puissante. Mais tirer un trait sur l'héroïne avait également été dicté par le dégoût que lui inspiraient sa soumission à leur égard, sa molle résistance, son incapacité à mettre les choses au point avec eux, sa lâcheté devant le boulot qu'il y avait à accomplir.

En revanche, de cette véranda et de la chambre qui la surplombait, pour sa part, André était très fier, très satisfait. Il les inspectait à chacune de ses visites, observait comment elles vieillissaient, décidait, s'il y avait lieu, d'y faire effectuer quelques travaux comme reboucher une fissure ou remplacer une lame de parquet qui avait travaillé ou repeindre ou changer la décoration.

Il en retirait une certaine indépendance quand il séjournait chez son fils. À tous égards, cette pauvre véranda qui n'avait pas été très bien accueillie en son temps se révélait être une fameuse idée qu'ils avaient eue Rose et lui, un cadeau intelligent, pratique, original – mais à cette époque, Richard perdait complètement la tête, il se gavait de méthadone, et Laure ne voulait plus entendre parler de rien, aussi avaient-ils été bien incapables de l'apprécier.

Cette extension s'était parfaitement intégrée. Il fallait faire preuve d'une époustouflante mauvaise foi pour ne pas en convenir – mais André savait que certains terrains d'entente entre son fils et lui étaient perdus pour toujours.

N'empêche, il fallait hurler fort pour que l'on se gênât d'une chambre à l'autre – d'autant qu'elles étaient situées à l'exact opposé et munies de portes en bois plein dont le chambranle était serti d'un caoutchouc qui produisait un impeccable bruit de succion. Souhaitant réaliser de la belle ouvrage, André avait fait injecter de la mousse dans les cloisons et, encore une fois, personne ne gênait personne. Et c'était à cette condition qu'il venait. C'était à cette condition expresse que Rose et lui venaient jeter un coup d'œil sur leurs enfants.

Autrefois, il devait sortir dans le couloir pour écouter ce qui se passait. Rose restait embusquée derrière lui. Ils ne saisissaient que quelques bribes de la dispute, quelques mots ou jurons au milieu des larmes, mais, retournant dans leur chambre, au-dessus de la véranda où s'épanouissaient des plantes vertes, ils étaient persuadés que le couple allait exploser.

« Mais qui voudrait d'un junkie pareil ? » s'interrogeait-il à voix haute tandis que Rose cherchait à se rendormir.

Quinze ans après, d'un œil vif, investigateur, il examinait son fils en buvant un café, à travers la fumée de son cigarillo. Richard était en train de discuter avec Alexandra Storer près des thuyas – une belle femme assurément quoique encore marquée par le deuil – et André tâchait d'évaluer les dégâts provoqués par la disparition de Lisa, à présent que le plus dur était passé. Richard et Laure s'étaient-ils simplement un peu voûtés ? Avaient-ils juste pris une ride ou deux ?

Il se leva en souriant pour baiser la main d'Alexandra Storer qui prenait congé, mais son esprit était ailleurs. André Trendel avait couché des centaines de personnes sur son divan, mais rares étaient celles qui déployaient autant de constance et d'obstination que Richard pour gâcher leur existence.

208

★

« Autant ne pas se compliquer, fit Richard. Ne te retourne pas. Non, crois-moi, nous n'avons pas besoin de lui. »

Alexandra avait pris le volant de son ML 430 Luxury pour parcourir les cinq cents mètres qui séparaient les deux maisons. Ils s'y engouffrèrent alors qu'André avait encore la bouche ouverte.

« Et maintenant, il va aller trouver Rose et lui raconter que tout le monde a fichu le camp. Mais ça ne fait rien. Démarre. »

Une cristalline avalanche de bracelets tintinnabula aux bras d'Alexandra lorsqu'elle commença d'exécuter son demi-tour. Au même instant, le ciel s'obscurcit et de grosses gouttes s'écrasèrent sur le pare-brise. De véritables hallebardes tombèrent du ciel.

« Ça ne va pas durer », marmonna Richard en observant son père qui, surpris par la soudaineté de l'averse, restait planté au milieu du jardin, ruisselant, les yeux plissés dans sa direction. Les gouttes rebondissaient copieusement sur son crâne, faisant l'effet d'une petite auréole blanchâtre, et ses épaules fumaient. À ses pieds, le gazon fumait également.

Sous une pluie battante dont les flots dévalaient la colline – preuve qu'on avait bien fini par détraquer quelque chose –, Alexandra actionna l'ouverture de son portail en fer forgé, puis celle de son garage et elle les conduisit directement au sec.

Elle coupa le contact et un instant de flottement, de silence complet s'ensuivit, comme chaque fois qu'ils se trouvaient seuls dans un endroit aux dimensions réduites, mais rien ne s'était jamais concrétisé à proprement parler et rien de nouveau ne permettait de penser qu'il en irait différemment ce jour-là.

Oh, ce n'était pas faute d'y songer l'un et l'autre, mais ils manquaient d'enthousiasme, ils n'avaient pas trop d'allant, disons qu'ils n'y croyaient pas beaucoup, qu'ils n'y croyaient pas suffisamment, ou seulement durant une poignée de secondes, ce qui n'était pas assez pour passer franchement à l'acte.

Afin de ne pas la blesser, Richard prétendait que la drogue l'avait rendu à moitié impuissant, mais ce n'était pas tout à fait juste. Ni tout à fait faux non plus.

Au moins, ils étaient amis. Et s'il l'avait fallu, deux terribles épreuves, identiques, à quelques mois d'intervalle, les avaient rapprochés.

Lorsqu'ils pénétrèrent dans le salon – Alexandra, quelques jours plus tôt, y blêmissait sous le coup d'une annonce funeste et la cheminée s'ornait à présent d'un portrait de Patrick à un âge où il avait encore des bouclettes –, la pluie avait cessé et un double arc-en-ciel se mettait à palpiter dans la lumière qui jaillissait d'un ciel lavé, incitant à la promenade.

Richard s'adressa aussitôt à cette pauvre fille :

« Eh bien, Anaïs, j'en apprends de belles ? Tu te serais attaquée à la tombe de Patrick au moyen d'une masse ? *Au moyen d'une masse, Anaïs ?* Tu n'es pas un peu tombée sur la tête, par hasard ? »

En attendant la réponse, il alluma l'une de ses anglaises et en offrit à la ronde. Anaïs lui en piqua une. Alexandra déclina. Elle passa la main devant sa chaîne stéréo, qui s'éclaira, qui s'ouvrit, et elle mit les Smiths.

« Je regrette d'avoir agi comme ça. Mais pas vraiment », déclara Anaïs.

Richard remercia Alexandra d'un rapide coup d'œil car *Meat is murder* était l'une de ses préférées, puis il reporta son attention sur l'adolescente qui avait une carrure de boxeur dans son sweat à capuche et il lui dit : « Bon, alors Anaïs, on est là, on t'écoute, on aimerait bien savoir ce que tu as d'intéressant à nous dire. On aimerait bien savoir ce que vous avez dans le ciboulot, toi et tes semblables. »

Elle roula des épaules, renifla brièvement, puis elle répéta qu'elle avait profité du clair de lune. Elle raconta que la vue de certaines photos l'avait rendue enragée et qu'elle avait éprouvé une terrible colère contre Patrick, un terrible besoin de l'atteindre, où qu'il se trouvât, et qu'elle avait voulu détruire sa tombe, la réduire en poussière. Qu'en la fracassant, elle exultait.

« Sois tranquille. J'enverrai la facture à ton père », promit Alexandra.

Désabusé, vague, Richard se représentait Anaïs commettant son forfait au clair de lune, dans toute sa beauté, gesticulant, vociférant, juchée sur la pierre tombale de Patrick Storer qu'elle attaquait à la masse, CLANG ! BLANG ! BING !, donnant libre cours à sa fureur. Confondant. Mais il avait toujours pensé qu'elle avait un grain.

En tout cas, elle était rentrée chez elle et elle avait eu d'affreuses crampes d'estomac. Elle en était restée pliée sur son lit durant toute la matinée, sans même pouvoir s'occuper de son petit frère qui courait dans tous les sens avec l'écume aux lèvres.

Richard soupira :

« Nous n'allons certainement pas te plaindre, Anaïs. Ne compte pas là-dessus. »

Elle baissa les yeux. Ils se moquaient peut-être de ses sentiments, mais n'empêche qu'elle était 'au cœur, qu'elle était un personnage important d'une histoire qui en concernait plus d'un dans les parages – histoire dont clle pouvait encore tirer les ficelles, histoire dont la fin n'était pas encore écrite, pour autant qu'elle le sût. Elle aimait ces gens, mais en même temps elle les détestait. Elle aimait leur compagnie, être dans leur maison, être avec eux, mais en même temps, elle n'était pas à l'aise.

Richard et Alexandra, confrontés au silence de cette énorme fille qui déformait le canapé – tandis qu'un milliard d'obèses parcouraient le monde, déglinguant le mobilier, bourrant les avions, faisant chavirer les embarcations et respirant deux fois plus d'air que les autres –, échangèrent un regard perplexe.

« Alors, et ces photos, Anaïs, hum, et ces fameuses photos. Est-ce qu'on peut les voir ? Tu nous les montres ? »

Il réprima un bâillement. Honnêtement, il était difficile de s'intéresser à leurs faits et gestes, il était très difficile d'accorder une grande attention à leur petit univers, à leurs invraisemblables salades. Quand il n'était pas question de photos, il s'agissait d'autre chose, de n'importe quoi, de tout ce qui leur passait par la tête et de tout ce qui leur tombait sous la main. Parfois, ils versaient une pelletée de verre dans leur pantalon. Ou ils tombaient des arbres. Ou ils se jetaient d'un pont. Ou ils se noyaient. Ou ils saccageaient des tombes. Il n'y avait aucun frein à leur imagination, aucune limite. Et pourtant, il fallait bien gérer tout ça, se disait Richard en adoptant vis-à-vis d'Anaïs, vers laquelle il tendait une main patiente, la posture encourageante, voire amicale et compréhensive, qui s'imposait. Il fallait bien gérer tout ça d'une manière ou d'une autre, se disait-il.

La pluie séchait déjà sur les vastes baies, s'évaporait en guirlandes étincelantes, en traînées lumineuses composées de perles translucides. Grâce aux Smiths, à l'impeccable voix de Morrissey, Richard et Alexandra se sentaient très proches. Un moment de communion très agréable. La musique les envahissait, se glissait en eux comme un serpent autour d'un axe, la tête en bas, leur perforait le cœur de part en part, et un étrange sourire illuminait leur face, un profond sourire de connivence leur fleurissait aux lèvres. Les premiers albums de Lou Reed leur faisaient le même effet.

Pour un peu, ils en auraient oublié Anaïs et ses maudites photos. Ils commençaient à rouler des hanches, à dodeliner en mesure. Quoi que ces mômes eussent inventé, cela nécessitait-il réellement l'implication des parents ? Cela valait-il la peine ? Fallait-il réellement redescendre sur terre pour entendre le récit de leurs aventures, de leurs embrouilles, de leurs cruels déboires ?

« Evy les a trouvées dans les affaires de Patrick, annonça Anaïs d'une voix sourde en faisant atterrir une douzaine de photos sur la table. Je crois bien que vous n'étiez pas *exactement* au courant de la situation. Alors je suis désolée si ça vous cause un choc. »

Richard récupéra les photos en ricanant et déclara avant même d'y jeter un œil :

« Et pourquoi ça nous causerait un choc, Anaïs ? C'est quoi, c'est scato ? »

Visiblement, elle ne comprenait pas la plaisanterie – d'ailleurs Richard estimait que les ados n'étaient pas très drôles dans l'ensemble – et un feu glacé semblait bouillir en elle. La pauvre fille. Il se mit donc en devoir d'examiner ces photos tandis qu'Alexandra le rejoignait et s'accrochait à son bras.

Il s'agissait de clichés représentant Lisa et Gaby dans un lit. Elles étaient nues. On aurait dit qu'elles avaient couru un mille mètres, à moins que la clim de la chambre ne fût hors d'usage, mais c'était bien la seule chose d'un peu suspecte et susceptible d'évoquer ce à quoi ces deux-là venaient de se livrer qui les laissait si moites. Sinon, il fallait avoir l'esprit mal placé ou miné par la lecture fiévreuse des écritures saintes pour y voir le mal, car enfin les corps n'étaient pas emmêlés, les poses n'étaient pas suggestives, la chair n'était pas offerte comme elle l'est un peu partout, jusque sur les murs des villes et dans les abribus.

Du coin de l'œil, Anaïs observait leur réaction, mais elle tardait à venir.

Au-dehors, le gazon brillait à présent comme un coffre à bijoux.

« Je n'en reviens pas comme Lisa était bien fichue », soupira Alexandra pour finir.

Richard hocha la tête.

Anaïs fut prise d'un doute.

« J'imagine que ce n'est pas très amusant à découvrir, déclara-t-elle. Je veux dire, d'avoir les preuves entre les mains. »

Richard prit une profonde inspiration.

« J'espère qu'elle a trouvé le temps de profiter de son court passage dans le monde des vivants, soupira-t-il. Et Patrick aussi, bien entendu. Je le souhaite de tout mon cœur. »

Anaïs, qui s'était levée, dansait d'un pied sur l'autre, les poings enfoncés dans ses poches ventrales.

« Et comment elle aurait pu en profiter ? grogna-t-elle entre ses dents.

— Qu'est-ce que tu dis ? fit Richard. Parle plus fort, je ne t'ai pas entendue.

— J'ai dit *et comment elle aurait pu en profiter ?* C'est pour ça que je suis en rage contre lui. Que j'ai explosé. Parce que moi, ça me rend malade de voir ça.

— Mais de quoi est-elle en train de nous parler ? protesta vaguement Alexandra.

— Écoutez, ça vous dérange pas, des filles qui couchent ensemble ? C'est tout ce que ça vous fait ? »

Richard la considéra en se frottant le menton.

« Hum, fit-il, on dirait que l'affaire se complique. »

★

Lorsque Richard retourna chez lui, le soir tombait presque. À travers les bois, derrière de profonds jardins, au fond de petits océans de verdure maîtrisée, brillaient déjà quelques lumières çà et là, aux fenêtres, sous les porches, dans les chambres, cependant que le ciel virait doucement au mauve. Une épaisse odeur de terre mouillée flottait alentour et les troncs étaient noirs et luisants.

Richard rentrait tranquillement à pied, les mains dans les poches, les épaules relevées, la narine au vent. Sans doute était-il au courant de l'attachement total, sans faille, et somme toute assez ridicule, assez primaire, qu'Anaïs avait témoigné pour Lisa, mais il n'en avait jamais saisi toute l'étendue. Anaïs Delacosta était à moitié bonne à enfermer, voilà une chose de sûre, voilà un fait d'une lumineuse évidence, se disait-il.

Alexandra la jugeait elle-même effrayante. Elle l'avait suivie des yeux après son départ et elle avait déclaré à Richard, en prenant un air résigné : « Cette génération fait vraiment peur, n'est-ce pas ? Ils sont si... si rétrogrades. Ils sont si rétrogrades, quelquefois, qu'ils font peur.

— Ce mélange d'ingénuité et de brutalité, tu as vu ça ? Il y a un livre entier à écrire là-dessus. Et cette pudibonderie, aussi. Cette montagne qu'elle nous a faite. Franchement, ces conneries que nous avons dû entendre. Au début, je pensais que c'était une blague. Je me disais *non, ce n'est pas possible, c'est à prendre au second degré.* Eh bien non, vois-tu, j'avais tort. Elle ne rigolait pas.

— Et pourtant, ce sont nos enfants. Nous devrions être *capables* de communiquer avec eux, n'est-ce pas? Ce sont nos enfants. Est-ce que je me trompe?»

Puis, après un haussement d'épaules, Alexandra avait préparé deux martinis-gin. Ils avaient parlé de Laure et de son tournage, de la venue des parents de Richard, et Alexandra avait dit en passant qu'elle se sentait seule ces derniers temps et que, si Richard en avait envie, il pouvait venir la voir et même rester la nuit entière s'il le voulait. Il avait fini par répondre qu'il notait l'invitation.

«Je ne suis pas responsable du fait que mon fils baisait ta fille, tu sais.

— Oh Alexandra, merde, qu'est-ce que tu vas chercher?

— Pardonne-moi, ne fais pas attention. Je suis désolée d'avoir été si vulgaire.

— Tout va bien. Mais encore une fois, je te le répète, ça ne me gêne pas du tout. J'étais autrement bouleversé quand elle était une gamine et qu'on posait simplement les yeux sur elle. Là, c'était dur. Là, pour moi, ça signifiait quelque

218

chose. Mais c'était il y a bien longtemps. Lisa était une autre personne, tu comprends. »

C'était bon, malgré tout, d'évoquer Lisa. Et d'évoquer Patrick, aussi. Alexandra ne regrettait pas de l'avoir mis en pension car ainsi, expliquait-elle, ils ne s'étaient pas déchirés jusqu'au bout, ils avaient mis suffisamment de distance et de silence entre eux pour ne pas finir sur une terrible impression.

« Et dire que s'il était là, devant moi, il me rendrait folle au bout d'une minute, avait-elle ajouté en souriant. En fait, nous sommes tous monstrueux, c'est ça? »

Richard lui avait de nouveau tendu son verre. Il s'était demandé tout haut si l'on ne devait pas avertir Gaby Gurlitch de l'animosité qu'Anaïs nourrissait à son endroit mais Alexandra, avec juste raison, lui avait fait remarquer qu'ils n'étaient pas chargés d'intervenir dans leur conflit – surtout si, comme elle l'avait compris, il ne datait pas d'aujourd'hui.

Et tandis qu'il rentrait chez lui, il ne pensait pas à Patrick et à Lisa, mais aux deux filles, il pensait à ce que Lisa et Gaby fabriquaient ensemble, et c'était tout de même plutôt étonnant. Cette sexualité assez sauvage qu'ils pratiquaient tous les trois – et qui faisait gerber la romantique Anaïs. Il essayait de se représenter Lisa, de la faire apparaître dans son esprit, mais il ne parvenait pas à obtenir une image très nette. Quelques gouttes éparses tombaient encore des feuillages, laissant entrevoir des éclairs fugitifs. C'était une chose abominable de sentir que Lisa s'effaçait et que peut-être il finirait par la perdre. C'était d'une profonde, d'une infinie tristesse. Mais ne pas avoir deviné la nature du rapport qu'entretenait sa fille avec cette autre fille, voilà qui était infiniment accablant, voilà qui était infiniment lamentable.

Cette pensée le vida de ses dernières forces pour la soirée.

Il se dirigea néanmoins vers son père qui saluait son arrivée en soulevant son verre à l'autre bout du jardin.

Ils avaient déplacé les chaises longues, la table, le parasol et les sièges de leur propre chef.

« Merci de m'avoir tenu compagnie, ricana André. Merci de m'avoir abandonné dans ta maison désertée.

— Mais laisse-le donc tranquille, s'interposa Rose en riant.

— Oui, mais il sait que je n'apprécie pas de me sentir de trop quelque part. Si nous sommes indésirables, Rose, nous n'allons pas moisir ici. »

Richard l'ignora. Il s'avança vers sa mère qui lui tendait la main et il lui expliqua qu'il y avait un peu de micmac chez les jeunes, rien de grave, les méandres habituels, mais il avait été obligé de s'absenter. « Mais oui, ne t'inquiète donc pas, lui répondit-elle. Ton père devient tellement soupe au lait en vieillissant. Son caractère ne s'arrange pas. » Rose était liftée.

« En tout cas, ton fils est mieux élevé que toi, déclara André. Il m'a aidé à tout transporter jusqu'ici. C'est un brave garçon que tu as là. Hein, qu'en dis-tu ? C'est une bien meilleure place. »

Pour son anniversaire, Andreas effectua quelques pas au moyen d'une canne ayant appartenu à Frank Zappa. Brigitte se l'était procurée sur un site de vente aux enchères, après s'être étripée avec un type du Minnesota. Par une fin d'après-midi venteuse, mais sans se dégonfler, elle avait tenté d'expliquer à deux douzaines d'ados de Brillantmont que Frank Zappa était un génie, même si ce nom ne leur disait fichtrement rien. Ils étaient pressés de foncer vers le buffet – ou de se rouler des pelles pour les plus chanceux.

Caroline était entrée en dépression depuis qu'elle avait appris que son fils resterait estropié jusqu'à la fin de ses jours et elle observait Andreas, par cette fin d'après-midi gorgée d'ombre et de lumière, avec le cœur au bord des lèvres et une légère euphorie due aux deux comprimés de Zoloft qu'elle s'était accordés un peu plus tôt.

Le vent soufflait, faisait tourbillonner les feuilles. Tout le monde se taisait, les yeux fixés sur Andreas qui grimaçait dans son fauteuil roulant.

Il profita d'une accalmie, d'un silence entre deux bourrasques, pour se lancer. Certes, il s'agissait d'un exercice qu'il avait répété avec son kiné deux jours durant, mais Caroline ferma les yeux et retint son souffle tandis qu'il se redressait en se tordant tel un faune. Des applaudissements fusèrent. « Ça va. Fermez-la », lança-t-il à la cantonade, arc-bouté sur sa canne, pâle et vacillant légèrement. Puis, comme s'il avançait sur une corde raide, il se tortilla jusqu'à l'imposant buffet dressé sous la pergola signée Dany Clarence, d'où, à la suite du lourd silence qui l'avait accompagné tout au long de ces quelques mètres, il annonça que le bar était ouvert. Des cris, des sifflets, des casquettes soulevées des crânes, brandies, projetées vers les cimes, saluèrent sa sombre prestation.

Il était censé recouvrer environ soixante pour cent d'une motricité normale, peut-être davantage s'il prenait sa rééducation au sérieux. Brigitte insistait sur ce point. Et elle comptait beaucoup sur Michèle et sur Evy – qu'elle fixait alors droit dans les yeux car elle estimait qu'une part de responsabilité lui revenait naturellement –, oui, elle comptait très fort sur ses deux meilleurs amis pour le pousser à s'astreindre aux séances d'exercices qu'on lui avait prescrites et qu'il commençait déjà à critiquer.

« Ensuite, il sera trop tard », affirmait-elle.

Les dents d'Andreas en grinçaient. Il parvenait à haïr cette femme encore plus qu'auparavant. Les séances de rééducation étaient une vraie torture, et si l'on savait cela, si l'on savait l'extrême douleur qu'on y administrait et qui arrachait des larmes de souffrance, alors on pouvait comprendre l'empressement de Brigitte à l'y envoyer.

Andreas commençait à la connaître. Parfois, ce kiné de malheur lui faisait si mal qu'un éclair lui montait droit au cœur et qu'il manquait de s'évanouir.

Ils s'étaient esquivés par le fond du jardin, sous un ciel veiné de bleu violacé qui semblait très haut, envahi de volutes légères, de longs nuages verticaux à la blancheur nacrée, mousseux, étincelants.

Andreas avait farouchement refusé leur aide mais il s'était bien vite rétamé de tout son long sur un tapis de feuilles humides et il avait dû accepter, nolens, volens, de poursuivre sur le dos d'Evy jusqu'à la route.

À présent qu'ils étaient hors de vue, il se sépara brutalement de sa monture. « Surtout, ne prends pas cette fichue habitude, grogna-t-il en repoussant Evy du bout de son index. Ne prends surtout pas cette habitude grotesque.

Remballe ton sentiment de culpabilité et fous-toi-le où je pense. »

Les pluies avaient redonné de la vigueur à la végétation. Les odeurs de la forêt étaient très vives. Chaque matin, des engins balayaient les feuilles, les aspiraient, les hachaient, les compactaient mais les branches en étaient encore couvertes et le feuillage luisait. Entre eux, les habitants de la colline se réjouissaient d'avoir de si beaux arbres, et de si rutilants jardins.

Le soir tombait. Mais, au dernier moment, Michèle avait les foies.

Elle pensait que les Delacosta pouvaient rentrer à l'improviste ou que le gardien ne partouzait pas le samedi soir sur les tapis du gymnase – une mousse bleue, assez dense et anti-dérapante qu'on nettoyait facilement au jet.

« Je t'en prie, ne raconte pas n'importe quoi, lui enjoignit Andreas. Personne ne t'oblige à venir. »

Silencieuse, Brillantmont se dressait au nord de la ville, dans une avenue montante, calme, un peu austère, à l'image des maisons avoisinantes, fin dix-neuvième, qui le soir venu devenaient lugubres et mathusalémiesques avec leur pigeonnier ou leur donjon.

« Non seulement tu ne veux pas baiser, lui déclara-t-il, mais on doit te traîner comme un boulet. Putain, mais ça dépasse l'entendement. »

Elle lui fit un doigt, cependant qu'il soupirait. Ils se trouvaient devant une large grille, lourdement ouvragée, hérissée de hautes flèches d'un noir terrible. En dehors d'une lumière qui brillait dans le gymnase, les bâtiments étaient sombres, toutes les pièces étaient plongées dans l'obscurité.

« Ça va, les amis, soyez un peu plus cool, ricana Dany Clarence. Vous n'allez pas dévaliser une banque. »

Il se gara un peu plus loin. Tout ça l'amusait.

La veille, il leur avait trouvé de vieilles paires de gants, une lampe-torche et deux pieds-de-biche. Il assurait le transport. Il se chargeait de la surveillance des alentours. Il prenait vingt pour cent de la somme récoltée.

Du vol pur et simple, bien entendu. Mais Dany Clarence était le type le plus âpre au gain qu'on pût rencontrer à des lieues à la ronde. Un bruit courait d'ailleurs qu'il était riche – mais connaissait-on des dealers pauvres ? – et que ses économies étaient enterrées dans la tourbe, au pied de quelque sapin qu'il avait à l'œil.

« Houououououououuh...hou'hou'hou'hou'... » Une chouette fit entendre son trémolo grave en filant au-dessus de Brillantmont dont la cour principale, tout en pavés d'époque, brillait comme une patinoire sous un ardent croissant de lune.

Ils attendirent un nuage.

Ils se glissèrent par une petite porte pratiquée dans la grille, que Dany leur crocheta obligeamment avant de retourner à sa voiture en sifflant *La Isla Bonita.*

« Si elle apprend ça, ma mère me tuera », déclara Michèle.

Ils clopinèrent sous l'ombre des arcades pour contourner la cour – Andreas boitant sur ses deux guiboles, mi-courant, mi-marchant. Puis ils s'arrêtèrent pour écouter. Ils tendirent l'oreille tous les trois. Mais il n'y avait rien que le clapotis de la fontaine.

L'appartement des Delacosta occupait l'étage d'un bâtiment annexe duquel ne leur parvenait aucun signe de vie ainsi qu'Andreas l'avait prévu. Leur garage était vide. Aucune lumière ne brillait chez le gardien. « Parce qu'il est dans le gymnase, railla Andreas. Le gardien est dans le gymnase, voilà où il est. D'où ce rai de lumière qu'on aperçoit là-bas, sous les portes, exactement comme je le disais. Comme tous les samedis soir de sa putain de vie, ni plus ni moins, le voilà ton gardien. »

Tandis qu'ils discutaient, Evy avait forcé la serrure de l'infirmerie et ils s'y faufilèrent silencieusement alors que, jouant avec la lune comme de jeunes chiens infatigables, les nuages faisaient danser des ombres dans la cour et des reflets aux fenêtres.

Au passage, ils se remplirent les poches

d'antalgiques et autres produits de première urgence qu'il ne fallait surtout pas mélanger avec de l'alcool et dont il était mal vu de dépasser la dose prescrite. C'était parfois mieux que rien. C'était parfois ce qu'il y avait de mieux à se mettre sous la dent durant certains mois de triste disette, ou encore c'était une bonne monnaie d'échange – Dany Clarence les broyait, rajoutait du speed, les mettait en gélules, et il les vendait ensuite par boîtes de dix à des types qui travaillaient dans l'industrie du disque et qui avalaient n'importe quoi tellement ils étaient cons et vaniteux.

Ils vidèrent quelques tiroirs puis se frayèrent, dans la pénombre, un chemin semé de maigres larcins jusqu'au bureau de l'infirmière.

Là, cependant, ils échangèrent un regard de satisfaction, car tout se passait à merveille. Comme ils étaient accroupis et qu'elle était en jupe, Andreas jeta un coup d'œil sur l'entre-jambe de Michèle, sur sa culotte de coton pâle, et il fallut le secouer par l'épaule pour le remettre en marche.

Ils débouchèrent dans le hall. L'économat se situait dans l'aile droite, après la salle poly-valente. Evy avait calculé que l'argent qu'ils comptaient subtiliser – le fonds de roulement minimum, quelques milliers d'euros tout au plus – ne représentait même pas la somme que Brillantmont réclamait à chacun pour un trimestre, mais ce genre de considération ne pesait pas dans la balance. Ils n'avaient pas besoin d'en vouloir à qui que ce soit pour faire ce qu'ils faisaient.

La caisse, qui ne mesurait guère davantage qu'une boîte à chaussures et comportait une ridicule petite serrure de fer-blanc, était rangée dans une armoire métallique dont les portes se plièrent en accordéon quand Evy les força – au reste, les gonds cédèrent et la poignée resta en place. De la vraie camelote. Vendue uniquement en grande surface.

S'y trouvaient mille deux cents euros et des poussières. Un peu maigre. Néanmoins, Evy était heureux de tenir cet argent, de le sentir dans sa main, car il ne tombait pas du ciel ni ne sortait du sac de sa mère, il l'avait, d'une certaine manière, *chèrement gagné,* et il était pleinement satisfait de le mettre à la disposition de Gaby Gurlitch et il se sentait en accord avec lui-même en agissant ainsi.

« Et si on allait faire un tour chez Anaïs ? » proposa Michèle tandis qu'Evy fourrait les billets dans sa poche. En se tournant vers elle, il rencontra le regard d'Andreas qui s'illuminait pour le coup et prenait un air maléfique. « Reconnaissons-lui une chose, déclara celui-ci. Oui, reconnaissons-lui une chose. Pour assurer, elle assure. Quand elle veut, elle assure vraiment, c'est moi qui te le dis. Jamais je ne reviendrai là-dessus. » Les deux garçons en étaient sur le cul, littéralement.

Fracturer l'appartement des Delacosta pouvait sans doute leur attirer de sérieux ennuis, mais leur excitation monta d'un cran et voilà au moins une chose qui leur plaisait, voilà une chose qui était rare et que rien ne remplaçait.

Se bousculant presque, ils retournèrent dans la cour où le ciel s'était assombri. Le vent tournoyait dans les ténèbres, la silhouette noire des bâtiments se découpait dans la lueur sépulcrale que dispensait une brume soudain tombée mais encore légère. Michèle avait demandé une pause pour renouer un lacet. Ils inspectèrent la façade derrière laquelle Anaïs et les siens avaient leurs appartements, et ils inspectèrent la devanture du gymnase.

C'était toujours intéressant de voir comment les vieux s'y prenaient.

L'affaire se déroulait derrière une porte à tambour qui donnait sur un terrain de basket entièrement financé par une marque de lunettes et les jus de fruits Tropicana. Sur la droite se trouvaient les vestiaires et les douches. Sur la gauche, il y avait un type qui enculait une femme en bas et en corsage. Il y en avait un autre, un peu gras lui aussi, un peu chauve également, qui se tenait par en dessous et qui la ramonait avec ardeur. Tout près se tenait le gardien avec deux femmes proches de la soixantaine, aux joues cuites, aux mèches collées, et ça léchait tous azimuts. Ils étaient vautrés sur des tapis de sol offerts par l'amicale des parents d'élèves, ils grognaient, ils ahanaient, ils jouissaient, ils se baptisaient de tous les noms, et on entendait leurs coudes ou leurs genoux déraper sur la mousse bleue qui brillait de leurs humeurs à tous et à toutes, cependant que trois autres sortaient des toilettes bras dessus bras dessous, passablement ivres, et se joignaient à la partie.

Il y avait dans l'air une odeur désagréable ou plutôt un mélange d'odeurs particulièrement désagréable. Evy et ses deux compagnons se tenaient à l'entrée, dans l'ombre d'un cheval-d'arçons, et ils retinrent leur souffle lorsqu'un type en râlant fit gicler sa semence dans les airs et qu'elle retomba directo dans la chevelure d'une femme qui, après un instant d'incertitude, partit dans un rire gras, bientôt suivi par quelques autres.

Prise en levrette, une petite maigre s'essuyait la bouche dans un kleenex, un type versait de l'alcool dans des gobelets, une blonde avait un œil collé, un brun fumait une cigarette, une voix se plaignait d'hémorroïdes.

Au bout de cinq minutes, Michèle les tira par la manche.

Ils se replièrent. Au moins, ils étaient tranquilles.

Le rez-de-chaussée était composé pour moitié

d'un garage, le reste étant occupé par deux pièces contenant les archives, les dossiers des élèves, les trucs administratifs, ou encore les vélos de la famille Delacosta ou encore la grande piscine de matière plastique rigide que leur petit dernier n'utilisait plus, ou leurs équipements de montagne, les tentes, les sacs à dos, les sacs de couchage, les gourdes en aluminium un peu cabossées.

Comme ils ne risquaient pas d'attirer l'attention du gardien, les deux garçons n'y allèrent pas de main morte : armés de leurs pieds-de-biche et agissant de concert de part et d'autre de la serrure, ils arrachèrent celle-ci telle une dent soudée à l'os, ils l'emportèrent dans un craquement sinistre. Puis ils se faufilèrent dans l'escalier.

Andreas regrettait de ne pas avoir trouvé de quoi s'amuser à leurs dépens. Michèle haussa les épaules. À présent, Evy avait le coup de main et la porte des Delacosta ne tarda pas à s'ouvrir devant eux.

Le salon n'offrait aucun intérêt. Il était meublé avec mauvais goût et la télé datait de la fin du vingtième, comme les halogènes en métal doré et les sièges recouverts d'une matière synthétique à longs poils. La salle de bains et les chiottes étaient réellement rikiki, si exiguës qu'ils s'interrogèrent du regard, mais les quatre verres et les quatre brosses à dents étaient bien alignés sur la tablette, aussi *craignos* que c'était – et visiblement, toute la famille utilisait *le même* dentifrice à rayures, cet infâme dentifrice, entre parenthèses, cette ordure de dentifrice qui avait empoisonné des gens autrefois.

La chambre du frère d'Anaïs, l'hyperactif, sentait le petit garçon et le produit antimoustiques. Sur le lit, la couette était en boule. Dans la chambre des parents, elle était en boule également, mais enfilée dans une parure Ralph Lauren aux motifs coloniaux, aux couleurs indiennes un peu passées.

Sur la porte d'Anaïs, située à l'autre bout du couloir, un panneau de sens interdit révélait l'âge mental de cette pauvre fille. Jusqu'au seuil, la moquette avait souffert comme si un troupeau l'avait piétinée. Anaïs fermait sa chambre à clé.

Son matelas était posé à même le sol, ce qui semblait être la solution la plus sage – à moins de tenter le diable et risquer de passer au travers d'un brave sommier à lattes en pleine nuit – et le siège de son bureau était équipé de solides roulettes qui ne semblaient pas d'origine. En général, Anaïs avait une odeur assez forte, mais étrangement, la pièce ne sentait pas mauvais du tout.

Le jasmin. Mais au fond, il n'y avait là rien d'étonnant car Lisa était dingue du jasmin et Anaïs dingue de Lisa. Ils découvrirent de l'encens au jasmin, du parfum au jasmin, des savonnettes au jasmin dans les tiroirs de la commode ou sur les étagères de son armoire, au milieu de ses vêtements informes.

Ils trouvaient agréable de fouiller dans cette chambre, ils trouvaient que c'était drôle, que c'était juste, que c'était au tour de cette fille qui les faisait chier, qui les collait, qu'Andreas désignait comme la principale responsable de son infirmité car elle aurait dû plonger à sa place – pas vrai ? –, que c'était à son tour d'apprécier qu'on mette le nez dans ses affaires.

Ses culottes étaient à tomber. Ils se tenaient les côtes. De la fenêtre, ils avaient une vue sur l'intérieur du gymnase, sur le terrain de basket illuminé, désert, sur les gradins déserts – la partouze se déroulait en dessous –, et il se dégageait du tableau une impression de vide assez déroutante, assez hypnotique, pour ne pas dire plus. On entendait la vieille girouette – représentée par une femme ailée embouchant une trompette – qui grinçait, le vieux tilleul qui frissonnait sur le côté du garage, un volet qui claquait à la fenêtre de la bibliothèque.

Tout se passait bien jusqu'au moment où ils mirent la main sur la réserve d'Anaïs.

Et ils se mirent à fumer sans l'ombre d'une hésitation, tout en examinant les affaires personnelles d'Anaïs, dans cette odeur de jasmin persistante et beaucoup plus forte après qu'ils avaient touché à tout. La présence de Lisa

234

devint alors obsédante, s'insinuant de tous côtés. Par exemple, ils tombaient sur une photo de classe. Ou sur des billets de concert que la grosse gardait religieusement. Sur des messages que Lisa avait laissés sur le répondeur et que l'autre avait montés bout à bout. Sur des mots, des bouts de papier portant son écriture et conservés sous plastique – genre rendez-vous, numéro de téléphone, code d'accès, etc., des trucs complètement dépourvus d'intérêt, parfaitement dérisoires. Evy secouait la tête, signifiant par là qu'il pensait qu'Anaïs avait une case en moins, mais se trouvant incapable de formuler un son.

Andreas tendit la main et la posa sur l'épaule d'Evy. Un épais matelas de fumée blanchâtre se concentrait au plafond. Michèle se mordit les lèvres. Elle ne portait pas précisément Lisa dans son cœur – elle n'avait pas oublié que celle-ci l'avait un jour dénigrée aux yeux des deux garçons – mais elle se sentait à son tour envahie par l'émotion, si puissante, si communicative, qui allait bientôt les submerger.

Quelquefois, lorsque les événements ou les circonstances s'y prêtaient, l'illusion finissait par saisir Evy à la gorge et il ne parvenait plus à déglutir. Quelquefois même – Michèle, quant à elle, n'avait jamais assisté à la chose, mais Andreas la lui avait racontée –, il était secoué de sanglots secs, irrépressibles, d'une tristesse à vous flanquer la chair de poule.

Andreas appuya son front contre celui d'Evy, puis s'en alla ouvrir la fenêtre. En fait, Evy n'était pas le seul à manquer d'air. L'âcre odeur de la White Widow se mêlait à celle du jasmin. Ça rappelait certaines soirées où ils étaient admis à fumer un joint avec Lisa et ses amis – avant que celle-ci ne se montrât la digne fille de ses parents. Ça rappelait quelques bons moments, ça rappelait la vénération qu'Evy éprouvait pour sa sœur – et que l'on puisse penser qu'il était pour quelque chose dans la mort de celle-ci semblait dès lors totalement grotesque à Michèle, totalement infondé.

Evy n'était pas celui qu'elle préférait des deux, bien qu'il fût plus beau et plus mystérieux qu'Andreas et un peu plus doux avec elle. Mais elle l'aimait vraiment bien et, par exemple, elle aurait accepté qu'il vienne près d'elle et qu'il pose la tête dans son giron et qu'il y reste tranquille en attendant de se sentir mieux. C'était sans doute ce dont Evy avait le plus besoin, pensait-elle, sauf que ce n'était pas possible.

Il ne fallait pas moisir dans cette chambre. Il ne fallait pas s'installer et perdre de vue qu'on enfreignait certaines règles.

Elle les rejoignit sur le balcon. Ils étaient tous les trois raides défoncés, ça n'avait pas fait un pli. Ils titubaient. Mais aussi, quel ciel, quelle féerie dans le firmament étoilé que cette vaste chevauchée de nuages qui ruait à la lisière de la nuit. Le vent tiède ululait dans la cour, tournait en miaulant autour des bâtiments tandis que le volet de la bibliothèque et la girouette grinçaient et claquaient parfaitement en rythme. Puis, tout à coup, il s'apaisa puis tomba complètement – quelques feuilles voltigèrent une dernière fois en silence.

Ils eurent le réflexe de se rencogner quand un rectangle de lumière jaillit des portes du gymnase, laissant apparaître un couple qui s'esclaffait à pleins poumons. La femme portait un soutien-gorge. L'homme tenait à bout de bras une lampe-tempête à gaz et sa bite ballottait entre ses jambes comme un petit animal écorché. Fin saouls. Ils s'adossèrent au mur sur le côté, près du pied de glycine qui envahissait la gouttière, courait en vagues sous l'avant-toit, et l'on comprit bien vite qu'ils s'étaient lancé un défi.

Sans prévenir, deux jets d'urine fumante s'élevèrent en demi-cercle et crépitèrent dans la cour cependant que le couple hennissait et rotait de la plus sombre manière.

Difficile de dire qui était le plus fort des deux, en la matière.

En tout cas, l'homme finit par se tourner et se mit à pisser sur la jambe de la femme qui leva les yeux et le regarda avec étonnement.

« Mais Gilbert, mais bon sang Gilbert, mais Gilbert, qu'est-ce que tu fais ? » bredouilla-t-elle en gloussant.

Elle pivota à son tour et rendit à Gilbert la monnaie de sa pièce. Ils poussèrent des cris l'un et l'autre, comme des gorets menés à l'abattoir, ils s'accrochèrent et faillirent s'écrouler ensemble – ce qui redoubla leur joie, jusqu'à ce qu'ils tentent de s'accoupler debout, genoux fléchis, se servant du mur pour garder l'équilibre et se mettant à grogner, à frémir des naseaux. Leurs jambes étaient luisantes, comme gainées de nylon. Ils pataugeaient dans une flaque d'urine aux contours bleutés.

À l'étage, les trois autres avaient la pupille dilatée et ce tableau leur paraissait assez repoussant, malgré tout. Ils n'auraient pas été fichus d'expliquer pourquoi, sinon, peut-être, que le moment était mal choisi.

Ils ne se souvenaient plus s'ils avaient été mus par de mauvaises intentions en forçant la chambre d'Anaïs – comme tout casser ou couvrir les murs d'insanités. Certes, ils se partagèrent sa réserve, c'était le minimum, mais pour le reste, pour la punition qu'Anaïs méritait depuis le temps qu'elle les emmerdait, ils se montrèrent bien charitables. Et mieux encore, ils rangèrent, ils remirent les choses à leur place. Sans même avoir à se consulter, ils replacèrent les savonnettes dans les placards, les reliques dans les tiroirs, et ils jetèrent de nouveau un œil dans la cour pour voir si la voie était libre.

Il fallait en vitesse changer d'air sous peine de

se mortifier jusqu'à l'aube après ce qu'ils avaient fumé. Mais il fallut attendre que les deux amoureux plient bagage, qu'ils se finissent et débarrassent le plancher, à quatre pattes, presque rampants, presque bégayants, et pendant ce temps-là, Evy semblait ne plus pouvoir tenir en place.

Il reprit son souffle comme s'il avait été plongé sous l'eau durant deux bonnes minutes. Michèle ne se demandait plus ce qui lui arrivait. Pas plus qu'elle ne s'inquiétait des crampes d'estomac qui frappaient Andreas ou des poussées d'eczéma qu'elle subissait elle-même depuis que sa mère s'était remariée. Elle estimait qu'il fallait remercier le ciel que ce ne soit pas pire.

Quoi qu'il en soit, aussitôt que se refermèrent les portes du gymnase, Evy se précipita hors de la chambre et dégringola l'escalier sans attendre.

Il sentait sa poitrine écrasée dans un étau, le noir s'installer dans son esprit. Une fois, Lisa s'était amusée à l'étrangler avec un bas et il avait perdu connaissance, mais il se souvenait d'avoir éprouvé, juste avant, cette sensation de compression suivie de ténèbres.

Il pénétra dans le garage des Delacosta au moment où Andreas apparaissait en haut, sur le palier, repoussant Michèle et jurant entre ses dents. Bien entendu, il roula aussitôt en bas des marches.

Michèle le redressa tant bien que mal, légèrement sonné.

Le tapis dans lequel il s'était pris les pieds avait amorti sa chute et un large paillasson l'avait cueilli à l'arrivée, mais il n'avait pas encore les idées bien en place lorsqu'il rejoignit Evy dans le garage des Delacosta.

Il lui tournait le dos. Il se tenait face à un établi qui occupait le fond de la pièce et au-dessus duquel s'alignaient des étagères chargées de casiers, de pots, de bidons, de boîtes, de câbles, de rallonges, d'outils, de bocaux, et il semblait trafiquer quelque chose.

Une forte odeur de white-spirit zigzaguait dans l'air.

Evy était en train d'introduire un morceau de chiffon dans le goulot d'une bouteille de plastique estampillée *produit inflammable,* mais à l'évidence, il faisait preuve de la dernière maladresse. Était-ce du fait des deux joints qu'ils avaient tétés jusqu'à la dernière goutte ou était-ce, comment savoir, du fait de cette rage dont il perdait parfois le contrôle? Toujours est-il qu'apparemment il n'était pas doué ce soir-là, ses gestes étaient fébriles et des giclées d'essence irisaient déjà l'établi.

Andreas était défoncé lui aussi, mais pas complètement largué.

« Je me suis cassé la gueule », déclara-t-il.

Evy ne répondit rien. Il avait empoigné un

tournevis et tâchait de faire pénétrer la langue de tissu à l'intérieur du récipient. Michèle l'observait d'un air sombre. Quelques années plus tôt, ils jouaient encore à des jeux, ils bivouaquaient dans les arbres, ils étaient encore des bébés, ils n'imaginaient pas alors ce qui les attendait, songeait-elle.

Andreas était impressionné. Il tira sur son col car il avait la gorge sèche. D'ordinaire, c'était à lui que l'on devait les actions les plus radicales – le sucre dans le réservoir de Judith Beverini, les rats lâchés à l'intérieur d'une épicerie fine du centre-ville, les cinq bidons de lessive concentrée déversés dans la piscine des jumelles Von Dutch, les entrailles de cochon chez les Fortville ou la destruction des douches à Brillantmont – et donc, il était là et il se grattait la tête.

« Ce salaud est encore plus cinglé que moi », se disait-il avec dépit.

Mais tout cela ne dura qu'une seconde.

Evy passa devant lui sans le regarder, sa bouteille d'essence à la main. Andreas pensa qu'ils avaient eu tort d'évoquer Lisa en un pareil lieu et en de pareilles circonstances. On n'aurait pas agi autrement si l'on avait voulu qu'Evy déjante un bon coup. On n'aurait pu trouver de meilleure potion à lui administrer.

Andreas était le mieux placé pour saisir le problème dans son ensemble. Leurs nounous les avaient présentés très jeunes l'un à l'autre avant de les abandonner dans les bacs à sable et ça créait des liens, disaient-ils. Aussi Andreas n'était-il guère étonné de la tournure que prenaient les événements, il n'était pas surpris le moins du monde. Personne ne connaissait aussi bien que lui la nature du parfum dans lequel baignait cette histoire concernant Lisa.

Ils stoppèrent au milieu de la cour. Pendant qu'Evy cherchait du feu dans ses poches, Andreas faillit se laisser hypnotiser par leurs ombres que projetait le clair de lune sur la façade du gymnase, se laisser enchanter par leur singulier théâtre. Mais il se reprit.

« Tu perds ton sang-froid, mec. Tu perds ton sang-froid », lui glissa-t-il à l'oreille tandis que l'autre faisait crisser la molette d'un briquet, n'obtenant que des étincelles en raison des courants d'air.

Evy ne lui accorda qu'un bref coup d'œil. Il était blanc. Il n'avait pas l'air bien dans sa peau. C'était parfois le problème avec la White Widow : elle entraînait très souvent du côté vers lequel ça penchait et bien malin celui qui lui résistait, bien malin celui qui ne se perdait pas dans ses nombreux labyrinthes. Andreas voyait le topo. Il pouvait presque imaginer la hauteur des flammes au-dessus du gymnase. Presque les gros titres des journaux du lendemain matin.

Lorsque Evy parvint à allumer sa mèche, Michèle étouffa un cri. Elle avait eu la bonne idée de cette visite chez Anaïs, n'est-ce pas ? Oui, oui, mais comme elle le regrettait à présent, comme elle s'en voulait maintenant que leur aventure dégénérait. Sa mère allait la tuer, c'était sûr. Marlène Aramentis allait la découper en morceaux.

Le bras d'Evy se détendit comme un ressort. Pour l'arrêter, Andreas empoigna sa canne à deux mains et faucha l'air dans l'autre sens.

*

L'avant-bras d'Evy ressemblait à une chambre à air distendue par une hernie sévère, mais il n'était pas cassé. Dany Clarence l'avait examiné plus attentivement aussitôt qu'ils avaient mis pied à terre.

Ils le faisaient rire. Ces mômes étaient désopilants. Il aurait voulu être là pour assister au spectacle des deux garçons croisant le fer dans la cour pendant qu'une bouteille d'essence enflammée tournoyait dans l'espace. Cette génération, se disait-il, c'étaient de vrais Martiens débarquant sur une planète hostile, pas vraiment faite pour eux, pas vraiment sympathique.

Ils s'étaient écroulés dans ses vieux fauteuils, sur son vieux canapé, les jambes encore sciées par leur équipée, et Dany se claqua les cuisses et il se leva pour aller chercher des bières dans son frigo. Ils le faisaient rire. Ils ne semblaient pas avoir conscience d'avoir commis un acte illégal ni quoi que ce soit de répréhensible. Ils étaient réellement fêlés. Est-ce qu'ils abusaient? Est-ce qu'ils en prenaient trop ou trop souvent? Ou bien était-ce dans leur nature? Dany ne parvenait pas à trancher. De temps à autre, il essayait de les mettre en garde contre certains des produits qu'il leur vendait, mais il avait le sentiment de causer dans le vide.

Ils auraient pu être ses enfants. Cette pensée ne l'avait jamais effleuré auparavant et elle le traversait aujourd'hui, chaque fois qu'il les voyait. C'était sans doute beaucoup de temps, beaucoup d'efforts, beaucoup d'emmerdements, mais ce n'était pas d'avoir une femme à domicile qui l'intéressait. Même s'il était un peu tard pour y penser.

Il sortit un paquet de chips d'un placard, ainsi qu'une sauce arrivée tout droit du Mexique dans le supermarché du coin et des rollmops de Hollande – il commençait à connaître leurs goûts, il leur avait offert leur premier joint comme leur première Ben & Jerry's. Il les observa sans mot dire tandis qu'ils vidaient ses provisions.

Il essayait de se mettre à leur place. Il se demandait comment il réagirait s'il avait leur âge, s'il y comprendrait quelque chose. Ils avaient intérêt à être intelligents.

Il se souvenait de conversations qu'il avait eues avec Richard Trendel, à l'époque où ils avaient construit cette plate-forme dans les branches. Il se souvenait que Richard et Laure finissaient par avouer, certains soirs, que la tâche était peut-être au-dessus de leurs forces, qu'élever des enfants était la plus dure bataille qu'on pouvait livrer. «Prends n'importe quel animal, vas-y, lui confiait Richard en le regardant droit dans les yeux, prends n'importe quel animal de la Création. Eh bien, les choses vont se gâter dès qu'il aura des petits. Des enfants. Dès qu'il va procréer. Si les choses allaient bien, elles vont aller plus mal, et si elles n'allaient pas très bien, je te laisse deviner la suite. À partir du moment où ils ont des petits, leur calvaire commence. Tu ne me crois pas? C'est pourtant l'absolue vérité. Je t'en parle en connaissance de cause. »

En effet, ça donnait à réfléchir. Autrefois, quand Dany voyait les Trendel, le confort dans lequel ils vivaient, quand il les voyait partir en week-end au volant d'un bolide flambant neuf et littéralement flotter dans les airs, privilégiés à mort, il se sentait un peu démuni, du moins pour mener ce type d'expérience. Il se disait que si les Trendel n'y arrivaient pas avec les atouts qu'ils avaient en main, quelle chance avait-il, quelle chance pouvait-il bien avoir, lui qui subvenait juste à ses besoins?

Il s'était dégonflé. Du temps avait passé, mais ce courage-là lui avait manqué. Aujourd'hui, il avait assez d'argent de côté, il avait un toit au-dessus de la tête. En fait, le temps avait filé en sifflant comme une sagaie et c'était tout ce qu'on pouvait dire. Comment un junkie tel que Richard s'était-il débrouillé pour avoir une aussi belle femme, de l'argent, des enfants, et des voitures de sport ? Voilà une question que Dany se posait régulièrement. Il se disait qu'au lieu d'écrire des romans, ce serait chouette de la part de Richard d'expliquer comment il s'y était pris. Ce livre-là, ils étaient nombreux à l'attendre.

Pendant ce temps, ayant récupéré de leurs émotions, Michèle et les deux garçons s'apprê-taient à en allumer un autre pour se récompen-ser d'une opération qu'ils jugeaient globalement réussie, en tout cas très chaude, très riche de moments forts.

Il fit signe à Evy de le suivre.

Le lac se trouvait à moins de cinq cents mètres, à travers bois. En chemin, Evy sortit l'argent de sa poche et Dany compta les billets en marchant, à la lueur du clair de lune qui par-venait à filtrer au travers du feuillage, lequel bruissait à présent tranquillement, friselisait à sa périphérie. Il était environ deux heures du matin. Le calme était rassurant. L'éclat d'argent du lac, immobile, derrière la futaie, l'était moins.

« Veux-tu que je te donne mon avis sur Gaby Gurlitch ? fit Dany tandis qu'ils descendaient en direction des berges et se dirigeaient vers le cabanon et le hangar à bateaux. Tu veux savoir ce que je pense ? Je crois qu'elle sait y faire. Qu'elle sait même *très bien* y faire. Je crois que ça forge le caractère quand on n'a plus ses parents. Mais tout ça, ce ne sont pas mes oignons. Entendons-nous bien. Alors mettons que je ne t'aie rien dit. »

Il sauta d'un taillis et atterrit sur le sable de la plage, bientôt rejoint par Evy. Celui-ci, c'était un fait entendu, ne se baignait pas dans cette eau-là, mais c'était tout, ça n'allait pas plus loin. Là où d'autres n'auraient pas supporté de poser les yeux, Evy pouvait fixer le point précis de la surface où s'était engloutie Lisa, il n'avait aucun problème de ce côté – ce qui ne signifiait pas qu'il ne sentait rien, qu'il ne sentait pas le mystérieux pouvoir de ce lieu d'autant plus puissant qu'il était débarrassé de toutes ces familles qui venaient s'y vautrer et le fouler de leurs pieds nus, puants, *abominables*. Les lieux saints restaient cachés, à jamais impénétrables au commun des mortels, se disait-il, et c'était bien ainsi.

« Je ne demande qu'une chose, reprit Dany, et c'est de rester en dehors de vos affaires. Je sais. C'est à cause de ces putains de photos. Mais sinon, je me la mettais à dos. Tout ce qui concerne Lisa la rend folle, cette pauvre Anaïs, et ça ne s'arrange pas. Mais je ne veux pas en faire les frais, tu comprends ? Je ne veux pas me la mettre à dos. »

Ils s'étaient arrêtés devant la porte du hangar. Dany interrogea l'adolescent du regard et sembla satisfait. Il jeta ensuite un long regard alentour et, satisfait derechef, il se pencha ensuite sur le gros cadenas qui condamnait l'entrée.

L'été, Dany prenait ce job. Il s'installait là pour l'après-midi et il s'occupait de la location des barques, officiellement pour compenser des revenus boursiers un peu trop chiches – un petit placement de *père de famille,* se plaisait-il à railler depuis quelque temps –, et ainsi ne pas éveiller les soupçons s'il glandait tout l'hiver.

Il s'occupait également de l'entretien des bateaux. De temps en temps, il y passait la journée. Il effectuait quelques réparations, calfatait, vernissait, remettait une couche de peinture vert sapin sur le hangar, ôtait les aiguilles de pin qui obstruaient les gouttières.

Très vite, il avait eu l'idée d'utiliser cet endroit pour planquer la marchandise qui alimentait son commerce, et il ne pouvait que s'en féliciter.

Durant les trois mois d'été, il suffisait d'encaisser le montant des locations et de lutter contre l'envie de s'assoupir sous l'auvent, dans un fauteuil de camping assez confortable.

Quand l'orage grondait, il était l'un des seuls à rester au sec. Et le soir, rien ne l'empêchait de cuire quelques saucisses au feu de bois tandis que le bordel battait son plein sur le parking, que les parents manœuvraient sur la terre battue, que les phares balayaient la forêt sur le chemin du retour.

Certaines fois, il avait le sentiment que le lac lui appartenait. La nuit tombait et il n'y avait plus âme qui vive à des kilomètres à la ronde. Mais tant mieux, il préférait la solitude. Il s'enroulait dans un duvet dont la fermeture éclair était morte et s'adossait à la façade pour admirer le crépuscule et ses lumières rugissantes, ses lueurs mélancoliques, avant de partir effectuer sa distribution.

En hiver, il laissait les volets ouverts et s'installait devant la fenêtre qui s'ouvrait sur le lac. Car à force de vivre au milieu des bois, il éprouvait régulièrement le besoin de passer la nuit devant cette fenêtre, d'avoir une vue dégagée, de se donner une impression d'espace, de voir loin s'il ouvrait un œil à n'importe quelle heure de la nuit, ce qui malheureusement n'était pas rare.

En février, au plus froid, une fine couche de glace dentelait les rives, du givre en suspension bleuissait l'air, les bois scintillaient. C'était un spectacle.

Avant d'ouvrir, il demanda à Evy d'aller faire

un tour. « Va donc voir un peu ailleurs si j'y suis », lui dit-il.

Dans le fond, dans le coin le plus sombre, là où même un rat n'aurait pas traîné, il souleva une grille qui donnait accès à un collecteur d'eaux et il y enfonça son bras jusqu'à l'épaule. Il grimaça durant une trentaine de secondes, tirant la langue, une joue collée au sol de ciment sur lequel s'alignaient les embarcations qu'une saison plus longue que la normale n'avait pas arrangées – non plus que la brutalité des gens, le non-respect des choses qui ne leur appartenaient pas.

Les sachets de poudre étaient soigneusement enveloppés dans des poches hermétiques. Dany préleva ce qui l'intéressait. Pendant ce temps, Evy arpentait la plage, les mains dans les poches. Dany le voyait. Dany pouvait l'observer tranquillement. De la pénombre du hangar, il pouvait le détailler à son aise, là-bas, dans l'encadrement de la fenêtre, et ce qu'il observait était fascinant. Il se disait : « Mais comment ce môme fait-il son compte ? Comment tient-il sur ses deux jambes ? À quoi marche-t-il donc ? »

★

Lorsque Evy déclara qu'il ne voulait rien en échange, qu'il ne voulait pas non plus la baiser, Gaby Gurlitch partit d'un rire sonore puis lui affirma qu'il était décidément fou.

En attendant, il n'avait pratiquement pas dormi, et bien qu'il fût plus ou moins désespérément amoureux de cette fille, il attrapa l'oreiller et s'en couvrit la tête.

Elle n'était plus là quand il émergea de nouveau. Il n'était pas frais mais son cœur était léger sur le chemin qui conduisait au percolateur.

Son grand-père entra dans le salon, une serviette autour du cou, le front moite, les cuisses et les joues d'un appétissant rose vif. Il avait marché, sauté, couru, et il se tenait les hanches – il y avait un parcours de santé tracé au milieu des bois et André prenait plaisir à y croiser quelques vieilles connaissances, quelques relations établies au cours de toutes ces années et avec lesquelles échanger d'agréables civilités, comme l'usage s'en perdait de plus en plus, était un vrai régal, si bien qu'il ne manquait jamais ses exercices matinaux quand il était en visite chez son fils.

Il était presque midi. André n'était pas fâché de montrer à son petit-fils qu'il ne se traînait pas encore avec une canne et que la machine ronronnait. Il demanda à Gina de leur préparer un cocktail de fruits frais avec du guarana en poudre.

« Installons-nous dehors », proposa-t-il à Evy. La matinée était douce car le vent avait cessé durant la nuit et Evy fut ébloui par la lumière.

« J'ai croisé cette jeune fille ce matin, déclara-t-il à Evy cependant qu'ils s'installaient et que Gina s'affairait en silence autour d'eux. Une amie de Lisa, si mes souvenirs sont bons, n'est-ce pas ? »

Evy acquiesça mollement. C'était ce qui s'appelait se faire coincer, songea-t-il, mais de telles rencontres étaient inévitables. On ne pouvait y échapper indéfiniment. Il eut une pensée nostalgique pour les petits déjeuners solitaires auxquels il s'était habitué, qu'il avait obtenus de haute lutte lui semblait-il, et sur lesquels il devait faire une croix à présent, du moins aussi longtemps qu'André et Rose Trendel seraient dans les parages.

Son grand-père l'étudiait avec un sourire indéfinissable, les yeux plissés.

« Et je me suis demandé si c'était une bonne chose, continua-t-il. Je me suis demandé si sa présence n'était pas, comment dirais-je... hum... déplacée. Comprends-moi, après le malheur qui a frappé cette maison. Sa place est-elle vraiment ici, qu'en penses-tu ? »

Evy haussa vaguement les épaules. Le vieux schnock pouvait être redoutable. Il pouvait se lancer dans un sermon de bon matin, émettre une opinion sur la manière dont les autres menaient leur vie et donner des recettes, donner de bonnes recettes de sa composition, donner des remèdes, indiquer les bonnes marches à suivre selon lui.

« Tu n'en penses rien ou tu ne veux pas me dire ce que tu penses?

— C'est quoi, la question? »

Une fois de plus, André put vérifier que le goût de ce garçon pour la dissimulation n'était pas un vain mot. Goût qui, d'ailleurs, ne datait pas d'hier. Pas même du jour où sa sœur avait disparu, mais de bien plus loin, de profondeurs conséquentes. C'était extrêmement désagréable. Mais pouvait-on lui en vouloir? Richard et Laure s'étaient toujours montrés incapables d'élever leurs enfants et avaient été les premiers à donner le mauvais exemple, à bâtir des vies en dépit du bon sens, torturés par leur ego. Comment pouvait-on reprocher à un gamin en pleine crise d'adolescence de se refermer sur lui-même, se disait-il, *avec de tels parents? Comment,* avec de tels parents? Le pauvre gosse. On devait s'estimer heureux qu'il n'ait pas, en plus, attrapé de l'eczéma ou quelque tremblement nerveux.

L'hiver dernier, André n'avait rien tiré de plus que les autres de son petit-fils. Les interrogatoires s'étaient répétés durant plusieurs jours, les mêmes questions avaient été posées cent fois mais ensuite, on entendait le feu crépiter dans la cheminée mais on n'entendait pas Evy, sinon trois mots lorsqu'il était coincé, le strict minimum, c'était un accident et il n'y avait rien à en dire, elle était tombée à l'eau et elle s'était noyée, elle avait coulé dans les eaux glacées avant qu'il fût capable de bouger le petit doigt et un point c'est tout.

André pensait que, en certaines circonstances, quelques paires de gifles bien placées, bien sonnantes, donnaient d'excellents résultats, mais Richard et Laure étaient bien trop indécis, bien trop paralysés par leurs idées progressistes et miteuses pour y recourir – ils préféraient continuer à se ronger, à divaguer dans l'incertitude plutôt que d'utiliser de bonnes vieilles méthodes. Ce en quoi ils étaient méprisables. Ce en quoi ils étaient, selon André, pitoyables, ce en quoi ils méritaient bien l'épreuve qu'ils traversaient.

Il posa les yeux sur le bras d'Evy qui semblait avoir été piqué par une grosse guêpe, puis il se frotta le menton.

« Cette fille se drogue, fit-il. Tu le sais, n'est-ce pas ? Bien sûr. Tu n'es pas aveugle. Je n'ai donc pas de conseils à te donner. Mais en tout cas, elle ne peut pas se promener comme ça, tout à fait librement, dans cette maison. Je pense qu'il est inutile de t'expliquer pourquoi. Je disais à ton père, l'autre jour, tout le bien que je pensais de toi, et je le pensais sincèrement. Mais cette fille ne peut pas se promener à sa guise entre ces murs, comprends-tu. C'est mauvais pour tout le monde. »

Richard apparut alors, à cet instant précis, au détour d'un massif de genêts, comme un diable

de sa boîte, affichant une expression douloureuse, chagrinée :

« Merde, papa, mais qu'est-ce que tu
racontes ? intervint-il dans le vif de la conversation. Attends, mais de quoi te mêles-tu ? Hein,
mais de quoi tu te mêles ?

— Je veille sur vous, voilà ce que je fais, lui
répliqua son père. Oh, et bien sûr, je ne
demande aucun remerciement. Ne prends pas
cet air effrayé. Je fais en sorte de vous épargner
de nouveaux coups du sort. J'estime que vous
n'en avez pas besoin, mais je ne sais pas, tu
penses que je me trompe ? Tu penses encore
pouvoir t'en tirer tout seul ?

— Ne fais pas l'idiot. Personne ne t'a chargé
de tenir la liste des personnes qui entrent et qui
sortent. S'il y a un problème, viens m'en parler.
Encore que je ne voie pas quel genre de problème il pourrait y avoir. Quel genre de problème pourrait te regarder.

— Soit. J'ai dû agir contre ta volonté, en
quelques occasions. Je comprends que ça ne te
plaise pas. C'est bien normal. Mais quant à moi,
il n'a jamais été question de me dérober à mes
obligations paternelles. Dussé-je n'en connaître
que l'amertume. Tu sais, je ne suis pas arrivé à
soixante-dix ans pour me laisser impressionner.
Il va falloir trouver autre chose. »

Evy en profita pour lire discrètement ses
messages et boire son café. Richard et André

s'affrontaient au-dessus de lui mais Richard n'avait jamais eu les couilles nécessaires pour livrer un réel combat contre son père, si bien qu'il était difficile de s'intéresser à l'issue de leurs empoignades – sauf à nourrir un penchant bizarre pour le pathétique et le vraiment casse-cul.

Gaby lui disait qu'il était un ange. Pendant ce temps-là, Richard et André se prenaient la tête à son propos. Par chance, l'arrosage automatique s'était déclenché chez les Croze – censé, psycho-logiquement, atténuer leurs démangeaisons et brûlures – et couvrait en grande partie le contenu des échanges. Le cliquetis des coupe-jet envahissait tout l'espace.

En gros, Richard ne voulait pas entendre par-ler de toutes ces conneries d'un autre âge et André, quant à lui, ricanait des attaques de son fils contre une profession qu'il avait exercée toute sa vie, analyste, et dont la famille avait lar-gement vécu et Richard le premier, ce morveux, cet ingrat, analyste, et il aurait dû en avoir honte?

Rose arriva sur ces entrefaites.

« J'ai un inspecteur de police au téléphone », leur annonça-t-elle.

Elle n'était pas encore tout à fait habillée. En tout cas, elle ne portait qu'un saut-de-lit vapo-reux et ses seins, quoique fatigués, n'en appa-raissaient pas moins à l'échancrure. Et si elle n'avait pas été blonde, on aurait vu les poils de sa chatte en transparence, disons-le franchement, tant l'étoffe de son déshabillé était fine, arachnéenne, mousseuse, légère. Plus du tout de son âge.

« Sapristi ! Rose ! » fit André entre ses dents – étourderie ou pur exhibitionnisme, il n'avait jamais pu tirer ça au clair.

Elle considéra son mari comme s'il s'était agi d'un moucheron derrière un double vitrage.

« L'inspecteur Chose est au bout du fil », déclara-t-elle en prenant la pose.

Tout à fait exact. L'inspecteur Chose souhaitait parler brièvement à Richard. Mais cette fois, c'était moins grave que la dernière fois, s'empressa-t-il d'affirmer. Richard imaginait très bien le jeune type un peu abruti auquel ils avaient eu affaire au lendemain de la mort de Lisa, il le voyait très bien en train d'examiner l'horizon des pâles fenêtres de son bureau qui donnait sur un parking aux murs de briques rouges, aux maigres touffes d'herbe dans les fissures du béton, de son regard sans expression.

Il y avait eu un peu de grabuge à Brillantmont au cours de la nuit, un vol, des effractions, ce genre de choses, rien de bien terrible, mais tout de même. Une bouteille de white-spirit, étrangement, s'était consumée au milieu de la cour qu'elle avait noircie. La police se perdait en conjectures. Mais elle n'excluait rien car le nombre des cinglés augmentait tous les jours, marmonna l'inspecteur.

Il désirait poser deux ou trois questions à Evy, la routine. Il demandait s'il pouvait passer en fin de journée, comprenant très bien que Laure Trendel, en plein tournage, n'avait pas que ça à faire de voir qu'on envahissait sa maison à l'heure où elle avait besoin du plus grand calme, cette femme, cette actrice exceptionnelle, mais lui-même devait accomplir son travail, malgré qu'il en eût.

Chose avait failli perdre un œil dans cette histoire. L'hiver dernier, le ciel était resté blanc durant tout un mois et ça se passait sur le seuil de la porte, il avait sonné, la bonne avait ouvert, la bonne était allée chercher Madame et ensuite, sa joue s'était ensanglantée, et il n'avait rien dit mais il l'avait attrapée par les poignets et l'avait immobilisée tandis que du sang gouttait sur le parquet de chêne clair lasuré.

Une femme inoubliable, à la fois inaccessible et si proche. Une famille étrange, compliquée. Et ce garçon qui ne s'était pas montré, le moins que l'on puisse dire, très coopératif.

Cependant que Chose, perplexe, sentait que son plaisir de revoir Laure Trendel – il avait à présent tous ses films en DVD – était de nouveau gâché par les circonstances, Richard, de son côté, reposa le téléphone et considéra son fils.

258

Qui n'avait pas bronché. Qui n'avait pas remué un cil malgré cet appel de la police.

« Eh bien, que se passe-t-il encore ? s'impatienta André en s'adressant à Richard. As-tu l'intention de nous mettre au courant ou quoi ? »

★

Sur l'avenue des Ambassadeurs, toute fleurie, entre le rond-point Ernest Hemingway et la cathédrale, se dressaient suffisamment de boutiques de luxe pour qu'André et Richard aient le loisir de poursuivre leur conversation sans que Rose ne les menace de se trouver mal en portant la main à sa gorge.

Certes, ils avaient rapporté un vase de chez un antiquaire de Soho, mais elle voulait également offrir à Laure quelque chose de plus personnel afin d'entretenir avec sa belle-fille des rapports qu'elle estimait plus profonds et plus étroits qu'ils ne l'étaient en réalité.

Elle avait repéré un châle de cachemire chez Gucci, mais à un prix déraisonnable, si bien qu'elle poursuivait sa quête, entraînant son mari et son fils dans son sillage, sous un ciel venteux, beau et inquiétant, à la lumière éblouissante.

André avait décrété que les choses s'étaient envenimées avec son fils à partir du moment où celui-ci avait plongé tête la première dans la drogue, mais Rose savait très bien que tout avait commencé le jour où Richard, vers dix ans, avait refusé de donner la main à son père sur le trajet de l'école.

Elle soulevait quelques écharpes, examinait un petit sac ou encore des escarpins pour elle-même, pourquoi pas, mais elle ne les quittait jamais de l'œil, elle les voyait penchés l'un sur l'autre, continuant leur combat sur le trottoir, de l'autre côté de la vitrine. La vérité était que ce face-à-face durait depuis vingt ans.

Richard disait : « J'ai donné à mon fils la permission d'avoir les amis qu'il voulait et je ne te permettrai pas d'y changer quoi que ce soit. J'espère que c'est bien entendu. Le seul pouvoir dont tu disposes dans cette maison, c'est de bouger le mobilier du jardin, *et encore ça, c'est limite* ! » Et André lui répondait : « Je suis désolé, si je dois t'ouvrir les yeux. Je suis désolé si je dois sans cesse te fournir la bonne interprétation du monde. Tu sais, je donnerais cher pour n'avoir pas besoin de me mêler de tes affaires. Je crois que tu as perdu la conscience du danger. Tu ne sais plus lire les signes, voilà tout. »

Au fond de lui, Richard se demandait s'il se conduisait avec Evy aussi ignoblement que son père avec lui-même. C'était une question très angoissante. Car on avait beau essayer de toutes ses forces, on n'était jamais sûr de ne pas être en train d'étrangler son petit. Mais trêve de plaisanteries, se disait-il, il y avait tout de même du vrai là-dedans. Tout n'était pas aussi dérisoire.

À l'embranchement des Ambassadeurs et de Saint-Georges, Richard grimaçait à cause de brûlures d'estomac. Il grimaçait car il aurait dû être, à ce moment-là, occupé à vérifier s'il valait encore quelque chose comme écrivain, ainsi qu'il s'était juré de le faire après sa conversation avec Gaby Gurlitch. André le tenait par la manche et continuait son baratin devant chez La Perla. Mais Richard ne l'entendait plus, tout d'un coup, il pensait à cette fille qui l'avait complimenté sur ses livres – on l'avait adulé vingt ans plus tôt et l'écrivain en lui avait adoré ça. D'ailleurs, Gaby Gurlitch n'habitait pas très loin, pour autant qu'il s'en souvenait.

Et ces deux-là le rendaient fou. Franchement. Ces deux-là, il avait un jour rêvé qu'il les enterrait dans le fond du garage après les avoir éliminés de ses propres mains et il s'était réveillé, aussi monstrueux que ce fût, avec un terrible sourire aux lèvres.

Il était obligé de se confectionner une armure mentale s'il voulait tenir. Il se sentait comme assourdi, il regardait son père et le voyait pérorer sans l'entendre, s'agiter sur le trottoir tel un spectre, un éclair de lumière inquiétant. Par instants, le son revenait.

« Cette fille est complètement névrosée », déclarait André tandis qu'ils s'asseyaient sur un banc – Rose avait disparu dans une boutique de produits pour le corps. « Cette fille est complètement névrosée, *à tout le moins*. Ne joue pas à l'imbécile. Mais peu importe. Enfin, tu comprends, Lisa ne va pas ressusciter.

— Merde. Pas avec moi. Je t'en prie. Pas avec moi. Remballe ton fichu matériel. Et change pas de sujet. Change pas de sujet à ta guise, tu veux ? »

Sur ce, il regarda son père droit dans les yeux et il eut le sentiment que la mort rôdait bien que le ciel bleu auréolât le visage de celui-ci. André avait la tête en plein soleil.

« Tu as tort de te balader sans chapeau, dit Richard. C'est vraiment infantile de ta part. Qui cherches-tu encore à impressionner ?

— En tout cas, j'aimerais savoir ce que ta femme en pense. J'aimerais bien connaître l'avis de Laure sur la question.

— Eh bien, demande-le-lui. Ne me le demande pas à moi. N'hésite pas à poursuivre ton enquête. Tu pourras peut-être échanger des informations avec l'autre abruti. Tu n'auras qu'à le raccompagner jusqu'à sa voiture ce soir même et lui jurer que tu feras un chèque pour les orphelins de la police. »

En sortant du magasin, Rose leur fit les gros yeux.

« Êtes-vous encore en train de vous chamailler ? Est-ce possible ? »

Richard se sentit soudain pris d'un léger vertige qui se transforma en envie de vomir. Sans attendre, il se traita intérieurement de gonzesse, de pédale, de merdeux, de minable et parvint ainsi à surmonter l'épreuve, à repousser cet accès de faiblesse qui les aurait plongés tous les trois dans l'embarras.

« Je le mettais simplement en garde, finit par déclarer André. J'essayais de faire bénéficier ton fils de mes observations. Cela partait d'un bon sentiment, il me semble.

— Qu'est-ce que tu racontes? ricana Richard. Jamais de la vie. Quel *bon sentiment*? »

Il n'était pas près d'oublier le jour où son père lui avait craché au visage. Il n'y avait pas eu de témoin, c'était leur petit secret. Richard se remettait à peine de sa seconde overdose et André avait attendu qu'il se réveille, campant dans la chambre, cramponné aux accoudoirs de son siège, les mâchoires serrées, durant d'interminables heures il avait attendu que son fils ouvre un œil. Vingt ans après, le souvenir de cette scène était encore très vif. Les yeux remplis de larmes, André avait bondi de sa chaise. Non pas qu'il voulût couper tous les ponts ou refusât à l'avenir de l'aider mais il avait quelque chose sur le cœur et devait s'en débarrasser. Richard avait eu besoin de plusieurs kleenex. Et de quelques jours pour encaisser.

Rose plongea de nouveau dans un magasin.

Les vigiles étaient des Noirs au crâne rasé, au costume impeccable, costauds, munis d'une oreillette, et Richard se dit que ce monde devenait vraiment grotesque, profondément stupide et de moins en moins digne d'intérêt pour parler franchement.

Lorsque Rose les rejoignit, elle était ravie. Elle avait trouvé pour Laure le même fantastique petit sac à main que celui qui pendait à l'épaule de Sarah Jessica Parker au cours de la dernière saison. Ils retournèrent alors à la Porsche et filèrent vers les studios.

André et Rose adoraient le cinéma, les acteurs, les premières, les fêtes où l'on rencontrait des visages connus, tout ce milieu que Richard et Laure s'étaient employés à éviter du temps de leurs succès mais qu'ils avaient promptement rejoint aujourd'hui, sous peine d'être expulsés dans le néant intersidéral, sombre et glacé, qui était habituellement réservé aux natures un peu trop sauvages – natures que l'on finissait toujours par baiser ou par employer dans l'écriture de scénarios, non pas pour les punir mais pour qu'elles en rabattent un peu et qu'elles apprennent à vivre en suivant les règles.

Les écrivains et les femmes qui ne couchaient pas étaient particulièrement visés et l'on n'avait pas beaucoup d'exemples d'une issue heureuse pour ces catégories-là, d'une simple victoire du bien sur le mal ou du beau sur le laid.

Depuis quelques jours, Richard avait laissé son scénario en plan et il tâchait de se remettre à l'écriture. Dans les pires conditions qui soient, de son point de vue.

Il adressa un sourire lugubre à la jeune brute qui actionnait la barrière et il se gara au pied des studios MediaMax, à l'aplomb du gigantesque bureau qu'Axel Mender occupait à lui seul quand il ne recevait pas de la visite. Mieux valait ne pas y penser. Il commanda la fermeture automatique de ses portières – *zom! zom!* – et il conduisit ses frétillants parents à l'intérieur des bâtiments.

André voulait être présenté au metteur en scène. Quant à Rose, elle désirait simplement être vue en train de papoter avec l'actrice principale et la presser quelques fois contre son cœur. Il fallait emprunter de nombreux couloirs, s'enfoncer toujours plus profondément pour atteindre les plateaux, là où savoir écrire ne servait plus à grand-chose, sinon à énerver tout le monde.

Il essayait de n'être pas amer, mais c'était difficile. Il essayait de n'être pas trop sarcastique, mais l'affaire était assez grave. Il traversait une période éprouvante, à bien des égards. Il avait l'impression que s'il ne parvenait pas à se remettre à l'écriture, il allait finir par disparaître, dans le sens de devenir invisible, de tout bonnement disparaître. À un embranchement, il s'arrêta devant une fontaine à eau et en but plusieurs gobelets d'affilée tandis que dans son dos les deux autres trépignaient d'impatience.

Laure tournait une scène dans laquelle elle interprétait le rôle d'une ménagère israélienne tombant amoureuse d'un jeune Arabe et cette séquence, la séquence de leurs premiers émois, était censée vous retourner les tripes et délivrer un message de paix et de fraternité au monde.

Le jeune type, dix-huit ans à peine, caressait la poitrine de Laure avec beaucoup de conviction, faisait rouler les bouts entre ses doigts, et Richard alla s'asseoir dans un fauteuil pliant. Il n'en obtenait plus autant depuis un bon moment, remarquait-il. C'était un fait que Laure ne le laissait plus guère approcher, qu'il ne l'attirait plus physiquement. Sans doute, sur certains fronts, se battre finissait un beau jour par devenir inutile. Mais sur lesquels, au juste? Sur quels fronts, précisément?

Lorsque, à la fin de la prise, Laure les rejoignit, ses seins semblaient avoir doublé de volume et pointaient sous son tee-shirt *God bless Israel* que l'autre avait ramolli de ses larges mains moites.

Richard la laissa souffler, reprendre ses esprits et gazouiller quelques minutes avec Rose et André qui jouissaient intérieurement, puis Éric Duncalah vola au secours de sa protégée et entraîna les beaux-parents un peu plus loin en

266

leur parlant des décors et en leur trouvant des mains à serrer.

C'était idiot de se sentir gêné d'avoir assisté à cette scène de pelotage quand on savait qu'il s'en passait de bien plus raides dans le bureau d'Axel Mender, mais Richard n'y pouvait rien, si bien qu'il s'empressa de la mettre au courant au sujet de Brillantmont.

« Et il n'est pas impossible qu'Evy soit dans le coup, soupira-t-il. Chose ne m'a rien dit de précis mais j'ai eu ce sentiment. »

Laure se mordit les lèvres. Parfois, le temps d'un éclair, Richard était brutalement, comme la plupart des anciens junkies, poignardé par le désir de défonce. Transpercé de part en part. Le désir de sexe, de baiser Laure – tâche à laquelle il s'était rigoureusement employé tant qu'il en avait eu les capacités –, se manifestait de la même façon, intense et fulgurant, surtout quand il se disait qu'il était le seul homme de tout le bâtiment à n'avoir pas sa chance avec elle.

« Et Evy ? Que dit-il ?

— Evy ? ricana Richard. Que veux-tu qu'il dise ? Rien. Il n'est au courant de rien, bien sûr. Il ne dit rien, comme d'habitude. Il prend cet air que l'on connaît et tu peux aller te faire voir.

— Mais cette histoire de cambriolage. C'est absurde. Et pour commencer, qu'est-ce qui te permet de l'accuser ?

— Moi ? Je n'accuse personne. L'inspecteur

Chose demande à l'interroger. C'est tout. Et ce type n'est tout de même pas crétin au point d'interroger tous les élèves de Brillantmont un par un. C'est tout. Donc, tu en tires les conclusions que tu veux. »

Elle jeta un coup d'œil nerveux à sa montre.

« J'en ai encore pour deux ou trois heures. Écoute, promets-moi de le laisser tranquille. S'il te plaît. Laisse-moi lui parler.

— *Le laisser tranquille ?* C'est à moi que tu dis ça ? Est-ce que j'ai bien entendu ? »

Il n'avait pas besoin d'ajouter que ce n'était pas lui qui avait refermé ses mains sur la gorge d'Evy ou qui l'avait secoué comme un prunier en lui hurlant au visage. Combien de fois l'avait-il ramenée à la raison, s'était-il interposé pour qu'elle fiche la paix à ce garçon qui devait avoir sa part de souffrance lui aussi, même s'il ne le montrait pas à première vue, combien de fois Richard n'avait-il pas crié : « STOP ! ÇA SUFFIT ! STOP ! », et parfois ajouté : « POUR L'AMOUR DU CIEL ! »

« Écoute, reprit-elle, j'ai cette scène particulièrement difficile. Je ne peux pas discuter de ça plus longuement avec toi. J'ai besoin d'un minimum de concentration, comme tu peux l'imaginer. Fais simplement ce que je t'ai demandé. S'il te plaît. Tu sais, je ne suis pas en train de m'amuser.

— Bah, se faire tripoter les seins ne doit pas

être aussi pénible que ça, allez. Et pas besoin d'avoir fait l'Actor Studio pour avoir les joues transformées en pommes cuites. »

★

Sans prévenir, Anaïs lui décocha une méchante droite au creux de l'estomac. Evy ouvrit la bouche puis tomba à genoux pendant qu'elle commençait à tourner autour de lui, les poings enfoncés dans les hanches. Elle semblait hors d'elle.

L'eau était devenue un peu fraîche pour se baigner. En quelques jours, de précieux degrés s'étaient évaporés. Mais le bord du lac – pas celui de Lisa, l'autre – restait un bon endroit, suffisamment tranquille pour vider une querelle sans se donner en spectacle.

Quoi qu'il en soit, Evy était en train de virer au violet.

Anaïs fit deux tours complets autour de sa victime en grinçant des dents, en fulminant avant d'attraper Evy par le col, et elle le traîna dans l'eau. Mais était-ce le bon remède pour ce qu'il avait ?

Lorsque l'air pénétra de nouveau dans les poumons du garçon, ponctué de râles bruyants, de sourds borborygmes, elle le tira en arrière et le lâcha sur les galets.

« Je vais te flanquer une correction dont tu vas

te souvenir, grogna-t-elle entre ses dents. Je vais ni plus ni moins te mettre en pièces. »

Elle semblait avoir du mal à se retenir. De son côté, Evy prenait conscience qu'il avait refermé sa main sur un galet de la taille d'un melon. Il n'était pas tard, à peine le milieu de l'après-midi, mais on sentait que le soleil n'était plus aussi chaud, et que le froid allait venir d'un coup, bien qu'il étincelât, pour l'heure, bien qu'il explosât à la surface du lac comme un concert de soudeurs à l'arc.

« C'est la bagarre que tu veux ? Tu vas l'avoir ! »

Elle tournait autour de lui sans se décider. Une boule de nerfs de cent kilos, complètement sous influence. Engoncée dans son éternel short à franges et chaussée d'affreuses baskets de toile jaune.

Evy rassembla ses forces et lui balança le galet à la figure, mais elle l'évita facilement.

« T'es un peu léger pour jouer au plus malin, gloussa-t-elle. Recommence et tu prends ma main dans la figure. »

Personne n'aurait pensé qu'elle plaisantait. Or, non seulement il se sentait encore faible, mais même en temps normal il n'aurait pas eu le dessus. Elle pesait deux fois son poids et elle était vicieuse et rapide. Comment en serait-il venu à bout autrement que par surprise et de préférence en arrivant dans son dos, genre avec un tuyau de plomb ?

Finalement, il parvint à s'asseoir. D'une certaine manière, il était heureux.

« J'hésite entre te balancer aux flics ou te corriger moi-même, fit-elle avec une grimace. Tu pencherais plutôt vers quoi ? »

Il y avait un peu de monde sur la rive opposée, des couples qui flirtaient sec et se fichaient des règlements de compte qui pouvaient éclater alentour comme du chant des fauvettes ou de celui du coucou. Anaïs alluma une cigarette.

« Enfin, je reconnais que c'était gonflé, déclara-t-elle en soufflant la fumée sur Evy. Je reconnais que ça m'a bluffée.

— Je vois vraiment pas de quoi tu parles... » ricana Evy.

Il lui suffisait de penser à Gaby Gurlitch. Il lui suffisait de se laisser inonder par cette lumière qui l'aveuglait lorsqu'elle se tenait en face de lui. Et le tour était joué. Ni Anaïs ni personne ne pouvait alors exercer sur lui la moindre emprise.

Il était temps que Gaby Gurlitch révélât sa vraie nature et lui apparût. Oh oui. Alléluia. Ces huit derniers mois avaient constitué une longue période de tristesse et de manque, et il était temps que cela finisse car aucune amélioration n'avait été enregistrée.

« T'es sur une supermauvaise pente », déclara Anaïs.

Elle le fixa en hochant la tête. Des vaguelettes dorées ondulaient sur le bord de la rive.

« Quand est-ce que tu vas comprendre qu'il vaut mieux m'avoir *avec* toi que *contre* toi ? Comment tu t'y prends pour nier l'évidence ? T'as vraiment toutes tes facultés ? Tu fais partie de ces gens qui sont tellement têtus qu'on finit par devoir leur fracasser le crâne pour que ça rentre ? »

Elle se trompait. Evy avait maintes fois considéré le problème.

« Sauf que je comprends pas ce que tu veux, lui rétorqua-t-il. Je vois pas où tu veux en venir au juste.

— Tout ce que je sais, en tout cas, c'est que cette fille nous a rien apporté de bon. Mais je sais pas sur quel ton je dois te le dire. »

Evy se caressa l'estomac, laissant son regard vaguer sur le lac où un chien pataugeait pour attraper la balle qu'un type d'une maigreur effroyable, pratiquement sans cheveux, avait lancée.

« Tu veux faire quoi ? Tu veux fonder un fan-club ? »

La ressemblance entre Lisa et Evy constituait un sacré problème pour Anaïs. Ainsi, lorsqu'elle frappait cet imbécile, était-elle obligée de retenir ses coups car elle était sentimentale et fort éloignée de la brute que la plupart des autres voyaient en elle.

Perplexe, elle s'était assise sur une bûche et le regardait en envoyant des ronds de fumée vers le ciel clair.

« Ta sœur aurait voulu qu'on soit copains, tous les deux. C'est tout ce que j'ai à te dire. Et je voudrais pas qu'elle pense que je ne fais pas d'efforts. Je suis cent fois plus patiente avec toi qu'avec n'importe quel habitant de cette planète et souvent, je me dis que tu ne le mérites pas, est-ce que j'ai tort ? »

On n'entendait que le doux clapotis de l'eau sur la rive et rien d'autre.

« On est dans les mêmes ténèbres, reprit-elle. Merde, alors arrête un peu. »

Evy se demandait si elle avait prévu de le redescendre ou s'il allait devoir rentrer à pied. Ou si elle allait dire « merde » comme ça jusqu'à la tombée du jour.

« Et avec l'autre ? poursuivit-elle en brisant une brindille par petits bouts. Qu'est-ce que tu fabriques avec elle ? T'as l'esprit tellement tordu ? »

Evy se souvenait des scènes de jalousie qu'elle faisait à Lisa au sujet de Gaby Gurlitch, tâchant de faire valoir que leur relation était plus ancienne, leur amitié plus noble et sans commune mesure avec ce que lui proposait l'autre.

« Tu sais, reprit-elle, je pensais que les choses allaient rentrer dans l'ordre quand Patrick serait de retour. Je pensais qu'ils allaient se remettre ensemble et que j'entendrais plus parler d'eux. Au lieu de quoi, ce connard se jette d'un pont et

Gaby te met le grappin dessus. C'est génial. C'est pas génial? C'est pas un vrai conte de fées?»

Elle le fixa un instant, avant de relancer quelques cailloux qui n'étaient pas près de revoir la lumière du jour – qui disparaissaient avec un *plouf!* lugubre.

★

Le soir tombait. Les dernières lueurs du jour s'évaporaient lentement dans le jardin tandis que des projecteurs, astucieusement dispersés au pied des buissons ou dans les branches, prenaient la relève en douceur.

De son lit, par la fenêtre, Evy voyait une encre noire couler sur la forêt, tomber sur les arbres comme une housse. Sinon, le reste du mur était occupé par le portrait de Gaby qu'il avait réalisé l'autre fois et qu'il avait tiré en une vingtaine d'exemplaires afin d'en couvrir un bon morceau.

Artistiquement, ça ne valait pas grand-chose, certes, mais le but n'était pas de décorer la chambre. Il avait utilisé de simples punaises, et parfois même les portraits de Gaby se chevauchaient, non, ce n'était pas du bon boulot, mais c'était indispensable, ce n'était pas du bon boulot, mais ça remplissait son office.

Il pouvait la fixer comme ça, pendant des heures, jusqu'au moment de s'endormir. Et quel bien ça faisait. *Waou*. Quel bien ça faisait. Il avait le sentiment de revenir de loin. Quel bien ça faisait de se sentir propre, de ne pas se sentir contaminé quand on vivait dans un tel contexte. *Waou. Waou.* Il voulait également se réveiller sous le regard de Gaby.

Il aurait voulu que Lisa voie la tournure que prenaient les événements. Sans doute l'aurait-elle félicité de poursuivre la relation qu'elle avait entretenue avec Gaby, que ce soit sous une forme ou sous une autre.

Les relations *sexuelles* n'étaient pas indispensables, loin de là. Très loin de là. Ainsi lorsqu'il ouvrait les yeux de bon matin et voyait Gaby punaisée sur son mur, se réjouissait-il de ne pas avoir ce problème.

Encore une fois, Gaby méritait autre chose et il était décidé à le lui accorder. Il était décidé à lui accorder tout ce qu'elle voulait, il voulait juste devenir son serviteur, il voulait juste qu'elle lui fasse don d'un peu de cette lumière qui brillait, que rien n'avait souillée.

Quelques heures plus tôt, en fin de matinée, chez elle, Gaby avait fumé de cette poudre qu'il lui avait aimablement procurée après avoir forcé la caisse de Brillantmont, et elle s'était abandonnée dans ses bras – elle avait presque tourné de l'œil sous l'effet de la drogue –, simplement vêtue d'un tee-shirt et d'une petite culotte de coton blanc.

Inutile de demander comment la plupart

auraient agi à sa place, en une telle occasion. Mais aussi, combien passaient à côté d'un monde un peu plus vaste?

Il devait énormément à Lisa. Les derniers mois avaient été pénibles, mais les bons souvenirs étaient si nombreux et si douloureux que la dégringolade de la fin n'était plus qu'une ombre. Lisa l'avait littéralement habité. Il avait grandi dans ses jambes. Elle l'avait entraîné. Elle l'avait amené sur des sommets desquels on ne pouvait plus revenir.

Il restait dans la pénombre, retardant le moment où il lui faudrait descendre, où son grand-père commencerait à poser des questions. Il se souvenait avec une extrême précision des jeux sexuels auxquels il se livrait avec sa sœur, des heures passées à essayer différentes caresses, des instruments employés, de la première giclée de foutre qu'il lui avait envoyée sur les cuisses et de celles qui avaient suivi. Il n'en avait perdu aucun détail. Les séances de lavements étaient des morceaux d'anthologie, les étranglements du solide. Il s'en souvenait comme si c'était hier. Comment aurait-on pu aller plus loin? s'interrogeait-il. Comment ne pas être déçu?

Richard l'avait prévenu que Laure souhaitait vivement lui parler et que l'inspecteur Chose passerait dans la soirée pour lui poser deux ou trois questions. Sans être d'un tempérament particulièrement sombre, c'était ce qui s'appelait terminer la journée en beauté.

Son entrevue avec Anaïs lui avait laissé un goût amer qu'il tenta d'oublier en passant une commande sur le site de Barnes & Nobles où Richard avait un compte et un mot de passe qu'Evy était allé pêcher dans le Palm de son père.

Alors qu'il jetait un coup d'œil sur le jardin des Croze qui s'enduisaient à tour de rôle d'une poudre jaune les faisant tousser et sauter dans tous les sens, il aperçut la décapotable de Laure qui franchissait résolument le portail et leurs regards se croisèrent avant qu'elle ne disparût derrière un bouquet de jeunes érables en pleine incandescence.

Moins d'une minute plus tard, elle frappait à sa porte.

Autant les conversations particulières avec Richard prenaient la plupart du temps un tour grotesque – amical et pesant et plus distant qu'il n'y paraissait –, autant il ne comprenait rien à celles qu'il avait avec sa mère dont la spécialité était de mélanger tout.

Pour commencer, elle voulait savoir si Richard l'avait laissé en paix car elle n'avait plus aucune confiance en lui pour ce qui concernait la bonne marche de cette maison – ou du peu qu'il en restait – durant son absence. Richard semblait attendre qu'elle ait le dos tourné pour tout régenter à sa manière et accroître son influence sur Evy en lui donnant à penser qu'il y avait une autorité supérieure à la tête de cette famille, mais Laure n'entendait pas se laisser supplanter et elle voulait qu'Evy sache qu'elle était là, bien décidée à lui prêter main forte en cas de besoin.

Bien qu'il ne vît pas très bien où elle voulait en venir, il opina pour ne pas la contrarier. Les charges qu'elle menait contre Richard étaient monnaie courante et son mari et elle étaient les seuls à en saisir la chair, à savoir de quoi il était question.

Rassurée, elle lui effleura la main. Souriante, elle inspecta brièvement la chambre de son fils et conserva un air ravi malgré les portraits de Gaby Gurlitch qui certainement ne l'enchantaient guère. Elle était encore sous l'effet de sa journée de travail, tendue, excitée, éreintée. Elle irradiait encore un peu. Plus elle tournait, plus ce phénomène persistait – Richard lui reprochait alors d'être une actrice vingt-quatre heures sur vingt-quatre, de n'être plus ni une mère ni une femme et l'ambiance à la maison devenait exécrable, pleine de ressentiments et d'aigreurs des deux côtés.

« Tu as le droit de m'en vouloir, lui dit-elle. Dieu sait que tu as le droit de m'en vouloir. Je sais qu'ils sont insupportables et que l'humeur de Richard s'en ressent. Mais je n'ai pas le choix, tu le sais. Je peux fumer ? »

Elle allait se charger de l'inspecteur Chose. L'inspecteur Chose n'était rien. Seules comptaient – et Laure prétendait y avoir consacré depuis quelque temps ses moindres instants de réflexion, jusqu'au moment où ses yeux s'étaient ouverts, aveuglés par une lumière stupéfiante et irrésistible –, oui, seules comptaient la profondeur et la force des liens qu'elle entendait renouer avec son fils dans les plus brefs délais, à n'importe quel prix.

« Qu'en penses-tu ? fit-elle en tâchant de tenir Evy sous son charme et en écrasant vivement sa cigarette. Est-ce que ça te semble impossible ? Est-ce que nous ne pourrions pas trouver quelque chose qui nous grandirait un peu ? »

Evy se racla la gorge, acquiesça plus ou moins, s'agita légèrement sur son siège.

« Je veux parler d'entente, de complicité, poursuivit-elle. Je voudrais que nous ayons, toi et moi, une relation unique, j'entends une relation que je ne pourrais avoir avec personne d'autre pour la simple et bonne raison que je suis ta mère et que tu es mon fils. Est-ce que tu me suis ? Personne ne peut te remplacer dans mon cœur, personne. Je le savais, bien entendu, tu penses bien que j'en étais consciente. Mais pas avec autant d'acuité qu'aujourd'hui, pas de manière aussi violente. Tu sais, on a parfois les choses sous les yeux et on ne les voit pas. Tu as le droit de m'en vouloir aussi pour cette raison et ce n'est pas moi qui t'en ferai le reproche. En tant que mère, tu dois me trouver déplorable, ne me dis pas non. »

Il lui dit non, qu'elle se gourait. En même temps qu'il rentrait la tête dans les épaules et chassait l'air de ses poumons le plus discrètement possible – il était le fils d'une actrice et d'un écrivain, autant dire qu'il était à bonne école pour jouer ou pour feindre, il leur devait au moins ça.

« Tu veux une bière ? proposa-t-il.

— Hein ? Une bière ? Pourquoi pas ? »

Il se leva aussitôt. On aurait pu croire qu'il avait frappé sa mère d'un gaz paralysant.

C'était sans doute la première bière qu'il lui offrait, mais il fallait un début à tout. Il laissa Laure assise sur son lit avec les portraits de Gaby Gurlitch qui frissonnaient sur son mur, dans l'air du soir.

André Trendel tournait en rond dans le salon, avec son verre de gin à la main. Il guettait Richard qui semblait vouloir s'éterniser dans son bureau, qui semblait incapable de traverser le jardin pour offrir un minimum de compagnie à son père à une heure où des gens normaux seraient en train de boire un verre ensemble, de discuter tranquillement, d'échanger quoi que ce soit d'un peu chaleureux entre personnes de la même famille, du même sang.

Ça, on ne pouvait se déclarer satisfait d'avoir

eu un tel fils, pensait André Trendel qui s'estimait traité comme un chien. Quelles désillusions n'avait-il pas connues avec un fils pareil, cette animosité de tous les instants. Il fallait une bonne dose d'abnégation de la part d'André Trendel. Il devait continuer à aider son fils et n'attendre en retour qu'indifférence et reproches. Et cela durait depuis tant d'années. Il n'espérait même plus que Dieu lui vienne en aide à ce sujet. En dehors de voyager avec sa femme et de maintenir sa maison à un niveau de luxe et d'équipement hi-fi très au-dessus de la moyenne – ils avaient trois écrans plasma pour deux –, André ne désirait pas avoir d'autres soucis en tête. Il n'était pas *allé chercher* les ennuis. Il était à l'âge de *la retraite*. Il ne visitait pas son fils pour goûter *par plaisir* au lait de l'amertume. S'il était là, oublié, à l'heure de l'apéritif, mesurant le gouffre qui le séparait du bureau de son fils – cinquante mètres de gazon vibrant et flottant sous les projecteurs –, réduit au simple rôle d'emmerdeur public, s'il était traité de manière aussi méprisante, traité en importun, c'était parce qu'il remplissait son devoir de chrétien comme la plupart l'auraient fait.

Richard leur en avait fait baver avec la drogue. Rose et lui s'étaient rongé les sangs durant des années et avaient dépensé beaucoup d'énergie pour un résultat qui n'était pas aussi brillant qu'il semblait l'être : Richard n'avait pas succombé à son vice, il s'en était tiré, on l'avait arraché à la mort, oui, très bien, peut-être, mais à quel prix ? Y avait-il une seule chose qui tournait rond chez Richard ? Y avait-il une partie de son cerveau qui n'était pas carbonisée ?

Qu'est-ce que son fils fabriquait dans son bureau, se demandait André qui se tenait posté devant la baie, un bras replié dans le dos, tantôt observant Richard qui passait et repassait devant sa fenêtre, tantôt reluquant la croupe rebondie de Gina dressant la table dans son dos. Dans quel absurde panthéon voulait donc se hisser Richard ? Quel mal le rongeait à présent ? Se prenait-il encore pour Dostoïevski après avoir grillé la moitié de ses neurones, ou pour la réincarnation de Nabokov ? N'avait-il toujours pas accepté ses limites ? – d'autant qu'elles lui permettaient de se maintenir dans le troupeau et à l'abri des soucis financiers, ne l'oublions pas, ne minimisons pas cet aspect des choses.

Richard était encore un enfant, un être faible et versatile, se disait André qui ne pouvait contester, pour ce qui le concernait lui-même, son penchant pour les Italiennes aux fortes poitrines – il se demandait si Gina accepterait de lui accorder une fellation pour cent euros ou si elle se mettrait à hurler dans toute la maison. Il l'entendait fredonner tandis qu'elle arrangeait des pivoines sans se douter de rien, allumait des chandelles sur une vieille rengaine de Roy Orbison.

C'était l'heure où Rose regardait son feuilleton dans sa chambre, où un père et son fils avaient une chance de parler, pourquoi pas, disons de politique, des femmes, de problèmes d'éjaculation, du rendement de leurs portefeuilles, mais il ne fallait pas se montrer trop optimiste dans le cas qui nous occupait. Comme on dit, la barque était un peu trop pleine, un peu trop chargée de part et d'autre pour qu'on pût conserver beaucoup d'espoir à leur sujet.

André serrait les dents. Il ne niait pas les avoir serrées à peu près durant toute sa vie, à partir du moment où – pauvre insensé! – il avait pris une femme et l'avait rapidement engrossée – il baisait Rose environ six fois par jour au temps de leur jeunesse – avant de comprendre qu'il était fait pour une vie de célibataire. Il serrait les dents lorsqu'il songeait à la somme des forces qu'il avait dépensées pour cette femme et son enfant, à tout ce jus qu'ils avaient pressé de lui, mais encore une fois pour quelle récompense? En avait-il reçu un seul remerciement?

Il en avait pris son parti. Pour le moment, il s'imaginait à genoux entre les cuisses de Gina, léchant également son frémissant trou du cul d'Italienne, lorsqu'il vit apparaître Evy en haut de l'escalier.

André se demandait comment ce garçon parvenait à garder son équilibre mental dans un environnement pareil. Le fruit ne semblait pas encore gâté mais une espèce de tempête rugissait autour de lui, qui pouvait le frapper et l'emporter à tout moment si l'on n'y prenait pas garde.

André Trendel avait le sentiment d'avoir un bon contact avec son petit-fils. Il le trouvait cependant un peu trop renfermé, un peu trop imperméable au monde qui l'entourait – tendances qui n'avaient pas eu l'heur de s'arranger au fil des années et que la mort de Lisa avait précipitées.

André suivit le garçon des yeux – même dans sa démarche, il y avait quelque chose de furtif, de mystérieux, pour ne pas dire de louche, estimait-il – tandis que celui-ci descendait l'escalier en regardant à droite et à gauche comme s'il pénétrait à l'intérieur de la jungle.

André se rencogna machinalement pour observer la suite – méthode qui s'était révélée efficace pour découvrir certaines planques de Richard et le prendre la main dans le sac alors qu'il jurait sur la tête de ses enfants qu'il ne touchait plus à rien, l'infâme saligaud.

Enfin bref, Evy se dirigea tout droit vers l'énorme réfrigérateur et l'ouvrit.

« De la bière ? s'exclama André dans son dos. De la bière, mon garçon ? À ton âge ? Mais que se passe-t-il dans cette maison ? »

Evy se retourna, légèrement abasourdi.

« Crois-tu que je laissais ton père boire de

l'alcool à ton âge ? Certainement pas. À ton âge ? Non, certainement pas. Comme pour les cigarettes. Même chose pour les cigarettes. Tu sais, ne le prends pas mal, mais des études ont démontré que ton cerveau n'était pas encore entièrement développé, je n'invente rien, et qu'en conséquence, tu n'étais pas capable de prendre les bonnes décisions, tu n'étais pas capable de savoir ce qui était bon ou mauvais pour toi. Désolé, mais c'est ainsi. Et c'est la raison pour laquelle nous autres, en tant qu'adultes, devons rester vigilants et vous indiquer la route comme plus tard vous devrez l'indiquer sans faillir à vos enfants. »

Evy considéra sans un mot les deux canettes qu'il tenait à la main, pensant qu'il pouvait s'agir d'une blague ou d'une bonne farce.

« Qu'y a-t-il ? Un problème ? » demanda Richard qui apparaissait au même instant – et déjà son regard flamboyait.

Evy en profita pour filer, ne voulant pas risquer de se prendre un mauvais coup pour une malheureuse bière qui allait commencer à tiédir s'il s'éternisait.

Il fila et retrouva sa mère dans sa chambre.

Ce n'était plus la femme qu'il avait laissée quelques minutes plus tôt mais une actrice de cinéma qui cherchait à vampiriser l'espace, à déployer ses tentacules invisibles. Elle était allongée sur son lit, en appui sur les coudes, et elle le laissa venir à elle sans le quitter des yeux. Agissant ainsi, elle lui rappelait Lisa, le pouvoir que celle-ci pouvait exercer sur lui en changeant seulement l'inclinaison de son regard.

Sa sœur et lui n'étaient jamais vraiment allés au bout. Ils ne l'avaient jamais *fait*, s'il fallait s'en tenir aux termes, mais ils avaient navigué côte à côte sur des eaux si troubles que la différence n'était guère visible à l'œil nu. En tout cas, quand Laure tournait, il arrivait parfois qu'il ne la regardât plus comme sa mère et bandât comme les millions de connards qui allaient voir ses films.

Elle portait une jupe courte, ses jambes étaient lisses, longues et bronzées et, naturellement, Evy ne devait pas fournir de gros efforts pour se souvenir de la conversation de sa mère, pour se souvenir *en détail* de la conversation de sa mère avec Judith Beverini et pour lancer le film interdit aux mineurs.

Pour être franc, il ne voyait pas la différence entre sa mère et une putain – une putain dont la beauté lui semblait être une circonstance aggravante. Ce type de MediaMax n'était pas le premier. La position qu'avait adoptée Laure et qui consistait à punir Richard en couchant avec d'autres hommes n'avait jamais réellement trouvé grâce aux yeux d'Evy, bien qu'elle eût tenté à différentes reprises d'amener ses enfants à partager sa vision – Lisa paraissait plus réceptive à ses arguments, bien entendu, plus encline à frapper Richard en dessous de la ceinture tandis qu'il retournait en cure de désintox.

Il lui tendit une bière, évitant de regarder ses cuisses. Car ce type de MediaMax n'était certes pas le premier, Evy en convenait, mais il avait à présent une idée terriblement précise des choses que sa mère faisait avec un homme, de ce qu'elle acceptait, de ce qu'elle appréciait ou pas, de ce qu'elle avalait, de ce qui la laissait froide ou au contraire la rendait folle, comme par exemple se laisser branler par une main qui plonge et replonge dans un pot de vaseline après avoir balancé la clé des menottes, ce genre-là.

« Je sais à quoi tu penses, lui dit-elle. Mais je sais aussi que tu n'es plus un bébé et que tu es capable de prendre de la distance avec tout ça. » Elle désigna quelque chose dans le vague. « Tu verras, plus tard. Tu en riras encore davantage. Tu ne me regarderas plus avec des yeux ronds. »

Il haussa les épaules et alla s'asseoir – non sans jeter un coup d'œil aux multiples portraits de Gaby Gurlitch épinglés au mur.

C'était gênant d'avoir envie de baiser sa mère. Même si ça ne le prenait qu'épisodiquement, donc, quand elle tournait, quand elle avait un de ces rôles de femme un peu chauds ou qu'il la trouvait endormie dans un hamac le ventre à l'air. C'était même plus que gênant, et surtout, ça ne donnait pas envie de réserver le même sort à une fille qui avait touché votre âme – Gaby avait-elle fait autre chose que de toucher son âme, quand on y réfléchissait?

« Tu dois savoir que tu vis dans un tel monde, reprit Laure en hochant la tête. Un monde où une actrice doit coucher, quel que soit son talent. Où une femme doit coucher. Mince, mais qu'est-ce que tu croyais? Tu crois qu'ils m'attendaient? Tu crois qu'ils avaient encore mon numéro de téléphone? Tu dois savoir que tu vis dans ce monde-là et pas dans un autre. Je sais que ça ne paraît pas abominable, mais ça l'est, je te le garantis. »

C'était une grande actrice. La nuit était tombée, il ne subsistait qu'une vague lueur bleuâtre à l'ouest et quelques éclats de voix étouffés traversaient le plancher tandis que Laure allumait nerveusement une cigarette. On entendait également le bruissement de la forêt et les cliquetis de l'arrosage automatique.

« Ce serait vraiment mieux si ta sœur était là, fit-elle d'une voix tremblante. Ce serait vraiment plus facile pour tout le monde si Lisa était parmi nous. Pourquoi ne dis-tu rien? Dis quelque chose. »

Il hocha la tête. Il n'avait strictement rien à dire. Il pouvait juste penser à la pureté du sentiment qu'il éprouvait pour Gaby.

« Richard m'a dit que tu voulais me parler, déclara-t-il pour faire preuve de bonne volonté.

En tout cas, c'est ce qu'il m'a dit. Que tu voulais me parler.

— Nous faisons quoi, à ton avis? En ce moment. *Nous faisons quoi? Hein?* Oh, Evy, pour l'amour du ciel, pourquoi me torturer ainsi? Ne vois-tu pas que j'ai eu mon compte? Ça ne se voit pas? Tu ne vois pas comme je suis épuisée?»

Ils se dévisagèrent un instant.

«Mon Dieu, comme elle me manque», ajouta-t-elle en réprimant un sanglot.

Evy en profita pour avaler tranquillement la moitié de sa canette – c'était drôle, entre parenthèses, comme une simple bière pouvait les inquiéter alors que leurs enfants couraient déjà au milieu des bombes avant même d'avoir un poil sur la poitrine ou un commencement de nichons. Puis ils aperçurent des phares dans l'allée.

C'était mieux pour tout le monde. Tout de même, elle lui tendit la main.

Evy fit celui qui débarquait d'ailleurs et ignorait les coutumes du pays.

Mais Laure insista lourdement. Il craignait que pour finir elle ne l'attire carrément contre elle ou ne lui couvre le visage de baisers vibrants d'émotion, si bien qu'il n'était pas très détendu lorsqu'il se décida à confier sa main à celle de sa mère.

Elle la saisit ardemment. Elle l'embrassa passionnément et la colla contre sa joue. Evy se souvenait de l'avoir vue jouer cette scène dans un téléfilm à gros budget qui était passé en prime time à l'époque où Richard sortait de clinique pour la troisième fois.

Elle sembla aller mieux, tout d'un coup. Quoi qu'elle ait puisé dans la main de son fils, son visage s'éclaira :

« Mon garçon. Mon grand garçon. Enfin bref. Tout ira bien, je le sais. Tout ira de mieux en mieux, à présent. Faisons en sorte que cette vie redevienne vivable. »

À ces mots, ils échangèrent un regard incrédule.

Puis ils descendirent voir l'inspecteur Chose. « Laisse-moi m'occuper de cet imbécile », lui dit-elle.

L'inspecteur Chose éprouvait une telle admiration pour Laure Trendel qu'il perdait tous ses moyens devant elle. Lui qui ne transpirait jamais, voilà qu'il avait dû s'éponger le front au bout de quelques minutes, simplement parce qu'elle lui avait dit : « Regardez-moi dans les yeux, inspecteur... » et qu'il l'avait écoutée. « Est-ce que par hasard vous soupçonneriez mon fils ? » avait-elle ajouté.

Il en avait bafouillé. En avait grimacé de douleur. Juré qu'il n'en était rien. Pendant ce temps, Laure lui avait dédicacé une photographie en couleurs et notre homme avait senti son cœur battre à tout rompre.

À l'époque, Laure Trendel avait failli lui arracher un œil quand il était venu l'avertir qu'il était arrivé un accident à sa fille, et même un terrible accident, mais il ne regrettait rien. Quelques années plus tôt, à l'occasion d'un voyage en Italie, il avait joué largement des coudes et avait pu ainsi approcher le pape à moins d'une dizaine de mètres. Il éprouvait la même chose en présence de Laure Trendel. Il se sentait plus près du ciel, en quelque sorte.

Il frissonna de plaisir après qu'on eut pris congé de lui et qu'il eut retrouvé l'air frais du jardin. « Quelle famille de cinglés, se dit-il avec un sourire épanoui. Mon vieux, quelle famille de cinglés, mais quelle femme, quelle créature de rêve. »

Il serra la photo contre sa poitrine. Les étoiles étincelaient dans la nuit qui était tombée sur la colline. Quelle belle soirée. À la différence de ses collègues, l'inspecteur Chose admettait que son boulot offrait des compensations.

Il regagna son véhicule à la hâte. Une séance de masturbation s'imposait.

Il laissa sa portière entrouverte de manière à envoyer la sauce dans les buissons qui bordaient la propriété. C'était comme si elle lui avait donné cette photo exprès. Excellent. En même temps, il jetait des coups d'œil alentour. Excellent, excellent.

Ensuite, il retrouva son calme et redescendit en ville. Les histoires de famille étaient toujours les plus compliquées à démêler et, dans le cas des Trendel, bien malin qui aurait pu dire si le garçon avait liquidé sa sœur ou s'il s'agissait d'un accident.

Le lendemain matin, à l'heure où la rosée luisait encore, Gina, qui reprenait son service, déclara qu'une substance ignoble maculait un buisson près du portail et la journée commença par un point d'interrogation.

Les cours avaient repris. À sept heures, la cuisine était déserte et Evy déjeunait en silence, fumait sa première cigarette avant de rejoindre Andreas et Michèle à l'arrêt du bus. Il apercevait Gaby entre deux cours, dans les couloirs aux boiseries cirées de Brillantmont ou sous les arcades. Il essayait de lui voler un regard mais elle s'en tenait à leur accord : pas de contact dans le cadre de l'école, aucun contact, personne n'était obligé de savoir qu'ils avaient une histoire ensemble, qu'il y avait une histoire entre un type de troisième et une fille de terminale. Il tentait en vain d'écorner cette loi, mais il savait que c'était Gaby qui avait raison. Appuyé sur sa canne, un rictus aux lèvres, Andreas lui disait que c'était bon de souffrir en silence, que ça forgeait le caractère.

Pas mal de types tournaient autour de Gaby Gurlitch. Ce n'était pas nouveau, surtout depuis que les deux autres n'étaient plus de ce monde, et pas un ne prenait au sérieux la rumeur selon laquelle Evy Trendel, ce quasi-nourrisson, avait doublé tout le monde. Mais quoi qu'il en soit, pas un ne parvenait à mettre la main sur la blonde.

En général, on prétendait que ses penchants

homos avaient pris le dessus et qu'elle avait le teint pâle de ces filles qui ne bouffaient que de la chatte, mais la vérité était qu'elle se défonçait trop.

« Seulement je suis assez grande pour savoir ce que j'ai à faire, déclara-t-elle à Evy. Ne commence pas à jouer les emmerdeurs, si je peux te donner un conseil. »

Message reçu. Il s'était mordu les lèvres en silence. L'aspect financier du problème lui avait inspiré certaines réflexions qu'il regrettait à présent, voyant comme elle réagissait.

Mais aussi, quel imbécile il faisait, quel foutu imbécile. Que cherchait-il au juste ? Qu'elle le vire ? Qu'elle le chasse pour ne plus entendre les mêmes vieilles foutues rengaines qu'il lui débitait ?

À l'époque, Lisa l'avait envoyé promener quand il était venu lui dire qu'il n'était pas vraiment d'accord.

« T'es pas d'accord ? lui avait-elle fait. Ben, je suis désolée pour toi. T'es pas d'accord ? Et si tu t'occupais un peu de tes affaires ?

— Ça craint vraiment. Tu vas finir sur un parking. Avec des passes à vingt euros.

— Mais qu'est-ce que tu racontes ?

— Je sais très bien ce que je dis. Tu crois que je suis aveugle ?

— Écoute. Qu'est-ce qui te prend ? Tu n'es pas censé me servir ces salades. Ne sois pas ridicule, tu veux? Ne viens pas me faire la morale. Ne viens pas jouer les flics. Ne sois pas ridicule, d'accord? »

Et voilà qu'il recommençait. Voilà qu'il recommençait aujourd'hui avec Gaby. Était-il fou à lier? Se sentait-il de taille à affronter une complète solitude, un monde sans écho, une vie sans lumière? En clair, voulait-il retourner aux tristes pipes de Michèle? Pratiquer le sport de sa mère? *Baiser* Gaby Gurlitch?

Ou se fixait-il des buts plus élevés?

Il avait intérêt à la fermer s'il voulait préserver la relation qu'il entretenait avec elle, cette espèce de miracle.

Blague à part. Chaque jour qui s'écoulait était un tour supplémentaire que Gaby passait autour de sa gorge, au point qu'il lui arrivait d'avaler sa salive avec difficulté. Chaque jour était la source d'une joie supplémentaire, qu'elle s'endorme dans ses bras, complètement défoncée, ou qu'il ait la chance de lui donner un bain ou de lui beurrer ses biscottes qu'elle appréciait également recouvertes d'une fine couche de cette excellente marmelade anglaise qu'il subtilisait chez lui pour accompagner le thé qu'il préparait chez elle avec une sorte de dévotion hallucinée. D'autant qu'à l'entendre, elle savait ce qu'elle faisait, ne se piquait pas et pouvait arrêter quand elle le voulait, *no problemo*.

En tout cas, il avait ce qu'il avait secrètement

espéré : une relation qui n'était pas gâchée par ces foutus rapports sexuels pour changer, une relation qui avait donc une chance de se fonder sur quelque chose qui ne dégageait pas une forte odeur de pisse pour changer.

Baiser était une chose. Avoir des sentiments pour une femme en était une autre. Ce qu'il voyait autour de lui depuis des années, ce qu'il savait du monde des Blancs auquel il appartenait, ne l'incitait certainement pas à mélanger les deux. Il savait à peine marcher qu'au-dessus de lui, la bouche tordue, Richard et Laure se livraient bataille sur des sujets tels que l'infidélité, ou encore l'hystérie, ou encore l'impuissance, ou encore la perversité de certaines chiennes d'actrices en chaleur, ou encore les cas de *sex addiction* foutrement *désespérés*. Richard et Laure avaient offert un édifiant spectacle au moment où il ouvrait les yeux. Mais au fond, ne devait-il pas les en remercier?

Penché au-dessus du lavabo, cet après-midi-là, et s'aspergeant le visage après une besogne prolongée entre les cuisses de sa dulcinée, Evy continuait à penser que cette pratique ne constituait pas un rapport sexuel en soi et pouvait être considérée comme une offrande de sa part, un cadeau, un remerciement, une preuve de son dévouement, de sa ferme intention de lui rendre la vie la plus douce possible.

Elle acceptait de ne pas le sucer en retour s'il

n'y tenait pas, paraissant avoir abandonné tout espoir de comprendre quelle mouche piquait ce drôle de gars avec son discours sur la pureté, sur la noirceur du sexe, en dehors de quoi il était adorable, aux petits soins, et parvenait à la faire jouir quand elle n'était pas trop partie avec cette satanée poudre, salement trop bonne depuis que la production avait redémarré en Afghanistan à en croire Dany Clarence qui suivait d'assez près le bourbier où s'étaient encore fourrés les Occidentaux.

Malheureusement, ce n'était pas donné, et ça, tout le monde le savait.

Gaby prétendait que l'argent venait de sa grand-mère, mais en dehors d'Evy, qui la croyait? En dehors d'Evy qui ratissait chez lui de fond en comble – les poches de ses grands-parents constituaient un élargissement bienvenu à son territoire de chasse – pour trouver de quoi en acheter une simple dose, qui la croyait?

Le décalage d'Evy provenait du fait qu'il sous-estimait largement la consommation de Gaby. En vérité, elle en prenait trois fois plus qu'il ne le pensait, trois fois plus qu'elle ne l'avouait de façon détachée – comme pour se persuader elle-même, mais cette saloperie était décidément si bonne, décidément si efficace pour combler les différents vides qui ne pouvaient manquer d'assombrir les jours de toute personne normalement constituée, que lutter se révélait impossible ou alors tellement indigne, tellement vulgaire.

Elle trouvait assez dur d'être celle des trois qui restait, plus dur qu'elle ne l'avait imaginé malgré les langueurs d'un automne flamboyant dont je n'ai pas décrit un dixième de la beauté tant j'ai à cœur de ne pas freiner le parfait déroulement de ce récit juste pour satisfaire mes goûts personnels – Evy et quelques autres pourraient, à raison, me reprocher de me mettre en avant dans une histoire où mon rôle doit se borner à prendre note, à relater les faits, à vérifier le nom des oiseaux ou des plantes. Mais bref. Ainsi donc, Gaby s'étirait sur le lit, encore moite, la fente proprement astiquée par son gentil serviteur qui était en train de se rincer la bouche avec de l'antiplaque rouge vermillon, quand on sonna à sa porte.

C'était Dany Clarence. Merde. C'était Dany Clarence. Elle s'écarta du judas et se tourna vers Evy qui s'était figé dans l'encadrement de la salle de bains, les joues gonflées, les sourcils en accents circonflexes. Elle lui fit signe de ne pas faire de bruit. La sonnette retentit de nouveau. Un voile de crêpe vert amande flottait calmement à la fenêtre, dans un léger vent de sud-est qui remontait l'avenue en roulant sur lui-même. Mais en dehors de quoi plus rien ne bougeait : Dany dans le couloir, Gaby là, l'oreille aux aguets, nue comme un ver, un doigt en travers de la bouche, et Evy, à des kilomètres de la réalité, l'esprit engourdi, les joues gonflées d'une mousse parfumée au clou de girofle.

Après quoi, au bout d'un siècle, l'importun décida de tourner les talons.

« Je me demande qui ça pouvait bien être », finit-elle par déclarer.

Evy haussa les épaules. Comment aurait-il pu répondre à la question ? Il retourna cracher son bain de bouche dans le lavabo.

« Tu n'as pas vu qui c'était ? l'interrogea-t-il à la faveur d'un éclair de bon sens qui ne le perturbait pas outre mesure.

— Je ne te le demanderais pas. Si j'avais vu qui c'était.

— Bien sûr. Okay.

— Réfléchis un peu. À moins que tu ne penses que je te cache quelque chose. Evy ? Est-ce que c'est ça ?

— Non, c'est pas ça du tout. J'ai jamais voulu dire ça. Simplement, tu avais l'œil au judas, alors j'ai cru... »

Elle était déçue de constater qu'il prenait tout ce qu'il voyait pour argent comptant et elle ne se gêna pas pour le lui dire tandis qu'elle poussait un soupir de soulagement au fond d'elle-même : ils avaient frôlé le précipice, ils avaient frôlé la catastrophe.

« J'avais l'œil au judas, et alors ? J'avais l'œil au judas, et alors ? Et alors ? La minuterie n'était pas en marche. Le couloir, vois-tu, était dans l'obscurité. C'est aussi simple que ça. »

En effet, ce n'était pas compliqué. Dany Clarence comptait parmi les habitués, parmi ceux qui s'offraient les faveurs de Gaby – à ce détail près que Dany la payait directement en marchandise, comme il avait payé Lisa en son temps, arrosé leurs soirées de diverses substances qui n'étaient pas données. C'était d'une aveuglante simplicité.

Avoir dix-huit ans et être bien fichue simplifiait pas mal de choses – pour la plupart, les résidents de la colline étaient, sur ce plan, d'assez honnêtes pères de famille mais un bon nombre d'entre eux mettaient l'argent sur la table dès qu'elles montraient leurs cuisses, l'argent était le dernier de leurs soucis tant ils étaient avides de chair fraîche, de peau ferme, de chair tendre et rose, ces ogres, ces bâtards, ces types qui perdaient leurs cheveux et les prenaient en levrettes, ces vieux dégoûtants qui marchaient pieds nus dans leurs stupides mocassins.

Cependant, elle refusait de se plaindre. L'important était de pouvoir s'approvisionner et de trouver un lit pour s'étendre lorsque la vague vous soulevait jusqu'au plafond, un lit pour se laisser choir lorsque l'on vacillait sur ses jambes et que l'on basculait loin de ce monde sans le moindre regret.

Patrick avait calculé que tailler une pipe, par

exemple, permettait de récolter de quoi se défoncer durant tout le week-end. À la fin de l'exercice, qui ne prenait que quelques instants, on pouvait donc se déchirer durant quarante-huit heures.

Il fallait simplement se méfier. Il fallait simplement respecter un minimum de discrétion si l'on voulait que ça marche. Il ne fallait pas se pointer comme ça, au beau milieu de la journée, sans prévenir, à présent qu'elle n'était plus seule.

Elle laissa retomber ses épaules. Elle n'avait pas envie de se compliquer la vie pour le moment. Elle se disait qu'Evy faisait parfaitement l'affaire. Elle se sentait bien avec lui, la plupart du temps. Certes, il n'était pas drôle. Elle se disait qu'on ne pouvait pas tout avoir. Pour un garçon de quatorze ans, Evy était plutôt évolué et il s'en sortait pas mal pour branler une fille, Lisa devait l'avoir briefé, et il valait largement des types plus vieux, pas simplement en la matière, et même s'il avait aussi quelques idées étranges.

Comme lui, elle pensait que le sexe n'était pas tout. Entre baiser ou se défoncer, elle hésitait de moins en moins – et lorsque Evy se pointait avec sa petite enveloppe, avec son petit présent à la main acheté à prix d'or à ce rat de Dany Clarence, elle ne pouvait s'empêcher de serrer Evy contre elle, de l'étreindre avec amour, d'autant qu'elle se sentait essentiellement clitoridienne.

Elle jugea plus prudent de changer d'air pour le restant de la journée.

Elle s'habilla tandis qu'il s'occupait de la vaisselle qu'elle avait abandonnée dans l'évier à la suite de quelques repas solitaires, terriblement ennuyeux et envahis de fantômes qui n'étaient pas très drôles non plus, dans leur genre. Elle aimait bien passer la nuit chez lui, sur la colline, dans sa chambre, au milieu des ululements de la forêt, perdre connaissance devant l'horizon qui s'embrasait ou ramper sur le tapis pour s'en envoyer une autre un peu plus radicale.

S'il n'avait tenu qu'à elle, à y bien réfléchir, elle n'aurait plus mis le nez hors de la chambre d'Evy. Elle n'en serait plus sortie, elle aurait, sans regret, renoncé à toute espèce de liberté au profit de cet enfermement-là. Sans hésitation. La poudre. La vue sur la forêt. La masturbation. Les plateaux-télé. Oh oui, sans l'ombre d'une hésitation. Et être l'objet d'une véritable adoration quand certaines dépenses obligeaient à bousculer son amour-propre, est-ce que ça ne comptait pas?

Ils attrapèrent le dernier bus, pratiquement vide, alors que le soleil disparaissait derrière la crête. Les portes chuintaient et se refermaient quand un type bondit à l'intérieur in extremis.

« C'était moins une, Dany, lança le chauffeur en attaquant la route qui s'élançait vers la colline. Moins une, Dany, pas vrai?

— Fais ton boulot et ne t'occupe pas du reste, ricana Dany dont le visage luisait comme s'il sortait du four. Ne me contrarie pas davantage que je ne le suis. Merci. »

Puis il se tourna vers les deux adolescents qui s'étaient installés dans le fond et il se fendit d'un large sourire tout en agrippant une barre pour garder l'équilibre.

« Merde ! » pensa de nouveau Gaby, s'apercevant qu'il avait bu, par-dessus le marché.

Ça, il puait l'alcool. Il se laissa choir sur un siège, devant eux, et son haleine empestait le bus tout entier. Celui-ci entamait sa montée et son moteur ronflait dans le crépuscule qui semblait dévaler des pentes comme une avalanche silencieuse de charbon liquide.

Avec sa queue-de-cheval d'un autre âge, façon Karl Lagerfeld, ses maigres cheveux plaqués sur le crâne, ses baskets et ses tee-shirts distendus, Dany Clarence ne donnait pas l'image d'un homme dont les affaires florissaient. Preuve qu'il n'était pas bête.

De la même manière, il regardait rarement une femme dans les yeux.

« Alors, comment ça va, les amoureux ? » gloussa-t-il en direction du garçon.

Evy ne le tenait pas en haute estime, de toute façon. Il n'en attendait pas plus venant d'un type qui avait l'âge de Richard et lisait encore *Playboy* ou l'équivalent avec une étonnante obstination.

« Hein, d'où vous sortez ? continua Dany. Hein, les amoureux, où vous étiez planqués ?

— Attends, Dany, et si tu nous lâchais ? » soupira Evy.

Bien qu'il fût passablement ivre, Dany Clarence crut sentir sur ses joues la brûlure d'une bonne paire de gifles.

« Ne me parle pas sur ce ton, tu veux ? Je n'aime pas ça du tout. »

Dany pensait que ces mômes lui devaient du respect, à défaut d'amitié. Il n'était pas leur père mais il aurait pu l'être. Et certes il les baisait et il fournissait leur came, mais il n'aurait laissé personne mettre en doute la sincérité du sentiment qu'il éprouvait pour eux. Evy surtout, qu'il avait connu en culottes courtes et dont il avait tenté d'égayer certains jours, en passant les voir Lisa et lui quand Richard se payait un séjour en clinique et Laure une virée sous les projecteurs. Lui, Dany Clarence, il avait eu pitié de ces enfants. Et ils lui devaient du respect en retour, même s'il était ivre, même s'il était à deux doigts de leur vomir à la figure – non pas à cause de l'alcool qu'il avait dans le sang mais à cause de la colère qui l'habitait.

De la frustration, aussi, qui l'habitait, car il était resté sur sa faim, n'ayant pu baiser Gaby comme il en avait eu l'intention après une affaire qui l'avait inopinément conduit à descendre en ville.

Evy l'avait baisée, sans aucun doute, ruminait-il. Une fois de plus, Evy reprenait les cartes et les redistribuait à sa guise. Voilà maintenant qu'il était dans les jupes de Gaby, qu'il compliquait le jeu à nouveau. À cause de lui, elle était de moins en moins disponible et les filles comme elle étaient rares. Une beauté de dix-huit ans à peine, parfaitement lucide. Sans blague, on trouvait plus facilement un diamant sous le sabot d'une mule. Sans compter que Lisa était morte.

À présent, le bus ronronnait, atteignant sa vitesse de croisière et fouillant la forêt de ses gros yeux jaunes, balayant la futaie dans les virages avec un léger crissement de pneus, sans commune mesure avec la taille du véhicule, *ccrriiiii...*, à l'intérieur duquel Dany considérait Evy avec rancœur.

« Je te conseille de la fermer, lui fit Gaby entre ses dents.

— Qu'est-ce que j'ai dit ? J'ai même pas ouvert la bouche. Tu as quelque chose à cacher ?

— Tu fais un mauvais calcul, Dany. Tu as tort de faire ça.

— Non, mais écoutez-moi ça. Écoutez-la-moi, celle-là. C'est quoi, c'est une menace ou est-ce que je rêve ? »

Ils ne s'y prenaient pas de la bonne manière, avec lui. Il aurait aimé pouvoir le leur dire mais les circonstances ne s'y prêtaient pas, il avait décidément trop bu, il n'avait pas été capable de se maîtriser après que sa visite avait fait chou blanc. Difficile d'expliquer pourquoi sa déconvenue avait pris une telle ampleur, pourquoi l'étreinte dont il avait été privé lui montait littéralement à la tête, mais c'était ainsi. Il sentait bouillir la rage au fond de lui.

Il arrivait à un âge où la solitude commençait à peser, qu'il le reconnaisse ou non, où la solitude accomplissait son travail de sape même sur les cuirs les plus endurcis. Il ne nourrissait aucun projet, n'avait aucune idée derrière la tête, mais il payait Gaby un bon prix, et même un sacré bon prix, sans rien attendre en retour sinon qu'aucun changement ne vienne troubler les choses – au moins pour les vingt prochaines années.

Gaby le fixait en lui lançant des éclairs. Evy avait un air un peu méprisant.

« Mais pour qui vous vous prenez ? grogna-t-il après avoir subi une remontée d'acidité gastrique comparable à de la purée de piments. Vous vous êtes regardés tous les deux ? »

Gaby se leva. « Tu es vraiment trop chiant », lui dit-elle. Evy lui emboîta le pas et ils se tinrent debout dans la travée en regardant ailleurs, faisant comme si cet ivrogne de Dany Clarence n'existait pas.

« C'est pour me remercier ? ricana-t-il. C'est pour me remercier d'être sacrément cool avec vous ? D'être *sacrément* trop cool ? »

Est-ce qu'il devait leur mettre les points sur les *i*, se demandait-il tout en lorgnant la silhouette de Gaby qu'il jugeait proche de la perfection – des cuisses dorées sans un poil de gras, des fesses merveilleuses, des seins moelleux, et une chatte, mince, une chatte, un véritable écrin de velours, une chatte, mince, un modèle du genre, tel qu'il n'en retrouverait peut-être jamais. Est-ce qu'il devait leur rentrer dans le chou? Est-ce qu'il devait leur coller une correction? Est-ce qu'elle croyait qu'elle allait s'en tirer comme ça? La vie n'avait pas été très généreuse avec lui. Il n'était jamais parvenu à franchir un certain seuil. Tout ça pour finir, malgré tout, comme homme à tout faire pour les richards du coin et leurs bonnes femmes azimutées, une situation qui n'était pas agréable tous les jours. Tout ça pour ne même pas pouvoir jouir d'un vague petit bout d'horizon bleuté?

Beaucoup d'hommes se saoulaient pour moins que ça.

Evy et Gaby descendirent du bus avant qu'il ne décidât quelle suite il comptait donner à leur conversation. Il était à la fois saoul et furieux et en proie à un affreux sentimentalisme. Il sauta du bus à son tour, loupa une marche et fit un brutal vol plané sur le goudron qui le laissa sonné un instant, qui l'assomma presque, tandis que le bus reprenait sa lourde et régulière ascension nocturne vers le col.

Il écarta rageusement les deux autres qui tentaient de le relever tout en le maudissant, en lui demandant ce qu'il foutait là, et le mouchoir qu'on lui tendait pour soi-disant du sang qu'il avait sur la figure, il le serra entre ses dents et le déchira en deux pour leur montrer ce qu'il en faisait de leur tardive sollicitude.

Il n'avait besoin de personne. Il n'avait de comptes à rendre à personne. Il descendait où il voulait. Il les suivrait s'il avait envie de les suivre. Ils ne l'empêcheraient pas de parler s'il en avait envie. Ils avaient tort de le repousser comme un chien.

« Mais enfin, qu'est-ce qui te prend ? s'énerva Evy. T'es en train de faire quoi, là ? Mais regarde-toi ! Regarde un peu ta figure ! Oh, merde ! »

Le goudron était bien pire qu'une râpe : Dany avait un côté de la figure à vif et Evy se sentait partagé entre lui apporter son aide ou l'abandonner là, dans son mauvais trip.

« Ça va. Ferme ta gueule ! aboya Dany tout en trouvant assez d'énergie pour se remettre sur ses jambes. Va te faire foutre ! »

Gaby déclara que le mieux était de ne pas s'occuper de lui, qu'il n'avait qu'à passer la nuit dans un fossé s'il en avait envie et elle se mit en route.

D'en bas, disons de la barrière automatique jusqu'à la maison d'Evy, il y avait dix bonnes minutes de marche. À la hauteur des Fortville, qui donnaient une petite réception dans leur jardin, Dany, Gaby et lui n'étaient pas encore les pires ennemis du monde mais ils en prenaient le chemin – de même que certaines peuplades égorgent leurs voisins du jour au lendemain sans que rien ne le laisse prévoir, aujourd'hui encore, à l'aube du vingt et unième siècle, de façon tout aussi sauvage et soudaine.

Dany ne voulait pas lâcher le morceau. Il se traînait derrière eux et ses bagues en argent luisaient dans l'obscurité, et son œil devenait torve et ses postillons tournoyaient au clair de lune. Il boitait, titubait, il donnait l'impression d'être à bout de forces, mais il s'accrochait et ne se laissait pas distancer – grognant, écumant, s'acharnant à poursuivre une querelle qu'il était le seul à souhaiter sans qu'il pût s'en expliquer clairement.

Au moins, une chose était sûre à présent : c'était à Evy qu'il en voulait. Il voyait bien que sa colère se concentrait sur celui-ci, épargnant plus ou moins Gaby pour laquelle il bandait plus que jamais – sans doute pas là, précisément, au cours de cette montée qui était son putain de Golgotha, sans doute pas là, tout de suite, étant donné les circonstances, mais il voulait dire dans l'ensemble, pour laquelle il bandait toujours d'une manière générale.

Dieu sait qu'il avait tâché de dissuader Evy de

s'intéresser à elle. Dieu sait qu'il avait dit à Evy de se méfier et de se tenir à l'écart, mais d'un autre côté, il ne voulait pas se mêler de leurs affaires. En tout cas, le résultat était là.

« Crois pas que tout le monde soit aveugle, mon p'tit pote. Te crois pas aussi malin », était son leitmotiv, les paroles qu'il ressassait à quelques variations près dans le dos d'Evy tandis que leur petite troupe passait devant chez les Aramentis, les Beverini, les Storer et tutti quanti, accompagnée par le chant des criquets.

Pendant ce temps-là, Richard Trendel était en train de relire avec fièvre la vingtaine de pages qu'il avait littéralement arrachées de sa poitrine d'après lui. Il était huit heures du soir.

L'obscurité s'était installée au-dehors tandis qu'il se replongeait dans son texte en marchant de long en large devant son bureau, incapable de s'abandonner au sofa sur lequel il s'abandonnait d'habitude pour annoter ses scénarios ou réfléchir à un climax ou transformer de la purée en bouillie. Il se sentait à la fois satisfait et frustré. Un instant, il était persuadé que chaque mot avait trouvé sa juste place, que le rythme particulier de ses phrases entrait en harmonie avec le monde qui l'entourait, mais l'instant d'après, il n'était plus sûr de rien, il mesurait la hauteur vertigineuse et l'échec pratiquement assuré d'une telle entreprise à moins de s'appeler... – zut ! aucun nom ne lui venait à l'esprit.

N'empêche que c'était ça ou disparaître.

Demander l'avis de son père était hors de question. Rose n'avait aucun goût en littérature, elle n'aurait pas fait la différence entre un écrivain et une charrette à bras. Quant à Laure... Laure et lui avaient trop d'histoires en cours pour qu'il songeât à l'interroger. Quel espoir avait-il d'obtenir un avis impartial de sa part? Bon gré mal gré, il devait admettre qu'il n'était plus capable d'indiquer avec précision l'endroit où ils en étaient, l'un par rapport à l'autre. Il avait cru longtemps qu'elle finirait par le poignarder durant son sommeil pour se venger des épreuves qu'il lui avait infligées, mais qu'elle ne l'ait pas fait jusque-là ne prouvait rien. Il pensait que cette ombre planait toujours au-dessus de sa tête, qu'il l'eût méritée ou non – le succès pouvant foudroyer comme l'échec. Il pensait qu'il valait mieux ne pas donner à Laure la désagréable impression qu'il pouvait avoir envie de renaître de ses cendres – ne pas réveiller le dragon endormi.

Le succès démesuré qu'il avait connu autrefois appartenait désormais à une autre époque. Il n'était pas alors aussi bon qu'on le disait. Il n'était pas dupe. Son style n'était pas aussi lumineux qu'on le prétendait. Mais néanmoins, il était sur la bonne voie et il savait qu'en travaillant d'arrache-pied, il finirait par toucher au but.

Ça ne s'était pas fait. Il avait pris peur, tout à coup, et ça ne s'était pas fait. Il avait ralenti sa course en plein élan et s'était sabordé plutôt que d'avoir à gravir des montagnes sur les genoux, d'avoir à payer de sa personne pour le bonheur d'une poignée qui le conduirait à sa tombe, au milieu des fleurs et des larmes.

Aujourd'hui, il ne pensait plus à la littérature en ces termes. Non qu'elle lui apparût à présent comme une sinécure, loin de là. Mais produisait-elle davantage de souffrance qu'autre chose? L'aurait-elle davantage ravagé que le mariage, ou la paternité, ou l'écriture d'un seul de ces maudits scénarios qu'il fallait soumettre à un régiment de crétins abonnés au Rotary Club ou aux bars et aux toilettes des hôtels de luxe?

Pour autant, il ne regrettait pas son choix. Personne ne l'avait forcé. Il s'était dégonflé et en avait payé le prix, si bien qu'il s'estimait en droit de parcourir à nouveau le lieu du crime en homme libre. Et ça donnait quoi? Difficile à dire. Sa capacité de jugement chancelait en raison de l'enjeu qu'il s'était imposé, ne portant pas moins que sur le fait de savoir s'il était fini ou non, s'il avait oui ou non tout perdu. Avait-il définitivement sombré? L'obscurité se tenait autour de lui – malgré son père et sa mère qui se découpaient dans le salon, à un jet de pierre de son bureau, et un croissant de lune, où se croisaient des oiseaux de nuit, et qui argentait le jardin, le soulignait d'une fine couche de poudre électrique. Le monde était noir mais il y avait cette fille, cette Gaby Gurlitch qui pouvait lui donner le genre d'avis qui l'intéressait, et le seul qui vaille en l'occurrence.

Plus il y réfléchissait, et plus la solution s'imposait à lui. Inutile d'aller chercher plus loin. Il avait besoin d'un avis extérieur, et pourquoi pas celui d'une fille de dix-huit ans qui s'était montrée perspicace et d'une fort agréable compagnie pour ne rien gâcher?

Elle était la personne. Elle était la personne qui devait lire sa prose et lui dire, et lui dire franchement ce que ça valait, lui dire franchement s'il avait encore un peu de sang dans les veines ou s'il n'était plus que le fantôme de lui-même, son dégoûtant reflet, siphonné jusqu'à la moelle.

Il s'assit sur le sofa. Soufflé. Car au même instant, Gaby apparaissait au portail. Stupéfiant. Était-ce une coïncidence? Un signe? Malheureusement, elle n'était pas seule. Comment s'était-il débrouillé pour l'ignorer au temps de Lisa, voilà qui restait un mystère.

En attendant, elle semblait contrariée. De son côté, Evy avançait les mains dans les poches et jetait de sombres coups d'œil dans son dos. Une autre question qu'il se posait était que fiche-t-elle avec mon fils? que fiche-t-elle avec ce gosse? mais il ne parvenait pas à trouver une réponse un tant soit peu sensée – la vérité étant qu'il s'en fichait, la vérité étant qu'il affrontait des situations d'une autre importance, du genre prioritaire, et se souciait donc bien peu du reste.

Il tenait à la main vingt pages qui devaient décider si Richard Trendel ne s'était pas totalement vendu – au point que Dieu lui eût retiré ce don qui consistait à savoir écrire une page d'un certain niveau en moins d'une journée, entre le lever et le coucher du soleil, une assez belle performance, et l'eût définitivement abandonné. Vingt pages qu'il brûlait à présent de soumettre à Gaby Gurlitch dont la silhouette longiligne s'engageait au même instant dans le jardin, d'un pas résolu.

Richard s'apprêtait à sortir de son bungalow – de cette ancienne salle de gym qu'il avait transformée en usine à saucisses pour la télé à raison de quarante heures d'écriture par semaine et pas une de plus – quand il aperçut Dany Clarence à la suite des deux autres, remarquant aussitôt que celui-ci ne marchait pas bien droit.

Un homme qui vivait seul au milieu de la forêt avait donc, malgré tout, de bonnes raisons de se saouler la gueule, songea Richard avec le sourire aux lèvres. Il sortit et fit quelques pas au-devant de ces visiteurs entre lesquels, lui sembla-t-il, le torchon brûlait.

Pour commencer, il croisa le regard infiniment profond de la jeune femme – plus profond encore qu'il ne l'avait évalué au cours de leur étonnant tête-à-tête –, après quoi il examina le visage de son fils, sa pâleur, ses narines pincées, son air sombre. Quant à Dany Clarence, les flammes de l'enfer dansaient autour de lui.

Richard s'esclaffa. « Eh bien, eh bien... Mais qu'est-ce qui vous arrive ? Hein, qu'est-ce que c'est que ce raffut ? » Puis s'adressant à Dany qui titubait sur place : « Dis donc, Dany, j'ai l'impression que tu en tiens une bonne, est-ce que je me trompe ? »

Il n'y avait aucune agressivité dans cette remarque. Il n'avait aucune raison d'être désagréable avec un gars qu'il considérait comme un brave type, un peu sauvage et un peu fêlé, mais relativement authentique. Dany Clarence n'avait jamais causé le moindre souci à la communauté et encore moins aux Trendel qui s'enorgueillissaient des bons rapports qu'ils entretenaient avec cette espèce de marginal qui en effrayait plus d'un – mangeait-il avec ses mains, se lavait-il, dormait-il à poil dans ses draps, était-il pro-islamiste, était-il partisan de la pénétration anale ?... autant de questions qui faisaient froid dans le dos et donnaient aux Trendel l'occasion de montrer, si besoin était, qu'ils avaient un esprit évolué et des idées modernes, comme ce fric qu'ils envoyaient à Greenpeace ou à Médecins du Monde ou à une école au Rwanda.

« Ce con nous a suivis jusqu'ici ! Regarde-moi ça ! Il ne sait même pas ce qu'il dit ! Pourquoi il va pas se coucher ?

— Holà, mon fils, du calme. Holà. Dany, bien sûr, ira se coucher quand il le souhaitera. N'est-ce pas, Dany ?

— Va te faire foutre, Richard. Viens pas te mêler de ça.

— Bon, tu es ivre. Personnellement, ça ne me gêne pas. Je sais ce qu'il en coûte, quelquefois, de considérer cette vie d'un œil lucide. Alors tant que tu ne viens pas vomir sur ma pelouse, Dany, c'est okay pour moi. Prends donc une chaise longue et repose-toi cinq minutes avant de rentrer chez toi. Ne te coince pas les doigts avec, c'est tout ce que je te demande.

— J'emmerde ton fils. Et toi aussi, je t'emmerde.

— Mes parents sont là. André et Rose. Tu les emmerdes, eux aussi ? Qu'est-ce qu'il y a, Dany ? Tu as retrouvé un tube de Benzédrine sous ton matelas ? Tu retombes en enfance ? »

Dany repéra les chaises longues, à moins d'une quinzaine de mètres, et il marcha dans leur direction comme un boxeur qui retourne dans son coin avec les deux yeux pochés.

« Est-ce qu'on est obligés de rester là ? s'impatienta Gaby. Est-ce qu'on est obligés de l'*écouter* ?

— Bon sang, Gaby, j'ai rien contre toi, fit-il

d'un ton piteux en tendant un bras vers elle. Tu le sais bien. Fais pas celle qui ne le sait pas.

— Alors quoi? Qu'est-ce que tu lui veux? lança-t-elle.

— Il est tellement nase, grogna Evy. Qu'il rentre chez lui! Qu'il nous foute la paix!

— Me parle pas sur ce ton-là, mon petit gars. Fais bien attention à ce que tu dis, je te le conseille. Me pousse pas à bout, mon petit pote.

— Dany, je te trouve bien énervé.

— Toi, ta gueule. Je parle à ton fils. Alors, ta gueule, Richard. Retourne dans ton coin.

— Attention, Dany. Je vais te jeter dehors si tu le prends sur ce ton. Il y a des limites à ne pas franchir. Demain, tu viendras t'excuser mais tu ne me trouveras peut-être pas disposé à t'entendre. Ce serait trop facile.

— Attends, l'écrivain. Est-ce que tu pourrais pas la fermer? Tu pourrais pas te mêler un peu de tes fesses?»

Il y avait quelques minutes, déjà, qu'André observait la scène, à demi caché par un bouquet de papyrus jaillissant d'une potiche que Rose avait rapportée d'un séjour à Yokohama et qui datait d'avant le tremblement de terre de 1923. D'un geste impératif, il avait ordonné à sa femme de cesser l'intarissable gazouillis qu'elle entretenait à propos de tous les potins des environs – par exemple l'origine douteuse, pour ne pas dire franchement sexuelle, en tout cas très louche, de la maladie de peau que les Croze avaient contractée aux Seychelles, et sûrement pas à cause d'un coquillage.

« Comment peut-on se repaître de tant d'idioties, de nourritures aussi minuscules ? » s'était-il demandé en fixant Rose, sans pour autant s'arracher les cheveux devant un tel mystère. Parfois, cette chose-là le dépassait, le laissait interdit, mais il s'y était relativement habitué et il n'était plus d'un âge où l'on entretenait beaucoup d'espoir sur l'amélioration des capacités mentales de son conjoint, soyons honnête, et ça, malheureusement, aucun lifting n'y pouvait rien.

« Ce ne serait pas Dany Clarence, par hasard ? » fit-elle dans son dos.

Il opina en grimaçant un maigre sourire. Il alluma un cigarillo. Lorsqu'il avait décidé d'entreprendre certains travaux dans la maison de son fils – la plupart auraient baisé les pieds d'un père qui s'en était disons collé pour cinquante mille euros, au lieu de piquer une crise –, André avait voulu confier la peinture à Dany Clarence pour se montrer charitable envers cet étrange voisin que Richard et sa famille semblaient, par quelque tocade incompréhensible, trouver à leur goût.

Mais quoi qu'il en soit, de même qu'on ne transforme pas une vieille rosse en championne des champs de courses, Dany Clarence n'en ficha pas une rame pendant trois jours en dehors d'agrafer du plastique sur le plancher et de fumer des cigarettes, si bien qu'André lui confia que l'expérience avait été concluante et qu'il pouvait rentrer chez lui en prenant garde de ne pas attraper une ampoule au pied.

Il y avait de cela une quinzaine d'années, mais l'opinion d'André était faite et l'antipathie naturelle qu'il éprouvait sans la moindre honte pour cet olibrius n'avait pas faibli d'un cheveu, non plus que son mépris pour les individus qui se voulaient en dehors du système ou pour les imbéciles qui pensaient que la vie était – ou devait être – une vraie partie de plaisir.

Dans le reflet de la baie, Rose lui apparut tandis que les autres s'agitaient dans le jardin. Il avisa la jupe fendue qu'elle portait et par laquelle sa cuisse jaillissait comme une lame et il se demanda si sa femme allait bientôt se présenter en nuisette pour le repas du soir. S'il devrait se résoudre à l'abattre au train où allaient les choses. Enfin, plaisanterie à part, il se demandait si les hormones de Rose n'étaient pas en train de se détraquer complètement.

Il ouvrit la baie pour la faire disparaître.

Là-bas, sous le cèdre, il arriva au moment où Dany Clarence, vautré dans une chaise longue, intimait l'ordre à Richard de s'occuper de ses fesses.

« Un problème, Richard, mon grand?

— Non, papa. Aucun problème.

— Tu as entendu ce qu'il vient de te dire ?

— J'ai entendu. Je vais régler ce problème, papa. Inutile de t'en mêler.

— Mais ça ne me gêne pas, tu sais. Je suis là pour te donner un coup de main, si besoin est.

— Merci, mais je ne vais pas en avoir besoin. Dany va retrouver ses esprits. Il va rentrer bien gentiment chez lui. Demain, il fera jour.

— Ton gosse me prend pour un con, fit Dany entre ses dents. Mais il ferait mieux de s'écraser, tu peux me croire. Personne a intérêt à me faire chier, dans cette baraque. »

Une certaine rancœur perçait à travers ses propos. Personne n'avait intérêt à le faire chier. Personne ne pouvait se mettre à sa place, et surtout pas Richard, pas cet ancien junkie qui avait trouvé le moyen de s'enrichir et de fonder une famille par on ne savait quel miracle – sinon que le sort souriait bien souvent à ceux qui n'en étaient pas dignes.

Quand il baisait Lisa, Dany ne se vengeait qu'un tout petit peu de l'insolente réussite de Richard – il aurait bien baisé Laure également, mais ça n'avait pas marché. À présent, Lisa était morte.

Qu'est-ce qui l'obligeait à garder ça pour lui ?

« De quoi parles-tu ? » le questionna Richard en fronçant les sourcils.

Il répondit qu'il parlait de ce qu'il avait vu

une nuit de fevrier, sur le lac. Du hangar à bateaux. Une nuit qu'il n'arrivait pas à dormir.

Il chercha Evy du regard et son œil se mit à briller tandis qu'il évoquait de nouveau cette nuit de février, cette nuit glacée de février où il avait observé un canot glissant au clair de lune vers le centre du lac.

« Moi, j'appelle pas ça un accident », fit-il sans quitter Evy des yeux.

Après la mort d'un proche tendrement aimé, après la disparition d'un être adulé, après le vide qui comprime le cœur en un jour si funeste, la plupart d'entre nous avons tendance à idéaliser le cher disparu, à en faire un saint ou une sainte, un modèle de perfection – si stupide que ce soit, bien sûr –, mais si Evy ne tomba pas dans ce travers concernant Lisa – au contraire d'Anaïs qui avait transformé sa chambre en reliquaire –, il en fut tout autrement avec Gaby Gurlitch, il en alla tout différemment avec elle. En fait, il rendit même sa mère malade avec le culte qu'il voua à cette fille. Cette pauvre Laure, il lui causa bien du souci.

Pour le ramener à la raison, Andreas réussit à persuader quelques étudiantes, moyennant finances, de s'occuper du cas d'Evy avant qu'il ne perdît tout intérêt pour le sexe. En vain. Depuis qu'il était sans nouvelles de Gaby, il filait un mauvais coton.

À une fête chez les Aramentis, il s'était sérieusement sonné au punch et au Tranxène, au point qu'Andreas avait dû l'évacuer discrètement par le fond du jardin et le ramener chez lui – et le flanquer tel quel sous la douche tandis que son grand-père, devenu, disait-on, complètement insomniaque, hésitait en chaussons derrière la porte, puis demandait si tout allait bien.

Une autre fois, il avait cogné son front contre le mur de sa chambre, sous un portrait de Gaby, pas bien fort mais durant une bonne demi-heure selon l'estimation de Gina qui avait cru à un problème dans les radiateurs – *dong, dong, dong.* Son front s'était orné d'une énorme bosse rouge vif – que Laure et André avaient renoncé à pouvoir approcher en raison de la violence avec laquelle il les avait envoyés sur les roses avec leurs pommades. À dire vrai, il n'y avait aucune médication susceptible de lui convenir dans son état.

Il passait la majeure partie de son temps libre sur la plate-forme, au cœur du feuillage, revenu à son point de départ avec une blessure supplémentaire dont la profondeur était encore inconnue. Entre-temps, le véritable automne s'était installé et le vent était parfois un peu frais tout là-haut de l'avis d'Andreas qui ne craignait pas de se rompre le cou une nouvelle fois pour tenir compagnie à son pâle camarade, ou de celui d'Anaïs qui n'hésitait pas à confier ses kilos à de simples barreaux de vieux bois tout blanchi pour échapper à la solitude.

Mais Evy se souciait-il d'attraper un rhume?

Je me suis demandé ce qu'il se serait passé si Laure n'avait pas été en plein tournage et pour le moins satisfaite de se sentir à nouveau vivante comme elle le répétait à qui voulait l'entendre. Aurait-elle été brusquement assommée par les événements ou bien aurait-elle littéralement explosé? En l'occurrence, elle semblait juste étourdie – et son étourdissement durait, comme d'une eau pure et tiède dont elle ne pouvait remonter.

Evy remarqua simplement qu'elle se rongeait les ongles. Mais elle ne se mangeait pas encore le bras, si bien qu'il renonça à en parler avec elle et il laissa Éric Duncalah s'occuper de ça.

« Chaque matin, confia-t-il à Evy, je prie pour qu'elle soit là, et je me fais un sang d'encre, je te le garantis. J'admire son courage, mais j'espère qu'elle va pouvoir tenir. J'espère qu'elle ne va pas craquer avant la fin du tournage. Tu comprends, les conséquences, les suites seraient tellement négatives que je ne veux même pas y penser. Ce serait terrible. Après toute l'énergie qu'elle a déployée? Après avoir réalisé ce stupéfiant come-back? Ce serait comme si toute l'injustice du monde s'acharnait sur elle. Ce serait plutôt dur.

— Mais qu'est-ce que j'y peux? Que veux-tu

que j'y fasse ? Comme si je pouvais y faire quelque chose... Quoi ?... J'y suis pour rien, mon vieux... Quoi ? »

Éric avait un sac et il l'avait déposé à ses pieds. Il se pencha pour en tirer une boîte munie d'un beau ruban doré.

« Ce sont ses chocolats préférés, déclara-t-il en tendant la boîte à Evy. Je pense que tu devrais les lui offrir. C'est le genre de gentillesse qu'elle apprécierait beaucoup en ce moment... L'intention lui irait droit au cœur. »

Cette fois, après la véranda, André avait décidé d'ajouter une salle de sport à la maison de son fils et il était là, officiellement, pour surveiller les travaux – qui avançaient d'un bon train, entre parenthèses, malgré la présence continuelle du vieux maniaque.

D'un menton peu enthousiaste, Éric désigna André Trendel qui assistait au déchargement des miroirs destinés à tapisser les murs intérieurs.

« Parce que je ne compte pas sur lui pour détendre l'atmosphère, soupira-t-il. Maintenant dis-moi : est-ce qu'on a des nouvelles ? »

Non, il n'y avait aucune nouvelle. Comme prévu, l'inspecteur Chose appelait tous les soirs à heure fixe et il se dégrafait dès qu'il avait Laure au bout du fil, il s'astiquait dès qu'il entendait sa voix, mais il n'avait en retour aucune nouvelle de Richard à lui communiquer, il s'employait simplement à faire durer la conversation.

« Je suis heureux de faire ça pour vous, assurait-il en tâchant de viser l'ouverture d'une enveloppe de papier kraft tirée de la corbeille à papier.

— C'est si gentil de votre part, inspecteur.

— Votre mari a perdu la raison, vous savez. Il a complètement perdu la boule, d'après moi. Madame Trendel, qu'espère-t-il trouver ailleurs qui puisse vous être comparé ? Je serais curieux de le savoir. »

Laure pensait que l'inspecteur Chose avait des problèmes respiratoires alors qu'il n'était qu'un type encore jeune, peu inquiet de gaspiller son sperme et grand amateur de femmes mûres et célèbres – comme Courtney Love mais il n'avait jamais pu se procurer ses coordonnées. Quand il raccrochait, quand le silence glacé remplaçait la voix rauque de l'inspecteur Chose, elle regardait autour d'elle et découvrait qu'elle était seule avec son beau-père et ce n'était qu'au prix d'un terrible effort sur elle-même qu'elle retenait le hurlement qui menaçait de jaillir de sa gorge.

Un soir, il lui avait dit que Richard le plongeait une fois encore dans une honte absolue, qu'il étouffait d'indignation, de tristesse et de colère, et il s'était excusé de ne pouvoir s'exprimer davantage sur le sujet en portant une main à son cou et en quittant aussitôt la table pour remettre sa respiration en route au vent du soir qui frissonnait à présent dans les branches dès que le soleil était couché. Puis il s'était assis dans l'herbe. Ou plutôt il s'était affaissé dans l'herbe avec son pantalon blanc. Et plus tard dans sa chambre, tandis qu'elle se démaquillait, elle avait pu vérifier qu'il n'avait pas bougé d'un pouce, qu'il était pétrifié.

Elle dormait mal, son sommeil était anarchique. Sinon elle devait avaler de telles doses de somnifères que s'extirper de la glu où elle avait sombré était à la limite de ses forces et se traîner jusqu'à la salle de bains un véritable exploit au cours duquel on l'entendait gémir comme une petite fille dans une forêt un peu trop sombre.

Elle en était à son quarante-huitième jour de tournage et elle considérait que c'était un miracle d'être encore là, d'être encore capable de jouer, de se concentrer sur son rôle avec cette situation qu'elle vivait dans la vie réelle, cette situation démente, dantesque : Richard qui avait plaqué tout le monde et s'était envolé. Tellement incroyable, n'est-ce pas ? Tellement inattendu, Richard qui décidait soudain qu'il avait payé sa dette et reprenait sa liberté d'agir, comme ça, alors qu'elle n'en avait pas encore fini avec lui, non, sûrement pas après ce qu'il lui avait fait vivre, sûrement pas après ce que ce salaud de junkie lui avait réservé, comme vie. Il ne s'en souvenait pas ?

Les pilules lui pochaient les yeux. Chaque jour, sa maquilleuse devait faire des prouesses et la production avait accepté – Axel Mender était une ordure, un type particulièrement lubrique –, la production avait accepté qu'un nutritionniste en vogue s'occupe de sa santé et la remette sur pied jour après jour, traque, cache, efface le résultat de ses insomnies, de ses réveils terribles avec ses produits miracles et ses masques et ses crèmes à base de noyau d'abricot. Quoi qu'il en soit, ou bien elle ne dormait pas et à l'aube elle se trouvait épuisée, ou bien elle dormait trop et on aurait dit qu'elle sortait d'une lessiveuse. Et tout ça en grande partie à cause de ce triste salopard de junkie. « Je te remercie, lui disait-elle en le convoquant dans son esprit. Je te remercie une fois encore. Merci pour tout, Richard... Oh sincèrement, merci pour tout, j'insiste. »

De rage, certains soirs, elle en aurait pleuré. Elle trouvait sa vie réellement désastreuse et elle en concevait une certaine panique. Pourtant le tournage marchait bien, les rushes étaient bons et ils étaient de plus en plus nombreux à la féliciter pour son travail, à parier qu'un prix d'interprétation pouvait très bien lui échoir et la propulser de nouveau au premier rang. Mais cette perspective ne l'enchantait pas autant qu'elle l'avait imaginé. Maintenant que le but était à portée de la main, elle ne lui trouvait plus autant d'attrait, il la laissait perplexe. Presque débarrassée de ce furieux appétit qui rongeait quatre-vingt-dix-neuf pour cent des artistes de cette planète – et cent pour cent dans le cinéma.

Éric Duncalah avait parfaitement raison lorsqu'il estimait qu'un geste de la part d'Evy pouvait la rendre heureuse, dans les limites du possible. Le matin, elle le loupait, car l'aube la trouvait comme une pierre au fond d'un puits, rétamée par un sommeil de plomb ou complètement ivre de fatigue. Quand elle entendait le percolateur se mettre en marche, il était trop tard. Le soir, elle faisait tout pour se libérer et s'accorder du temps avec son fils, mais elle n'avait pas encore trouvé le moyen de parler sérieusement de tout ça avec lui, sans compter qu'ils avaient André dans les jambes. La plaie, cet homme-là.

Judith Beverini profitait de leurs séances de yoga pour la pousser à se débarrasser du vieil emmerdeur – comme si quelqu'un dans cette maison avait besoin d'une salle de sport, comme si c'était de muscle qu'elle manquait, cette maison.

« Je ne le supporterais pas, à ta place, déclarait Judith. Et puis c'est tellement bizarre, je dirais. Si Rose était là, ce ne serait pas pareil. Attends, il a l'air de rôder dans la maison. En tout cas, c'est l'effet qu'il donne. Il a quoi? Brrrr... Il a bien soixante-dix ans? »

Le mari de Judith était reparti en Chine pour monter *Casse-Noisette* à Nankin, chez les communistes, si bien que les deux femmes pouvaient gloser durant des heures sur la nature intrinsèquement trompeuse de l'homme, sur son talent pour l'ordure et la dissimulation. Mais cela n'empêchait pas Laure de penser que son mari, puis ses enfants l'avaient abandonnée l'un après l'autre, et ce constat la terrorisait.

« Normalement, Evy devrait se sentir malheureux, estimait Judith. Je dis normalement, mais rien n'est vraiment normal chez la plupart d'entre eux. Comment savoir ce qu'il pense ? Je ne le comprends pas, ce garçon. Tu le sais. Je ne le comprends pas et je ne le comprendrai jamais. Que veux-tu, c'est comme ça. »

Laure ne savait pas trop quoi en penser. Depuis la mort de Lisa, elle avait pu mesurer la distance qui la séparait de son fils, et elle était incapable d'éclairer Judith sur la véritable humeur de celui-ci.

« Sauf que les ados sont sans cœur, reprit Judith qui vernissait ses ongles de pied en rouge rubis. Sans cœur et sans pitié. Garde-le toujours présent à l'esprit. Tu ne dois jamais l'oublier. »

Elles avaient terminé leur séance et elles tâchaient de se relaxer, de se détendre sur leur tapis de mousse, malgré la gravité des choses. Elles s'étaient réfugiées chez Judith pour avoir un peu la paix. De grands nuages lumineux glissaient dans l'azur, basculaient comme des rouleaux d'écume au-dessus de la forêt rutilante. Laure exécutait encore quelques mouvements de la tête pour assouplir ses cervicales. Elle écoutait son amie qui dressait un portrait peu flatteur de la jeune génération.

« Tu sais, rien ne les touche vraiment. En dehors de ce qui se passe dans un rayon de cinquante centimètres autour d'eux, rien ne les touche. L'erreur que l'on commet en général, c'est de croire qu'ils sont capables d'éprouver des sentiments tels que miséricorde, compassion, générosité, tolérance, et ainsi de suite. En ont-ils seulement jamais entendu parler ? Des monstres de froideur, voilà ce qu'ils sont. Voilà pourquoi je n'en veux pas. Et pourtant, tu le sais bien, j'adore les enfants, j'en suis folle. Mais pas ces petites brutes insensibles, pas ces indifférentes créatures, pas ces zombis. Ceux-là, je n'en veux pas. »

Andreas et Evy crachaient en passant devant chez elle car les dispositions de Judith vis-à-vis d'eux semblaient flotter dans l'air comme un nuage d'uranium phosphorescent, difficile à manquer. Elle était un peu plus jeune que Laure. Mais elle ne plaisantait pas sur ce sujet : elle s'était fait ligaturer les trompes.

« On me propose de signer un nouveau contrat, annonça Laure en observant un massif d'hortensias bleus qui perdaient leurs fleurs et dont les feuilles pâlissaient de l'autre côté du bassin à la bordure taillée dans une roche volcanique. Ce qui signifie que, si je le souhaite, je peux enchaîner sur un nouveau tournage. Ce qui signifie que j'ai encore la possibilité de me plonger la tête dans un sac et ne plus rien entendre et ne plus rien voir.

— Bien payé ? »

Laure hocha la tête. Oui. Affreusement bien payé, par-dessus le marché. Axel Mender était un type abject, un porc sans vergogne, mais il n'était pas le pire de tous et il signait les chèques sans tergiverser. D'ailleurs Éric la poussait à accepter l'offre de MediaMax. Car selon lui, Laure devait enchaîner sans attendre, elle devait réoccuper l'espace, briller aux quatre coins du ciel, être sur toutes les lèvres.

« Tu sais bien comment ça marche, soupirait-elle. Combien il faut s'investir et payer de sa personne. Ça ne laisse pas beaucoup de temps pour s'occuper d'autre chose.

— Mais tu as des priorités, dans la vie. Tu n'y peux rien. Ta carrière doit compter avant tout. Ceux qui te disent le contraire ne seront pas là pour te consoler quand il sera trop tard. Richard pense-t-il à toi ? Non. Evy pense-t-il à toi ? Non. Je suis désolée. Ils ne pensent pas à toi. Ils se valent l'un et l'autre. Point à la ligne. Laure, ce serait un stupide sacrifice.

— Oui, tu as raison... Mais qu'aurais-tu fait,

à ma place? Tu trouves que j'ai été trop sévère?
L'ai-je bafoué plus qu'il ne m'a bafouée? Je n'ai
pas l'impression. Il ne me touchait plus, je te le
rappelle. Des mois et des mois sans me manifester le moindre intérêt, sans manifester le
moindre désir. Combien de femmes en auraient
supporté davantage? Alors que j'avais à peine
trente ans, alors que je croyais que le bonheur
était à ma portée. »

Judith inspecta ses doigts de pied, puis soupira. Laure secoua la tête.

« Est-ce que j'étais censée passer mes jours à
tricoter sur une banquette? À attendre qu'il
choisisse entre sa femme et la drogue alors qu'il
choisissait toujours la drogue? Est-ce que j'étais
censée lui sacrifier toute ma jeunesse – moi qui
ne crois pas à la réincarnation? »

Elles échangèrent un faible rire.

De contrariété, Laure avait perdu deux kilos
et c'était parfait pour les scènes déshabillées.
Couché sur elle, feignant l'acte sexuel, son jeune
partenaire lui glissait d'interminables compliments à l'oreille. Certes, elle n'y répondait pas,
mais ils étaient les bienvenus à l'heure où elle
traversait de mornes prairies, franchissait des
rivières asséchées, s'enfonçait dans des vallées
silencieuses, escaladait des monts couverts de
broussailles. Elle les recevait avec gratitude, ces
compliments, cependant que le jeune acteur
frottait sa queue contre sa cuisse – mais, mon

Dieu, comment lui en vouloir? –, elle recevait ces compliments avec les larmes aux yeux, avec un zeste de fierté et de mépris pour ce nouveau coup du sort signé Richard.

Judith se demanda tout haut si elle perdrait deux kilos en apprenant que son mari s'envolait avec une autre, une Chinoise par exemple, mais rien n'était moins sûr.

Au loin, on entendait les menuisiers qui travaillaient sous la surveillance d'André Trendel, le piaillement des scies circulaires, le *toc toc* des marteaux, le *zonzon* des égoïnes, le sifflement des rabots, le ronflement grinçant des ponceuses électriques qui officiaient à trois cents mètres de là pour tirer du néant cette fameuse salle de gym.

« Ce type est fou, n'est-ce pas?

— Oui... mais c'est assez compliqué. Enfin non, pourquoi compliqué? Ce n'est pas très compliqué. »

Laure ne précisa pas sa pensée car son attention était retenue par une Porsche qui empruntait la route de la colline, bien que le modèle et la couleur fussent différents. Rien ne permettait de savoir si Richard allait rentrer ou ne pas rentrer, ni même s'il allait donner de ses nouvelles. Judith était persuadée qu'un homme tel que Richard ne partait pas pour toujours, mais où avait-elle vu ça? Dans le marc de café? Croyait-elle la rassurer avec ce genre de sornettes?

Pour dire la vérité, pour être absolument

franche, elle se sentait perdue. Sa carrière d'une part – sa carrière!... –, de l'autre l'inexorable désagrégation de sa famille – sa disparition dans les brumes opaques – la tiraillaient en tous sens. Elle prenait vraiment conscience aujourd'hui de la façon dont elle s'était conduite avec eux, du genre d'amour qu'elle leur avait accordé. Maintenant que tout paraissait fini, que le point de non-retour semblait atteint, elle pouvait tranquillement dresser la liste de ses erreurs, de ses maladresses, de ses jugements définitifs, de son manque de vigilance, etc. Elle se voyait clairement à présent : détachée, lointaine, complètement tournée sur elle-même, introvertie, et parfaitement inutile pour les autres. Et toutes ces choses se payaient, bien entendu. Toutes ces choses, tous ces comportements inadaptés se payaient forcément un jour et ce jour était arrivé, se disait-elle.

Son teint était assez pâle. Judith évitait d'évoquer le sujet mais il était évident que Laure n'était pas en forme – ce qui n'avait pas échappé, par exemple, à Vincent Delacosta, le père d'Anaïs, qui avait souhaité s'entretenir avec elle au sujet d'Evy, croyant que celui-ci s'adonnait à une drogue psychédélique assez puissante alors qu'il ne s'agissait que de son attachement démesuré à Gaby Gurlitch, et qui l'avait trouvée toute chiffonnée, pas si craquante qu'à l'ordinaire malgré ses talons hauts.

De fait, le mal était en elle. La dépression dans laquelle elle s'enfonçait tout droit inquiétait également – et sérieusement – son beau-père qui lui ne se rongeait pas les ongles mais avait plus ou moins perdu le sommeil le jour où il avait appris que Richard avait abandonné sa maison, avait abandonné sa femme et son fils, comme le dernier des scélérats.

Chez lui, il avait passé une journée entière à hurler, à gémir, à tourner en rond, à se mordre le poing, puis il avait embrassé Rose et attrapé le premier vol du matin, le ventre noué.

Les révélations de Dany Clarence, ses accusations terrifiantes et sordides, invérifiables, n'avaient au fond guère joué d'autre rôle que celui de cette goutte dont on dit qu'elle fait déborder les vases : Richard avait foutu le camp pour de multiples raisons, voilà la vérité – raisons toutes plus stupides, méprisables et infantiles les unes que les autres de l'avis d'André que ce constat n'incitait pas à l'optimisme.

Cette maison était dévastée, cela ne faisait pour lui aucun doute. Bien qu'il y fût le plus souvent seul, consacrant la majeure partie de son temps à surveiller les travaux qu'il avait mis en route, il voyait bien que les deux êtres qui l'habitaient encore marchaient comme des aveugles au bord du précipice et cette vision le rendait malade. Quoi qu'il en soit, il jugeait sa présence indispensable – au moins pouvait-il éteindre le gaz, couper la corde, ou appeler le centre antipoison si on en arrivait là, oui, enfin passons, mais il ne plaisantait qu'à moitié.

S'il ne voulait pas devenir fou lui-même, il devait s'occuper, il devait combattre à tout prix l'inaction qui le guettait sur la colline en ces jours sombres, chargés d'incertitudes, et tout à coup, sans même y avoir réfléchi, comme par miracle, il s'était retrouvé à la tête d'un chantier, rien de moins, et surveiller six bonshommes qui passaient leur temps à fumer des cigarettes, à s'éloigner pour discuter avec leurs femmes ou leurs maîtresses, à s'asseoir pour un oui ou pour un non, à bayer aux corneilles, à pisser dans les W.-C. sans relever la lunette, à raconter des blagues idiotes, n'était pas de tout repos.

Mais Dieu! – quel silence lugubre s'installait après qu'ils disparaissaient en chahutant dans leurs petites camionnettes. Où donc ces maudites crapules pêchaient-elles pareille insouciance, pareil entrain? Comment la vie avait-elle pu leur apprendre à chanter? Par-dessus le marché, pour faire bonne mesure, Gina terminait sa journée et disparaissait à son tour, peu encline, visiblement, à s'attarder en un lieu si morbide.

Le fait est qu'il n'aurait pu lui promettre une compagnie joyeuse, ni même souriante tandis que le soir tombait.

Seul, il errait d'une pièce à l'autre, du sous-sol où étaient empilées les affaires de Lisa, jusqu'aux chambres qu'il inspectait longuement du seuil avant d'y pénétrer. Parfois sa respiration s'accélérait et il redescendait en vitesse. Dans le salon, il retrouvait les vestiges d'un passé lointain, ce mur couvert de photos à la gloire de Laure Trendel, lumineuse et superbe, ici entourée de ses enfants, là au bras de son mari, Richard Trendel – écrivain célèbre, puis drogué notoire, et enfin mari et père indigne auquel il ne restait plus que le meurtre et les expériences homosexuelles pour obtenir une médaille.

Où donc se terrait-il, ce dégénéré ? Où donc se cachait-elle, cette brute sans âme qui s'acharnait à piétiner tous les espoirs que l'on plaçait en elle ? André décrochait la photo et examinait de près, à en loucher, le visage de son fils pour voir si l'on y décelait une marque annonçant les dérapages qui allaient suivre, les ténèbres au cœur desquelles il allait tous les ensevelir sans hésiter – mais à trente ans, le petit salaud avait l'air d'un ange et André était si fier de lui à cette époque bénie, trop courte, météorique, qu'il gazouillait presque en prononçant son nom.

Éric, l'homosexuel, l'agent de cette pauvre Laure – c'était bien simple : André n'avait pas le courage de se mettre à la place d'une femme qui subissait tant d'épreuves en quelques mois –, Éric, donc, ce gaillard-là, l'inverti peroxydé, veillait à maintenir la funeste embarcation à flot en amenant du monde, en improvisant de sympathiques petites fêtes où il était convenu de parler d'autre chose.

Et il y parvenait. André devait reconnaître que ces gars-là avaient un don pour organiser au pied levé de charmantes réunions, il appréciait les conversations que l'on y tenait en descendant les cocktails colorés qu'Éric confectionnait lui-même – « Houlà, dites-moi, Éric, ce bleu-là est costaud, mais prodigieusement bon ! » –, il appréciait de sentir la chaleur couler dans ses veines, la délivrance que procurait une légère ivresse, de croiser de souriants visages, de jolies femmes exubérantes, parfumées, volubiles, même si ce n'était que pour quelques heures.

« Heureusement que vous êtes là, lui avait-il déclaré. Écoutez, soyez remercié pour ce que vous faites. Si vous saviez comme cette maison est triste, mon pauvre ami !

— Je peux vous poser une question ? Pourquoi ne l'a-t-il pas tuée, tout simplement ? Pourquoi n'est-il pas allé au bout de sa logique ?

— Quand il était gamin, déjà tout enfant, Richard avait l'esprit de contradiction. Rose et moi l'avons vu à l'œuvre, oh oui. Vous ne pouvez pas vous imaginer combien de fois il m'a fait sortir de mes gonds, mon vieux. Blesser les gens ne lui a jamais fait peur. »

Souvent, quand il parlait de son fils, André Trendel écrasait une larme sèche et cuisante.

Un soir, il éclata littéralement en sanglots en se brossant les dents.

Au-dehors, la lune brillait. Il se moucha et s'essuya dans des mouchoirs en papier qu'il attrapait par poignées. Une brume fragile se glissait dans le jardin de nouveau désert, vidé de ses derniers occupants – deux couples complètement faits avaient zigzagué dans l'allée une demi-heure plus tôt aux environs de quatre heures du matin, puis sauté dans une décapotable qui avait bondi dans la forêt.

Il y avait toujours la possibilité qu'un petit malin ait flanqué une pilule dans son verre, se soit livré à ce genre de plaisanterie pour tester un homme aux cheveux blancs – comme on aurait donné du LSD à une grand-mère dans un fauteuil roulant ou du STP à un animal de compagnie, par pure malfaisance, pour rire aux dépens d'un homme de soixante-dix ans, qui peut-être se roulerait sur le sol et chierait dans son froc, pourquoi pas, hein? Tout était possible. Andreas, le camarade d'Evy, était tout à fait capable d'un tel coup. La liste des forfaits de ce gosse donnait le vertige : les rats lâchés dans un commerce du centre-ville n'étaient qu'un aperçu de ses talents – mais il y avait aussi de jeunes gommeux, des trentenaires qui ne valaient guère mieux, des types amers qui ne respectaient rien.

Sinon, l'alcool à lui seul pouvait être également à l'origine de cet énorme chagrin qui le transformait en éponge lamentable. Peut-être en vieillissant ne pissait-on pas uniquement dans son pantalon, peut-être se mettait-on aussi à pleurer sans raison, sous prétexte que cette existence était absurde.

Il sanglota en silence durant une bonne minute avant de se calmer.

Maintenant, ses yeux étaient bouffis et, n'ayant plus de mouchoirs, il les épongea une dernière fois avec la manche de son pyjama boutonné jusqu'au ras du cou.

La chouette qui habitait le cèdre ulula doucement. Il se rinça la bouche en pensant aux centaines de patients qui avaient inondé de leurs larmes le parquet de son cabinet quarante années durant, mais il n'en tira guère de réconfort.

Un bruit, cependant, l'attira dans le couloir. Il pensa tout d'abord que les jeunes ne dormaient pas encore et se livraient à on ne savait trop quoi dans leur antre – mieux valait ne pas le savoir – mais, après avoir tendu l'oreille une seconde, il s'avéra que le bruit en question provenait de la chambre de Laure, à l'autre bout.

On aurait dit le grognement d'un animal de bonne taille, un profond, sombre et inquiétant borborygme, ainsi que des coups sourds, comme assenés sur une cloche au moyen de marteaux feutrés – plutôt *bom! bom!* que *bing! bing!*

Il découvrit bientôt que ce dernier bruit émanait du talon de sa belle-fille heurtant, de façon spasmodique, le rebord de la baignoire.

Laure n'était pas dedans – dans la baignoire – mais bel et bien étalée sur le sol de résine époxy pailleté d'or et recouvert, à ce qu'il paraissait, d'une matière visqueuse assez proche du blanc d'œuf. *Bom! bom!* Sa jambe droite pédalait dans le vide et cognait comme un appel au secours quand tout le reste de son corps – à peine vêtu d'une, disons, courte combinaison, dramatiquement retroussée et collée à son ventre – semblait avoir perdu conscience et pataugeait dans les vomissures.

« Laure? Ça ne va pas? »

L'idée était de ne pas s'étaler à son tour dans les déjections bilieuses de cette malheureuse femme – mais pouah! l'aigre odeur de vomi était atroce. Il jeta par terre quelques serviettes-éponges pour se maintenir au sec, car il avait aux pieds ses chaussons de cuir Valentino, puis il l'attrapa sous les bras, une vraie chiffe molle, la tira et l'adossa prudemment au mur, dans l'ombre des lavabos. Elle semblait à cet instant tout droit sortie d'un plongeon dans une flaque de tapioca liquide. Quelle pitié.

Il lui claqua les joues mais elle n'ouvrit même pas les yeux. Elle se contenta de gémir. Il s'assura qu'il n'était pas nécessaire de déranger les pompiers pour le moment et il se redressa en grimaçant à cause de ses reins.

Il ne fallait pas se plaindre, se disait-il. Laure était certes en plein cirage, mais il n'appelait pas ça un vrai pépin, une catastrophe majeure du genre de celles qu'il redoutait.

Depuis la disparition de Richard, il y avait eu quelques dérapages compréhensibles – un peu de mobilier brisé, deux ou trois crises de nerfs, une tentative de saccage du bureau de son mari et différentes broutilles qui ne valaient pas d'être mentionnées – et pour tout dire, souhaitables. Car c'était grâce à ces écarts que Laure tenait le coup, qu'elle se préservait du geste fatal que beaucoup, dans sa situation, auraient commis.

André ne pouvait que l'encourager dans cette voie, la voie de l'extériorisation, quand il voyait les ombres qui la cernaient. Vomir faisait partie des inconvénients de la chose mais André ne connaissait encore aucun remède tout à fait propre et élégant pour se tirer d'une telle avalanche de noirceurs – la dernière en date, après la saloperie de Richard, étant la régression de son fils, oh ce garçon devenait barjo, réellement, et allait bien finir par poser un vrai problème s'il ne se reprenait pas en main.

Il y avait de quoi dynamiter la moitié de la planète en échange d'un peu d'air, André savait ce que c'était pour avoir vu ce fleuve de souf-france qui passait par son cabinet, tous ces cadavres charriés, ces crânes cabossés, si bien que le dégoût qu'il éprouvait pour les souillures dans lesquelles elle s'était roulée n'était guère profond, ne comptait pas beaucoup.

Quoi qu'il en soit, il hésita. Il allait devoir la toucher. Il regrettait qu'elle n'ait pas au moins enfilé une culotte – sans être certain qu'il s'en fût mieux trouvé. Allait-il devoir la savonner?

C'était stupide. Avoir ce genre de pensée était stupide. En tout état de cause, il allait faire ce qu'il avait à faire. Il n'allait certainement pas repartir sur la pointe des pieds sous prétexte qu'il était confronté à une situation légèrement choquante – et encore, il exagérait, il n'était pas aussi arriéré que ça, il était même capable de grimacer un sourire devant les petits tracas que l'existence concoctait et semait sur la route, du genre de celui-ci.

Par acquit de conscience, il lui administra de nouveau quelques claques, la secoua, lui souleva une paupière, l'appela par son nom. En pure perte. Elle avait la chair de poule : la peau de ses bras et de ses cuisses avait l'aspect de la volaille plumée. Ses cheveux étaient collés par paquets. Ses fesses baignaient dans une flaque translucide. Elle remuait légèrement la tête. Il se pencha, passa un bras de Laure autour de son cou, l'attrapa sous les genoux et serrant les dents il se redressa en priant de toute son âme pour ne pas se coincer le dos au cours de la manœuvre.

Puis il la déposa dans la baignoire. Là encore, son dos aurait très bien pu exploser dans toutes les directions, s'effondrer comme une poutre rongée par les vers, mais André s'en tira sain et sauf, le cœur un peu battant.

À présent, son pyjama portait les traces brillantes et visqueuses de la manutention. Il s'y attendait. En tout cas, ce n'était pas très agréable. Il ouvrit la fenêtre. La maison était silencieuse et la lune brillait au-dessus de la colline, sur les environs déserts, sur une rangée de sapins qui luisaient comme des sabres dans la descente que Richard avait dévalée un mois plus tôt au volant de son bolide, abandonnant femme, maison, enfant, sans un mot d'explication – et laissant une fois de plus à son père le soin de réparer les dégâts à sa place, le soin de payer l'addition à sa place, le soin de se charger du fardeau à sa place, comme à son habitude, comme les autres fois, encore et encore, l'ignoble salopard.

À cette seule pensée, André bouillait sur place, tête baissée, les poings serrés, oscillant au-dessus de Laure, la malheureuse, tellement indécente, la malheureuse, qui gémissait faiblement dans sa baignoire. Puis il prit sur lui-même et s'empara vivement d'une brosse à long manche, à poils souples, blonds et soyeux, tandis que, au milieu de diverses fioles et flacons, il trouvait un savon liquide à l'ylang-ylang.

Il lui accorda une dernière chance de se réveiller et d'ainsi pratiquer l'opération sans son concours : il décrocha la pomme de douche, actionna le mitigeur et, d'une main ferme, l'arrosa de la tête aux pieds – il ne promena cependant sur elle qu'une pluie tiède et molle, d'un genre tropical, en tout cas peu susceptible de l'agresser, car il avait mille fois, mille fois pitié de cette soucieuse créature.

« Laure ? Eh bien quoi, ma chère Laure ? On se réveille ? »

Eh bien non, elle ne se réveillait pas, et on ne pouvait rien y faire. C'est à peine si elle entrouvrit un œil hébété lorsqu'il lui fit passer sa combinaison – le paquet gluant qui en tenait affreusement lieu – par-dessus la tête – il n'y avait pas moyen de s'y prendre autrement, il avait tourné le problème dans tous les sens.

« Je suis obligé de vous nettoyer un peu, déclara-t-il en actionnant la pompe à savon au-dessus d'elle. Mais à la guerre comme à la guerre, n'est-ce pas ? »

Pas de réponse. « GHB ? » s'interrogea-t-il.

Au fond, peu importait. On s'en fichait. On s'en contrebalançait de tout ça. Simplement, le résultat était là. Le résultat était sous ses yeux. Partout, la détresse était perceptible. Ici ou là, des femmes dégringolaient dans leurs baignoires et des vieillards leur donnaient la main. Oui, il se comprenait. La détresse n'épargnait pratiquement personne. Personne.

Ces pensées le distrayirent un court instant de sa besogne qui consistait à manœuvrer une brosse à poils doux sur un corps de femme, mais ensuite il ne s'attarda guère et c'est à peine s'il effleura les seins et les cuisses de sa bru avec son malcommode ustensile. Sans attendre, moins d'une minute plus tard, il lui rinça les cheveux du mieux qu'il put, puis les bras, les épaules, les genoux, etc.

Il coupa l'eau. Il dressa l'oreille.

Il devait encore la sortir de là et la sécher.

Bien. Il lui jeta un coup d'œil, respira un bon coup, et s'en alla installer une serviette sur le lit, à la suite de quoi il l'attrapa sous les bras et l'extirpa de la baignoire après moult grognements et glissades de part et d'autre. Oh, elle pesait bien une soixantaine de kilos et elle ne fit aucun effort pour les aider à franchir la distance qui les séparait du lit, et soixante kilos n'étaient pas rien pour un homme de son âge. Elle lui glissait des bras. À mi-chemin, il s'écroula dans un fauteuil avec elle, totalement embarrassé de ce corps de femme que l'on ne pouvait pas prendre n'importe comment ni par n'importe quel bout – une seconde, un éclair de panique l'envahit.

Sur ce, il reprit vaillamment son chemin, la portant à moitié, la traînant, laissant des traces humides sur la moquette, forcément, mais il ne pouvait tout de même pas prendre en charge ce genre de détail, il faisait déjà le maximum, il agissait déjà du mieux qu'il le pouvait, et si quelque chose clochait, si quelque chose paraissait ne pas coller dans le tableau, il n'en était pas responsable.

Il tomba à la renverse avec elle sur le king-size, mais il se redressa aussitôt et sauta sur la descente de lit comme s'il avait reçu une décharge électrique. Sur la table de nuit, il prit un de ces petits cœurs fourrés de ganache noire et de praliné au lait qu'elle adorait – mais il les aimait bien, lui aussi.

Quoi qu'il en soit, le plus dur était fait. Il la considéra, les poings sur les hanches. Certes, il ne l'avait pas sauvée d'une mort affreuse, mais il avait assuré dans un moment difficile et il en retirait une certaine satisfaction. Le reste n'était plus que du bricolage.

Il lui enroula les cheveux dans une serviette. Il lui essuya les bras, les épaules, les genoux. Elle délirait, elle prononçait des mots qu'il ne comprenait pas.

Il sentit brièvement la fermeté des seins quand il passa dessus. Rose avait beau, ces derniers temps, avouer à son âge un faible pour d'ineptes tenues transparentes – voilà ce qu'on lui apprenait, à son club de gym, en plus de lui vendre de la DHEA –, elle était loin du compte, bien entendu. Lui-même avait la peau fripée, ses organes génitaux pendaient la plupart du temps et ses fesses étaient devenues molles.

Mais le plus sidérant, ce sur quoi il avait évité de poser les yeux jusque-là, c'était cette fente, ce sexe épilé qui le figeait sur place, le paralysait à présent. Écartant soudain les cuisses pour une raison inconnue, au moment où personne ne s'y attendait, elle avait alors révélé la chose dans toute son ampleur et ça l'avait littéralement scotché, foudroyé.

Il était changé en statue. Penché au-dessus d'elle. Figé en pleine action alors qu'il était venu lui éponger vaguement les cuisses – et voilà ce qui arrivait quand le sort en avait décidé ainsi, voilà ce qui arrivait quand un homme se fixait de terribles épreuves.

Mais quelle douleur, aussi. Quelle mélancolie fondait sur lui. Il sentait de nouveau revenir les larmes qui l'avaient surpris un peu plus tôt dans sa chambre, au terme de cette soirée arrosée. Pendant ce temps-là, Laure s'agitait légèrement, remontait vaguement à la surface, mais il ne remarquait rien, il était ailleurs, il demeurait en arrêt devant la fente de sa belle-fille comme un croyant devant l'apparition de la Vierge, sans réaction, ni voix.

Qui aurait deviné la profonde émotion qu'il éprouvait à cet instant, qui aurait pu penser qu'André Trendel, à cet instant précis, ne jouait pas les gynécologues, ne se rinçait pas l'œil à bon prix, ne préparait pas quelque coup odieux, quelque geste déplacé, mais songeait à la brièveté de l'existence, aux prodigieux mystères qui restaient à résoudre ?

Certainement pas Laure qui choisit ce moment-là pour ouvrir les yeux et découvrir son beau-père le nez entre ses jambes.

Même s'ils sont dans le trente-sixième dessous, défoncés d'une manière ou d'une autre, je l'ai souvent remarqué, les gens ont des éclairs de lucidité, je l'ai remarqué même chez les fous complets – si l'on peut appeler éclair de lucidité l'interprétation que Laure donna à la scène. Elle ouvrit si grands les yeux qu'André en fut averti et leva les siens à son tour.

Et au fond de lui, il se sentait si innocent, si insoupçonnable, que la plus grande quiétude se lisait sur son visage. Il se sentait si peu coupable, si fier de lui avoir rendu service – et même ce fier service – qu'il ne perçut ni la noirceur ni la rage du torrent qui grondait vers lui.

Une gifle magistrale. Une gifle magnifique, improbable que, dans son état, Laure lui administra à toute volée, ne se retenant d'aucune manière, et qui claqua comme un fouet.

Qui lui coupa le souffle, qui lui enflamma la joue, qui lui brisa le cœur en mille morceaux. Une gifle qui lui fit un mal qu'on lui avait rarement fait depuis qu'il était de ce monde.

Interdit, il porta une main à sa figure, du côté où sa joue déroulait des filaments de feu, irradiait. Après ça, il ne lui restait plus qu'à quitter la chambre, l'étau de la honte broyant sa vieille poitrine et tordant ses vieilles jambes flageolantes, douloureuses.

★

C'était sa parole contre la sienne. La parole d'un garçon de bonne famille contre celle d'un marginal qui habitait dans les bois, dont les moyens de subsistance étaient louches. Lequel préférait-on croire ?

Question que la disparition de son père avait reléguée au second plan mais qui demeurait présente dans son esprit. Dany Clarence avait remis certain sujet au goût du jour, certain sujet que l'on s'efforçait d'oublier – non, pas d'oublier, mais au moins de ne plus aborder – en espérant que le temps accomplirait son œuvre.

Certes, Richard l'avait jeté dehors, mais le mal était fait. Le doute allait persister, scintiller dans les arbres, repartir comme le feu dans la paille, empester l'air d'une manière ou d'une autre. Était-il pour quelque chose dans la mort de Lisa ? Il s'interrogeait. À cause de Dany Clarence, il devait fouiller de nouveau dans son esprit, chercher des images qui avaient disparu de sa mémoire. Était-il responsable de la mort de Lisa? Qui aurait pu le dire? Certainement pas cette belle ordure de Dany, en tout cas.

Mais qu'est-ce qui lui avait pris, se demandait-on. Qu'est-ce qu'Evy avait donc bien pu lui faire pour mériter pareil traitement de sa part, pareil ressentiment?

Autour d'Evy, personne n'en savait rien. Même Anaïs, qui se targuait d'avoir sa confiance, n'avait pu obtenir de lui une réponse claire – Dany prétendait que l'alcool était la cause de tout, qu'il ne le supportait plus très bien, mais c'était un peu facile.

« La confiance d'un type de quarante ans? ricana Andreas. Est-ce que tu sais ce que tu dis, au moins? Merde! C'est de la naïveté ou de la connerie pure et simple? »

Anaïs ne répondit pas, peu soucieuse de la ramener durant sa période de probation, si longuement et douloureusement escomptée, si chèrement acquise. Elle fit passer le joint à Evy qui le passa directement à Michèle, sans tirer dessus – l'herbe lui donnait à présent des palpitations, déclarait-il, ce qui avait pour effet d'exaspérer Andreas dont le seul but était de distraire son ami de ses idées fixes.

Le soir tombait, le vent était frais. De la plateforme qui grinçait dans le feuillage frissonnant, ils pouvaient admirer un honnête coucher de soleil, mais aucun d'eux ne s'y intéressait vraiment. Ils regardaient le miroitement du lac dans le lointain, la silhouette du hangar à bateaux dont le toit goudronné, de la taille d'un timbre-poste, s'ornait d'un panache de fumée blanche qui s'éparpillait dans les airs – et signalait la présence de Dany Clarence.

Sans doute Richard était-il déjà mûr pour le départ, sans doute ne lui manquait-il que ce dernier coup de pouce pour lâcher prise, peut-être, mais n'empêche que. N'empêche que Dany était responsable du problème numéro un chez les Trendel – et l'imaginer tranquillement installé au coin de feu, fumant paisiblement une cigarette, bricolant en toute quiétude ses canots et ses barques après avoir mis le feu aux poudres, était dur.

Il suffisait d'observer Evy durant deux secondes pour voir à quel point c'était dur. Ses traits creusés, son teint hâve, son œil terne – que n'arrangeaient pas d'autres excès sur un plan différent – témoignaient de la dureté de l'épreuve. Anaïs en était toute chamboulée. La ressemblance avec Lisa était à son maximum. Elle devait se retenir, juguler ses instincts maternels lorsqu'elle apercevait ainsi Evy, au crépuscule, immobile, tourné vers l'horizon et rongé par le mal, elle devait s'interdire de tendre la main vers lui sous peine de se faire torturer à son tour.

D'ailleurs, elle avait fini par admettre qu'Evy ne se souvenait de rien – il suffisait, encore une fois, de l'observer durant deux secondes pour se persuader qu'il était innocent – et que les accusations de Dany dégageaient une sale odeur. Ce connard n'avait certainement rien vu, ou bien il était schlass ou sous l'emprise d'une poignée de champignons, voilà la vérité – et la visibilité n'était pas très bonne, cette nuit-là, Anaïs se rappelait la route qui traversait la forêt, les nappes de brouillard suspendues.

Au moins, se disait-elle, s'agissant d'Evy, aucune fille ne lui collait aux bottes et elle n'en demandait pas plus : en baisant avec Richard Trendel, Gaby avait fait un sacré boulot – on pouvait dire les choses ainsi.

À présent, Anaïs se servait du tupperware qui contenait les trucs de Lisa pour y planquer sa dope et tout le monde avait apprécié son geste, tout le monde avait reconnu qu'elle donnait de sacrés gages de sa bonne volonté et méritait un peu de considération – d'autant que la saison n'était plus aux shorts. En même temps, elle était la seule à avoir gardé contact avec Dany qui restait son meilleur fournisseur et lui vendait l'herbe à prix coûtant.

« Tout ce que je peux dire, c'est qu'ils se voient en ville.

— Ah bon. Et qui t'a demandé de la surveiller ?

— Stop ! Ça suffit ! Boucle-la ! » rugit Andreas en sabrant le feuillage avec sa canne d'argent et d'ébène – la préférée de Frank Zappa.

Il en avait jusque-là, de cette histoire. Il voyait son meilleur ami déconner à mort et ça le rendait furieux, ça le rendait vert de rage, et il se demandait quelles solutions ils allaient trouver pour mettre un point final à cette dégringolade.

Mais pourquoi remontait-il ici chaque fois, avec obstination, au risque de se péter la gueule de nouveau et sans parler de la peine, de l'effort qu'il devait fournir avec sa patte folle – le kiné, un jeune gars coiffé d'une houppette, prétendait qu'au vu des progrès réalisés depuis le commencement des séances, ils en avaient encore au moins pour vingt ans – pourquoi se donnait-il tant de mal ?

Pourquoi persévérait-il, si ce n'était par pure amitié ?

Mais quelquefois, il aurait étranglé Evy de ses propres mains. Surtout au sujet de Gaby. Au sujet de l'image de Gaby que ce dingue avait dans la tête. Une sainte. Une idole. Une pierre précieuse. Une déesse intouchable. Un Ange de Pureté. « Ben, merde alors ! se disait-il. Il va pas recommencer, j'espère ! Il va pas recommencer comme au temps de sa putain de sœur, j'espère ! » Or c'était une possibilité, c'était bien sûr une possibilité, et Andreas n'envisageait pas la chose d'un très bon œil – d'autant qu'il ne voyait pas quel plaisir on pouvait avoir à ne pas baiser une fille gaulée comme Gaby Gurlitch, détail qui n'avait pas échappé à son père, entre parenthèses, Richard Trendel n'ayant pas eu les mêmes scrupules ni le même goût pour l'abstinence que son fanatique de fils.

Enfin bref, Gaby ne se laissait pas mourir et il voulait qu'Evy l'entende, qu'Evy le sache, qu'Evy l'assimile – même si celui-ci opposait encore aux faits une foi hallucinée, une dénégation farouche : Andreas pensait que la vérité finirait par s'infiltrer et finirait par illuminer cet imbécile.

« Alors donc, Anaïs... Qu'est-ce que tu disais ? »

Du moins avaient-ils réussi à le faire descendre de cet arbre, et l'affaire n'avait pas été simple. Au bout du troisième jour, Laure Trendel devenait folle, elle n'en pouvait plus et envisageait de confier le sort de son fils aux bons soins d'une clinique privée qui s'occupait de ce genre de cas avec toute la discrétion requise. André Trendel était d'accord. Un père qui abandonnait le domicile familial blessait très certainement son fils. Et si, par-dessus le marché, il mettait les voiles avec la petite amie de celui-ci, il ne fallait pas s'étonner si le gamin grimpait dans un arbre et refusait d'en bouger.

Mais ils avaient réussi à persuader Evy qu'il n'était pas bon de laisser les vieux s'agiter en bas, de les laisser désemparés au point qu'ils puissent intenter une action débile.

Certes, il y passait encore du temps, il y filait

plus ou moins directement à la sortie de Brillantmont – à coup sûr quand il avait aperçu Gaby
Gurlitch entre deux cours et qu'il avait besoin de
solitude pour entretenir la flamme qui brûlait
dans son cœur et le consumait le plus soigneusement du monde. Il s'installait au milieu des
branches et Dieu sait à quelles incantations il se
livrait, à quelles sombres évocations, médita-
tions, ruminations, il s'adonnait tout là-haut.
Mais il redescendait. Au grand soulagement de
sa mère et de son grand-père, unis dans l'angoisse, mortifiés par son comportement problé-
matique, il redescendait à présent dès que le soir
tombait et regagnait sa chambre en silence – ce
qui ne leur permettait pas encore de crier victoire
mais les laissait souffler.

Profitant d'un instant où il pouvait lui dire
deux mots en privé – les deux filles préparaient
des joints, des sachets de poudre, des pilules
pour la soirée chez les Aramentis –, Andreas
glissa à l'oreille de son compagnon qu'une
rumeur courait comme quoi Gaby Gurlitch
payait sa dope en nature à ce salaud de Dany. Ils
se tenaient au bord de la plate-forme, comme
s'ils s'étaient rejoints à l'avant d'un navire dont
l'étrave magnifique fendait les flots au clair de
lune, regardant droit devant eux, l'obscurité qui
s'épaississait, les lueurs à l'horizon. On entendait
des canards qui tournaient dans le ciel, des branches qui grinçaient avec une douce mélancolie.

« Sauf que c'est des conneries, répondit Evy d'une voix égale.

— Hé ! C'est pas des conneries. C'est comme ça qu'elle le paye, que ça te plaise ou non.

— J'aimerais savoir pourquoi tout le monde cherche à la salir. J'aimerais bien le savoir. C'est censé me faire changer d'avis à son sujet ? »

Mais qui pourrait y parvenir, qui pourrait s'en vanter ? songea Andreas qui avait déjà vécu l'épisode Lisa et connaissait le degré d'aveuglement dont Evy était capable quand il s'y mettait – et sa nature secrète, profondément exaltée, en dépit des apparences. S'il ne voulait pas voir, rien au monde ne pourrait lui ouvrir les yeux – et s'il plaçait Gaby Gurlitch sur le même piédestal que sa sœur, songea encore Andreas avec un air de résignation agacée, on était mal.

Quoi qu'il en soit, il posa une main sur l'épaule d'Evy et déclara, avec un air énigmatique – mais il venait de fumer –, que leur seul devoir était de se protéger.

Plus tard, quand les filles eurent terminé leurs préparatifs – une fête chez les Aramentis signifiait en général une majorité d'artistes et donc un assez grand nombre de consommateurs aisés de produits illicites –, ils descendirent du grand chêne rouge et sortirent du bois en file indienne, Anaïs fermant la marche.

André Trendel était déjà sur son trente et un. À présent qu'ils avaient ramené son petit-fils à la raison, André les accueillait avec toute l'amabilité dont il était capable et il n'était pas rare qu'il courût vers le frigo pour leur offrir un soda en prenant de leurs nouvelles, en leur demandant comment marchait l'école.

Le pénible incident que j'ai relaté entre Laure et le grand-père d'Evy n'avait pas encore eu lieu à cette date, si bien que l'ambiance n'était pas encore trop lourde. Sans doute André n'avait-il rien arrangé en lançant d'emblée la construction d'une salle de gym – quel geste dérisoire, quelle démonstration de panique, d'impuissance et de confusion ainsi reflétés –, chose que personne ne lui avait demandée. Sans doute n'avait-il apporté que gêne, bruit, allées et venues, coups de marteau et compagnie dont on se serait bien passé en la circonstance, mais il lui restait encore une chance ou deux de ne pas devenir insupportable aux derniers habitants de cette maison.

Richard s'était envolé depuis une bonne quinzaine de jours à présent, et, d'une certaine manière, André retenait sa respiration afin d'être en mesure de déceler le premier signe d'incurvation de cette flèche de douleur qui atteignait des sommets dans cette vallée des larmes. Censé avoir un œil sur les travaux, il surveillait surtout sa belle-fille qui se rendait chaque jour sur les plateaux et faisait preuve d'un courage remarquable – courage que Rose et lui avaient longuement vanté en d'autres occasions, quand le fuyard n'était encore qu'un junkie irresponsable sur lequel aujourd'hui il ne regrettait pas d'avoir craché, à la lumière de sa nouvelle trahison. Il surveillait également Evy, ce pauvre garçon qui n'avait plus ni père ni petite amie – les deux affaires, de surcroît, étant connexes – et qui refusait de voir ne serait-ce que le psychologue de l'école ou d'en parler à sa famille.

Il était ravi d'apprendre qu'ils se rendaient eux aussi à la fête – quant à lui, Marlène Aramentis, la mère de la jeune personne anorexique qui venait de s'affaler de tout son long sur le canapé italien sans renverser ce magnifique vase que Rose et lui avaient rapporté de Saint-Pétersbourg et ces magnifiques freesias Purple Rain qui embaumaient toute la pièce, Marlène Aramentis, donc, l'avait appelé et invité personnellement. Il était ravi. Persuadé qu'un peu de détente ferait du bien à tout le monde, rire, et s'amuser, et penser à autre chose pour un soir. Sur ce, Éric Duncalah, qui venait d'arriver et commençait à distribuer des bières, s'entendit dire que distribuer de l'alcool à des mineurs relevait soit de l'inconscience, soit du désir de nuire, et il y eut une petite prise de bec qui laissa un goût un peu amer dans la bouche d'André car son fils et lui, par le passé, avaient été de fervents amateurs de ce genre d'accrochage ou comment s'envoyer un tas d'horreurs à la figure, et maintenant il n'était plus là.

Il avait de nouveau passé une partie de l'après-midi dans le bureau de Richard – profitant que l'un était en cours et l'autre devant les caméras, afin de ne pas blesser leurs petits principes – et, méthodiquement, avait poursuivi sa fouille. Tiroirs, étagères, disque dur, caisses, corbeille à papier. Les sites et les revues pornos ne manquaient pas. Blocs, cartouches de cigarettes, grigris, stylos, coffrets, cachous. Non qu'il espérât trouver une explication. La plupart du temps, les actes de Richard n'avaient aucune explication satisfaisante. Pourquoi y en aurait-il eu davantage cette fois-ci? Dictionnaires, guides, réveil, imprimante, aspirine, téléphone, répondeur – un message d'Alexandra Storer qui tâchait de le convaincre qu'il était un véritable et brillant écrivain, aujourd'hui comme hier, et qu'il prenait le jugement de cette fille bien trop à cœur –, classeurs, fax, cendriers, alcool, médicaments, contrats, thermos. À l'intérieur du bungalow était incrusté, ou bien flottait, ou bien vibrait, un sentiment d'amertume et de regret qui ne surprenait pas André pour qui l'esprit tordu de son fils n'était plus une nouveauté.

Puis il s'était assis derrière le bureau et avait repensé au message d'Alexandra qui semblait indiquer que Richard se posait des questions sur sa propre valeur et que cette fille – de nouveau cette Gaby Gurlitch qui cette fois s'improvisait critique littéraire –, que cette fille lui avait ôté ses derniers espoirs.

Ça se tenait. Richard était assez stupide pour s'en remettre à l'appréciation d'une fille de dix-huit ans – qui connaissait quoi, au juste?, qui n'avait même pas idée de sa force. Papier à rouler, encens, lunettes, lime à ongles, pommade pour les lèvres, miroir, ciseaux, kleenex.

Enfin bref, Éric Duncalah était un homosexuel et André ne voulait pas gâcher la soirée en débattant avec cet inverti sur un sujet qui ne souffrait aucun compromis. Ainsi, ayant dit ce qu'il avait à dire et peu désireux d'apparaître comme l'éternel emmerdeur aux yeux des plus jeunes, s'éloigna-t-il en allumant un cigarillo.

Quelques heures plus tard, il titubait au bord de la piscine, un verre à la main, prêtant une oreille distraite à une femme de son âge qui s'accrochait pathétiquement à ses basques, mais définitivement satisfait d'être là, au milieu de ces têtes que, pour la plupart, on avait forcément vues ici ou là.

Tout se passait merveilleusement bien. La lune brillait, l'herbe était luisante, le champagne pétillait, les femmes portaient des bijoux, les hommes étaient cool, le buffet était excellent, personne n'était encore malade, et le service, que Marlène Aramentis surveillait du coin de l'œil – une douzaine de serveurs gantés de blanc et rasés de frais –, s'avérait irréprochable.

En fait, il n'y avait qu'une ombre au tableau. Qui n'affectait pas grand monde, néanmoins, pas même la principale intéressée, Marlène Aramentis, qui ne se disait très contrariée que pour la forme. Officiellement, son mari était retenu sur un quelconque aéroport américain placé en état d'alerte rouge. Ces Yankees étaient insupportables. Elle soupirait, déplorait l'absence du maître de maison, levait les yeux au ciel, puis elle enjoignait à chacun de se distraire afin de lui mettre un peu de baume au cœur.

Le message était reçu, semblait-il. Cent cinquante invités s'égaillaient nonchalamment autour de la piscine, autour du buffet, dans la maison, s'allongeaient sur des transats avec des verres bien remplis, ou bien s'esclaffaient, ou bien mordaient dans une aiguillette de canard fichée dans un morceau de bambou taillé en pointe, ou bien lorgnaient les seins des femmes ou bien filaient dans les toilettes pour sniffer ou bien commençaient à raconter leur vie.

Belle comme le jour, Alexandra Storer confiait à Laure entre deux daiquiris que, dans l'esprit de Richard, ne plus savoir écrire était comme le flou qui précède la mort, et Laure la considérait en hochant doucement la tête, en pensant *mais comment se fait-il que tu en saches plus que moi sur cet homme, mon Dieu, comment est-ce possible?*, et elle trouvait ça si tragique, si effroyable, si triste pour tout dire, qu'elle en était atterrée.

Mais bien entendu elle n'était pas la seule, dans cette assistance, à faire l'expérience d'un fiasco ou d'un gâchis quelconque, d'un certain dégoût de soi-même ou d'une extrême lassitude morale – divorce, adultère, luxure, trahison, violence, mascarade, etc., constituaient le lot quotidien –, si bien qu'il existait une sorte de complicité entre les êtres, de fraternité dans la souffrance, et personne ne la montra du doigt pour cause de désarroi passager, personne ne s'en mêla et Alexandra feignit de regarder ailleurs.

Les daiquiris étaient mortels. Evy et quelques autres se servaient directement dans la cuisine pour éviter le blabla que des mamies pouvaient leur tenir. Ils étaient une demi-douzaine de Brillantmont, dont les parents erraient quelque part dans les environs, et l'un d'eux, un certain Olivier Von Dutch, le frère des jumelles, prétendit que Richard avait envoyé son scénario par mail et que la secrétaire de son père lui avait longuement parlé.

« Je me suis dit que ça t'intéresserait. Au cas où tu serais obligé d'aller passer tes week-ends avec lui. Elle croit qu'il a loué un chalet dans la montagne. Je veux dire, ça doit être hyper-tranquille. Se baigner dans les torrents et tout. »

Olivier était devenu d'un caractère grinçant depuis que ses sœurs le déshonoraient en baisant à tour de bras – et de fait, Cecilia, la plus ténébreuse, le faisait pour cent euros ou même pour rien, ainsi l'autre jour avait-elle accepté l'argent d'Andreas pour s'occuper d'Evy, pour lui proposer la totale, sauf que d'après elle, d'après ce qu'elle avait vu et entendu dans la chambre de celui-ci, ce gars-là avait un vrai problème, ce gars-là aurait très bien pu porter une soutane et une paire de sandales en carton bouilli, il était quoi ? il était cinglé ? Mais bref, la question n'était pas de savoir si Evy était dérangé ou si Cecilia Von Dutch avait une idée du marécage dans lequel elle s'enfonçait, comme il avait essayé de le lui expliquer en pure perte, mais plutôt de savoir quoi faire de cette information concernant son père.

Il fit un signe à Anaïs qui opina et distribua, afin d'avoir la paix, quelques joints à la ronde – on aurait dit un camion de l'Unicef avec des sacs de riz et des mains tendues. Quant à lui, il avala deux comprimés de Lexomil. Fumer ne lui disait rien. À ce stade, son père ne lui manquait pas vraiment, mais il n'était pas difficile de se rendre compte qu'en abandonnant son foyer Richard jouait un sale tour à son fils, le laissant entre les mains d'une mère perturbée, culpabilisée, dépressive, et d'un grand-père totalement siphonné, largué, et maladivement honteux de sa progéniture.

Depuis qu'Anaïs avait obtenu ce qu'elle voulait, à savoir être admise par le frère de Lisa, s'octroyer une place à ses côtés – et l'on sait tout ce que ça impliquait pour elle, son attachement névrotique pour la fameuse disparue –, elle se révélait certes assez collante, assez envahissante, mais aussi entièrement dévouée au service d'Evy, toujours prête à accéder aux désirs de celui-ci, et il n'y avait rien, absolument rien qu'elle appréciât davantage, rien qu'elle considérât comme une plus juste rétribution du mal qu'elle se donnait, que lorsque Evy la prenait pour confidente – nulle liqueur n'était plus douce à ses lèvres, *no, sir*.

« Mais tu connais ma position sur le sujet, soupira-t-elle. Je refuse de le juger. Je refuse de le juger parce que j'estime qu'il t'a montré quelque chose. Quelque chose que tu ne veux pas voir. Mais bon, j'imagine qu'il est inutile de revenir dessus.

— Tu ne connais rien. Tu ne sais rien. Tu n'as jamais pu la blairer. Tu as toujours raconté les pires conneries sur son compte. Tu es d'une jalousie à faire tomber des briques, voilà tout.

— C'était mon rôle de mettre Lisa en garde. Mais ça n'a servi à rien. Et maintenant, c'est ton tour. Merde, je dois pas avoir un grand pouvoir de persuasion, tu crois pas ? Et non seulement ça, mais j'ai la mauvaise manie d'être franche et ça me retombe sur le dos.

— Sauf que tu confonds la franchise avec la vérité. Tu confonds les deux.

— Pas du tout. »

Ce soir-là, on aurait dit que pour beaucoup il était urgent de s'envoyer quelques lignes ou de gober quelques cachets, si bien qu'Anaïs était fort occupée et était sans cesse interrompue par de nouveaux clients – toujours plus nerveux, toujours plus pressés, toujours plus impatients de se persuader que la vie leur avait réservé un sort plus enviable que le commun. Il profita de l'empressement d'un jeune gars de la télé à chemise blanche – rien de moins que Dominique Dostal, le vrai, le seul, qui donnait réellement l'impression d'avoir peur de lui-même à mesure qu'il prenait conscience de son moi et dont la mâchoire tremblait et qui avait déjà une liasse de billets à la main – et il s'éloigna, car il en avait assez d'Anaïs.

« Je te retrouve dans deux minutes », lui lança-t-elle avant de se mettre en affaires avec Dominique Dostal qui n'avait que ce qu'il méritait, qui avait trente-six mille raisons de se défoncer, objectivement. Le sang allait bientôt lui gicler des narines. Et d'ailleurs, si l'on considérait l'assistance d'une certaine manière, de la manière dont la considérait Evy à ce moment-là, on était frappé par la dépendance générale, par le degré d'angoisse que ça impliquait, d'inconscient mépris de soi.

Heureusement, la rumeur des conversations était là et cette impression de vie, de chaleur bourdonnante, contrebalançait le poison neurasthénique qui aurait fini par couler du plafond sinon – bien qu'il se trouvât dehors, sous une nuit étoilée, encore douce et pleine de parfums auxquels il ne prêtait aucune attention car le Lexomil et l'alcool commençaient à lui taper sur le crâne. On entendait également de la musique, des éclats de rire, des gloussements, de grotesques sonneries de téléphone.

Judith Beverini portait une robe transparente, sans soutien-gorge. Elle ne croyait pas à cette disparition qu'Alexandra évoquait et qu'elle jugeait abracadabrante, cette histoire d'écrivain qui se diluait comme un cachet effervescent pour avoir vendu son âme au diable ou à une chaîne câblée quelconque. Elle jeta un coup d'œil nerveux à Evy :

« Écoute. Sois gentil. Je parle à ta mère. »

Ses seins remuaient sous son chemisier, si bien qu'il était carrément impossible de lui répondre, carrément impossible d'engager le moindre bras de fer avec elle.

Franchement, elle le répugnait. Il avait toujours senti le peu de sentiment – en dehors d'une réelle aversion – que les hommes inspiraient à cette fichue garce. Personne ne l'obligeait à se faire sauter par tous les membres de son cabinet d'avocats, mais résultat, résultat elle ne laissait passer aucune occasion de se venger, elle cognait, et cognait, et cognait sans relâche, et en particulier sur la tête d'Evy et celle de son père qui étaient ses voisins les plus directs et les tortionnaires de sa meilleure copine. Alors, à exhiber ses seins comme elle les exhibait, à employer cette arme pitoyable, elle lui donnait la gerbe.

À moins que ce ne fût le Lexomil. Difficile à dire. Régulièrement, l'image de Gaby Gurlitch s'imposait à son cerveau et finissait dans une illumination aveuglante. Il aurait aimé annoncer à Judith que sa robe était une belle obscénité et qu'elle puait à trois kilomètres à la ronde, mais rien ne sortait.

Laure faillit dire quelque chose mais se ravisa. On entendait *Paint It Black*. « De la putain de bonne musique ! » aurait déclaré Richard en esquissant quelques mouvements de tête. Laure échangea un regard avec son fils. Elle parlait toujours de leur inévitable rapprochement, de cette situation qu'ils allaient affronter ensemble et surmonter grâce à l'amour, grâce à l'invulnérabilité des liens qui les unissaient, bla-bla-bla, mais il voyait venir que dalle. Elle était pathétique.

Elle lui tendit la main, lui adressa un doux sourire – non, mais elle était parfois en plein délire, franchement, cette femme, cette parfaite étrangère. Evy n'osait même pas penser aux années qui allaient suivre si Richard les laissait en tête à tête, à l'interminable torture sentimentale qu'elle allait leur imposer jusqu'à plus soif.

« Viens donc auprès de moi », insista-t-elle.

Comme il ne bougeait pas, Judith lui demanda quel plaisir il avait à se comporter comme une brute. Celle-là, pouah!, elle disait n'importe quoi.

Il haussa les épaules. On racontait qu'enfant il sautait sur ses genoux, bondissait à son cou dès qu'elle arrivait dans les parages – mais on racontait aussi que le monde était alors plus agréable et plus sûr, et tout un tas de sornettes du même genre.

Dépitée, Laure soupira. Il était donc temps, pour lui, d'aller voir ailleurs, et en vitesse, d'autant qu'il avait remarqué du coin de l'œil que son grand-père les observait – près de la piscine, Lucette Fortville, sexagénaire, lui tenait fermement la jambe mais il regardait dans leur direction, levant le sourcil inquiét du casque bleu envoyé chez les sauvages.

D'un écart, il se fondit dans l'assistance – nombreux étaient les invités, vaste le jardin, touffus les bosquets derrières lesquels on pouvait disparaître en un clin d'œil et fausser compagnie à Pierre ou à Paul. Il fila par-derrière, contourna la maison, longea des murs contre lesquels des couples s'appuyaient et murmuraient dans l'ombre et les replis de la vigne vierge.

Sur les marches qui menaient à la cuisine, il croqua un Lexo supplémentaire tandis qu'Andreas lui servait un autre daiquiri.

« Tu crois que tu as perdu le goût, lui déclara Andreas. Tu crois. Tu t'es mis ça dans la tête.

— Alors mettons que je me réserve. Mettons que je préfère attendre, qu'est-ce que ça peut te foutre ?

— J'ai compris, gloussa l'autre, t'es son chevalier. T'es son putain de chevalier. Qu'est-ce que t'en dis ?

— J'en sais rien. Je sais pas si j'ai envie de parler avec un demeuré. »

Ils vidèrent leur verre en silence, laissant glisser un vague regard sur les convives qui passaient par là, déambulaient, erraient, tournoyaient, trébuchaient sur le crissant gravier blanc ou exécutaient une embardée dans les rosiers. La nuit s'avançait. Anaïs avait des auréoles sous les bras. D'après elle, Michèle avait dû monter pour consoler sa mère qui avait flanché tout à coup pour la simple et bonne raison que son mari n'était pas coincé dans un aéroport mais dans la chambre d'une secrétaire de direction harnachée de cuir, selon le détective qu'elle avait engagé une semaine auparavant, et boum !, voilà qu'elle était à présent en larmes et s'était retirée dans sa chambre.

L'information ne souleva guère d'intérêt chez les garçons qui étaient tellement habitués à ce genre de simagrées – apparentées à une espèce de sport dans les parages et presque partout ailleurs – qu'elles tourbillonnaient mollement comme des flocons dans un champ de neige à leurs yeux, qu'elles faisaient partie du climat général, qu'elles passaient inaperçues.

« Elle le sait depuis ce matin, c'est ça qui est drôle. Elle tient bon toute la journée et je dirais quoi ?... seize ?... dix-huit heures plus tard ?... Elle souriait encore il y a cinq minutes et maintenant, c'est les grandes eaux.

— Attends, ne viens pas nous gonfler avec ça, répliqua Andreas. On t'a pas demandé les détails.

— C'est pas la pire de toutes, marmonna Evy. Marlène est pas la pire de toutes.

— Tu veux dire quoi ? Pour baiser ? T'as l'intention de la baiser ?

— J'ai pas l'intention de baiser qui que ce soit. Je te l'ai dit.

— Hé ! En voilà une conversation ! gloussa Anaïs.

— Merde, allons voir ça », déclara Andreas.

En se levant, ils constatèrent qu'ils commençaient à en tenir une bonne. Ils étaient sans doute les plus jeunes participants de la soirée – la sœur de Michèle dormait à l'abri chez une copine –, mais leur exemple n'était pas fameux, et, parvenu à l'étage, Andreas fut bientôt contraint d'effectuer un détour urgent par l'une des multiples salles de bains que collectionnaient les Aramentis.

Andreas vomit dans l'instant, mais ensuite il se tordit par terre. Son fichu estomac. Il n'y avait rien à faire, sinon aller lui chercher un coca. Depuis peu, Michèle parvenait à le soulager en frottant ses mains l'une contre l'autre, puis en les lui appliquant sur la partie douloureuse, mais Michèle était avec sa mère.

Evy fit coulisser la baie afin de fournir un peu d'air frais à son camarade dont l'estomac était en bouillie depuis l'époque où sa mère, cette surprenante Caroline, avait succombé aux charmes de Brigitte, cette bonne Brigitte. En l'occurrence, elles se tenaient toutes deux dans le jardin, avec leurs talons plats, leurs ongles courts, affichant la décontraction des vieux couples transgressifs, mais les prévenir aurait été une très mauvaise idée. Andreas l'aurait tué.

Lui-même devait lutter pour tenir tête aux potions qu'il avait ingurgitées. Il sortit sur le balcon, prenant soin de rester à l'abri des regards, dans l'ombre de l'avant-toit, et une fois de plus il ferma les yeux et se laissa envahir par Gaby Gurlitch qui ne voulait plus le voir, qui ne voulait plus lui parler, qui l'avait crucifié, mais pour laquelle il éprouvait toujours une adoration sans bornes.

Elle était vraiment la seule chose qui comptait pour lui, sans doute même sa seule raison de vivre s'il fallait absolument employer certains mots. Ce n'était pas exagéré. S'il considérait tout le reste, ce n'était pas exagéré. Elle était arrivée au bon moment, au moment où la perte de Lisa devenait insupportable. Y avait-il quelque chose à ajouter? Il avait connu un tel soulagement. Est-ce qu'il était digne d'elle?

En bas, son grand-père le cherchait des yeux. L'épisode de l'arbre, qui avait duré trois jours et deux nuits, avait fortement impressionné le vieil homme qui faisait parfois irruption dans sa chambre ou tambourinait à la porte des toilettes jusqu'à ce qu'Evy lui ordonne de dégager. Au fond, il avait du mal à dire s'il préférait ou non qu'André fiche le camp et le laisse seul avec sa mère – qui menaçait de lui péter entre les doigts sans prévenir et de se transformer en boulet qu'il faudrait traîner comme un rocher sur un chemin de montagne. Choisir entre deux merdes n'était guère enthousiasmant. Un peu d'air voleta dans les rideaux et passa sur le visage d'Andreas qui bavait sur le sol, la joue collée au marbre lustré, miroitant, la lèvre retroussée par une grimace. Le coca allait bientôt arriver. Dans quelques minutes, Anaïs rappliquerait, et Andreas pourrait s'asseoir, reprendre son souffle et se consacrer de nouveau à son ivresse.

C'était dur quand un ami vous donnait tort. Quand il ne comprenait pas où vous vouliez en venir. Evy s'accroupit sur le balcon, près de l'ouverture, ce qui lui permettait de garder un œil sur Andreas tout en bénéficiant du spectacle qui se déroulait en bas, sur la pelouse – et au-dessus des gens les bois, et au-desus des bois le ciel, le ciel profond, étoilé, silencieux.

A priori, André Trendel n'oserait pas s'aventurer dans les étages. Il se contenterait d'avertir Laure que son fils n'était plus en vue et elle lui dirait : « André. S'il vous plaît. André. Je vous en prie. Arrêtez. Laissez-moi tranquille » et à peine aurait-il tourné les talons, elle mordrait son poing et se retiendrait de hurler. Elle se tenait non loin de là, près d'un bosquet d'érables à écorce de dragon, habillée en J P G, entourée. Les magazines féminins et même les autres louaient cette femme pour son indépendance de femme, pour sa vision du couple, radicale et non conformiste.

Quoi qu'il en soit, il voyait ce que les autres ne voyaient pas, ce qu'au mieux Éric Duncalah et Judith Beverini devinaient, à savoir qu'à présent une ombre ternissait l'éclat de sa mère, une ombre la poursuivait et se perchait sur son épaule depuis que Richard avait mis les bouts.

Il se trouvait dans un état où les problèmes de Laure se perdaient rapidement à l'horizon, devenaient si minuscules qu'on avait besoin d'une longue-vue. Il alluma une cigarette, l'abandonna pour un temps entre les lèvres d'Andreas dont le nez à présent se tordait méchamment sur le sol, et ainsi son visage ressemblait à celui d'une gorgone entrée en collision avec l'angle d'un mur de béton. Il se demandait ce que fichait la grosse avec son coca. À l'autre extrémité du balcon, un voilage ocre-rouge sortait d'une chambre et se soulevait dans l'air. De temps en temps, un nuage bas passait devant la lune.

« Ce que tu n'arrives pas à piger, expliqua-t-il par-dessus son épaule, ce que tu es totalement incapable de concevoir, c'est qu'il s'agit pas de sexe. Ça te passe carrément au-dessus de la tête, pas vrai ? Il s'agit pas de sexe, alors tu comprends plus rien, t'es largué. »

Il suffisait de jeter un coup d'œil en bas pour voir les chemins qu'il ne fallait pas suivre. Les exemples fourmillaient mais on aurait dit qu'il fallait se jeter la tête la première d'une falaise, qu'il n'existait pas d'alternative. Eh bien, en tout cas, sauter une fille jusqu'à la corde n'arrangeait rien du tout. S'abaisser à ça n'était sûrement pas la solution.

« Je te l'ai déjà dit : baiser est à la portée de tout le monde. C'est pas ce qui nous grandit. C'est pas ce qui nous rend différent des autres. »

Par moments, il avait l'impression de dégringoler dans le vide ou de s'enfoncer dans une crème fouettée. Quand il rouvrait les yeux, les étoiles scintillaient, les oiseaux de nuit s'envolaient des cimes, traversaient le ciel en ligne droite, et là-bas, à l'autre bout du balcon, le voilage se gonflait et ondulait souplement, formait des sinusoïdes, et puis une autre fois, il tourna la tête et il vit Marlène Aramentis qui se laissait choir par terre.

Mince ! Il se redressa d'un bond. Elle s'étala de tout son long.

Voulant voir de quoi il retournait, il s'approcha, se pencha sur elle et fit : « Madame Aramentis ? Houhou ?... » Elle battit des cils. « Madame Aramentis, y a un problème ? »

Lui-même se tenait les genoux pour ne pas partir à la renverse. Une certaine frontière était franchie à cette heure de la nuit. Rares étaient ceux qui se trouvaient encore dans leur état normal – on en voyait courir sur le gazon, nager sans fin dans la piscine, se suspendre aux branches basses, avaler des litres de champagne, se déhancher dans le salon, se toucher hardiment le cul dans les coins et même se rouler des pelles.

Tout d'un coup, elle lui saisit un poignet. Dans son autre main, elle tenait un mouchoir qu'elle avait tout simplement réduit en boule.

« C'est toi, Evy ? murmura-t-elle. C'est toi, Dieu merci. C'est gentil d'être venu à mon secours. Tu es un si gentil garçon. »

Il lui sourit. « Vous vous êtes pas fait mal ? »

Elle ne croyait pas, mais elle se sentait toute faible. Elle tira cependant sur sa jupe.

« Tu sais, j'ai eu un trou noir. Mes jambes se sont dérobées sous moi. Seigneur ! – mais je ne veux pas t'ennuyer avec ça. Tu as ton lot de déconvenues, toi aussi. Oh là là, nous formons une belle équipe d'estropiés, tous les deux. »

Il préférait l'entendre plaisanter. Il redoutait par-dessus tout une séance de larmes dont il ne pourrait se dépêtrer ou une crise de nerfs qu'il faudrait tenter de maîtriser, d'une manière ou d'une autre.

Il l'aida à se relever. Il se sentait à environ quarante pour cent de son potentiel physique et mental. Il la remit debout et se retrouva avec une poupée de chiffon dans les bras. « Hé ! Accrochez-vous ! » lui enjoignit-il. Un instant défaillante, elle se pendit à son cou. De son côté, il avait refermé ses bras autour d'elle et l'empêchait de glisser à nouveau sur le sol. On aurait dit qu'ils dansaient un dernier slow dans l'aube, à la sortie d'une fumerie d'opium.

Autant il ne pouvait plus saquer Judith Beverini – pour laquelle il n'aurait pas levé le petit doigt, qu'il considérait comme l'ange damné de sa mère, celle qui donnait à Laure le mauvais exemple sexuellement –, autant ses rapports avec Marlène étaient okay. Certes, elle n'évitait pas les contacts physiques avec lui, les étreintes maternelles et l'entourait d'attentions, le couvait parfois des yeux, lui caressait un bras en passant – choses dont Laure ne lui accordait pas le dixième –, mais elle était comme ça, Marlène Aramentis, il n'y avait pas de quoi en faire tout un plat – et autre chose : à aucun moment Marlène n'avait pensé qu'il était pour quoi que ce soit dans la mort de Lisa, à aucun moment elle ne lui avait flanqué ce fardeau sur les épaules.

« Ne me laisse pas toute seule. Reste avec moi une minute, bredouilla-t-elle.

— Bien sûr.

— Ne me laisse pas au fond de ce puits épouvantable. »

Elle se tamponna les yeux. Elle se serra contre lui comme s'ils marchaient au bord d'un précipice tandis qu'il la conduisait vers son lit à pas comptés. La chambre n'était pas dans l'obscurité mais la lampe de chevet était couverte d'un voile qui maintenait les lieux dans une pénombre tranquille.

« Surtout quand on a les yeux rougis et gonflés comme les miens, précisa-t-elle. Je dois être affreuse. »

Elle n'était pas affreuse du tout. Sans doute n'avait-elle pas la ténébreuse beauté de Laure ni celle, resplendissante, d'Alexandra Storer qui devisaient toutes deux sous la fenêtre avec un petit cardigan de cachemire sur les épaules. Elle avait cependant des traits réguliers, un regard clair et une silhouette assez fine, pleine de courbes. Elle était avenante, pas trop vieille. Il ne changeait pas de trottoir quand il la rencontrait.

« Tu ne dis rien. Est-ce que c'est si terrible ? Bien sûr, je ne serai pas présentable avant trois jours. »

Elle ricanait. Elle n'hésitait pas à se moquer d'elle. Il la conduisit – en serrant les dents car elle pesait un peu, en même temps qu'il devait lutter contre les effets tétanisants du Lexomil – jusqu'au lit qui aurait pu contenir une armée et là ils soufflèrent. Ils s'écroulèrent côte à côte sur le matelas et ils examinèrent le plafond.

« Me faire ça. Il a osé me faire ça, soupirat-elle. Tu sais, ils n'ont aucune limite. Je veux parler de ceux qui sont là uniquement pour nous faire souffrir. »

Il hocha la tête. Il voyait vaguement de quoi elle voulait parler. Cette fois, elle avait omis de tirer sur sa jupe, mais cela ne posait aucun problème : Marlène était totalement bouleversée et lui parfaitement cassé. Derrière eux, le rideau dansait et une odeur de terre noire pénétrait dans la chambre.

Elle posa sa main sur son épaule. Elle déclara qu'elle était au courant pour Richard.

« Je suis pas sûr d'en avoir très envie, marmonna-t-il. J'aime autant qu'il reste où il est.

— Ton père a un terrible besoin de

380

reconnaissance. Nous le savons bien. C'est comme ça. Mais quand même, cette fille est un peu spéciale. »

À présent, il suffisait que l'on évoque Gaby Gurlitch devant lui pour qu'il en soit inondé. Cela se présentait comme un océan de blancheur lumineuse qui fondait sur lui et l'engloutissait. Il déglutit péniblement – un effet secondaire un poil ennuyeux.

« J'ai si souvent pensé à toi, reprit-elle. Je me demandais si tu parvenais à gérer la situation, parce que, personnellement, j'estimais que ce n'était pas possible. Parfaitement ingérable. Mais tu sembles si bien t'en sortir. Sincèrement, je suis stupéfaite. Vous êtes une génération si étonnante. Je devrais prendre exemple sur toi, tu penses ? »

Phénomène étrange : il était allongé sur le dos, les mains croisées derrière la tête, et il se voyait en grande conversation avec Marlène Aramentis, mais il ne remuait pas les lèvres et aucun son ne sortait de sa gorge. Elle se dressa sur un coude, avec un sourire interrogateur. Il comprenait très bien qu'elle se sentît désarçonnée par son mutisme et son absence de réaction, mais enfin, il ne pouvait y remédier, malgré toute la bonne volonté du monde.

Elle se recroquevilla contre lui en prétendant qu'elle avait froid. Elle frissonna entre ses dents alors que ses joues étaient roses. Elle lui prit la main et elle lui embrassa la main.

Pourquoi ça? Il n'en savait rien, il savait juste que les actes d'une personne blessée n'étaient pas toujours sensés, alors elle pouvait lui embrasser la main autant qu'elle voulait, ça ne le gênait pas du tout.

Et lui embrasser le bras, et lui embrasser l'épaule, et l'embrasser dans le cou. En même temps, elle poussait de petits gémissements. Elle se blottissait contre lui, elle se pelotonnait contre lui, laissant échapper une sourde plainte tout en le couvrant de chastes et doux baisers – bien que ses lèvres fussent un peu collantes.

Lorsqu'il s'aperçut qu'ils s'étaient engagés sur la mauvaise pente – il n'avait rien vu venir, il n'y avait pas eu de barrière clairement franchie, au contraire, tout s'était enchaîné de façon naturelle, de même qu'elle avait commencé par lui bécoter prudemment les lèvres avant de lui enfoncer sa langue au fond de la bouche –, il découvrit par la même occasion qu'un poison était en train de le paralyser.

Qu'on en juge : Marlène était à califourchon sur son ventre, lui tenait les épaules plaquées et elle se redressait lentement, le front décidé, la bouche luisante de salive, après le cuisant baiser qu'elle venait de lui administrer, et il faisait quoi? Hein, en dehors de reprendre stupidement son souffle, il faisait quoi? Avait-il hurlé, sauté au plafond, s'était-il débattu, s'était-il empoigné avec elle? Il espérait qu'on allait le réveiller, le secouer, le gifler, l'arracher violemment du lit et le jeter en bas de l'escalier, mais rien ne bougeait et sa poitrine se trouvait écrasée dans un étau.

Elle murmurait des mots qu'il ne comprenait pas, se couchait sur lui de tout son long, et il était incapable de bouger et encore moins de s'opposer à cet épisode infernal. Plus exactement, il était incapable d'obéir à sa propre volonté – ainsi, il referma ses bras autour d'elle alors que tout son être l'incitait à bondir sur la poignée de la porte.

Elle le caressa à travers son pantalon. À l'oreille, elle lui glissa *mon pauvre petit chou, oh mon pauvre petit chou* tandis qu'il serrait les mâchoires de toutes ses forces. Son front devint moite. Il essayait de dire à cette femme *arrêtez, je vous en supplie, maintenant arrêtez-vous!* mais toutes ces belles paroles s'étranglaient au fond de sa gorge, et c'était à son tour d'avoir froid, de sentir la glace qui se refermait sur lui, cependant qu'elle sortait triomphalement sa queue et la pressait fièrement dans son poing.

À partir de cet instant, quelque chose commença de s'effondrer à l'intérieur de lui, telle une faille filant sur des kilomètres et précipitant la banquise dans l'eau noire. Il faillit claquer des dents – fiévreusement – lorsqu'une bonne moitié de sa bite disparut dans la bouche de Marlène Aramentis qui soudain le fixait d'un air indéfinissable en le pompant.

Il fit rouler sa tête sur le côté et regarda au-dehors pendant que se déroulaient ces événements terribles, ces événements qui le rendaient indigne.

Il respirait avec difficulté. C'était ça, déchoir. C'était baiser avec cette femme pour un prix tellement exorbitant que la séance virait au tragique.

Il parvenait même à lui caresser les seins tandis que son regard se brouillait, car tout ça le rendait un peu dingue. Tout ce bazar était même d'une tristesse incommensurable, vu sous un certain angle.

Il était coincé, il était pris dans l'engrenage. Il lui mettait la main et Marlène se tortillait comme une chèvre attachée à un pieu, et en même temps il tournait la tête pour lui masquer son visage car ses lèvres se tordaient d'une grimace. Il se méprisait royalement.

Elle disait qu'elle la sentait au fond, qu'elle était heureuse, qu'elle voulait le garder toute la nuit, bla-bla-bla, et pendant ce temps-là cet imbécile pleurait en silence.

Coup sur coup, de fortes pluies s'abattirent sur la région, emportant des ponts, des maisons, des voitures, et cette fois, c'était bel et bien l'automne qui s'installait, qui emportait aussi les feuilles, qui soufflait un vent frais et humide sur la colline et le long des artères de la ville où l'on commençait à déserter les terrasses pour s'adonner aux boissons chaudes.

Derrière ces pluies, le ciel redevint clair, plus grand et plus net.

Un matin, le visage blême, les lèvres pincées, André Trendel annonça son départ dans les prochains jours, ayant bien réfléchi, ayant conclu qu'il était préférable pour tout le monde, dans les circonstances présentes et dans le climat actuel, qu'il s'en aille et rentre chez lui. C'était un dimanche, la maison était calme, Gina servait le petit déjeuner et André avait un tic nerveux au coin de la bouche. À l'évidence, il n'avait pas fermé l'œil de la nuit.

« Eh bien, André, commença Laure en inclinant la théière au-dessus de sa tasse, eh bien, André, si c'est à propos de ce qui s'est passé hier au soir...

— Oublions cela, répliqua-t-il vivement. Oublions ce qui n'est qu'une manifestation supplémentaire de l'ostracisme exercé à mon encontre dans cette maison – dans cette maison ou du moins ce qu'il en reste. »

Laure leva les yeux sur lui.

« Vous buvez de bon matin ? » l'interrogea-t-elle sèchement.

Evy observait la scène et se demandait si le petit déjeuner était désormais compromis – ce qui lui importait peu, de toute manière, étant déjà sur des charbons ardents à la pensée de leur sortie du lendemain si Anaïs confirmait la chose.

André pensait que les finitions allaient encore durer deux ou trois jours. « J'aimerais pouvoir les superviser jusqu'au bout, si ça ne dérange personne. Je tâcherai de me montrer le plus discret possible. »

Le vieux cheval semblait blessé à mort. Laure l'invita à s'asseoir et à quitter son air lugubre et à chasser cette manie de toujours se poser en victime.

« Mais vous ne savez pas ce que j'ai vécu. Vous n'avez pas du tout idée de ce qu'a été ma vie entre Rose et Richard, oui, parfaitement... ma vie entre ces deux-là.

« — Écoutez, André, je ne veux pas en entendre parler. Asseyez-vous. Servez-vous. Mais je ne veux pas entendre un mot sur ce sujet. Non, sûrement pas ! »

Elle se sentait fragile malgré les soins de son nutritionniste qui la bourrait de compléments alimentaires et de remontants non homologués. Elle se sentait comme assise au bord d'un fleuve hurlant, dont le courant rongeait et sapait les rives, et elle devait lutter pour ne pas être happée, elle devait lutter contre la panique.

On savait depuis un moment que Richard était dans les parages, qu'il avait envoyé son scénario à Robert Von Dutch dans les délais et se terrait quelque part – quoique l'inspecteur Chose ne parvînt pas à le localiser avec précision.

André se tenait prêt à l'enchaîner dans la cave s'il lui mettait la main dessus, mais qui d'autre souhaitait réellement son retour ?

Laure ne comptait pas dessus pour extirper un mal bien plus profond que la séparation qu'il lui imposait à présent, et idem pour Evy qui ne tenait pas à rouvrir certaines plaies – il se voyait mal discuter de Gaby Gurlitch avec son père au cours d'une partie de pêche ou devant un feu de cheminée.

Plus tard, Éric Duncalah, Axel Mender et d'autres hommes de MediaMax se réunirent dans le salon pour parler de la signature du nouveau contrat proposé à Laure par le studio et qui semblait exciter tout le monde excepté la principale intéressée qui accueillait la proposition exceptionnelle de mener cette vie absurde jusqu'à l'automne suivant avec un air de stupeur insurmontable. Elle n'avait pas la force d'envoyer tout promener, ni celle d'effacer Richard de son esprit.

André ne donnait pas cher de la suite une fois qu'il serait parti. Sa joue le brûlait encore, constituée d'une myriade de fines aiguilles qui cuisaient son visage mais aussi une bonne moitié de son âme. Il savait que Laure avait forcément sa part de responsabilité dans le parcours de Richard et qu'un jour elle en prendrait conscience. Alors voilà, ce moment était arrivé, semblait-il.

Il entraîna Evy dans la salle de gym afin de dresser avec lui la liste des travaux restant à exécuter pour le cas où Laure piquerait une crise et le mettrait à la porte avant la fin des opérations. Il parlait avec émotion du travail accompli, de l'intégration parfaite de la nouvelle extension à l'architecture de l'ensemble, du soutien mal compris qu'il avait tâché d'offrir à sa mère et à lui, par pure charité.

« Car sinon, où serait mon gain, d'après toi ? Qu'est-ce que j'y gagnerais ? Où serait mon plan ? De la pure affection, mon garçon, de la pure charité et rien d'autre. »

Il fixa son petit-fils, ouvrit la bouche puis se ravisa. Il alluma un cigarillo. Quelques gouttes de pluie strièrent un instant les baies.

« Je n'y suis pour rien, lâcha-t-il de but en blanc. J'ai passé ma vie à lui indiquer le droit chemin et regarde ce qu'il me fait ! Regarde ce qu'il fait à sa femme et à son fils ! Comment aurais-je pu lui inculquer un comportement aussi abject, aussi vil, hein, réfléchis une minute ! »

Evy haussa vaguement les épaules, éprouvant toutes les difficultés du monde à se concentrer sur ces histoires quand il avait assez de la sienne et du virage qu'elle pouvait prendre incessamment sous peu. André agita son cigarillo dans les airs :

« Peut-être pas toi. Mais ta mère le pense. Tout le monde le pense. Tout le monde se dit : regardez cet homme !... regardez comment il a élevé son fils !... Et pourtant, Dieu m'est témoin que je n'ai compté ni mon temps, ni ma patience, ni tout ce que tu voudras, avec Richard, et tu vois le résultat ? Dans mon dos, l'opprobre dont on m'accable à cause de ce fichu animal ? Au moins, il te donne l'exemple à ne pas suivre, c'est déjà ça. »

On entendit un bouchon de champagne qui sautait dans le salon. André fit la moue puis malaxa l'épaule de son petit-fils qu'il avait acculé contre une machine destinée à produire l'effet d'une bonne petite marche dans la neige avec des raquettes aussi lourdes que des enclumes.

« Il est possible que l'on ne revoie pas ton père de sitôt, j'en ai bien peur. Son obstination légendaire. Son goût du châtiment. Son immaturité. Excuse-moi, mais sa lâcheté également. Mais qui va croire un seul instant, dis-moi, à cette histoire de disgrâce, de déréliction, de naufrage à la con – excuse-moi, excuse-moi –, qui va croire que l'écriture puisse rendre un homme aussi stupide, le tuer de l'intérieur sous prétexte qu'il n'écrit plus que des scénarios ? Mais pour qui nous prend-il au juste ? Croit-il que nous sommes prêts à boire toutes ses paroles comme cette groupie d'Alexandra Storer ? En tout cas, fais-moi plaisir, mon garçon, ne choisis pas le métier d'artiste, ne fais pas comme eux, ne te mets pas en situation de recevoir tous les supplices, toutes les tortures que l'on réserve à ceux qui se croient immortels et bénis des dieux, car en vérité, ils sont maudits. »

Depuis son dérapage sexuel avec Marlène Aramentis, Evy était maussade. Son fantasme de relation pure et dure, hypervalorisante, en tout cas bien différente de ce qu'il voyait autour de lui, avait été terni, malmené par son manque de volonté, par l'énorme poids des chaînes qui l'avaient cloué au sol, et son humeur était plutôt sombre. Il n'était pas nécessaire qu'André en rajoutât dans le registre mélancolique.

« Qu'y a-t-il, mon garçon? Je te choque? Tu les trouves parfaitement équilibrés, peut-être? Parfaitement responsables? »

Autour d'eux, à présent, les larges baies étincelaient de goutelettes scintillantes et, sous leurs pieds, le parquet brillait autant qu'une soucoupe volante en plein midi. Ils se considérèrent un instant en silence, incapables d'évaluer la distance qui les séparait.

Puis Laure apparut. Elle pénétra dans la pièce comme si cette dernière n'existait pas, comme s'ils se retrouvaient au milieu d'un champ de coton sans le moindre intérêt.

Elle venait prévenir qu'elle ne rentrerait pas pour le repas du soir. Elle affichait un sourire tendu.

Ils répondirent vaguement qu'ils allaient s'en tirer.

« Je n'ai pas eu le courage de refuser, fit-elle en touchant le bras d'Evy. C'était au-dessus de mes forces, figure-toi. »

André réprima une repartie cinglante. Il valait mieux qu'il se taise, bien sûr, mais ses lèvres l'avaient follement démangé. Il songea avec dégoût à la beauté des exemples que Richard et elle donnaient à leur fils, si bien qu'il préféra s'allonger sur un petit banc pour soulever quelques haltères en rongeant son frein.

« Cet endroit est tellement mal choisi pour se parler, se lamenta-t-elle auprès d'Evy. Pourquoi faut-il qu'il y ait toujours quelque chose qui cloche ? »

Dehors, Axel Mender cogna avec ses clés de voiture contre la vitre et il invita Laure à se mettre en route.

Le ciel était changeant, nuageux, le vent soufflait. Des tonnes de feuilles étaient tombées. On s'y enfonçait jusqu'aux chevilles dans les sous-bois qui entrecroisaient leurs branches noires et larguaient leurs pommes de pin.

Evy resta un bon moment sur la plate-forme, assis en tailleur, enfin seul, enfin tranquille, enfin hors de portée, tandis que le vent sifflait autour de lui, hérissait ses cheveux, galopait entre les cimes qui froufroutaient sur son passage.

Il examina les photos de Lisa qui se trouvaient dans le tupperware. Il avait intérêt à bien les tenir. Il devait les agripper à deux mains sans quoi elles auraient claqué dans tous les sens et il n'aurait pas pu regarder sa sœur. En compagnie de Gaby Gurlitch, aussi nues et stupéfiantes l'une que l'autre, aussi indispensables et muettes l'une que l'autre.

Au bout d'un moment, une photo s'envola. Elle lui échappa des mains et zigzagua comme un chien fou le long d'un courant ascendant. Il la suivit des yeux, étrangement indécis. Le ciel avait la blancheur éclatante de l'intérieur d'une huître. L'air sentait bon. Il en lâcha une autre

qu'il tenait entre le pouce et l'index et qui ronflait comme un moteur d'avion. C'était difficile
de faire le zouave avec ces photos car sa poitrine
débordait toujours de tellement d'amour pour
sa sœur ou pour Gaby – quelles qu'aient été
leurs fautes – qu'il n'en voyait pas la fin, mais
néanmoins, néanmoins, il lâcha une troisième
photo dans les airs, il suffisait juste d'écarter
deux doigts, puis encore une autre et encore une
autre.

Il quitta les lieux avant que les ténèbres ne les
absorbent, peu de temps après qu'une minus-
cule lumière eut brillé dans le lointain, chez
Dany Clarence.

Evy revoyait le fameux soir où Dany l'avait
accusé d'avoir balancé Lisa par-dessus bord, où
ivre mort Dany l'avait accusé devant Richard de
cette chose abominable, et comme tout était
parti de travers à compter de ce moment-là,
comme tout était parti en vrille.

Au retour, il trouva une maison sombre et
silencieuse. De leurs multiples vases, les lys
blancs glissaient dans l'obscurité. En général,
même si personne n'était en bas, on allumait au
moins les lumières, on allumait aussi dans le jardin pour montrer qu'on n'organisait aucune
veillée funèbre chez les Trendel – et tout le
monde faisait ça, sur la colline, tout le monde se
moquait des factures d'électricité.

Étrange. Gina laissait les lumières en partant.

Le plus drôle était qu'il n'avait rien remarqué en arrivant, en descendant des bois les mains enfoncées dans les poches, tout absorbé qu'il était dans ses pensées les plus intimes, et cette pénombre tout à coup, ce silence quasi strident l'interloquaient, provoquaient une impression désagréable.

Il pensa que cela venait sans doute du fait que la maison n'avait pas encore intégré les profonds changements qui s'étaient enchaînés sous son toit et qu'elle émettait des signaux incohérents, voire négatifs, mais en même temps son regard était attiré par cette nouvelle porte qui conduisait à la non moins nouvelle salle de gym, car ladite porte était entrouverte et ce qui restait de ténue clarté tombant du ciel argentait le parquet de châtaignier lasuré.

Et maintenant, il y avait un petit bruit, un petit couinement, comme le produirait une timide et lugubre balançoire.

Durant quelques secondes, Evy resta sonné. Puis il s'essuya la bouche et traversa le hall, retenant son souffle, vers la porte en question.

Il poussa le panneau avec précaution, découvrant la pièce par petites portions inquiétantes à mesure que les gonds pivotaient silencieusement les uns dans les autres.

« Je me suis donné tout ce mal *exprès pour lui...* » marmonna André qui se balançait au bout d'une corde, fondu dans la pénombre.

Il s'agissait d'une corde à grimper qu'il chevauchait, gardant ses deux pieds au sol et imprimant à l'ensemble un léger mouvement pendulaire.

« J'ai construit cette salle exprès pour lui, *nom de Dieu* !

— Les plombs ont sauté ?

— Non. Les plombs n'ont pas sauté. Enfin, je ne crois pas. Vois-tu, c'est un peu plus ennuyeux que ça. »

Evy hocha la tête, puis il fit demi-tour.

Il s'installa au bar. Il écoutait *Doll Parts* de Courtney Love devant une assiette de poulet au curry sortie du micro-ondes, lorsque André se matérialisa à ses côtés :

« Écoute, j'aimerais t'aider. Est-ce que je peux faire quelque chose ?

— M'aider ? Pourquoi ? M'aider en quoi ?

— Je ne sais pas. T'aider. Faire quelque chose pour que la vie te paraisse, je ne sais pas, plus excitante, ou ce que tu voudras. T'aider, quoi. Parce que c'est mon rôle. Parce que nous sommes unis par les liens du sang, mon garçon.

— Ben merci. Mais ça va, j'ai besoin de rien.

— Je n'ai jamais vu ça, moi, quelqu'un qui n'a besoin de rien. Je crois que ça n'existe pas. Vraiment, je me demande ce que vous avez, ton père et toi. C'est donc si dur d'accepter la main que l'on vous tend ? C'est une chose insupportable ? »

Evy promena une fourchette hésitante, perplexe, au-dessus de son assiette, puis il porta un morceau de poulet à sa bouche et le mastiqua sans se presser, en fixant un point droit devant lui, en l'occurrence un magnet sur le frigo qui représentait un détail du plafond de la chapelle Sixtine.

« Quoi qu'il en soit, souviens-toi que tu n'es pas seul. Ne sois pas aussi stupide que Richard, je t'en prie. Il se pourrait – je dis bien il se pourrait, et toi seul en seras juge – que l'atmosphère devienne pénible, ici, dans cette maison, pour un garçon dans ta situation. Je ne te cache pas que ta mère m'inquiète assez – or, inutile de t'expliquer, tu t'en doutes bien, que vivre avec une personne névrosée n'est pas de tout repos. Tout ça pour te dire quoi ? Pour te dire une seule chose : ne te prends pas pour Superman. Si ça tourne mal, appelle-moi, et je saute aussitôt dans le premier avion. Est-ce que tu m'as compris ? Ne te prends pas pour Superman. Nous ne vivons pas dans un de ces pays d'arriérés, où les gens s'entre-tuent comme ils respirent et ne connaissent rien au mal de vivre, au fait d'être bien ou non dans sa peau, au fait de traverser une crise, mais dans un pays civilisé, avec des solutions et tout ce qu'il faut pour faire face au problème. Est-ce que tu m'as compris ?... Peux-tu hocher la tête pour me faire signe que tu as compris ? »

Evy hocha la tête. Il jeta un bref coup d'œil à sa montre et pensa qu'Anaïs ne devrait pas tarder à se mettre en route.

« Je me demandais..., reprit André, je me demandais pourquoi tu ne viendrais pas passer un moment avec ta grand-mère et moi, histoire de prendre un peu de distance. Disons jusqu'au nouvel an, après quoi l'on verrait... Qu'en dis-tu ?

— Aïe. Faut que je réfléchisse. Mais je me sens pas malade.

— Tu ne te sens pas malade, mais si je n'étais pas là, tu serais seul dans une maison vide, en ce moment. Et tu le seras dans quelques jours. Tu trouves ça normal ? Dans cette poignante solitude ? Tu penses que c'est bon pour toi ? Eh bien moi, je pense le contraire. Je pense qu'avec ta grand-mère et moi, tu ne serais pas plus mal. »

Dehors, la chouette ulula dans le vent. Des nouvelles devaient arriver de la ville et Evy ne pouvait absolument pas s'intéresser à ce que le vieux disait, impossible, car si la soirée était confirmée, si Anaïs glanait les renseignements nécessaires, quelque chose allait arriver, quelque chose de sérieux allait arriver.

★

Le lendemain, de bon matin, Evy avala un grand bol de café noir et fuma une cigarette tandis que l'aube se levait à peine. Il y avait de la rosée, de fines gouttelettes en suspension, quelques bancs de brume sur la vallée, des filaments dorés aux branches, sous les fougères, et de l'autre côté, au bord de sa piscine, Georges Croze, tel un fantôme, badigeonnant son corps d'une poudre blanche qui voltigeait autour de lui.

De nouveau, Evy se réveillait brusquement, mais ce n'était pas la scène sur le lac – cette scène perdue dans son souvenir, trop surexposée, trop confuse pour qu'on puisse réellement voir ce qui s'y déroulait –, ce n'était plus la scène sur le lac qui l'arrachait à présent au sommeil, mais une autre où c'était Gaby que l'on repêchait et que l'on hissait misérablement dans le canot pneumatique de la police.

Son grand-père avait raison sur un point : il n'y avait plus personne dans cette maison. En dehors du frigo dont le compresseur, de temps en temps, se remettait discrètement en marche, on n'entendait que le silence qui ruisselait de toutes parts et les seules choses un peu vivantes étaient les fleurs coupées qu'une main invisible disposait dans les vases – il n'était jamais là quand le type de Fujiflora débarquait.

Il se sentait comme un boxeur à la veille d'un grand match : tendu, concentré, inquiet, impatient.

Sa mère était rentrée tard et son grand-père,

devenu complètement insomniaque, ne descendait plus aux aurores. Il y avait quelques verres vides sur la table basse, et elle avait oublié une chaussure – un de ces trucs qu'elle pouvait couvrir de baisers ou caresser comme un petit animal de compagnie – au bas de l'escalier. Peut-être, au fond, ne s'était-elle pas remise à boire mais avait-elle fêté, exceptionnellement, la signature de son nouveau contrat avec cette boîte, MediaMax, qui s'occupait si bien de ses actrices, en particulier de celles qui connaissaient la vie. Il avait discuté longuement et tard avec Anaïs, et il les avait entendus, il avait entendu des rires et des exclamations, cependant qu'un rai de lumière passait sous la porte d'André que l'on imaginait ulcéré par une telle attitude, incapable de lire trois lignes d'un de ces romans de Graham Greene que d'ordinaire il affectionnait.

Finalement, la Subaru se gara devant l'entrée. Anaïs préféra manger quelque chose avant leur départ. Elle avait regardé la météo et se montrait raisonnablement optimiste.

« Faut que je sois rentrée avant midi, déclarat-elle. Mon père m'a pris un rendez-vous chez le dentiste. » Elle ouvrit la bouche pour montrer à Evy de quoi il retournait, mais il s'écarta avec une grimace. Tandis qu'il cassait des œufs audessus d'une poêle, elle examina les photos de Laure accrochées au mur. Elle ne s'en lassait pas. Laure au bras d'Al Pacino. Laure avec Lars von Trier. Avec Kerry Fox, James Cameron, Madonna et tutti quanti. Laure sur la terrasse du Gritti ou à la Colombe d'Or ou dans une chambre qui donnait sur Central Park. Elle avait regardé ces photos cent fois, mais son plaisir était toujours aussi fort.

« Je resterai à l'écart, déclara-t-elle en avalant ses œufs avec des toasts qu'elle beurrait consciencieusement et mangeait deux par deux. Je refuse de m'en mêler. J'irai me promener ou j'irai faire un tour, ne t'inquiète pas pour moi. Il faut simplement que nous soyons rentrés à midi. »

Trouver l'adresse de Richard n'avait pas été difficile. Grâce aux bons soins d'Olivier Von Dutch, qui ne crachait pas sur une petite fixette de temps à autre – raison pour laquelle son père le privait d'argent de poche depuis longtemps et l'obligeait à pisser sans prévenir dans une éprouvette –, ils connaissaient désormais l'endroit exact où Richard se planquait, et ils l'avaient parfaitement repéré sur une carte au 1/25 000.

Anaïs lui avait dit : « Tu ne peux pas tout lui mettre sur le dos, tu ne peux pas faire ça. Il ne l'a pas kidnappée, il me semble. Putain, ne sois pas injuste !

— Tu m'y conduis ou non ?

— Bien sûr que je t'y conduis. Je te l'ai dit. Tu sais bien que tu peux compter sur moi. Je t'y conduirai. Mais elle a suivi ton père de son plein gré, attends, je suis désolée. Elle l'a suivi librement. Tu peux retourner ça dans tous les sens.

— C'est justement ce que je fais. C'est ce que tu devrais faire. Tu sais, t'es pas forcée d'être aussi bête. T'es pas obligée d'avoir l'esprit aussi obtus. »

Elle avait décidé de ne plus faire attention à l'humeur du garçon. Depuis son histoire avec Marlène Aramentis – assurément glauque sous bien des aspects, elle voulait bien le croire –, une bonne partie de celui-ci était devenue, sinon définitivement, du moins pour un long moment, irrécupérable. Il n'hésitait pas à se montrer désagréable, à considérer les gens et les choses d'un regard dur.

Mais enfin, bon, c'était le prix à payer pour Anaïs et elle ne marchandait pas. Tout lui semblait préférable aux galeries souterraines, absolument terrifiantes, sombres, glacées, où, seule, elle avait erré durant ces horribles mois comme une âme en peine, meurtrie, rongée, stupéfiée, presque au point d'en devenir folle – jusqu'à son récent retour en grâce. Elle n'était pas près d'oublier tout ça. Si Evy préférait penser que la faute incombait uniquement à son père, que Gaby était innocente, pourquoi le contrarier ? S'il préférait croire qu'au cours des deux ou trois jours que Richard et elle avaient partagés, la pauvre chérie était restée passive et n'avait écarté les jambes qu'en soupirant ou en pensant à autre chose, pourquoi être plus royaliste? Pourquoi hurler aux oreilles de celui qui ne voulait pas entendre?

En attendant, elle avait eu la confirmation que Dany organisait sa petite réunion le soir même et elle n'avait pas manqué le coup d'œil respectueux qu'Evy lui avait décoché à la suite de ce renseignement de première qualité, coup d'œil dont elle sentait encore les bienfaits tandis qu'elle finissait les œufs qu'il lui avait obligeamment préparés – elle *adorait* quand il s'occupait d'elle, tout simplement elle *adorait ça* au plus haut point, elle avait *tellement* adoré ça, un jour, quand Lisa lui avait fait les ongles, quel souvenir fantastique, merveilleux, cuisant, inaltérable, mais elle n'en était pas encore là avec lui.

Elle regretta cependant que Gina n'ait pas pris son service, éventuellement pour quelques crêpes qu'elle aurait arrosées de sirop d'érable, ou mieux, d'une giclée d'Aunt Jemima que Laure commandait directement sur Internet, directement chez les Yankees.

D'un autre côté, sa dent la travaillait un peu et elle l'imaginait, baignant dans le sucre, nageant dans un bain de sucre doré comme de l'ambre, et ce côté-là ne l'emballait pas.

Il était sept heures du matin. Elle observa un renard qui s'était assis contre la haie et haletait. Elle n'aimait pas beaucoup l'idée d'être mêlée à une histoire de famille, mais qu'il se présentât la moindre occasion de se rapprocher d'Evy, la moindre possibilité de partager quoi que ce soit avec lui, et elle la saisissait sans discuter, d'une poigne farouche, telle une abeille en plein vol et tant pis si elle se faisait piquer, tant pis si elle ne gagnait presque rien en retour.

Elle avait sorti de la Subaru les canettes vides, les journaux gratuits, les emballages de crackers au fromage et elle avait vérifié le niveau d'huile. Elle-même se sentait dans un état d'esprit assez proche.

« Ça ne veut pas dire que je lui donne raison, reprit-elle.

— Ben, j'en suis ravi. Au poil. Alors je suis rassuré. »

Sur quoi elle enclencha une vitesse et ils filèrent vers le nord, sous un ciel irisé.

Richard était allé s'enterrer au-delà de la région des lacs, dans un coin où ne vivaient plus que des hommes en fuite, des lépreux ou des romanciers enragés tant il était situé hors du monde, tant il était plongé dans une solitude magistrale. Peu s'y aventuraient. Si bien que l'on pouvait trouver une location saisonnière, une bicoque sans voisins et sans chauffage central, dans un paysage de montagnes décrépites, pour une poignée d'euros jetée dans la première agence venue et à moins de deux heures de route du monde réel.

Ils écoutaient de la musique, Big Black, Cocorosie. Ils ne parlaient pas beaucoup. Les forêts qu'ils traversaient étaient parfois mouchetées de couleurs sublimes, mais également dans un sale état, clairsemées par les pluies acides ou envahies par les chenilles processionnaires ou démolies par le feu, et tout cela était bien triste, et même assez démoralisant.

Il ferma les yeux. Il avait l'impression que ses jambes, disons la moitié inférieure de son corps, étaient coulées dans du béton, qu'il avait perdu sa liberté de mouvement et était enchaîné d'une manière ou d'une autre à un type d'existence qui lui répugnait. C'était *extrêmement* désagréable. Il pouvait se féliciter d'avoir baisé Marlène Aramentis. C'était réussi. Il voyait le chemin qu'il lui restait à parcourir pour se libérer de ses tristes penchants, pour être *digne*, pour être *digne, D-I-G-N-E*, et la distance lui arrachait un gémissement.

Ils s'arrêtèrent à une station Shell qui vendait aussi du bois de chauffage et des chaussettes de laine, exposées en vitrine. L'air était plus frais, plus humide. Des types sortaient de leur voiture en se tenant les reins.

S'il en avait été capable, il serait descendu à son tour pour se dégourdir les jambes.

Plus il se rapprochait de son père et plus Richard lui apparaissait comme un étranger. Et même, l'avait-il jamais connu ? Avait-il imaginé une seconde que cet homme-là serait capable de lui faire un coup pareil, de lui faire ça, lui enfoncer cette lame jusqu'à la garde sans même battre un cil ? Anaïs pouvait bien lui trouver toutes les excuses qu'elle voulait, Richard avait atteint le degré zéro, le dernier échelon, dans l'estime de son fils, lequel, pour l'heure, suivait d'un œil pensif le vol d'un busard cendré au-dessus de la station-service, avec ses drapeaux et ses guirlandes qui flottaient au vent, un vol composé d'une succession de formes pures, de cercles parfaits, majestueux, tandis qu'Anaïs, faisant le plein de super, le fixait dans le rétroviseur.

« Tu t'inquiètes pour ce soir ? demanda-t-il.

— Non, je m'inquiète pas une minute.

— Je les vois partir en cavalant avec leur pantalon aux chevilles. Et sauter dans leurs bagnoles. Dès qu'ils sentiront le brûlé.

— J'ai aucune appréhension pour ce soir, okay ? Je me fais aucune espèce de souci pour ce soir, d'accord ? »

Il trouvait qu'elle était d'une susceptibilité navrante, presque maladive. Les cicatrices de ses mains et de son visage témoignaient de sa nature soupe au lait.

Elle fit la tête durant un bout de chemin et garda le silence, les yeux fixés sur la route, cependant que la Subaru franchissait opiniâtrement monts et collines, s'enfonçait dans des contrées de plus en plus désertes.

Il se tenait droit sur son siège inconfortable – ce modèle avait au moins quinze ans. De même que la moitié de son corps était paralysée, la moitié de son esprit était paralysée. Il sentait qu'une force terrible le poussait en avant, mais il ne parvenait pas à l'identifier. C'était comme de courir au milieu du brouillard.

Et maintenant, il avait perdu Gaby, tout s'était cassé la gueule, tout s'était terminé du jour au lendemain et il retombait du haut de son escalier, pour la seconde fois, du haut de ses six cent soixante-quinze mille marches, il retombait de la lumière vers le pays obscur, il retombait dans cette existence *merdique*.

Il avait mis une semaine à se débarrasser de l'odeur atroce que Marlène Aramentis avait laissée sur lui – surtout sur ses mains, sur ses doigts qu'il reniflait toutes les cinq minutes avant de filer d'un bond, en grimaçant, vers le lavabo le plus proche, et il ne faisait pas semblant de se les frotter. Il se souvenait qu'il avait failli s'émasculer quand cette histoire avait commencé. Une solution trop radicale, sans doute, mais qui avait le mérite d'accorder le geste au discours, une solution qui permettait d'éviter les ornières les plus dangereuses, les dérapages les plus fréquents.

« Tu as une drôle de façon de voir les choses, déclara prudemment Anaïs tandis qu'ils attaquaient une dernière montée en lacet – dépassant des prairies et des torrents avant de pénétrer de nouveaux sous-bois. Si drôle que parfois, je me demande si c'est pas une plaisanterie. »

Une plaisanterie? Une *plaisanterie*? Il savait qu'il ne fallait surtout pas s'écarter de l'ordinaire si l'on voulait être pris au sérieux. Il savait qu'il fallait sortir la vaseline du placard si l'on voulait passer pour un connard sain d'esprit et se mêler au troupeau qui en dehors de copuler dans les ténèbres errait au hasard avec la cervelle carbonisée et un maximum de poils aux couilles.

Il se voyait en train de virer à coups de pied cette pauvre crêpe d'Anaïs du véhicule, disons dans un virage, de lui écraser les doigts pour qu'elle lâche la portière.

« Le sexe n'est pas une obligation, lui dit-il. Aussi étrange que ça puisse te paraître. Le sexe n'est pas le passage obligé, *loin de là.* »

Il tâcha de lui expliquer de quoi il voulait parler, à mesure que la Subaru poursuivait sa route en direction du repaire de Richard.

L'argument d'Anaïs était qu'il n'avait que quatorze ans et demi et qu'il vivait dans un contexte défavorable à son épanouissement, dans un environnement imprégné d'une sexualité tous azimuts qui en aurait rebuté plus d'un et qui multipliait les mauvais exemples.

« Je comprends que tu sois un peu sonné, déclara-t-elle. Je comprends que tu sois pas tellement ravi, vu comme le monde se présente. Je comprends que tu me parles de révélation, d'épiphanie, etc., et je suis disposée à te croire. Je sais ce que c'est. Je suis passée par là. J'éprouvais la même chose pour ta sœur, j'ai vécu la même chose avec elle. »

Un instant, elle quitta la route des yeux et le considéra en se demandant s'il allait s'en remettre, s'il allait franchir l'épreuve, mais ça n'en prenait pas le chemin, a priori. Il était si pâle qu'il deviendrait invisible dès les premiers flocons de neige, ou s'il s'éloignait vers le rayon des produits laitiers.

Il l'envoya promener. Il lui jura qu'il tiendrait encore assez longtemps pour tirer Gaby des griffes de Dany Clarence.

Elle ricana doucement.

Un peu plus tard, vers dix heures, ils débouchèrent devant l'entrée d'une maison dont la cheminée fumait d'un air placide. La Porsche de Richard était garée à quelques mètres, sous un auvent translucide. Ainsi que le ML 430 Luxury appartenant à Alexandra Storer.

« *Merde!*... soupira Anaïs après avoir coupé le contact. Enfin merde, mais ça veut dire quoi? »

En refroidissant, le moteur cliquetait. Rien ne bougeait en dehors de quelques feuilles qui tombaient et des volutes qui montaient vers le ciel largement voilé.

Evy ouvrit sa portière. Une puissante odeur

de feu de bois flottait dans l'air. Il avait du mal à analyser ce qu'il ressentait, à décider d'une attitude. Il se tourna vers Anaïs qui hésita une seconde puis lui prépara une ligne sur le tableau de bord.

« Remarque, déclara-t-elle, j'ai toujours pensé que ta mère aurait ce problème un beau matin. J'ai toujours dit que ton père allait pas rentrer dans les ordres. Attends, les écrivains, les femmes adorent ça. Ils ont un indéniable charme, ces mecs-là. Surtout quand ils sont bons. »

Evy releva la tête du sniff puissant qu'il venait d'effectuer – et qui lui montait droit au cerveau.

« Pourquoi tu lui envoies pas une décoration ? grinça-t-il. Pourquoi tu vas pas le féliciter pendant que tu y es ? »

Ils échangèrent un dur et long regard, se livrèrent à un affrontement silencieux, immobile, qu'Evy finit par remporter – il ressemblait beaucoup trop à sa sœur pour qu'Anaïs ne se piétinât pas le cœur en lui tenant tête.

« Tu veux que je klaxonne ? » demanda-t-elle d'une voix éteinte.

Il déclina la proposition. Une pensée l'effleura : si Anaïs n'avait pas été là, aurait-il pris ses jambes à son cou ? Un faible rayon de soleil brilla sur la clairière lorsqu'il se décida à sortir de la Subaru que conduisait cette grosse fille parfumée au jasmin. « Mec, fit-elle avec le pouce dressé en l'air. Je suis avec toi, mec. »

Il s'arrêta à mi-chemin, au bout d'une ving-taine de mètres. Non pas que le sol fût glissant. Certes, il était recouvert d'une bonne couche d'aiguilles de pin, mais il n'était pas glissant. À présent, une lumière jaune balayait les bois qui se dressaient sur les hauteurs, en vagues succes-sives, mordorées. Au croassement des corbeaux, au bruissement du feuillage, au glouglou d'un ruisseau invisible, se mêlait un morceau des Smiths.

Puis la porte s'ouvrit et Richard apparut sur le seuil et, voyant son fils, il commença par se grat-ter la tête.

★

Pour cinq cents euros, Anaïs raconta tout à André Trendel, toute l'entrevue dans ses moindres détails. Celui-ci était furieux car le prix qu'elle désirait lui arracher était exorbitant, sidérant, grotesque de la part d'une gamine de son âge, et qu'elle ne l'avait pas baissé d'un cent – cette génération était encore plus effrayante que tout ce que l'on pouvait imaginer, se disait-il.

Mais ça les valait. Elle examina le billet de cinq cents euros à la lumière, d'un œil soup-çonneux, comme si c'était lui, André, qui était la crapule dans l'histoire, puis elle se mit à lui raconter le face-à-face entre Richard et son fils.

Elle lui répéta tout ce qu'elle avait vu et entendu. Des informations fort précieuses.

Pour le prix, cette fille avait un vrai talent d'évocation. Il imaginait très bien les mots bloqués dans la gorge du garçon, son incapacité à formuler quoi que ce soit en paroles et, pour finir, sa tentative de frapper son père, sa tentative qui avait tristement échoué. Il imaginait très bien les différentes phases de la rencontre, le délirant blabla de Richard concernant des sujets aussi divers que l'échec littéraire, la lassitude en général, la persistance de la douleur, le sentiment d'abandon, et ce doute que Dany Clarence avait ravivé, ou encore ce refus d'être précipité contre un mur sans pouvoir se défendre. Evy, semblait-il, avait tenté de lui envoyer un direct à la mâchoire en guise de conclusion, mais Richard l'avait adroitement esquivé. Là-dessus, Evy était revenu à la charge mais il n'avait boxé que du vide jusqu'à ce que Richard l'empoigne à bras-le-corps et le reconduise à la Subaru, manu militari.

Anaïs avait dû s'arrêter quelques minutes plus tard et elle l'avait retenu par la ceinture de son pantalon tandis qu'il plongeait la tête dans l'eau glacée qui courait entre des roches noires et moussues, joliment veloutées. Ensuite, elle l'avait frictionné dans un tee-shirt, elle lui avait allumé une cigarette et elle était restée près de lui en attendant qu'il décide du meilleur moment pour repartir.

Tout cela était très intéressant. Autour d'eux, les menuisiers rangeaient leurs affaires en sifflotant et une équipe de nettoyage composée de jeunes Philippins hilares passait l'aspirateur, nettoyait les baies, briquait les machines et les agrès avec un produit antipoussière qui sentait l'alcool à brûler.

« Et tu n'as pas honte, jeune fille, de m'extorquer de l'argent pour me tenir au courant de ces choses ? Ça ne te met pas mal à l'aise ? »

Il lâcha un bref soupir en la regardant s'éloigner de sa démarche d'éléphant, mais il était satisfait d'être *au parfum*, comme on dit, et aussi d'avoir mené ce chantier à bon port, satisfait d'avoir canalisé son énergie à cette fin et d'avoir ainsi permis à cette solide et très épatante salle de gym de voir le jour et de donner plus d'ampleur à cette maison, plus de surface au sol, sentimentalement parlant. Sans doute était-il fou de s'impliquer de la sorte, sans doute était-ce mauvais pour sa santé, mais on ne se refaisait pas, on ne pouvait pas arracher le cœur d'un homme, sa tête oui mais pas son cœur, son cœur lui était donné une bonne fois pour toutes, se plaisait-il à répéter, on ne pouvait pas lui changer son cœur.

Un voile blanc et lumineux, genre coton, recouvrait le ciel et commençait à prendre la teinte d'une vieille faïence à mesure que l'après-midi avançait.

Grâce à son sixième sens, André sentait qu'il se préparait quelque chose. Lorsque Rose l'appela pour lui annoncer qu'on avait enfin livré le lit, le bureau et l'armoire pour la future chambre d'Evy, il lui fit part de son sentiment.

« André, gémit-elle, tu me fais peur, tu sais.

— Oui. Désolé. Mais ici, tu verrais, le ciel est d'un blanc presque effrayant. Et il y aurait des orages dans la nuit, que ça ne m'étonnerait pas.

— Ces gosses ! Mon Dieu ! Ils sont capables de tout.

— Oui. À qui le dis-tu. Mais imagine ce que ce garçon a pu ressentir. Parce que, je ne te l'ai pas encore dit, mais Richard était avec une femme, par-dessus le marché. Oui, tu m'as bien entendu. Ton fils était avec une femme. Alexandra Storer, pour ne pas la nommer. Non, mais tu te rends compte ?

— Alexandra Storer ?

— Oui, Alexandra Storer. Tout ça me rend malade... Tiens, je vois Laure qui arrive... Oh mon Dieu ! Oh là là ! Ouille !... Je te prie de croire qu'elle ne marche pas droit du tout. Elle a failli s'étaler de tout son long, dis donc. Eh bien tu vois, ça ne s'arrange pas beaucoup de ce côté-là. Ce n'est pas ça qui va l'aider à y voir clair, n'est-ce pas ? Tu sais que par moments elle travaille du chapeau, cette pauvre fille. Elle a vraiment les nerfs malades.

— Écoute, André. Écoute-moi pour une fois.

Ne nous mêlons pas de ça. Mettons Evy à l'abri et laissons-les se débrouiller.

— Qu'est-ce qu'il t'arrive ? Tu es au bout de tes forces ? Tu abandonnes ? »

Baisser les bras, maintenant, après une vie entière, cela rimait-il à quelque chose ? Quelle signification cela aurait-il pu avoir ? Aucune. Absolument aucune. Baisser les bras ne rapportait rien du tout. Par là, Rose voulait-elle lui dire qu'il en avait assez fait, qu'il méritait de se reposer – comme si, dans un éclair de lucidité, elle avait pris conscience du calvaire qu'il avait secrètement enduré pour avoir fondé une famille –, de prendre un repos bien mérité ? Essayait-elle de lui épargner de douloureux et vains efforts ? Mais sur quelle planète vivait-elle, bon sang ? Quel lavage de cerveau avait-elle subi ?

Parfois, à la faveur de semblables réflexions, il sentait la vieillesse lui tomber dessus – la pourriture et la faiblesse l'envahir –, se propager dans toutes ses articulations, et il rentrait son cou dans ses épaules.

Quant à Laure, en effet, elle n'avait pratiquement pas dessaoulé depuis vingt-quatre heures – ni même dormi puisque ce jeune acteur, son ardent partenaire, avait passé la nuit dans sa chambre et n'avait filé qu'aux aurores – et elle ne tenait debout que par la grâce d'un terrible effort de volonté – elle avait également pris deux

Tonédron à l'heure du déjeuner, puis une autre fois, avant de se concentrer sur la trente-deuxième prise d'une scène déshabillée qui se déroulait au bord d'une piscine publique, bourrée de chlore, où elle avait grelotté de froid, transie jusqu'à la moelle.

Elle traversait la pire phase qu'elle ait jamais connue, cela ne faisait aucun doute dans son esprit. Physiquement et moralement. Le départ de Richard l'avait sonnée, elle le savait, et malgré tout ce qu'elle essayait, travail, sexe, yoga, médicaments, alcool, elle restait stupidement, rageusement, incompréhensiblement, tristement attachée à lui. Elle tournait en rond dans sa chambre en se griffant les bras, en se mordant les lèvres, mais c'était ainsi, elle ne pouvait prétendre le contraire, elle pouvait dire qu'elle était victime d'une malédiction ou de ce qu'elle voulait, le résultat était là.

« Ça va, n'exagérons rien, grinçait Judith Beverini. Tu as le droit de te sentir un peu sentimentale. Ce n'est pas désagréable, après tout. Mais pas au point d'oublier que Richard est une superbelle ordure, d'accord ? »

Et maintenant, des larmes coulaient sur ses joues pâlichonnes car, de fil en aiguille, elle s'était mise à penser à Lisa. L'image de sa fille descendait du ciel et se plaçait devant elle. Ça se terminait toujours de cette façon. Peu ou prou. Et rien ne s'arrangeait, objectivement. Éric lui

répétait que c'était gagné, qu'elle était de nouveau en selle, pour une longue et splendide chevauchée. «En route pour le firmament!...»
prophétisait-il en lui baisant les mains. Parfois,
elle le regardait avec des yeux ronds.

De quoi lui parlait-il? De quelle revanche lui
parlait-il?

Elle aurait aimé en rire mais elle n'avait pas
cette faculté de recul – ou plutôt, elle ne l'avait
plus.

L'après-midi finissant, le soleil se glissa par en
dessous et les larmes de Laure prirent un reflet
doré dans la lumière vespérale, admirable
lumière s'il en était, chaude, liquide, parfaitement rasante, qui préludait maintenant à cette
soirée de fin d'automne assez mal partie.

Elle alluma une cigarette. Elle continua à
pleurer en silence, abondamment, sans retenue,
et c'était ce qu'elle avait de mieux à faire.
Comprenons-nous bien.

Elle répondit tout de même au téléphone.
C'était ce jeune type, ce jeune acteur qui se
demandait si elle n'avait pas envie de remettre le
couvert.

«Je suis dans un bar. Je regarde dans mon falzar et je suis hyperchaud, je te promets!

— Tu fais *quoi*?

— Je regarde dans mon falzar. Je regarde ma
queue, pourquoi?»

Elle était également en passe de manquer son

416

rendez-vous avec Evy, de foirer cette relation unique, merveilleuse, extraordinaire, dont elle lui avait rebattu les oreilles mais qui restait une chose, en vérité, pleine de mystère, tragiquement abstraite, et si vaste, si complexe à mettre en œuvre, qu'on ignorait par quel bout commencer.

Elle avait essayé de lui parler de cette Gaby Gurlitch, du fait que cette fille jouait un rôle un peu trop important dans cette maison, mais elle avait vite compris que ce n'était pas le meilleur chemin pour parvenir en terre sainte avec lui.

Tout ce que l'on désirait vraiment, dans cette vie, était dur à obtenir. Pour ne pas dire impossible. Elle s'en voulait d'être aussi négative, mais était-on obligé d'être idiot par-dessus le marché, était-on obligé d'y croire jusqu'à plus soif?

Elle releva la tête en entendant un crissement de pneus. Puis le claquement d'une portière. Et à ce moment-là, Richard arriva au triple galop. Il ouvrit la porte à la volée, s'avança au milieu du salon et hurla : « OÙ EST-IL ?!... »

★

Il était au sous-sol, occupé à remplir d'essence des flacons de shampoing Head & Shoulders qui avaient fini dans l'évier. Anaïs, qui l'observait et rangeait les flacons en question dans un sac, déclara, à un moment donné, qu'elle venait d'apercevoir un éclair.

« Ne t'inquiète pas pour le temps, lui répondit-il.

— J'ai vu un éclair. C'est tout. Un point c'est tout.

— Vers l'est? Alors ça s'éloigne. Calme-toi.

— Il pleuvra pas », affirma Andreas qui se relevait du canapé où Michèle et lui avaient disparu depuis de longues minutes et refermait quelques boutons de son pantalon et de sa chemise à motifs psychédéliques. « Te pose pas toutes ces questions, Anaïs », ajouta-t-il.

Elle considéra l'autre boiteux, ce gars qui était haut comme trois pommes et qui voulait lui donner des leçons de courage. Elle haussa les épaules. Elle glissa le dernier flacon à l'intérieur du sac qu'elle rezippa sèchement.

Ils levèrent les yeux en entendant du bruit au-dessus, des éclats de voix.

Tandis qu'ils remontaient, Evy se tourna vers Anaïs pour lui expliquer que personne ne cherchait à la mettre à l'épreuve. Elle avait déjà fait de l'excellent boulot. C'était grâce à elle s'ils allaient filer à Dany Clarence la correction qu'il méritait, grâce aux renseignements qu'elle leur avait fournis, si si, et comment !

Alors là, elle buvait du petit-lait. Ce garçon était fou mais elle lui devait le peu d'instants de chaleur qu'elle eût connus depuis la mort de Lisa. Elle ne pouvait pas le nier. Ce matin même, au cours du périple qui les avait conduits chez son sinistre père, elle s'était sentie *bien*, ce qui s'appelle *bien* à de nombreuses reprises, elle avait senti son cœur battre, par exemple tandis qu'ils passaient un col en écoutant The Black Heart Procession et qu'ils échangeaient un coup d'œil silencieux avant de replonger sous les arbres.

Les éclats de voix reprirent lorsqu'ils franchirent le seuil.

Ils sortaient de la bouche de Brigitte dont le visage exprimait à la fois une vive tension et une terrible contrariété. Elle s'effondra le long du mur de la cuisine en poussant un cri muet, le téléphone dans une main, une cuillère en bois dans l'autre. À la délicieuse odeur qui s'échappait d'une cocotte en fonte de marque française, on devinait aisément qu'elle cuisinait une blanquette de veau.

« Ça va ! On dégage ! On s'occupe pas d'elle ! » décréta Andreas qui fila aussitôt sur ses trois pattes, direction la sortie.

Dehors à présent, le soir tombait. Un parfum de terre humide montait des bois dont les crêtes flamboyaient encore alentour.

« J'ai reçu une goutte », fit Anaïs avec son air futé.

Ils grimpèrent dans la Subaru et descendirent jusqu'à la grand-route qu'ils empruntèrent en tournant le dos à la ville.

« Qu'est-ce qu'elle avait, Brigitte ? soupira Michèle.

« — Tiens, c'est vrai, ricana Andreas. On lui a pas demandé. »

Il finit par lâcher que Brigitte et sa mère se déchiraient presque sans répit depuis trois jours mais qu'il n'y croyait plus depuis longtemps car, chaque fois, elles s'étaient rabibochées et s'y étaient remises de plus belle. Sur ce, il se pencha sur le pack de bières fraîches qu'il avait saisi au vol avant que Brigitte ne bloque la porte du frigo avec son corps, et il fit la distribution cependant que la Subaru fonçait vers le crépuscule.

Peu de temps avant d'arriver chez Dany, Anaïs quitta la route et s'engagea sur un chemin de terre qui montait assez rudement pour commencer, puis effectuait une large boucle autour d'une dépression infranchissable au fond de laquelle glouglouttait une source – Dany Clarence y descendait avec eux autrefois, quand il les emmenait grimper partout, qu'ils voulaient remplir leurs gourdes, autant dire une éternité.

On apercevait le lac de l'endroit surélevé qu'ils choisirent comme poste d'observation, sa surface luisant comme du marbre noir et la vague silhouette du hangar à bateaux dans le lointain.

La maison de Dany était vide. Elle était vide. Ils allaient devoir prendre leur mal en patience. Le sol avait une consistance molle et spongieuse. D'après les renseignements qu'Anaïs avait récoltés – la bougresse refusait de divulguer ses sources –, la séance qu'organisait Dany était cette fois destinée à un pharmacien du centre, un dentiste, un représentant en chaussures de sport et un conseiller fiscal, ce qui n'était pas comme s'ils avaient eu à affronter un commando de psychopathes armés jusqu'aux dents. De simples types un peu trop portés sur la chose et qui étaient prêts à payer ce qu'il fallait pour sauter quelques étudiantes un peu justes, financièrement parlant. Rien de plus. Rien qui ne devait poser problème, a priori.

Anaïs et Michèle fumaient ensemble, murmuraient sous un grand châtaignier aux feuilles jaunes, espérant que Dany et les autres n'allaient pas tarder. Pour tuer le temps, Andreas lançait des châtaignes sur Evy qui les réceptionnait en les frappant avec un manche de pelle. Le projectile volait par-dessus la baraque et atterrissait sur la route où, ronflant, passa le dernier bus qui retournait en ville, éclairé comme un aquarium de luxe. Certes, des éclairs silencieux illuminaient par instants l'horizon.

*

Richard s'élança dans l'escalier comme une fusée.

À son retour, moins d'une minute plus tard, et d'une foulée beaucoup plus calme, il s'assit en face de Laure et déclara qu'il voulait avoir une conversation avec son fils.

Mais elle gardait la tête baissée. Difficile, dans ces conditions, de voir comment elle prenait la chose.

« Je lui dois une explication », reprit-il.

Elle releva vivement la tête. Il s'attendait à la trouver mal disposée à son endroit, prête à lui lancer n'importe quoi au visage, les joues rouges de colère, électrisée, frémissante, et soudain transformée en pur et sec reproche vivant, or il n'en fut rien.

Elle avait une mine si épouvantable, si misérable, que durant une seconde, il en resta bouche bée.

« Hé ! Est-ce que tu te sens bien ? »

Elle baissa de nouveau les yeux, haussa les épaules.

Il se pencha au-dessus de la table basse garnie de tulipes jaunes Island of Love, discrètement odorantes.

« Laure ?

— Pas si bien que ça, lui avoua-t-elle. Pas si bien que ça, pour être honnête. »

L'observant mieux, malgré l'arrivée du soir – l'éclairage automatique du jardin venait de se mettre en marche –, il s'aperçut qu'elle était à bout de forces, à moitié ivre et à moitié défoncée.

Il souffla, comme s'il avait accompli un effort violent.

Il y avait de quoi retourner à la dope, quelquefois, se disait-il, plutôt que de vivre dans cette douleur insupportable, dans cette névrose de l'échec qu'ils partageaient depuis de longues années et qui était allée en empirant. Il fit le tour de la table pour lui poser une main sur l'épaule.

« Je le vois bien, acquiesça-t-il. Je vois bien que ça ne va pas. Veux-tu que je reste avec toi cinq minutes ? »

Incroyable. Si ça continuait, se disait-on, ils allaient s'étreindre – personnellement, j'en étais révulsé – mais par bonheur, vraiment in extremis, André eut la bonne idée de se promener dans les parages et il tomba sur cet improbable tableau.

Il dut s'asseoir à son tour, légèrement K.-O., légèrement groggy par l'espèce de symphonie pastorale incompréhensible qui se déroulait sous ses yeux.

« Peut-on savoir quel bon vent t'amène ? fit-il d'une voix pleine d'amertume. Pas trop crevé par le voyage ?

— André, s'il vous plaît. *S'il vous plaît !* gémit Laure.

— Papa, merde, je te conseille de rester en dehors de ça, d'accord ? *Pigé ?*

— Richard, s'il te plaît. Oh, *s'il te plaît !* » gémit Laure.

Les deux hommes échangèrent un sombre coup d'œil et décidèrent de ronger leur frein en silence.

André se pencha en avant et se prit la tête entre les mains. Richard caressa machinalement l'épaule de Laure qui frissonna.

« J'en connais une qui a pris froid », dit-il.

Avec peine, André se releva et déclara qu'il allait presser des oranges. Il alluma quelques halogènes en passant, de la pointe du pied, et un peu de chaleur se fit jour dans le salon. Puis il brancha le presse-agrumes et se mit à l'ouvrage, mais avec un sérieux poids en moins, songeait-il, un sérieux poids en moins, car il ne perdait pas de vue qu'il y avait aussi le problème d'Evy à régler et il n'avait aucune envie de se le coltiner tout seul.

« Non, non, je ne sais pas où il est, déclara-t-il en distribuant les rations de vitamine C. Et tu fais bien de m'en parler car je pense que nous devrions nous en préoccuper, si je peux me permettre de te donner mon avis. »

Laure s'alarma aussitôt :

« De quoi vou..., bredouilla-t-elle. De quoi voulez-vous parler ? »

Trois minutes plus tard, Laure, qui fonctionnait depuis si longtemps sur ses batteries, poussa un gémissement lugubre et piqua un sprint vers sa voiture en ravalant ses sanglots. Richard la rattrapa sans effort et lui saisit les poignets.

« Écoute-moi. *Écoute-moi.* C'est une idée stupide. Calme-toi.

— Que se passe-t-il ? lança André qui s'était avancé sous le porche. On ne peut plus rien dire? Et d'abord, est-ce que j'ai parlé du lac? Je n'ai jamais parlé du lac.

— Okay, André, okay. Maintenant, boucle-la. Garde tes... »

Richard ne termina pas sa phrase. C'était son tour d'être figé sur place, d'être frappé en plein plexus. Le visage tourné vers l'ouest, qu'un puissant éclair illuminait. Il lâcha Laure qui partit à la renverse dans les fourrés tandis qu'il reculait d'un pas pour mieux voir ce qu'il voyait. Il s'agissait d'un nouvel engin tombé du ciel. Il s'agissait d'une structure de verre et de métal qui ne se trouvait pas là avant son départ et qui était là, maintenant, et qui donnait l'impression d'être solidement arrimée.

Il enfonça ses poings dans ses poches. Contempla l'édifice. Puis il s'esclaffa rageusement en se cambrant en arrière : « Mais quel truc dérisoire, quel truc pitoyable ! Tu fais ça pour m'emmerder ?

— En plein dans le mille, Richard. Toujours aussi perspicace !

— Encore un effort. Encore un effort et cette baraque deviendra réellement monstrueuse. Tu es fier de toi, je suppose ?

— Mais qu'est-ce que tu vas chercher, *qu'est-ce que tu vas chercher* ? Tu as envie de mourir à cinquante ans ? Non ? Alors fais du sport ! Je ne te demande pas de me remercier. Je sais que tu me détestes.

« — Quoi? *Quoi?*

— Je devrais t'apporter un miroir. Que tu voies cet air stupide que tu prends. »

Laure se mit à geindre. Elle était comme emprisonnée au milieu d'un buisson.

Ils la sortirent de là. André en profita pour lui confirmer qu'il n'avait jamais voulu évoquer un geste fatal de la part d'Evy et encore moins la noyade pour un garçon qui nageait comme un gardon.

Puis il ponctua son assertion d'un clin d'œil appuyé à Richard.

La soutenant de part et d'autre – non contente d'avoir eu son lot d'éraflures, Laure s'était tordu la cheville et sautait à cloche-pied –, ils la ramenèrent à l'intérieur.

Richard s'arrêta au bas de l'escalier.

« Que dirais-tu d'aller t'allonger. Tu ne tiens plus debout. »

C'était comme si l'on avait appuyé sur le bouton d'un démarreur.

« *Ne cherche pas à te débarrasser de moi!* hurla-t-elle aussitôt. *Ne m'envoie pas me coucher parce que je suis une femme!*

— Laure, voyons, soyez raisonnable.

— Oh vous, la ferme!

— Attends, mais je ne cherche pas à me débarrasser de toi. En voilà, une idée.

— Tu crois que je ne suis pas en état d'aller chercher mon fils? Où qu'il se trouve? Tu crois

426

que je vais rester là à me tourner les pouces? Moi, *sa mère*?

— Mais c'est dingue, mais c'est impensable que tu puisses penser une chose pareille. Que je t'envoie te coucher parce que tu es une femme. Je suis pétrifié sur place quand j'entends de telles bêtises.

— Alors commence par me dire la vérité. Dis-moi ce qui se passe.

— Mais rien. Il ne se passe rien. André a un pressentiment et c'est tout. Tu vois bien. Un pressentiment et rien d'autre.

— Un pressentiment? Quel pressentiment? »

Elle se tourna vers André et le considéra avec méfiance. Puis les premières gouttes commencèrent à tomber. D'énormes gouttes qui crépitèrent sur les baies avec un bruit de castagnettes.

*

Pour la Saint-Sylvestre, Axel Mender, de MediaMax, avait obtenu de Laure qu'elle jaillît en bikini d'un gâteau-surprise au passage de la nouvelle année. C'était stupide et Richard était furieux mais on lui avait expliqué que la carrière de sa femme nécessitait, dans un premier temps, après être revenue d'aussi loin, quelques concessions sans importance, quelques petites obligations qui ne méritaient même pas qu'on en parlât.

Quoi qu'il en soit, c'était une splendide matinée, scintillante de neige, sans vent, radieuse et d'une incroyable luminosité, qui se révélait sous le bleu intense du ciel dès que l'on jetait un coup d'œil dehors. Le rasoir zonzonnait – un bruit de scierie dans le fond d'une vallée encaissée – sur les joues de Richard, cependant que celui-ci observait sans ciller les environs, les étendues d'eau qui miroitaient dans le lointain, là où les terres étaient inondées. Étonnant spectacle. D'une beauté assez terrifiante. Il toucha son ventre pour voir où en étaient ses abdominaux. Néanmoins, le niveau des eaux avait bien baissé. Dany Clarence aurait bientôt pu accéder à son grenier, songea-t-il.

Il était dix heures du matin. Il régnait un calme absolu – quelques geais tournoyaient autour du cèdre et virevoltaient dans le soleil.

Maintenant qu'il savait qu'il ne serait plus jamais un écrivain, les choses allaient bien mieux : il pouvait passer une journée entière avec un vague sourire aux lèvres, tripatouillant mollement un scénario ou cherchant des gags pour une sitcom, et il tenait bon – jusqu'au moment où Laure le rejoignait pour vider quelques verres si elle ne finissait pas trop tard. Il était donc mort, d'une certaine façon, si l'on s'en tenait à ses théories littéraires, il était donc raide mort, et bien des choses lui semblaient plus faciles à présent. Comme si plus rien d'important ne pouvait lui arriver. Comme si être mort valait mieux qu'être vivant.

Se raser dans cette salle de bains était facile. Regarder le monde était facile. Vivre dans cette maison était facile.

En bas, le répondeur se mit en marche : « Oui, allô, tu ne décroches toujours pas ? C'est moi, ton père. Personne ne veut décrocher ? Vous êtes là ? Bien sûr que vous êtes là. Mais qu'est-ce qui vous prend ? Vous êtes malades ? Franchement, ta mère et moi nous sommes atterrés. Rose ne parvient même plus à se lever de son lit, figure-toi. C'est ce que tu voulais ? Que nous ne commencions pas la nouvelle année ensemble ? C'est ce que tu voulais ? Nous tenir éloignés ? Nous enterrer vivants ? Eh bien, nous te remercions pour l'attention que tu nous accordes. Chapeau, Richard ! Je te tire mon chapeau ! Bien joué, fils ! Heureux de constater que ta main ne tremble pas ! »

Richard appuya sur la touche d'effacement, puis il sortit en peignoir sur la terrasse pour voir cette journée d'un peu plus près tout en buvant son café. Un air vif lui soufflait aux mollets, des jets de vapeur lui sortaient de la bouche. Le jardin tout entier avait disparu sous la neige et resplendissait.

À la fin, il n'était pas certain d'apprécier beaucoup le numéro de Laure. Il avait eu l'impression de s'être rangé à l'avis général, mais franchement, il n'avait plus tellement envie de la voir bondir d'un gâteau géant à la crème. Un paquet de neige tomba d'une branche et termina sa course dans un poudroiement d'or. Il allait lui en parler. Remettre cette histoire sur le tapis. Puis tout à coup, il cligna des yeux. Apercevant quelque chose d'insolite sur la route, il mit sa main en visière.

« Hé ! Ho, les amis ! cria-t-il. Stop ! Attendez une minute ! »

Dans le contre-jour, la Subaru d'Anaïs transportait fièrement une barque à fond plat renversée sur son toit. Très impressionnant. Richard enfila des bottes de caoutchouc pour aller voir de quoi il retournait.

« Oui, je vois bien que le niveau a baissé, leur concéda-t-il, mais ça ne me rassure pas beaucoup... »

Il souhaitait avoir des détails sur la distance, le but, la durée de leur escapade et leur arracher des promesses relatives à leur sécurité. Lui-même, toute cette eau l'oppressait et...

« Écoute, laisse tomber », grogna Evy sans regarder son père.

Richard se redressa et les laissa partir. C'étaient les premiers mots que son fils lui adressait depuis un mois, depuis qu'il avait réintégré la maison – et Laure lui avait consenti deux rapports sexuels sans grande passion, voilà où il en était – mais il était capable d'apprécier la nette amélioration que recelaient ces paroles un peu rudes.

Laure le félicita vivement pour ce progrès. Il devait persévérer. Il hocha la tête. Néanmoins, la journée promettait d'être si chargée qu'elle n'avait pas beaucoup de temps pour discuter. Elle se leva ainsi du lit au moment où il choisissait de s'y asseoir et passa dans la salle de bains.

Il avait réfléchi. Il lui déclara qu'il avait réfléchi à propos de cette exhibition et qu'il en revenait à sa première réaction, après avoir mûrement réfléchi, à propos de cette exhibition qu'il désapprouvait.

«Alors, si je comprends bien, ça ne te plaît pas, fit-elle.

— Je peux expliquer à Mender que les gens ne sont pas des singes.

— Mais de quel droit ferais-tu ça? Tu penses m'avoir traitée différemment? Penses-tu que je puisse craindre encore le ridicule après avoir été ta femme pendant vingt ans?»

Il se remit sur ses jambes car il ne trouvait rien à répondre.

Il pédala comme un forcené, souleva des poids, tira sur des élastiques pendant une heure. Puis des types débarquèrent et commencèrent à pousser les meubles du salon, à rouler les tapis, à empiler des caisses de vaisselle, de linge, de guirlandes, d'ustensiles, à empiler des sièges, et c'était parti.

Laure l'envoya en ville chercher des vêtements au pressing et là, tout à fait par hasard, il tomba sur le docteur String qui venait récupérer son costume de soirée et qui lui demanda des nouvelles d'Evy, si le garçon se portait bien.

« Comme un charme », répondit Richard.

Ils attendaient leur tour sur le trottoir, car, pour une raison mystérieuse, le centre de vérification des cartes bleues semblait avoir disjoncté et cela provoquait une sorte d'embouteillage à la caisse.

Sous le soleil, le docteur String clignait des yeux.

« J'ai souvent pensé à Evy, dit-il. Faites-lui passer le message, voulez-vous ? »

Richard acquiesça. La notoire compassion que le docteur String éprouvait pour les ados, pour leur terrible condition, pour les blessures qu'ils recevaient, pour tout ce qu'ils prenaient dans les dents, faisait que les parents ne se sentaient jamais complètement à l'aise en sa compagnie – et qu'il siégeât au conseil de Brillantmont les amusait encore moins.

« On m'a parlé de l'attachement qu'il avait pour cette jeune fille. Je crois que ce n'était pas rien. Donc dites-lui bien que j'ai pensé à lui. Et si je peux l'aider en quoi que ce soit, si vous-même pensez que je puisse être utile à quelque chose, surtout qu'il n'hésite pas à venir me voir. Il sait où me trouver.

« — Vous pensez être capable de lui procurer une nouvelle fiancée? fit Richard avec un petit sourire grimaçant.

— Non, malheureusement non, admit l'autre.

— En tout cas, il faut lui en trouver une qui ne baise pas. Très important. »

Sur ces mots, il se mordit les lèvres. Mais qu'est-ce qu'il lui prenait? Il baissa la tête et pria le docteur String de l'excuser pour les paroles stupides qu'il venait de prononcer.

Ils avancèrent de quelques pas dans l'air frais, sous le soleil étincelant, tandis qu'un type courait avec un chien – un splendide chien aux yeux bleus – sur le trottoir d'en face.

« Soit ils passent le cap et deviennent des adultes, soupira le docteur String, soit ils ne le passent pas et on ne sait pas ce qu'ils deviennent. C'est une période difficile, une période où ils doivent abandonner beaucoup de choses.

— Sauf qu'on ne peut pas aller d'un extrême à l'autre. Ni simplifier le problème au point de rendre la solution absurde. Non? Vous n'êtes pas de cet avis? »

Le docteur ouvrit la bouche puis renonça à continuer dans cette voie à la veille d'une nouvelle année, sachant que s'il insistait, s'il essayait d'aborder le problème de façon rationnelle, il risquait fort de s'entendre une fois de plus reprocher de ne pas avoir d'enfant et de parler sans savoir.

« La pureté ? Vous voulez que je vous fasse un dessin avec la pureté ? » ricana Richard.

Non, ce n'était pas nécessaire. Ce n'était ni l'heure ni l'endroit pour évoquer cette singulière idée fixe qui travaillait Evy Trendel, ainsi que cette pauvre fille, cette Gaby Gurlitch – paix à son âme –, cette Gaby Gurlitch dont les derniers instants – la position des corps n'avait permis aucun doute – n'avaient pas été consacrés à la prière ni à de nobles tâches.

« La pureté ? Et on en fait quoi ? marmonna Richard. On se branle avec ? »

Il détourna les yeux.

À son retour, il découvrit le fameux gâteau, du moins la structure à l'intérieur de laquelle Laure devait se tenir prête à bondir et il dut résister à l'envie de réduire tout ça en pièces.

Autre message de son père, d'une voix légèrement hystérique : « Tu ne peux pas me faire ça, Richard. À moins que tu ne veuilles ma peau, tu ne peux pas me faire ça. *Décroche ce foutu téléphone !* J'en appelle à toutes ces années où je t'ai soutenu, où j'ai accompli mon devoir de père. Je l'ai fait, Richard, *je l'ai fait ! Décroche-moi ce maudit téléphone !* Tu n'as qu'un seul mot à dire et nous fonçons à l'aéroport. Nos valises sont prêtes. Nous pouvons prendre celui de midi. Vous êtes nos enfants, vous êtes *la famille* ! Nous

sommes *une famille*! *Ce silence est insupportable,
tu m'entends? Pourquoi, Richard? Pourquoi? Mais
quel terrible démon t'habite, malheureux?* »

Richard n'aurait pas su dire quel terrible
démon l'habitait. Il envisagea cependant de coller le couvercle du gâteau à la superglu ou de se
saouler à mort. Se saouler à mort semblait être
la solution la mieux adaptée à la situation présente. Il croisa Laure dans le couloir et elle lui
dit : « Tu sais, inutile de faire cette tête. Ça ne
sert à rien. » Elle poursuivit son chemin et se
retourna pour ajouter : « Est-ce que je cogne la
mienne contre les murs? »

Pendant ce temps, à moins d'un kilomètre de
là, passant de l'ombre à la lumière, la barque
avançait calmement à travers la futaie noircie,
propulsée par une perche qu'Anaïs maniait avec
une habileté impressionnante – à l'entendre, elle
pouvait aussi, et avec un bonheur égal, manier la
godille et la pagaie.

Partout, les arbres à demi couverts de neige, à
demi coiffés d'un feuillage incandescent, avaient
les pieds dans l'eau. Pour le moment, les deux
lacs avaient disparu. Toute la cuvette qui s'éten-
dait au nord-ouest et représentait des centaines
d'hectares était inondée, totalement noyée, il n'y
avait plus de route, plus de sentiers, plus d'animaux sur pattes en dehors des oiseaux et d'une
poignée d'écureuils sur le qui-vive. Les sous-
bois miroitaient alentour, silencieux et immo-

biles. Parfois, Anaïs donnait quelques instruc-
tions pour diriger l'embarcation entre les troncs
ou éviter les branchages qui affleuraient ou leur
barraient le chemin, mais en dehors de ça, ils ne
parlaient pas beaucoup.

À mesure qu'ils progressaient, leurs mines
devenaient plus soucieuses, plus graves, plus
tendues. Les traces du déluge qui s'était abattu
fin novembre devenaient clairement visibles :
arbres arrachés, arbres couchés, branches cas-
sées, coulées de boue qui avaient séché, qui
s'étaient figées, qui avaient dévalé du flanc des
collines avoisinantes pour s'engouffrer vers les
positions inférieures en emportant des rochers et
tout ce qui se trouvait sur leur passage. Ce
déluge, soit dit en passant, avait tout de même
causé la mort de huit personnes, ce qui n'était
pas rien. Et soixante-douze autres pansaient
leurs plaies et leurs bosses à l'hôpital.

Il flottait une odeur de pourriture, de stagna-
tion. Il faudrait sans doute encore un bon mois
avant de pouvoir poser un pied au sec. Mais le
niveau avait bien baissé ces derniers jours.

Ils passèrent lentement devant la bicoque de
Dany Clarence qui avait de l'eau jusqu'à l'étage
et du toit de laquelle s'envola un héron qui replia
son cou. Sur la hauteur, on distinguait, malgré la
neige, l'escarpement rocheux d'où ils avaient
guetté le retour de Dany jusqu'au moment où la
pluie avait soudain viré au cataclysme.

Le soleil clapotait tout autour, barbotait contre les volets à claire-voie, mais le tableau restait flippant, s'offrait dans un silence maléfique et tendu que seules bravaient les égouttements de la perche qu'Anaïs replongeait régulièrement dans l'eau.

À cinq cents mètres de là, ils atteignirent le pont où le flot avait surpris Dany Clarence et Gaby Gurlitch, œuvrant férocement – on n'avait même pas retrouvé leurs slips d'après l'inspecteur Chose – sur la banquette arrière au prétexte que Dany préférait passer avant les autres, et ce petit caprice leur avait coûté cher. Vraisemblablement, un torrent de boue les avait projetés contre une pile et ils n'avaient pas eu le temps de dire ouf.

Evy sentit sa gorge se serrer. Par souci d'économie, la ville avait décidé d'attendre la décrue pour s'occuper de l'épave et ils glissèrent au-dessus du cercueil de métal abandonné à la vase, poursuivant leur route tandis que disparaissait la glauque et vague forme blanchâtre provenant d'une Opel Astra couleur coquille d'œuf.

Ce chemin était le plus court. Sinon, ils auraient eu un important détour à faire et ils voulaient agir vite et être rentrés avant la fin du jour, entre autres en raison du froid qui tombait d'un seul coup dès que le soleil disparaissait.

Evy et les trois autres échangèrent un regard

tour à tour. Il aurait aimé pouvoir leur dire que Gaby n'était pas loin et qu'il se foutait pas mal de ce qu'ils en pensaient mais il n'en éprouvait pas une réelle nécessité.

Parfois, il se sentait comme un poisson hors de l'eau. Comme s'il avait gigoté au fond d'une barque jusqu'à devenir bleu.

« Mec, tu vas te les geler, ça fait aucun doute », ricana Andreas en retirant sa main blanche d'une eau verte et glacée.

Se les geler ? Evy ricana à son tour, intérieurement.

Il se leva et commença à se mettre en caleçon tandis qu'Anaïs dirigeait la barque droit sur le hangar à bateaux qui autrefois avait eu sa place au bord d'un lac où Lisa avait trouvé la mort dans des conditions assez étranges.

Il y avait environ un mètre d'eau. Ils découvrirent que la plus grande partie de la toiture s'était effondrée et ils décidèrent que c'était bon signe – au moins, on y verrait quelque chose.

Evy resta assis pendant que les autres forçaient l'entrée au moyen d'un pied-de-biche qui fit voler le cadenas en l'air. Malgré le soleil qui brillait, le froid lui piquait le dos. Il n'y avait pas si longtemps, la simple idée de toucher l'eau de ce lac lui était insupportable, et voilà qu'il se préparait à y plonger tout entier, à s'y engloutir totalement. Allez donc expliquer de tels revirements, de telles attitudes contradictoires, et pourtant nous en croisons tous les jours, nous en sommes les témoins réguliers et infatigables, plus rien ne devrait nous étonner, non ?

Andreas lui avait demandé si sa volte-face avait un rapport avec le fait que les eaux qui avaient emporté Lisa étaient à présent mêlées à celles qui avaient emporté Gaby et il en avait conclu qu'Evy était complètement cinglé – pour sa part, il préférait boiter, disait-il, mille fois boiter que de se fixer des buts inaccessibles ou de se compliquer la vie à plaisir.

À l'intérieur, des barques flottaient çà et là, mais la plupart avaient été coulées lors de l'effondrement de la toiture. Un cimetière de barques, de vieux pédalos, de canoës, de planches à voile s'offrait à eux. Un cimetière flottant de rames, de bouées, de gilets de sauvetage à bandes fluorescentes, de fanions, de couvercles, s'écartait de leur étrave tandis qu'ils gagnaient le fond du hangar dévasté.

Michèle, qui était à la fois sensible – Michèle qui avait cru que sa façon de sucer avait déclenché un drame et qu'Evy n'avait pu consoler autrement, pour finir, qu'en lui bouffant la chatte durant quinze minutes pas plus tard que la semaine dernière – et charitable – Michèle qui tenait Richard Trendel pour l'un des hommes les plus sexy de la terre –, déplia une grande serviette de bain et embrassa Evy sur la bouche avant qu'il n'enjambe le plat-bord.

Il s'enfonça dans l'eau glacée jusqu'à mi-poitrine et en eut le souffle coupé. Andreas le considéra d'un œil impressionné : « Mec, on est avec toi ! » lui déclara-t-il.

Une bande de moineaux traversa le ciel en pépiant comme s'ils avaient un ennemi effroyable et puissant à leurs trousses.

« Merde, maintenant il faut y aller, reprit Andreas. Mec, pense que c'est la fin de tous nos soucis. Penses-y de toutes tes forces. Putain, notre sort est entre tes mains, okay ? »

Et en effet, j'en témoigne, il remonta de la planque de Dany Clarence une bonne livre de poudre parfaitement emballée, des plaques d'afghan estampillées, plusieurs centaines d'ecstas, et assez de médocs pour tenir une année entière et le soir même ils montaient dans l'arbre, s'installaient sur la plate-forme et s'en administraient une bonne tandis que Richard se demandait s'il n'allait pas de nouveau quitter sa femme et Laure de son côté si elle n'allait pas atterrir sur les genoux d'Axel Mender de MediaMax maintenant que le compte à rebours était commencé.

DU MÊME AUTEUR

Aux Éditions Gallimard

SOTOS, *roman*, 1993 (Folio, n° 2708).

ASSASSINS, *roman*, 1994 (Folio, n° 2845).

CRIMINELS, *roman*, 1996 (Folio, n° 3135).

SAINTE-BOB, *roman*, 1998 (Folio, n° 3324).

VERS CHEZ LES BLANCS, *roman*, 2000 (Folio, n° 3574).

ÇA, C'EST UN BAISER, *roman*, 2002 (Folio, n° 4027).

FRICTIONS, *roman*, 2003 (Folio, n° 4178).

IMPURETÉS, *roman*, 2005 (Folio, n° 4400).

Aux Éditions Bernard Barrault

50 CONTRE 1, *histoires*, 1981.

BLEU COMME L'ENFER, *roman*, 1983.

ZONE ÉROGÈNE, *roman*, 1984.

37°2 LE MATIN, *roman*, 1985.

MAUDIT MANÈGE, *roman*, 1986.

ÉCHINE, *roman*, 1986.

CROCODILES, *histoires*, 1989.

LENT DEHORS, *roman*, 1991 (Folio n° 2437).

Chez d'autres éditeurs

LORSQUE LOU, 1992. *Illustrations de Miles Hyman* (Futuropolis / Gallimard).

BRAM VAN VELDE, *Éditions Flohic*, 1993.

ENTRE NOUS SOIT DIT : CONVERSATIONS AVEC JEAN-LOUIS EZINE, *Presses Pocket*, 1996.

PHILIPPE DJIAN REVISITÉ, *Éditions Flohic*, 2000.

ARDOISE, *Julliard*, 2002.

DOGGY BAG, saison 1, *Julliard*, 2005.

COLLECTION FOLIO

Composé et achevé d'imprimer
par la Société Nouvelle Firmin-Didot
à Mesnil-sur-l'Estrée, le 10 août 2006.
Dépôt légal : août 2006.
1ᵉʳ dépôt légal dans la collection : mai 2006.
Numéro d'imprimeur : 80811.

ISBN 2-07-032303-X/Imprimé en France.